SUPERBESTSELLER
395

Della stessa autrice

La saga dei Farrell
Il giardino che brucia
Al di là del fiume
La coppa d'oro
L'arazzo
Nel sole della vita
I tesori del tempo
L'alba di un giorno nuovo
La giostra d'argento
Il silenzio di una donna
Un incontro, una svolta
Un colpo di fortuna
Una finestra sul domani
I nostri anni migliori
Solo per amore
Il canto delle stelle

BELVA PLAIN

PIÙ FORTE DEL TEMPO

SPERLING
PAPERBACK

Traduzione di Grazia Alineri
Blessings

I edizione «Superbestseller» Paperback gennaio 1995

ISBN 978-88-8274-315-4
86-I-07

V EDIZIONE

Visitate il sito www.sperling.it

Il cuore degli uomini racchiude tesori nascosti,
tenuti segreti, custoditi in silenzio...

CHARLOTTE BRONTË

1

Il giorno in cui il cielo si spalancò sopra la testa di Jennie era cominciato felicemente, come qualsiasi altro di quell'anno meraviglioso. Era stato il periodo migliore della sua vita, fino a quel momento.

A mezzogiorno, era con Jay sul costone della collina che sovrastava la terra selvaggia chiamata, dalla città alla quale apparteneva, Green Marsh, la palude verde. Era uno di quegli intervalli dell'estate indiana, quando, dopo due settimane di pioggia e di prematuro freddo grigio, tutto all'improvviso brucia di nuovo; il cielo lontano risplende d'azzurro e le querce vicine ardono di rosso; nella palude, code di gatto e ginepri luccicano cupamente dopo la pioggia della notte. Le anitre canadesi arrivano fluttuando e se ne vanno verso sud; le oche starnazzano nello stagno.

«Vedi, non è tutta palude», spiegò Jay. «C'è prato e c'è foresta dall'altra parte. Più di un migliaio di acri, tutta terra vergine. È qui da chissà quante migliaia d'anni così come la vedi, intatta. Stiamo cercando di convincere lo stato a includerla nel sistema di terre da preservare. Così rimarrà tale e quale per sempre. Ma dobbiamo affrettarci prima che i costruttori di New York facciano pervenire le loro offerte di appalto.»

«Pensi che lo faranno?»

«Buon Dio, spero di no. Immagina se dovessero rovinare tutto questo!»

Rimasero ancora per un po' ad ascoltare il silenzio. Completamente a loro agio, abituati a trascorrere insieme ore tranquille, non avvertivano il bisogno di continuare a parlare.

Una folata improvvisa portò fino a loro una pioggia di foglie secche. Ai piedi della collina, i figli di Jay correvano nel vento. Si spingevano e cadevano; le due bambine facevano rotolare il fratellino nelle foglie; gridavano; il cane abbaiava e il vento, portando i suoni verso l'alto, infranse la pace della domenica.

«Tesoro», disse Jay.

Voltandosi verso di lui, Jennie si rese conto che era stato a guardarla mentre lei osservava i bambini.

«Sono più felice di quanto si possa avere il diritto di essere», mormorò.

Lui la fissò con una tale intensità, con un tale amore che Jennie avvertì un doloroso groppo alla gola.

«Oh, Jennie, non riesco a dirtelo... Tu mi dai...» Jay spalancò le braccia per racchiudere tutta la scena in un caratteristico, generoso gesto. «Non avrei mai pensato...» Senza finire, chiuse le braccia attorno a lei e l'attirò a sé.

Jennie vi si rannicchiò, sentendo che la sua felicità era perfetta. La memoria riandò all'inizio di quel miracolo. Un anno e mezzo prima, quando si erano conosciuti, Jay era vedovo da due anni della giovane moglie morta di cancro. Era rimasto con due bambine e un bambino ancora molto piccolo, un vasto appartamento nell'Upper East Side, e una cointeressenza in uno dei più prestigiosi uffici legali di New York, una posizione non ereditata, come spesso accade, ma guadagnata per merito e duro lavoro. Una delle prime cose che aveva osservato in lui era stata un'espressione tesa, forse dovuta all'ansia, al superlavoro o alla solitudine, o a tutte e tre le cose messe insieme. Certo, se il problema era la solitudine, la città era piena di donne abbastanza giovani e desiderabili da riempire le ore vuote di un uomo, specialmente se giovane, alto, con occhi vivaci e un'affascinante fossetta sul mento. Quando l'aveva conosciuto meglio, aveva capito che era stato molto, molto attento a non impegnarsi a causa dei bambini. Degli amici le avevano chiesto se non trovasse quella dedizione noiosa, o un intralcio; al contrario, lei aveva ammirato la cosa, ne era stata felice, e avrebbe pensato di meno a lui se Jay non avesse nutrito quell'affettuosa, profonda responsabilità verso i suoi figli.

Sollevò il viso per guardarlo. Sì, la tensione era definitivamente scomparsa, assieme a quella sua nervosa abitudine di sistemarsi una ciocca di capelli alla tempia, al suo fumare troppo e dormire troppo poco. In realtà, in quell'ultimo mese, Jay aveva smesso del tutto di fumare. Sorrideva più spesso, adesso, e certamente appariva più giovane dei suoi trentotto anni.

«Che cosa stai guardando, Jennie?»

«Mi piaci in jeans e camicia a quadri.»

«Sto meglio che con giacca e cravatta?»

«Mi piaci soprattutto con niente addosso, visto che me lo chiedi.»

«Lo stesso vale per te. Ascolta, ci stavo proprio pensando, non ti piacerebbe avere un posticino per l'estate da queste parti? Potremmo costruirci qualcosa ai confini della proprietà dei miei genitori, o in un'altra zona, o niente del tutto. Decidi tu.»

«Non riesco a crederci. Mai avute tante possibilità di scelta in vita mia!»

«È ora che tu ne abbia qualcuna, allora.»

Jennie non era mai stata una che pretendesse più alternative. Nella sua mente, riduceva le cose al nocciolo, e il nocciolo era appunto il suo bisogno nudo e crudo di stare per sempre con Jay; case, progetti, cose... era tutto poco importante una volta che aveva Jay.

«Hai deciso quando vuoi sposarti? Mamma e papà sarebbero felici di mettere a disposizione il loro appartamento. La mamma dice di avertene già parlato.»

Era consuetudine che una donna si sposasse a casa propria. Ma quando la casa consisteva di due stanzucce alla buona in un caseggiato di edifici ristrutturati, allora anche la cerimonia più semplice rappresentava un problema. Naturalmente, la madre di Jay lo capiva, sebbene con molto tatto non ne facesse parola.

«Sì. È stata molto gentile a propormelo.» Ma nell'appartamento di Jay, pensò Jennie, sarebbe stato un po' come a casa sua. «Mi piacerebbe casa tua. Non ti va bene? Visto che è là che dovrò vivere?»

«Ma certo, tesoro. Speravo che me lo chiedessi. Così, adesso tutto è sistemato. Ah, ancora una cosa. E il tuo ufficio? Vuoi rimanere dove sei o preferiresti trasferirti nell'edificio della mia ditta? Si renderà disponibile dello spazio al quindicesimo piano.»

«Preferisco rimanere dove sono, Jay. I miei clienti sarebbero intimiditi, spaventati a morte, in Madison Avenue. Tutte le mie povere donne con i loro miserabili problemi e vestite in qualche modo... Sarebbe crudele. Inoltre, non potrei permettermi un simile trasferimento.»

Jay sorrise e le arruffò i capelli. «Tipo indipendente, eh?»

«Quando si tratta dei miei clienti, sì», rispose lei, seria.

Pensava che la clientela significasse per Jay quanto significava per lei. Dopotutto, perché altrimenti se la sarebbe scelta, se non ci teneva a mantenerla? Però, non riusciva a immaginare nessun altro, tanto meno se stessa, che si occupasse con uguale attaccamento sia di testamenti, lasciti e contese finanziarie sia delle persone che venivano a chiedere aiuto: mogli picchiate, bambini maltrattati, famiglie spodestate e tante altre anime miserevoli. Nessuno altrettanto gentile e premuroso. E il denaro, dopotutto, ungeva le ruote del mondo, non era così? Ma, ovviamente, qualcuno doveva anche pensare al denaro.

Videro che il setter agitava la coda al di sopra delle

erbacce ingiallite, ai piedi della collina. I bambini si erano chinati.

«Che cosa diavolo stanno facendo?» domandò Jay.

«Raccolgono foglie. Ho comperato a Sue e a Emily degli album per l'ora di scienze.»

«Pensi proprio a tutto! Finiranno per volerti bene, Jennie. Te ne vogliono già.» Jay guardò l'orologio. «Ehi, meglio che li chiamiamo. Da mia madre si pranza presto, così saremo di ritorno in città per l'ora di metterli a letto.»

La strada a due carreggiate passava davanti a fattorie e a vaste estensioni di alberi di mele: piccole case antiche con vecchie altalene sul porticato affiancavano grandi stalle rosse; cavalli dal miserabile mantello invernale sporgevano la testa al di qua dei recinti; qui e là, una casa dipinta di bianco, che appariva alla fine di un vialetto ghiaioso fiancheggiato da rododendri e azalee, faceva intendere di essere proprietà di un qualche banchiere locale o, più verosimilmente, di una qualche famiglia cittadina che se la godeva per i due o tre mesi estivi di pace rurale che poteva offrire.

«Non posso credere che le mie rumorose stanzette di New York siano a poche ore soltanto da qui», osservò Jennie.

La cittadina si sostituì di colpo ai campi che già assumevano i colori dell'inverno. Imboccarono la strada principale. E qui, negozi di questa o quella catena, stazioni di servizio, un campo di bocce, una pizzeria, l'edificio di mattoni rossi di una scuola pubblica superiore, un concessionario Ford, uno squallido cinema-teatro e tre o quattro edifici nuovi, bassi, riflettevano i tempi moderni, mentre una selleria, una caserma dei vigili del fuoco e un negozio alimentare con un'insegna sopra l'ingresso: «FONDATO NEL 1868» parlavano di una vita che era stata e che ora stava cambiando.

«Da come me la ricordo, la città era la metà di questa quando papà comprò la nostra casa di campagna», osservò Jay.

«Pensi a questa come alla tua vera casa?»

«Non ancora. Forse un giorno, quando avrò l'età dei miei genitori. Sai, non sarei sorpreso se vendessero il loro appartamento di New York e venissero a stare qui tutto l'anno, ora che papà sta vendendo la ditta e si sta ritirando.»

La signora Wolfe stava concimando l'aiuola delle rose di lato alla casa, quando svoltarono l'angolo. Si raddrizzò, si tolse i guanti da giardino e allargò le braccia al piccolo che corse a rifugiarvisi.

«Hai cavalcato, Donny? Hai visto i cavalli?»

Intervennero le bambine. «Noi siamo andate alla scuola di equitazione, ma Donny non è voluto salire sul pony.»

«Papà ci ha promesso le barrette di cioccolato, ma i negozi erano tutti chiusi.»

«Ed è una buona cosa, o non avresti mangiato a tavola. E poi, abbiamo una meravigliosa torta al cioccolato per dessert.» La nonna sorrise a Jennie. «Spero che non si sia stancata, questo weekend.»

«No, signora Wolfe. Potrei fare quindici miglia al giorno tra queste colline.»

«Bene. Sono certa che Jay ce la porterà prima o poi. Andiamo dentro?»

Jennie si fece da parte perché la signora la precedesse in casa. Doveva stare attenta a ricordarsi dei più piccoli riguardi...

Era normale sentirsi a disagio davanti a uno dei genitori del futuro marito, no? Specialmente quando si trattava della prima visita, dopo due incontri soltanto e per di più nell'ambiente impersonale di un ristorante. Enid Wolfe, nonostante le sue maniere alla buona, possedeva un'eleganza che poteva intimidire. La possedeva perfino quando era in percallina a quadretti e gonna jeans, come in quel momento.

Tutta la casa ce l'aveva. La sua estrema semplicità parlava di gente che non faceva nulla per impressionare. Per una porta di legno bianca, si entrava in un ingresso dal soffitto basso: duecento anni prima, quando quella casa era stata costruita, la gente era meno alta, così le aveva spiegato Jay. Adesso, consunti tappeti orientali ricoprivano il pavimento di legno. Aromi di pino, di cera di mobili e di fiori erano sospesi nell'aria. Sul tavolinetto da caffè, nel soggiorno, c'era uno splendido mazzo di rose rosse, le ultime dell'anno, come qualcuno aveva detto. Una coppia di divani ricoperti di chintz si fronteggiavano davanti al caminetto. I mobili avevano un aspetto antico e un bellissimo pianoforte a mezza coda era situato all'estremità della lunga stanza. Due piccoli dipinti, dei cieli scuri sopra un fiume, erano piazzati sopra la mensola di pino del caminetto. Sembravano i Turner che Jennie aveva visto al museo, ma, sapendone così poco di arte e timorosa di commettere qualche sciocco errore, si trattenne dal dirlo. Doveva proprio imparare di più su quelle cose perché Jay era un esperto e ci teneva molto.

Sospettava che la raffinatezza di quel luogo fosse senza pecche e indubbiamente costosa. Tuttavia, la stanza, tutta la casa, diceva: «Non fingo. Sono quella che sono». Larghi cuscini ricamati a mano giacevano dappertutto. Pile di libri erano accatastate sui tavoli. Una era rovesciata sul pavimento. C'erano delle fotografie raggruppate su un largo tavolo rotondo: una era del 1920 e raffigurava una sposa con una gonna corta e un lungo strascico; un'altra, dei bambini, poi ancora un diploma di laurea e infine un cane, un carlino. Racchette da tennis erano appese a una parete, in un angolo, e adesso era entrato anche il setter e si era abbandonato con un tonfo davanti al caminetto.

Il padre di Jay si alzò dalla sedia a dondolo nella quale se ne era stato fino a quel momento con un bicchiere in mano. Era un uomo forte come una roccia, con un aristocratico naso aquilino, più alto della moglie, benché già molto alta. Jay sarebbe stato come lui, un giorno.

«Venite avanti Daisy sta già per portare in tavola.

Dove siete stati tutto questo tempo?» volle sapere mentre si recavano in sala da pranzo.

«Oh, in giro», rispose Jay. «Volevo far vedere a Jennie i dintorni. Siamo finiti a Green Marsh. Com'è la situazione da quando te ne ho parlato?»

Arthur Wolfe diede uno scossone al tavolo. «Nelle ultime settimane, sono piovuti da New York e hanno invaso la città numerosi come avvoltoi. Hanno fatto una grossa offerta, quattro milioni e mezzo.» Fece un sogghigno. «Prevedo che metteranno a soqquadro la città, prima che sia finita.»

«E con lo stato? Che ne è delle trattative per il parco?»

«Oh, i politici! Burocrazia. Chissà quando inseriranno il progetto nella legislatura? Nel frattempo, gli avvoltoi si muovono, e alla svelta. Sono disgustato.»

Jay aggrottò la fronte. «E tu che cosa hai intenzione di fare?»

«Be', abbiamo formato un comitato, Horace Ferguson e io. Lui fa la maggior parte del lavoro. Io sono troppo vecchio per...»

«Arthur Wolfe, tu non sei vecchio!» protestò sua moglie.

«Okay, diciamo che faccio qualcosa. Ho parlato con gente che farà in modo che la cosa sia vista nel modo giusto, specialmente nel consiglio della pianificazione urbanistica.» Il padre di Jay prese una cucchiaiata di zuppa, poi lasciò cadere il cucchiaio ed esplose di nuovo. «Buon Dio, prima che ce se ne accorga, tutta la nazione sarà asfaltata e non rimarrà più un'ombra di verde!»

«Mmm», rifletté Jay. «Sotto quella palude c'è uno strato di terreno molto fragile. Romperanno la falda freatica se cominceranno a metterci mano, e tutti i paesi della zona ne saranno danneggiati, e tutte le fattorie. Non lo sanno?»

«Chi? Gli avvoltoi? Che cosa gliene importa? Piombano dalla città, inquinano il posto, fanno fagotto e se ne vanno.»

«Mangia la cena, Arthur», gli disse gentilmente la moglie. «Si raffredderà. Siamo tutti molto legati all'ambiente, nella nostra famiglia», spiegò, voltandosi verso Jennie. «Ma forse lo avrà già notato.»

«Sono d'accordo con tutti voi», rispose Jennie. «È arrivato il momento, se non è già troppo tardi, che ripuliamo un po' le cose... l'acqua, l'aria, le miniere a cielo aperto, tutto. Altrimenti, non rimarrà niente per quelli che verranno dopo di noi. Emily, Sue, Donny...»

«Jennie è una ragazza amante dell'aria aperta», sottolineò Jay. «L'estate scorsa, nel Maine, abbiamo fatto trenta miglia in canoa, con punti in cui bisognava portarsi la canoa in spalla, e se l'è cavata bene quanto me. Forse meglio.»

Il vecchio signor Wolfe parve interessato. «Dov'è cresciuta, Jennie? Non ce l'ha mai detto.»

«Non dove forse potrebbe pensare. In città, nel cuore di Baltimora. Può darsi però che, in un'altra vita, sia stata la figlia di un agricoltore.»

Con il procedere della cena, la conversazione si spostò su altri argomenti. A Donny dovettero tagliare la carne. Sue si lamentò del suo maestro di piano. Emily si rovesciò il latte sulla gonnellina e fu necessario pulirla. Enid Wolfe chiese notizie dei biglietti di una nuova commedia. Erano al dessert, quando Arthur tornò sull'argomento di Green Marsh, fornendo spiegazioni a esclusivo beneficio di Jennie.

«Si tratta di quasi millequattrocento acri, compreso il lago. È di proprietà della città. Le fu lasciata... oh, dev'essere stato quasi ottant'anni fa. Vediamo, veniamo a trascorrere l'estate qui fin dalla nascita del nostro primo figlio, Philip, e lui va per i cinquanta. Dapprima eravamo in affitto, poi, quando ereditai un po' di denaro da mia nonna, comprai questa casa per poco. Be', la terra appartiene alla città e si capisce che tale dovrebbe rimanere. È piena di animali selvatici. Castori, volpi... E, naturalmente, è un santuario per gli uccelli. Ci sono delle querce di duecento anni. I bambini del posto nuotano nel lago. E si pesca, e ci sono sentieri naturali per le scuole. Tutto. È un tesoro, un tesoro di tutti, e non possiamo lasciarlo andare. Non lo permetteremo.» Appallottolò il tovagliolo e lo lanciò lontano da lui. «Il nostro gruppo, potremmo chiamarlo di cittadini interessati, sta raccogliendo denaro per assumere un avvocato e condurre in modo deciso questa battaglia.»

«Prevedi davvero una battaglia?» domandò Jay.

«Te l'ho detto. Non per essere cinico, i buoni progressisti non dovrebbero esserlo, ma il denaro parlerà a parecchia gente, qui attorno. A loro non importa niente delle bellezze naturali, né delle falde freatiche, poveri sciocchi. Ci saranno promesse di lavoro, di aumento degli affari, le solite cose, insomma. Perciò è meglio essere preparati.»

«Capisco.» Jay rimase pensieroso per qualche momento. «Un avvocato, hai detto? Qualcuno del posto?»

«No. Gli avvocati di qui non sono dalla nostra parte. Sperano tutti di arricchirsi con queste iniziative.»

«Hai qualcuno già in mente?» domandò Jay.

«Be', la tua ditta è molto diversificata, non è vero? Non c'è nessuno che se ne occuperebbe? Naturalmente, la parcella non sarebbe granché. Dipenderà da quanto Horace e io riusciremo a mettere insieme.» Vedendo Jay esitare, i suoi vecchi occhi taglienti ammiccarono. «D'accordo, conosco l'entità delle vostre parcelle. Sto solo scherzando.»

«Non si tratta di questo! Sai che farei io stesso qualcosa per niente, se me lo chiedessi. Il fatto è che... stavo pensando a Jennie.»

«A me?» esclamò lei.

«Perché no? Puoi farcela magnificamente.» E, ai suoi genitori, Jay disse: «Non vi ho mai detto che, quando ci siamo incontrati la prima volta, Jennie aveva appena vinto un caso di salvaguardia dell'ambiente. Avevo letto un articolo in proposito, sul *Times*, quella mattina, perciò quando qualcuno durante il party parlò di lei chiesi che mi fosse presentata.»

«Come arrivò a occuparsene?» chiese Arthur Wolfe. «Non è il suo campo, vero?»

«Oh, no. Mi occupo quasi esclusivamente di casi di donne, di problemi famigliari. Capitò che difesi una cliente con quattro bambini nella causa contro un padrone di casa che voleva sfrattarli. Be', lei mi fu molto grata e in seguito mi chiese di aiutare dei parenti a Long Island, i quali avevano un problema di utilizzo del suolo. Non avevo mai fatto niente del genere prima di allora, ma la cosa mi attirò, il senso di giustizia, voglio dire, perciò volli tentare.» Jennie fece una pausa. «Ed è tutto. Non voglio annoiarvi con i particolari.»

«Non ci annoierà. Vorrei conoscerli.»

«Be'...» Rendendosi conto di usare forse troppi «be'», Jennie si fermò di nuovo e ricominciò. «Si trattava di un quartiere di case per lavoratori. Colletti blu, senza denaro o influenza. Alla fine della strada, all'incrocio con la trasversale, c'era un lotto vuoto recintato, dove della gente voleva costruire una piccola industria chimica. Ci sarebbero stati odori nocivi e, molto probabilmente, delle esalazioni cancerogene. Avrebbero infestato tutto il quartiere. La battaglia fu molto dura, perché esistevano delle connessioni con il mondo politico, le solite cose.»

«Ma vincesti», disse con orgoglio Jay. «E non hai accennato al fatto che si trattò di un caso campione che stabilì un precedente.»

Suo padre stava studiando Jennie. «Pensa che il nostro caso possa interessarla?»

«Devo saperne di più. Che cosa vogliono fare della terra?»

«Vogliono costruirci quello che chiamano un centro ricreativo. Residence. Pensionati. Sarebbero condomini sopra condomini e tutti ad alta densità abitativa. Vede, la nuova autostrada rende la zona accessibile; a mezz'ora di strada ci sono le piste da sci, e dopo che avranno dragato il lago e lo avranno ingrandito...» Arthur Wolfe si fermò.

Intervenne Enid. «E, incidentalmente, se avessimo una stagione piovosa, si allagherebbero tutti i campi a sud della città. Oh, sto male a pensarci! Questa è una delle più belle aree dello stato, dell'Est, se vogliamo. La vedo come un simbolo. Se diventa una vittima dell'avidità, allora non resisterà più nulla. Capisce quello che vogliamo dire, Jennie?»

«Oh, sì», rispose Jennie. «Lo vedo tutti i giorni. L'avidità è il veleno finale, sia quando lascia che i topi infestino le case, sia quando inquina gli oceani o distrugge le foreste vergini...» Si fermò di nuovo. Quell'essere sotto osservazione le procurava ancora un leggero senso di disagio. Era poi conscia della propria voce, la quale tendeva a levarsi di tono per l'entusiasmo, e delle proprie mani che si era addestrata a tenere strette in grembo. «Alla fine, distruggerà tutti noi», concluse, più calma.

Jay sorrise. Approvava il suo entusiasmo. «Non fino a quando ci saranno persone come te pronte a combattere.»

«Devo presumere che accetta?» disse Arthur Wolfe.

Dunque dovrò difendere i diritti di un pezzo di terra a esistere! pensò Jennie. Un curioso cambiamento per una persona vissuta in città che non ne aveva mai posseduto un fazzoletto. E tuttavia, aveva provato fin da bambina, durante le occasionali passeggiate domenicali in campagna, una specie di attrazione verso la terra, come se gli alberi le parlassero. In seguito, leggendo il libro di Rachel Carson, o il rapporto del club di Roma, e guardando i programmi del *National Geographic* alla televisione, aveva sentito crescere quell'attrazione.

«Sì, accetto», rispose, e avvertì un caldo rigurgito di piacevole eccitazione.

«Magnifico! Se Jay dice che è brava, è senz'altro brava.» Arthur si alzò dalla tavola e si chinò su Jennie. «C'è già stata la prima lettura del nostro progetto davanti al consiglio comunale e la faccenda sta proseguendo verso il consiglio per la pianificazione urbanistica. Ci sarà l'udienza fra due o tre settimane, perciò dovrà tornare qui molto presto. Jay l'aggiornerà sul nostro governo cittadino. Non voglio prenderle altro tempo adesso, ma è la solita cosa. Nove consiglieri eletti, uno dei quali è il sindaco.» Strinse la mano a Jennie e la scosse con energia. «Prima che se ne vada, le preparerò una montagna di documenti da esaminare. Rapporti dei tecnici e degli esperti delle acque, una indagine mineraria, la petizione al governo centrale e, naturalmente, lo sporco progetto degli avvoltoi.» Le scosse di nuovo la mano. «Siamo in cammino, penso.»

«È una sfida», ribatté Jennie. «Farò del mio meglio.»

Jay guardò l'orologio. «È tempo di andare. Su, prendiamo le nostre borse, Jennie.»

Jennie era nella stanza degli ospiti per prendere il soprabito e la sua borsa, quando la signora Wolfe bussò.

«Posso entrare? Volevo parlare con lei da sola per qualche minuto.» Aveva in mano un astuccio piatto di cuoio marrone. «Volevo darle questo. Con discrezione, qui di sopra. Solo noi due. Lo apra, Jennie.»

Su un fondo di velluto, in cerchio doppio, c'era una lunga fila di perle, grosse, uniformi, di un tenue color rosa. Per un momento, Jennie rimase senza parole. Non sapeva nulla di perle, avendone posseduto soltanto un filo comprato in un negozio di bigiotteria per apparire vestita meno severamente in tribunale. Il momento di stupore fu seguito da un altro di confusione.

«Erano di mia suocera. Le ho tenute per la prima sposa che fosse arrivata in famiglia», disse Enid Wolfe, aggiungendo, dopo un secondo di esitazione: «Ho già regalato la collana di mia madre».

Gli occhi di Jennie andarono dalle perle al viso dell'altra donna, che esprimeva una specie di riverenza. Comprese che quel dono aveva un profondo significato.

«Oh... belle», balbettò.

«Sì, vero? Ecco, se le metta.» E, mentre Jennie si chinava, gliele fece passare sulla testa. «Adesso si guardi.»

Dallo specchio sopra il cassettone, un viso rotondo,

più giovane dei suoi trentasei anni, la guardò con occhi verdi insolitamente acuti. «Occhi di gatto», la chiamava Jay. In quel momento erano piuttosto impacciati. Le guance, sempre di un roseo naturale che non aveva bisogno di trucco, erano rosse fino agli zigomi.

«Le perle aggiungono sempre qualcosa a una donna, vero?» osservò Enid. «Anche solo con un maglione e una gonna.»

«Oh, belle», ripeté Jennie.

«Sì, non se ne vedono più così.»

«Io... io sono senza parole, signora Wolfe. E devo dire che non è da me.»

«Non mi chiamerebbe Enid? Signora Wolfe è troppo formale per qualcuno che sta per entrare nella famiglia.» Il viso austero di Enid si illuminò all'improvviso. «Mi creda, non lo dico tanto per dire. Non si può vedere il proprio figlio affidare se stesso e i suoi preziosi bambini alle cure di un'altra donna senza riflettere molto, molto attentamente su di lei. Ma lei è stata così buona con Jay. L'abbiamo visto, e vogliamo che sappia...» Appoggiò una mano sulla spalla di Jennie. «Voglio che sappia che Arthur e io siamo molto contenti di lei. L'ammiriamo, Jennie.»

«A volte penso che sia tutto un sogno», mormorò Jennie. Si accarezzò le perle. «Jay, io e i bambini... e adesso lei. Questa vostra meravigliosa accoglienza.»

«Perché non dovrebbe essere così? E quanto a Jay, non devo essere io a dirle quanto sia affettuoso. Avrà una vita felice con lui. Oh», fece Enid, sorridendo con materna indulgenza, «ha le sue pecche, naturalmente Non sopporta di aspettare, per esempio. Gli piace il cibo caldo quando è bollente e quello freddo quando è ghiacciato. Cose così.» Seduta sul letto, adesso Enid Wolfe era addirittura confidenziale. «Ma è un buon ragazzo, ricco di umanità. La parola 'buono' esprime tutto, non è vero? L'onestà, principalmente. Jay dice ciò che pensa e pensa quello che dice. È aperto, sincero. E vedo la stessa cosa in lei. Naturalmente, Jay ci ha parlato così tanto di lei che ci sembrava di conoscerla già prima ancora di incontrarla.» Si alzò. «Mio Dio, sto parlando a vanvera. Andiamo, la stanno aspettando. Avete davanti tre ore buone di strada.»

Durante il viaggio di ritorno, Jay osservò: «Non ho mai visto mio padre così interessato a qualcosa dai tempi in cui si batteva, in città, per dare una casa e delle scuole migliori ai poveri».

Parlavano a bassa voce mentre i bambini sonnecchiavano sul sedile posteriore.

«Spero di essere all'altezza di questo caso. E suppongo che non dovrò pensare ad altro fino a quando non sarà finito.»

«Sei già nervosa per questo? Non voglio che accetti, se poi ti fa questo effetto. Voglio una moglie rilassata. Niente rughe di preoccupazione attorno agli occhi.»

«Adesso devo farlo. Ho detto che lo avrei fatto.»

«Andiamo. Non lasciarti influenzare da papà, se hai qualche dubbio. Incaricherò qualcuno dei giovani dell'ufficio di occuparsi della cosa.»

Jennie si finse indignata. «Che cosa? Affidare il caso a un uomo come se una donna non potesse cavarsela? No, è solo che... Si tratta di tuo padre, della tua famiglia. Desidero tanto che pensino bene di me.»

«Per amor del cielo, pensano già bene di te e lo sai. Quale altra prova vuoi più delle perle di mia nonna? Mia madre avrebbe lottato con i denti per non vederle in mani sbagliate. Davvero, cara signora, tesa e nervosa, non dovresti essere così insicura a proposito della mia famiglia.»

«Io? È quella l'impressione che ho dato?»

«Un po'. Ma non preoccuparti.» Jay allungò la mano e le strinse la sua. «Sul serio, aspetta con quella scatola fino a quando non avrò trovato la persona giusta, domani.»

Era buio quando si fermarono davanti al palazzo. Due belle lanterne da carrozza in ottone illuminavano l'entrata coperta dal tendone verde. Lungo Park Avenue, una doppia fila di lampioni paralleli inondava di luce la pietra calcarea, i mattoni e il granito delle facciate della lunga serie di solide strutture che si allungava fino alla bassa costruzione del Grand Central Terminal, con l'edificio della Pan Am alle spalle. Era una delle vedute più famose del mondo, tipica quanto la Trafalgar Square di Londra o la Place de la Concorde a Parigi. A Jennie occorse qualche momento per acquisirne l'insieme, mentre Jay aiutava i bambini a sgusciare dal sedile posteriore. Raramente le vicende della sua vita la portavano in quella parte della città. In realtà, non era mai stata in un edificio come quello prima di conoscere Jay.

«La balia non è ancora tornata?» domandò.

«No. Torna lunedì mattina presto, in tempo per prepararli ad andare a scuola.»

«Allora vengo su e ti aiuto a metterli a letto.»

«No, non ce n'è bisogno. Posso arrangiarmi. Hai avuto una giornata importante, l'hai detto tu.»

«L'hai avuta anche tu. E poi, voglio farlo.»

Di sopra, mentre Jay spogliava il maschio e lo metteva a letto tra una miriade di orsacchiotti e panda, Jennie si occupava delle bambine.

«È tardi e vi siete fatta la doccia questa mattina, perciò penso che questa sera possiamo anche evitare il bagno», disse.

Sue chiese a gran voce: «Una storia! Ce la racconti una storia?»

Jennie lanciò un'occhiata all'orologio sul comodino tra i due letti color avorio. «È troppo tardi per una storia. Vi leggerò invece qualche poesia.» Sempre più abituata a quel rapporto e ben accettata dalle bambine, si sentiva in grado di far loro da madre. «Che ne dite di A.A. Milne? Bene? D'accordo, tutti in bagno.»

Le piccole si spazzolarono i denti e si lavarono mani e faccia. Misero i loro vestiti sporchi nella cesta e indossarono le loro camicie da notte di cotone rosa. Per ultimo, Jennie sciolse loro le trecce e pettinò i lunghi capelli biondi. Jay e la sua famiglia erano scuri. Le bambine avevano forse preso dalla madre.

Emily toccò i capelli di Jennie. «Vorrei dei riccioli scuri come i tuoi.»

«E io dei capelli biondi. I miei diventano crespi quando piove. È una seccatura.»

«No, è bello», disse Sue. «Anche papà lo dice. Gliel'ho chiesto.»

Jennie l'abbracciò. Erano così dolci, quelle bambine, con le loro pelli fragranti e i loro baci umidi! Oh, a volte facevano il diavolo a quattro, le aveva viste, ma era naturale. Avvertì un rigurgito di qualcosa che se non era amore – come si faceva presto a parlare di amore! – era qualcosa di molto vicino. In camera da letto, tirò fuori il libro tanto amato e lesse di Christopher Robin.

Cambiano la guardia a Buckingham Palace;
Christopher Robin ci è andato con Alice.

Lesse di ninfee.

Dove vanno le ninfee
avanti e indietro,
oscillando sull'acqua increspata...

Chiuse il libro – «E, adesso, dormite» – e tirò le tende ricamate sulla notte.

Nella stanza illuminata dalla lampada tutto era ordinato e pulito. Quella pace toccò il cuore di Jennie. Quanta parte le toccava vedere di un'altra vita, fatta di abusi, di ferite, di infelicità che esseri umani infliggevano ad altri esseri umani! Lanciando un'ultima occhiata alle due bambine, provò un'ondata di gratitudine: loro almeno erano state risparmiate. Ed erano, i suoi, sentimenti complessi, quasi preghiere.

Spense la luce. «Buonanotte, tesori. Sogni d'oro. Così mi diceva mia madre. Sogni d'oro.»

Jay era sulla soglia della camera da letto matrimoniale. «So che hai detto di non voler cambiare niente nell'appartamento», cominciò.

«Sarebbe un'inutile stravaganza, dal momento che tutto è in perfette condizioni.»

Il pensiero di riarredare tutte quelle stanze era angosciante. Jennie non era preparata al pensiero di doverlo fare e, inoltre, non ne era affatto interessata. Passò in rassegna il corridoio e il lungo soggiorno, un mare di moquette verde sul quale galleggiavano isole di mogano e di chintz dal gusto squisito. Poi la sala da pranzo, dove rimase sorpresa nel riconoscere che il tavolo era un Duncan Phyfe e le sedie, con cuscini di seta a fiori, erano Chippendale.

«Ma almeno la camera da letto», protestò Jay. «Mi piacerebbe una camera da letto nuova.»

Sì, quella gliel'avrebbe concessa. Jennie non voleva il letto a baldacchino nel quale Jay aveva dormito con un'altra donna. Inoltre, avrebbe cambiato l'armadio e il cassettone dove Phyllis aveva tenuto la sua roba. Si sarebbe presa qualche ora il prossimo weekend e avrebbe provveduto.

Su un'altra cassettiera, che doveva essere quella di Jay, c'era una cornice d'argento con la fotografia di una giovane donna in abito da ballo con al collo le perle dell'altra nonna. Aveva occhi grandi e un'aria spensierata. Il viso era rotondo, con gli zigomi sporgenti. Ehi, pensò Jennie, fatta eccezione per i capelli dritti e chiari, sembra proprio me! Si chiese se Jay si fosse accorto della rassomiglianza. Forse no. Si diceva che la gente facesse inconsciamente la stessa scelta più volte. Si soffermò a esaminare quel volto e a fare paragoni.

Con una certa ansia nella voce, Jay disse: «Quella non rimarrà, naturalmente. Avrei dovuto metterla in qualche altro posto».

«Perché non dovrebbe rimanere? Non saresti granché come uomo se dovessi dimenticarla.»

Poveretta, morta di cancro a trentadue anni, costretta a lasciarsi alle spalle quella vita e quella gente che amava!

«Non c'è nessuna come te, Jennie.» La voce di Jay era rauca d'emozione. «Nessuna donna direbbe mai così e sarebbe sincera come so che sei tu.»

E per lei era davvero così. La cosa strana era che, con Jay, non si sentiva mai insicura, non faceva mai il benché minimo paragone con nessun'altra. Con lui, era assolutamente certa del proprio valore. Erano soltanto la famiglia, i genitori, l'ambiente a causarle quella sua titubanza, quel senso di non appartenenza a dispetto di qualsiasi atto di benvenuto. Ma avrebbe superato ogni cosa...

Jay le mise un braccio attorno alla vita e le fece appoggiare la testa sulla spalla. «Non vedo l'ora che questa storia del matrimonio finisca. Non poter dormire insieme questo weekend a casa dei miei genitori, non poter dormire qui insieme a causa dei bambini e della balia... È un inferno.»

«Di nuovo a casa mia tutte le sere di questa settimana», mormorò Jennie. Poi sollevò la testa e lo guardò. Gli passò un dito sul naso. «Te l'ho mai detto che mi ricordi Lincoln? Se avessi la barba, saresti la sua controfigura.»

Jay scoppiò a ridere. «Qualsiasi uomo che sia alto e magro, abbia un viso affilato e un naso lungo potrebbe assomigliare a Lincoln. Per essere un'ostinata avvocatessa, sei anche una romantica», fece lui.

«Ostinata può darsi, ma anche dal cuore tenero.»

«Tesoro, lo so bene. Ora ascolta, hai bisogno di dormire. Ti metto su un taxi. E telefonami quando arrivi a casa.»

«Posso salire da sola su un taxi, Jay. Non sono mai stata così coccolata! Non penserai che il tassista mi rapisca, no?»

«No, ma telefonami lo stesso quando arrivi.»

L'appartamento di Jennie, in un caseggiato ristrutturato nei pressi dell'East River, era un mondo diverso. Ci vivevano single e coppie non sposate, giovani di teatro, artisti e uomini d'affari già in ascesa o che vi aspiravano. Le loro abitazioni variavano dalla stanza vuota, con una branda e una lampada, all'alloggio arredato, completo di tappeti, libri, dischi e piante. La casa di Jennie era arredata.

Nel momento in cui girò la chiave nella toppa, la porta di fronte si aprì.

«Ciao! Com'è andata?» volle sapere Shirley Weinberg, in accappatoio e asciugamano bagnato attorno alla testa. «Mi stavo asciugando i capelli quando ti ho sentita. Com'è andata?» ripeté. «Ti dispiace se entro?»

«No, vieni.»

Erano vicine da cinque anni, ma non avevano niente di più di quella vicinanza in comune, e un'amichevole benevolenza. Shirley, segretaria di un produttore teatrale, pensava in termini di Broadway e di ciò che aveva un certo prestigio, certamente non in termini di mogli percosse e di tetre aule di tribunali. Si sedette sul divano di Jennie.

«Hanno una casa fantastica?»

La visione che aveva era fatta, senza dubbio, di pavimenti di marmo e di legni dorati.

«Ma no. È una casa colonica di centocinquant'anni e forse più. A me è piaciuta. A te forse non sarebbe andata.»

«Però sono terribilmente ricchi, non è vero?»

Domande come quella erano offensive, ma, fatte da Shirley, bisognava accettarle. Shirley era schietta e gentile. Ma perché la gente faceva tante domande? Un ricordo si agitò nella sua mente, lontanissimo. Una voce che chiedeva: «Chi? Quando?» Il ricordo svanì...

«Non credo che siano 'terribilmente ricchi'. Ma non sono neppure poveri», rispose pazientemente Jennie. «Non è in questi termini che bisognerebbe pensare di loro.»

«Tu forse no. Ma tu sei una bella addormentata», sentenziò Shirley, in tono affettuoso. «Che cosa c'è nell'astuccio?»
«Una collana. Vuoi vederla?»
«Mio Dio, ma l'hai guardata?»
«Mi fai paura. Per che cosa stai gridando?»
«Ma per queste, sciocca. Hai diecimila dollari di perle, qui, non lo sai? No, ma che cosa sto dicendo? Più di diecimila. Il valore delle perle è salito di nuovo.»
«Non è possibile», disse Jennie.
«Ti dico che lo so. Ho lavorato in una gioielleria di Madison Avenue, non te l'ho detto? Sono da nove millimetri. Sai che cosa significa? No, certo che no. Mettitele.»
«Adesso ho perfino paura di toccarle. Temo che si rompano.»
«Non si romperanno. Mettitele.»
«Mi sento sciocca, se davvero valgono tanto. Quando le porterò?»
«Quando ti parrà. Sono favolose. Guarda.»
«Non so niente di cose come queste», osservò Jennie. «Voglio dire, perché si dovrebbe portare tutto quel denaro al collo?»
«Sei proprio una bella addormentata», ripeté l'altra. «Davvero non ti interessano?»
«Be', in un certo senso mi interessano. Sono molto belle, naturalmente, ma ciò che mi importa sta nel loro significato, in ciò che cercavo nella loro famiglia, e ne sono molto, molto felice. Non ho mai sognato cose come queste ed è stato un bene, perché non avrei potuto permettermele.»
«Be', adesso sembra che tu possa. Sei pazza di lui, non è vero?»
Jennie sollevò gli occhi sul viso di Shirley. Vide una certa tenerezza mista a curiosità. «Sì», rispose semplicemente. «Davvero. Lo sono.»
«Non ti ho mai vista così, prima.»
«Non mi sono mai sentita così, prima; ecco perché.»

«Sei fortunata. Sai quanto lo sei, vero?»

«Sì, lo so.»

«Essere innamorata di un uomo che ti vuole per sempre. Dio, sono stanca di tipi che non ti promettono niente, se non di non interferire nella tua libertà. Vorrei cedere un po' della mia libertà, non tutta, solo un po', per avere una casa e un bambino. Due bambini. Gli uomini che incontri oggi sono loro stessi dei bambini», concluse Shirley, borbottando.

Jennie, che stava appendendo il soprabito, non rispose. Ricordava come, non più tardi di un anno prima, Shirley, e la maggior parte delle sue coetanee, compresa lei stessa, si fossero vantate della propria totale indipendenza, della propria facoltà di sperimentare avventure un tempo riservate agli uomini. Poi, l'orologio biologico, come lo chiamavano in quei tempi, si era messo a ticchettare molto rumorosamente.

«L'orologio biologico», disse.

«Già. Be', comunque sono felice per te.» Shirley si alzò e baciò Jennie su una guancia. «Non sarebbe potuto succedere a ragazza più graziosa. Ascolta, piuttosto. Trova un pezzo di flanella e strofinale tutte le volte che te le metti. E sostituisci il filo ogni due anni. Lo farei fare da Tiffany, se fossi in te.»

Quando Shirley fu uscita, Jennie rimase per qualche momento con le perle in mano. Molti pensieri affluirono nella sua mente. Guardò la piccola stanza attorno a sé. Non si sarebbe potuto definirla bella, ma era confortevole e graziosa con le sue stampe, delle colombe di Picasso e delle vivaci geometrie di Mondrian. A volte pensava a come sarebbe stato divertente se fosse stato Jay a trasferirsi da lei e non viceversa. Aveva dipinto lei stessa le pareti di giallo, comprato la trapunta patchwork dagli artigiani delle montagne del Tennessee, nutrito l'alta palma nel vaso di rame alla finestra. I libri, che erano la sua stravaganza, e l'ottimo impianto stereo erano frutti del suo lavoro, e la cosa la faceva sentir bene. Non c'era soddisfazione migliore

Era indubbiamente arrivata lontano. Ora, essendosi confrontata con il mondo e avendo dimostrato che poteva viverci da sola, era pronta, desiderosa, felice di cedere parte della propria indipendenza a Jay.

Si erano conosciuti a una di quelle strane megariunioni di gente disparata in un attico singolare, pieno di sculture astratte, mobili d'acciaio inossidabile, *sushi*, vino bianco e vociare interminabile. Qualcuno aveva fatto un'osservazione sul caso di salvaguardia ambientale di Long Island portato avanti da Jennie e qualcun altro le aveva casualmente e frettolosamente presentato Jay. Si erano subito appartati.

«Anche lei è avvocato?» aveva domandato Jennie.

«Sì. Da DePuyster, Fillmore, Johnston, Brown, Rosembaum e Levy.»

«Molto diverso da me.»

«Molto diverso.» Lui aveva sorriso e i suoi occhi avevano avuto un lampo di divertimento. «Sta forse pensando che sono un perverso difensore di perverse corporazioni?»

«Non sono così stupida da pensare che tutte le corporazioni siano perverse.»

«Bene, perché non mi piacerebbe che pensasse male di me.»

«Non mi sognerei mai di farlo.»

«Giusto. Però faccio anche del lavoro *pro bono*, sa?»

«Bene anche quello.» Jennie aveva sorriso di rimando.

«Tutto questo non la diverte, vero?» aveva osservato lui. «Tutta sociologia e psicologia. Lo sa che cosa bolle sotto? 'Guardami, sono qui, ascoltami Quando è tutto finito, non hai altro se non un mal di testa che ti porti dietro tutta la sera. Andiamocene.»

Erano rimasti seduti in un tranquillo bar di periferia fino a notte fonda a parlare di se stessi: delle loro idee politiche, delle loro famiglie, dei loro gusti in fatto di musica, di cibo, di libri e di cinema, del loro interesse verso il tennis. Piacevano a tutti e due Zubin Mehta,

Woody Allen, Updike e Dickens. Odiavano il golf, le salse burrose, gli zoo e le crociere. Qualcosa era scattato. In seguito, si erano dichiarati d'accordo sul fatto che l'avevano sentito entrambi nello stesso momento, quella stessa sera.

Il giorno dopo, lui le aveva mandato dei fiori e Jennie era rimasta colpita da quel gesto un po' all'antica e si era scoperta piena d'aspettativa, come non lo era mai stata. All'improvviso, le era parso chiaro di non aver mai conosciuto le possibilità dell'amore, di non aver mai saputo quale fosse il vero significato delle cose. Aveva soltanto pensato di saperlo.

E così era cominciata.

Aveva fatto molta, molta strada dai tempi della casa di Baltimora, della salumeria di papà, dell'università di Pennsylvania e dell'istruzione così faticosamente raggiunta. Quando si era laureata, suo padre si era gravemente ammalato di reni ed era morto quando lei aveva venticinque anni. Sua madre aveva venduto il negozio e con il poco ricavato dalla vendita, più la piccola assicurazione di papà, era andata ad abitare con la sorella a Miami, dove il clima era più salutare e la vita più a buon mercato. Poi, grazie a qualche soldo messo da parte per gli studi di legge, Jennie era tornata a Filadelfia e si era iscritta di nuovo all'università.

Non c'era altro tempo da perdere. Se ne erano già andati quattro anni. Perciò, aveva studiato duramente, concedendosi poco. A ventinove anni, si era laureata con una media tale che avrebbe potuto farle ottenere un lavoro l'anno successivo, un lavoro che, se l'avesse voluto, le avrebbe consentito una stimata posizione in un qualche ufficio legale di Filadelfia. Ma negli anni delle difficoltà, in lei si erano formati carattere e opinioni. Erano maturi i tempi per ciò che voleva, e il posto logico dove conseguirlo era, nella sua mente, New York.

Aveva aperto un ufficio in un modesto sobborgo di periferia, nei pressi della Seconda Avenue, due stanze subaffittate in uno spazio occupato già da tre giovani, anche loro appena usciti dall'università e ai primi passi come penalisti. Non avendo alcun interesse per casi di famiglia, i tre erano felici di passarli a Jennie che, gradatamente, si era fatta una reputazione come diligente e audace difensore dei diritti delle donne, specialmente se povere.

E da allora gli anni erano passati nello stile dei tempi e dei luoghi. Si era unita a gruppi di emancipazione, aveva imparato da loro tutto quello che c'era da imparare e se li era lasciati alle spalle. Come Shirley, aveva avuto anche lei la sua parte di uomini, tutti brillanti e divertenti, ma con nessuna intenzione di impegnarsi. Si era brevemente innamorata, o aveva pensato di esserlo, di un giovane di bell'aspetto il quale, alla fine, tra le lacrime, le aveva confessato che, dopotutto, preferiva la compagnia di altri giovani di bell'aspetto come lui. Era stata corteggiata da uno o due uomini decenti, i quali l'avrebbero anche sposata, se soltanto lei ne fosse stata innamorata. Aveva conosciuto un uomo affascinante che l'adorava, ma che non aveva alcuna intenzione di divorziare dalla moglie. Insomma, non c'era stato niente che fosse andato per il verso giusto. Perciò, si era accontentata di avere un lavoro e tutte le cose che la città poteva offrirle: il balletto e l'opera al Lincoln Center, le prime visioni dei film stranieri, il jogging la domenica nel parco, le librerie della Quinta Avenue, le trattorie italiane del Village e i corsi alla New School.

Aveva avuto, insomma, una vita intensa, produttiva e utile, anche se non l'aveva condotta da nessuna parte in particolare e, sotto sotto, le aveva lasciato un certo freddo nel cuore.

Fino a quando non era spuntato Jay. Quasi due anni prima.

Finite le sue riflessioni, Jennie strofinò le perle come le era stato consigliato, le depose accuratamente sul loro cuscinetto di velluto e nascose l'astuccio sotto le sue camicie da notte. Si svestì e si guardò nello specchio a grandezza naturale sulla porta del bagno. Niente male. Non aveva mai avuto problemi di peso, il che era una benedizione perché lei amava il cibo, i dolci e mangiava molto pane. Niente tessuti flaccidi, grazie al tennis e al jogging. Canticchiando tra sé, fece una piroetta davanti allo specchio. Felice, felice...

Il telefono squillò.

«Janine Rakowsky?» Janine. Nessuno, tranne sua madre, la chiamava più così.

«Sì», rispose cauta.

«Mi chiamo James Riley.» La voce era cortese e attenta. «So che quanto ho da dirle forse la metterà in allarme, ma...»

La mamma. Un incidente in Florida. La mamma è ferita. Stridìo di freni. Luccichio di pioggia sull'autostrada. Sirene. Arrivo della polizia. L'ululato dell'ambulanza. Luci rosse che girano.

«Che cosa c'è? Che cos'è accaduto?»

«No, no», si affrettò ad aggiungere l'uomo. «Niente di brutto. Mi dispiace di averla spaventata. Si tratta soltanto di questo. Rappresento un servizio adozioni, il Birth Search. Forse ne ha già sentito parlare.»

«Non credo.» Jennie era perplessa. «Ha bisogno di un avvocato?»

«Oh, no. Non si tratta di una faccenda legale. Si trat ta di questo...»

Jennie ebbe l'impressione di vedere l'uomo sistemarsi su una poltrona per una lunga spiegazione e così lo interruppe. «Sono un avvocato, perciò, dal momento che non si tratta di una questione legale, davvero non ho tempo di stare a sentirla. Scusi, ma...»

Fu lui questa volta a interromperla, con la stessa calma. «Mi ci vorrà un minuto o due per spiegarle. Conoscerà sicuramente il numero degli adottati in cerca dei loro genitori naturali. Sono sorte molte organizzazioni per dar loro una mano e la nostra è una di queste. Noi...»

Jennie si lasciò scappare un lungo sospiro. «Farò quanta beneficenza potrò. Mi mandi un dépliant, qualcosa che descriva il vostro lavoro, e lo leggerò», disse.

L'uomo non aveva intenzione di lasciarla andare. «Non ho telefonato per chiederle beneficenza, signorina Rakowsky.» Ci fu una lunga pausa. Quando l'uomo parlò di nuovo, il suo fu quasi un bisbiglio. «Lei ha dato alla luce una bambina, diciannove anni fa.»

Passarono dei secondi. La lancetta dell'orologio sulla scrivania continuava a balzare in avanti e a ticchettare. Piccole interferenze disturbavano la linea, o forse era solo il rumore che faceva il sangue di Jennie scorrendo nelle arterie.

«La sta cercando da più di un anno. Vuole vederla.»

Sto per sentirmi male, pensò Jennie. Sto per svenire. Si sedette.

«Vista la natura tanto personale della cosa, l'ho chiamata a casa piuttosto che in ufficio.»

Jennie non riusciva a parlare.

«È lì? Signorina Rakowsky?»

«No!» Come se fosse stata incisa senza anestesia, un terribile suono proruppe dalla gola di Jennie. «No! Non è possibile! Non posso!»

«Capisco. Sì. Naturalmente questo rappresenta uno choc per lei. Ecco perché sua figlia voleva che fossimo noi... io... a telefonare.» Una pausa. «Si chiama Victoria Miller. Si fa chiamare Jill. È qui, in città, studentessa del secondo anno a Barnard.»

Gelide dita sfiorarono la schiena di Jennie. Il cuore le batteva come impazzito.

«È impossibile... Per amor del cielo, non vede che è impossibile. Non ci conosciamo.»

«È questo il punto, vero? Che dobbiate prima conoscervi?»

«No, non è il punto! L'ho messa in buone mani. Pensa che l'avrei lasciata a chiunque? Pensa questo?»

Ora la voce di Jennie era stridula. Finì con un singulto.

«No, non penso certamente che l'avrebbe fatto, ma...»

«Perché? C'è qualcosa che non va? Le è accaduto qualcosa?»

«Nulla. È felice e ben inserita.»

«Ecco! Lo vede? Gliel'ho detto! Dunque ha una famiglia che si prende cura di lei. Che cosa può volere da me? Non l'ho mai neppure vista in faccia. Io...» Con il telefono stretto nella mano, Jennie scivolò sul pavimento e si appoggiò alla scrivania per sostenersi.

«Sì, ha una famiglia, una famiglia molto valida. Ma vuole conoscerla. È naturale, direi, che voglia conoscere chi l'ha messa al mondo, no?» La voce dell'uomo era calma e ragionevole.

«No! No! È finita. È una vecchia storia. È stato tutto messo a posto a suo tempo. Quando le cose sono sistemate, bisogna lasciarle stare. A quei tempi non avrei potuto prendermi cura di lei! Lei non sa in quali condizioni mi trovassi! Fui costretta a lasciarla. Io...»

«Nessuno sta dicendo nulla in proposito, signorina Rakowsky. È comprensibile. Siamo tutti dei professionisti, qui. Psicologi, assistenti sociali... Siamo tutti in grado di capire. Io la capisco. Mi creda.»

Jennie aveva le mani sudate. Era sudata in tutto il corpo. Il sudore, il cuore che galoppava e le gambe che non la sostenevano più erano cose che già da sole la terrorizzavano. Doveva reagire. Doveva. Non poteva crollare adesso, farsi prendere da un attacco di cuore...

«Jill è una ragazza deliziosa, molto intelligente», continuò la voce, persuasiva. «Dovrebbe...»

«No, ho detto! Non avrebbe senso! Non potremmo proprio... ricominciare dopo diciannove anni. Oh, la prego!» Jennie scoppiò a piangere. «La prego, le dica che è impossibile. Le dica di essere felice e di lasciarmi in pace. Di dimenticare. Sarebbe tanto meglio per lei. Lo so che sarebbe meglio. La prego. Per amor del cielo, mi lasci stare! Oh, la prego!»

«Signorina Rakowsky, adesso non voglio più importunarla. Si conceda un paio di giorni per pensarci. Credo che, se tentasse, capirebbe che non si tratta di una cosa così brutta, di una tragedia. Le telefonerò di nuovo.»

«No! Non voglio più parlare con lei. Io...»

La comunicazione fu interrotta.

Jennie si immobilizzò con la testa appoggiata alla scrivania, la cornetta in grembo. Il cuore le martellava così furiosamente nel petto che poteva sentirlo nelle orecchie.

«Oh, mio Dio!» esclamò, a voce alta. «Oh, mio Dio!» Chiuse gli occhi e si strinse la testa tra le ginocchia.

«Sto per vomitare... Sto per svenire...»

Quando riaprì gli occhi, i disegni della grande sedia vorticavano. Cerchi scuri, bianchi e neri, puntini e stelle occhieggiavano. Chiuse di nuovo gli occhi, serrando con forza le palpebre.

Tutti questi anni. Non volevo ricordarla. Dovevo dimenticarla, no? E qualche volta, l'ho dimenticata. Ma le altre volte? Non oso pensare alle altre volte...

«Non vedi?» gridò nella stanza silenziosa, a nessuno, a tutti, al mondo, al destino. «Non vedi?»

«Oh, mio Dio...» singhiozzò. Si coprì il viso con le mani e pianse, oscillando avanti e indietro.

Dopo parecchio tempo, la sua mente ricominciò a ticchettare. Doveva richiamarla all'azione, adesso, la piccola macchina nella sua testa, riprendere il controllo, se non voleva andare a pezzi.

Rifletti, Jennie. Non puoi cedere al panico. C'è un modo intelligente di affrontare tutto, no? Dici sempre così agli altri. Ora dillo a te stessa. Rifletti.

Il telefono squillò di nuovo. Attutito, nelle pieghe dell'accappatoio, sembrava lontanissimo.

«Non mi hai telefonato», disse Jay.

Jennie non capì. «Telefonato?»

«La tua linea era occupata.»

«Sì, era una cliente.»

«Devono chiamarti anche la domenica?»

«Be', a volte succede.» Jennie cominciò a parlare a ruota libera. «Il padrone di casa ha importunato la donna. È spiacevole. E Shirley era qui, perciò non ho potuto usare il telefono. Se ne è andata proprio un minuto fa. Non riuscivo più a liberarmene.»

Jay rise. «Sentirà la tua mancanza. Oh, non è stato un giorno perfetto? Ero seduto qui e ci stavo pensando.»

«Un weekend perfetto, sì.»

«Però non abbiamo preso il tuo anello. Passo a prenderti un pomeriggio di questa settimana?»

Come potrei d'un tratto dirgli che ho una figlia? Se glielo avessi detto fin dal primo giorno...

Jay parlò di nuovo, interrompendo i suoi pensieri. «Andremo da Cartier. Non ci vorrà molto.»

«Jay, non ho bisogno di un anello tanto costoso. Davvero.»

«Jennie, non fare la noiosa, d'accordo? Non metterti a discutere con me. Va' a dormire. Io sono già quasi addormentato. Buonanotte, tesoro.»

Jennie riattaccò e gridò forte nella stanza: «Mio Dio, che cosa devo fare?»

Entrare tutt'a un tratto nella famiglia con una figlia di diciannove anni, caduta da chissà dove... I bambini di Jay... A un paio di mesi dal matrimonio... I Wolfe, quella coppia piena di decoro, fiduciosa, onorata. Progressista. Per bene. Ma non illuderti, il codice, dietro una gradevole facciata, è sempre rigido. E Jay... ho mentito... Omissioni come questa, per tutto questo tempo, sono menzogne, ipocrisie, nient'altro. Sì... sì.

Una ragazza intelligente, aveva detto quell'uomo. Jill, si faceva chiamare. Perché dovrebbe volermi? Io sono quella che l'ha data via. Povera bambina. Data via. È uscita da me, dal mio corpo. Ho sentito le sue proteste da neonata ed è stato tutto, un piccolo grido pietoso, impotente, e l'hanno portata via, un piccolo fagotto, fuori dalla stanza, fuori dalla mia vita. Assomiglia in qualche modo a me? La riconoscerei, se dovessi incontrarla in qualche posto senza sapere chi è? Ma ho fatto la cosa giusta. Sai che hai fatto la cosa giusta, Jennie. E adesso non può ritornare nella tua vita. Non proprio adesso. Non può. Non funzionerebbe. Rifletti, te l'ho detto. Ma non riesco a pensare. Non ne ho la forza. Sono esausta.

Dopo qualche tempo, si alzò dal pavimento, si distese sul letto. Scossa dai brividi, rimase a lungo con la coperta tirata fin sopra la testa. Completamente sola...

Proprio come su quell'autobus che tornava dal Nebraska. Sentiva la stessa stanchezza, la stessa nausea di allora, accentuata dal movimento dell'autobus che superava città, supermercati, spiazzi pieni di auto usate, che tornava a raccogliere una vita. Che tornava indietro...

2

Tutto ha inizio nella casa di Baltimora, nella cucina, davanti a una tazza di tè, dopo che i piatti della cena sono stati lavati e messi via. A volte, ma di rado, forse durante il Sabbath, il tè viene bevuto nella rumorosa stanza anteriore, dove la polvere si accumula sui fiori di carta. Se non c'è gente, il divano e le sedie vengono coperti con fogli di plastica e le persiane sono chiuse per impedire alla luce del sole di settentrione di scolorire il tappeto. «L'azzurro è il colore più deperibile», dice la mamma.

In realtà, la storia comincia anche prima di Baltimora. Ciascuno di noi è soltanto l'ultimo anello di una lunga, tortuosa catena? Comincia in Lituania, in un villaggio dal nome impronunciabile nei pressi di Vilna, città di grandi studiosi. I genitori della mamma, che non erano studiosi, vendevano rafani per vivere. «Se lo chiami vivere», dice lei. È una storia semplice quella che racconta e tuttavia, ogni volta che la ripete, la abbellisce con qualche particolare, con qualche aneddoto comico o patetico. La parte in cui la famiglia si trasferisce in Francia è drammatica, con il pathos della partenza e l'avventura della novità. C'è un nuovo scenario, un altro linguaggio e per la ragazzina, Masha, un nome nuovo: Marlene. Va a scuola con il grembiulino, come qualsiasi altra bambina francese. Non ci mette molto a sentirsi francese, a dimenticare tutto, tranne il ricordo, anche se vago, della strada fangosa di Vilna. Poi arrivano i tedeschi e impara che lei, dopotutto, non è francese. I suoi genitori vengono di nuovo riportati all'Est per essere consumati tra le fiamme. E lei, per un qualche miracolo, viene accolta in un gruppo di profughi e condotta in America.

«Attraversammo i Pirenei. Tu non ci crederesti, non riesco a crederci neppure io, come abbiamo fatto, Janine.»

Janine, il nome che ha dato a sua figlia in ricordo di Jacob, suo padre, è l'ultimo intenso e orgoglioso ricordo del breve periodo trascorso in Francia.

«C'erano aerei e pattuglie tedesche in perlustrazione. Dovevamo nasconderci tra gli alberi, superarli e passare tra le rocce con un freddo terribile. Un uomo ebbe un attacco cardiaco e morì, lassù...

«Be', io comunque ce la feci. Avevo sedici anni. Non avevo denaro e neppure un'istruzione sufficiente per fare molto. Ma fui fortunata. Incontrai Sam.»

Anche Sam ha una storia da raccontare, ma, contrariamente alla moglie, si rifiuta di farlo. È da sua madre che Jennie viene a sapere come papà sia sopravvissuto al campo di concentramento: sarto esperto, viene adibito alla confezione delle uniformi tedesche. Ha ricordi indicibili e non toccherà più ago se non per copiare da *Vogue* un vestito o un cappotto per la moglie o la figlia. È moderatamente contento nel suo negozio di salumeria, dove prepara panini e piatti salati, mentre la mamma sta alla cassa.

Jennie è figlia unica. I suoi genitori lavorano soltanto per lei. I loro risparmi, le cose che non si comprano e le vacanze che non si concedono, sono tutti per lei. Non lo dicono, ma lei lo sa. È consapevole dei «buoni principi» che le danno: lavoro, famiglia, rispettabilità e istruzione. Jennie deve avere l'istruzione che è mancata loro. Il brutto del mondo non deve toccarla. La tengono al sicuro.

Papà è dei due genitori il più religioso. Ortodosso, chiude il negozio il sabato, anche se quello potrebbe essere il giorno più redditizio della settimana. Fa molta attenzione quando parla; Jennie non l'ha mai sentito bestemmiare. Pensa che se lo ricorderà per sempre seduto al tavolo, i venerdì sera, a lavarsi le mani prima di recitare le preghiere, mentre sua madre tiene il catino e il piccolo asciugamano bianco e le fiamme del candeliere di rame tremolano.

Jennie non condivide tutti i loro credo, ma li rispetta come rispetta loro. Sono genitori gentili, molto occupati, grati per ciò che hanno, delusi per ciò che non hanno avuto, e qualche volta lontani; persi, capisce lei, nei ricordi delle loro esperienze. E quando va alla scuola superiore, mentre sa che lascerà il loro mondo, sa anche che, almeno nello spirito, ne farà sempre parte.

«E così lui vive ad Atlanta?» domanda la mamma con i bigodini in testa, rotondetta nella sua vestaglia da casa. Aggrotta leggermente la fronte e tenta di decifrare la bella calligrafia della lettera. È una calligrafia femminile su un foglio grigio. La busta è della stessa tinta e l'inchiostro è blu. La mamma passa un dito sulle lettere. «È gentile che sua madre ti scriva per invitarti.»

«Be', è doveroso, no?»

«Atlanta... è lontano?»

«Solo un paio d'ore d'aereo.» Jennie prova una deliziosa eccitazione. «Vivono in periferia. Verranno a prendermi all'aeroporto.»

«Suppongo che siano persone ricche.»

Per un qualche motivo, adesso Jennie si sente imbarazzata e irritata. «Mamma, non l'ho mai chiesto.»

«E chi dice che dovevi chiederlo? Certo, che non l'hai fatto. Ma una persona lo capisce.»

«A me non interessa. È un particolare che non ha importanza per me.»

«Dice che non le interessa!» La mamma si appoggia ai

gomiti e stringe la tazza del tè tra le mani. Gli occhi, tra il verde e il marrone, fissi sul bordo, sono pensierosi e, nel contempo, divertiti. «Che cosa ne sai? Grazie a Dio, il denaro non ti è mai mancato. Sai che cosa significa svegliarsi di notte e fissare la serratura sapendo che di lì a qualche ora sarai costretta ad affrontare il padrone di casa e il macellaio che vogliono il denaro che non hai? No, non lo sai. E così non ti interessa. Dimmi, che cosa ti metterai?» E senza aspettare la risposta, continua: «Tuo padre ti farà un tailleur primaverile, un tailleur da viaggio».

«Non disturbare papà. È stanco. Troverò io qualcosa.»

«Un tailleur non lo disturberà affatto. Lo finirà in poche sere. Di che colore lo vuoi? Da' retta a me, scegli il grigio. Il grigio va con tutto. Con un bel tailleur sembrerai qualcuno, quando scenderai dall'aereo. È un bel ragazzo Peter. Perché lo chiamano Shorty?»

«Perché è alto un metro e ottantatré.»

«È un bel ragazzo.»

Sfoggiando il suo abituale sorrisetto caldo, la mamma si versa un'altra tazza di tè.

Era incominciato ancora prima di allora, subito dopo l'inizio del primo anno di college di Jennie. Aveva saltato il pranzo per studiare e, a metà pomeriggio, si era fermata a prendersi un panino in un bar fuori del campus.

«Ti dispiace se mi siedo con te?»

Jennie aveva sollevato gli occhi sul ragazzo più alto che le fosse mai capitato di conoscere, con la testa di capelli più rossi che avesse mai visto.

«No, certo che no.» In una scuola nuova e in una città nuova, era necessario incontrare gente. E lei aveva spostato i libri sul tavolo.

«Volevo parlarti. Ti ho osservata qui, tutti i giorni, a pranzo, durante l'ultima settimana.»

Un tipo disinvolto. Esperto? Senza rivelare né sorpresa né piacere, Jennie aveva risposto: «Perché non l'hai fatto, allora?»

«Eri in compagnia. Non sarebbe stato possibile.»

Lei era rimasta in silenzio. Non voleva incoraggiarlo senza sapere di più di lui. Aveva due occhi sinceri, ma aveva cominciato troppo alla svelta e la cosa l'aveva resa sospettosa.

«Mi piaci. E ho notato anche la tua voce. Non hai il timbro stridulo del soprano.»

«Anch'io sto notando la tua voce.» L'accento del ragazzo era pieno di vocali morbide. «Vieni dal Sud?»

«Atlanta. Mi chiamo Peter Mendes.»

«Jennie Rakowsky. Di Baltimora.»

Lui aveva allungato la mano. Al campus solitamente non si faceva. Forse era un'abitudine del Sud. Quelli del Sud avevano fama di essere più a modo, più formali.

«Mi piacerebbe conoscerti meglio, Jennie.»

Jennie aveva già sentito quel motivetto. Qualcosa da bere e poi a letto, dato per scontato, dopo solo un paio d'ore che si conoscevano. Be', sarebbe rimasto sorpreso, se pensava che le cose sarebbero andate così.

«Che ne diresti di cenare con me questa sera? Ti piace il cibo italiano?»

«La cucina italiana piace a tutti.»

«Allora va bene. Conosco un buon locale. Non è elegante, ma la cucina è casalinga. A che ora passo a prenderti e dove?»

«Non ho detto che verrò. Ho solo detto che mi piace la cucina italiana.»

«Ah...»

Jennie l'aveva visto diventare rosso quasi come i suoi capelli e se ne era subito dispiaciuta. Non era un... esperto. Era semplice, lineare.

«Dai, stavo solo scherzando.» Aveva allungato la mano per toccargli la sua. «Verrò, grazie. Sto al nuovo dormitorio e alle sei andrebbe bene, se va bene a te.»

La bocca di Peter esprimeva dolcezza quando si allargava in un sorriso. In quel preciso momento, Jennie aveva capito che le piaceva e durante tutto il tragitto fino alla biblioteca aveva canticchiato tra sé.

Di che cosa avevano parlato davanti alla tovaglia macchiata di pomodoro e alle candele? Dei campus del 1969, una conversazione di dieci minuti senza toccare l'argomento Vietnam. Jennie aveva detto che le sarebbe piaciuto andare alla convention di Chicago, l'anno prima, ma che a quei tempi lei era ancora alla scuola superiore e i suoi genitori erano stati irremovibili. Peter aveva avuto la stessa esperienza.

«Non che non pensino che è orribile ciò che accade in Vietnam», aveva precisato. «È che sono convinti che i ragazzi non dovrebbero uscire in strada. Che non serve a niente. Pensano che Chicago sia un posto selvaggio. Sai com'è, no?»

Peter aveva annuito. «È tutto un pasticcio. A volte penso che il mondo intero stia andando in rovina. Ed è allora che mi sento così arrabbiato da credere di poter cambiare da solo le cose.» Aveva aggrottato la fronte, ma poi il suo viso si era rilassato in un sorriso. «La cosa buffa è che parlo tanto di scelte per il futuro e sai che cosa studio? Archeologia! Una follia, non credi?»

«No, se è ciò che ti piace. Perché lo fai?»

«È cominciato tutto un'estate, in Nuovo Messico, quando ho visto le riserve indiane e ho letto degli anasazi antichi. Hanno una meravigliosa filosofia sul loro posto nella natura, sul modo in cui le cose sono collegate l'una all'altra, alberi, animali e persone, e su come dobbiamo vivere in armonia.»

Oh, le piacevano il viso di Peter, i suoi pensieri aperti, le mani lunghe e pulite, il naso e le braccia pieni di efelidi e la camicia bianca immacolata! Le piaceva che il suo secondo nome fosse Algernon e che lui ci sapesse ridere sopra.

«Dicono: 'Mia madre la terra, mio padre il cielo'. L'hai mai sentito?»

«No È una bella idea», aveva ammesso lei, fissando

la sua testa di capelli rossi, gli occhi simili a opali: grigi con striature color lavanda.

«Ecco che cosa mi ha attirato. Ma ora, che mi dici di te?»

«Mi iscriverò a legge, se potrò permettermelo. Ho una mezza borsa di studio qui, perciò devo mantenere i voti alti.»

Avevano toccato altri argomenti. Musica. Dischi. Tennis. Lui era un bravo tennista. Avevano un campo di tennis nel loro giardino, aveva detto, il che gli permetteva di tenersi sempre in esercizio. Jennie non aveva mai conosciuto nessuno che avesse un campo da tennis.

Era mai stata nella comunità degli Amish? Le aveva poi chiesto Peter. No, Jennie non ci era mai stata, sebbene avesse letto parecchio in proposito. Nemmeno lui. Non era mai stato per molto tempo al Nord prima di allora e uno dei posti che avrebbe voluto vedere era proprio quello. Voleva andarci con lui, qualche domenica? Avrebbero noleggiato un'auto e guidato a turno, sempre che a lei piacesse guidare.

«Non ho la patente. Ho soltanto diciassette anni», aveva risposto Jennie.

«Io ne ho diciotto. Sei giovane per essere qui.»

«Ho saltato un anno alla scuola inferiore.»

«Sono impressionato.»

Lei allora si era messa a flirtare, abbassando lo sguardo o volgendolo ora a destra, ora a sinistra, ora sollevandolo verso l'alto come si era esercitata a fare molti anni prima allo specchio. Quei movimenti mettevano in risalto le sue ciglia nere e l'onda che i capelli le formavano sulla tempia. Così facendo, credeva di essere provocante.

«Non devi esserlo. Non sono un genio. Ho soltanto lavorato duro per i motivi che ti ho detto.»

«Hai delle ciglia incredibili», aveva osservato lui.

«Davvero? Non me n'ero mai accorta.»

«Be', lo sono. Gesù, sono felice di averti vista questo pomeriggio. Pensavo: questo posto è così grande che forse non la rivedrò più... per mesi, comunque.»

«Anch'io sono felice.»
«All'inizio ho pensato di non piacerti.»
«Ero soltanto un po' cauta.»
«Allora, che cosa ne dici di noleggiare un'auto domenica prossima?»
«Mi piacerebbe.»
Erano tornati al campus, buio e quasi deserto, investito dall'aria fresca di un autunno precoce. Peter l'aveva lasciata alla porta.
«È stato bellissimo, Jennie. Partiremo presto, così avremo a disposizione tutta la giornata. Buonanotte.»
«Buonanotte.»
Lui non aveva neppure tentato di baciarla. Naturalmente, Jennie avrebbe preso la cosa come un insulto, anche se dall'altra parte ci fosse stato qualcuno dal quale non desiderava essere baciata. In quel momento, invece, aveva soltanto sentito che c'era qualcosa di serio in quel tranquillo «buonanotte». Strano, aveva pensato, e difficile da spiegare perfino a se stessa.
La prima delle tante passeggiate che avevano fatto insieme era stata a Lancaster County. Avevano mangiato in una locanda, poi avevano proseguito in macchina e raggiunto a piedi fattorie, campi di segale e mandrie di bestiame dal mantello invernale.
«Niente elettricità, niente macchine», aveva detto Peter. «Mungono a mano.»
«Vuoi dire che si possono mungere le mucche con le macchine?»
«Certo. È così che fanno di questi tempi.»
«Come fai a sapere tante cose sulle fattorie e gli animali?»
«Oh, abbiamo una casa in campagna. Passo molto tempo laggiù.»
«Credevo che viveste in città.»
«È così, ma abbiamo anche un'altra casa.»
Quando, dopo l'autunno, era arrivato l'inverno, avevano cominciato a vedersi ogni giorno, nel tempo libero. Andavano allo zoo, all'aeroporto, al porto. Si sede-

vano su una panchina in Rittenhouse Square e parlavano per ore. O prendevano il treno per New York e andavano a vedere un film francese al Greenwich Village, dove lui le aveva comprato un braccialetto d'argento.

«È troppo caro», aveva protestato Jennie. «Spendi troppo, Peter.»

Lui si era messo a ridere. «Sai una cosa? Torniamo al negozio.»

«Per cosa?»

«Per prendere una collana che si adatti. Dai, non fare quella faccia. Va tutto bene, te l'ho detto.»

Jennie l'aveva guardato mentre le metteva al collo la catenina d'argento. Il sorriso di Peter mostrava felicità nella curvatura agli angoli delle sue labbra sottili.

Amava la sua allegria. Un'allegria contagiosa come il modo di preoccuparsi della mamma. A casa, Jennie avvertiva sempre un'ansia di sottofondo, anche quando la conversazione era piacevole; provava sempre la vaga paura che le cose – quali cose? – potessero da un momento all'altro sgretolarsi, che non ci fossero dei sostegni. Era bello invece stare con una persona che era felice. La felicità rende forti.

Verso la metà del secondo mese, Peter l'aveva baciata. In seguito, Jennie si era ricordata di quale era stato il suo primo pensiero: questo bacio, diverso da qualsiasi altro, significa qualcosa. Era accaduto un pomeriggio tardi che pioveva e perciò non c'era nessuno che li vedesse. Aveva lasciato cadere l'ombrello quando Peter l'aveva stretta a sé, gli aveva messo le braccia al collo ed erano rimasti così, a lungo, sotto una pioggia sottile.

Per un'altra settimana o due, c'erano stati altri abbracci, sempre più intensi, ogni volta più inquietanti. Si stringevano l'uno all'altra e i loro corpi sembravano ardere anche attraverso i vari strati di indumenti pesanti. E quando Peter la lasciava, Jennie si sentiva viva. Salendo in camera sua, aveva l'impressione di dividersi da una parte di sé. Non abbastanza, pensava. Non è abbastanza.

«Così non è bello», aveva detto Peter, un giorno. «Dobbiamo fare qualcosa.» E vedendo che Jennie non rispondeva, aveva aggiunto: «Abbiamo bisogno l'uno dell'altra, Jennie. Veramente bisogno. Lo capisci?»

«Sì, lo capisco.»

«Allora, lascerai che sia io a organizzare ogni cosa?»

«Sì. Lo farò sempre.»

«Oh, cara Jennie.»

Per tutta la settimana che aveva preceduto il grande avvenimento, Jennie non era riuscita a pensare ad altro. Dormiva sempre in pigiama, ma era andata a comprarsi una camicia da notte rosa con i merletti. Il suo umore era mutevole. A volte sentiva l'eccitazione serrarle la gola; altre leggeva poesie o ascoltava musica alla radio, musica grandiosa, qualcosa che le desse un senso di trionfo come la *Nona* di Beethoven. E allora le veniva la voglia di piangere e, subito dopo, di ridere. Con l'avvicinarsi della fine della settimana, una leggera paura si era fatta strada in lei. Jennie aveva temuto quella paura; aveva temuto che potesse rovinare la sua gioia.

Ma Peter era stato molto gentile e le sue ansie si erano rivelate del tutto infondate. Quando la porta della stanza del motel si era chiusa, Peter si era girato verso di lei con un'espressione così rassicurante, così piena d'amore e di protezione che ogni apprensione era svanita. Con molto tatto, aveva spento l'abbagliante luce centrale, lasciando accesa soltanto una lampada d'angolo. Senza la fretta o i modi bruschi di cui Jennie aveva sentito o letto, le aveva tolto i vestiti.

«A te non farei mai del male», aveva mormorato. «Non ti farò mai del male.»

E lei aveva capito che era sincero. Peter non le avrebbe mai fatto del male, non volontariamente. Il battito del suo cuore in quel torace solido era morbido, sicuro. Perciò gli si era data, spontaneamente, e con gioia.

Non aveva indossato quella stravagante camicia da notte. E il mattino dopo, ne avevano riso. Avevano dato un'ultima occhiata alla stanza squallida e avevano riso anche di quella. Era stata calda e pulita e quello bastava. Ci sarebbero tornati.

Com'era bello il mondo! Il mondo in cui un passero lasciava le sue piccole impronte sulla neve. Piramidi di mele, morbide come seta rossa. Il sorriso di un estraneo che le teneva aperta la porta. Tutto era meraviglioso.

Tuttavia, a volte, anche se raramente, prima di addormentarsi o mentre sognava a occhi aperti su un libro, Jennie si chiedeva se quelle meravigliose sensazioni sarebbero potute durare per quattro anni e più. Quattro anni! Era per sempre. E un brivido di freddo l'assaliva

«Non lasciarmi, Peter», diceva allora, a voce alta nell'oscurità.

Un giorno, lui le aveva mormorato con serietà: «Questo è per sempre, lo sai».

«Siamo molto giovani per conoscere le nostre menti», aveva ribattuto lei, per metterlo alla prova, nella speranza che lui negasse.

E così era stato. «Solo un paio di generazioni fa, la gente si sposava a sedici anni. Lo fanno ancora, in qualche posto. Noi rimanderemo semplicemente, ecco tutto. Lo faremo un po' più in là, quando saremo laureati.»

«Giusto.»

Meglio non pensarci troppo. Se non pensi troppo a qualcosa di bello, quel qualcosa accadrà.

«Devo andare a trovare certe persone a Owings Mills, il prossimo fine settimana», le aveva annunciato un giorno Peter. «È vicino a casa tua, no?»

«Non lontano. Ma non ci andiamo mai.»

«Sono vecchi amici dei miei genitori. Il signor Frank è andato all'università con mio padre. Si è ammalato e ha subito una brutta operazione al collo. Mi hanno invitato e papà vuole che vada.»

«Be', visto allora che non sarai qui, andrò anch'io a casa. La mamma non fa altro che ripetermelo. Vuoi fermarti a cena a casa mia prima di andare dai tuoi amici?»

«Certo. Prenderò il treno per Baltimora.»

«Dovrai prendere un taxi fino a casa mia. Di sabato, mio padre non guida.»

«D'accordo.»

Jennie avrebbe voluto assicurarsi di persona che tutto andasse bene. A volte, quando la mamma lavorava in negozio tutto il giorno, le cose venivano fatte un po' di fretta e senza troppa cura. Quel giorno, comunque, dal momento che era sabato, aveva apparecchiato in sala da pranzo.

«Oh, cara, ho un lavoretto da farti fare. Prendi l'argenteria dal cassetto e puliscila bene mentre finisco di cucinare il cavolo. Spero che gli piaccia.»

«Non è di gusti difficili. Non devi darti tanto disturbo.»

«Deve essere una cosa seria con lui, Janine. Non hai mai invitato un ragazzo a cena qui, prima d'ora.»

Jennie avrebbe voluto che sua madre la smettesse di chiamarlo «ragazzo». Peter era un uomo. Ciononostante, rispose con calma: «Ti prego, non saltare alle conclusioni, mamma. Mi metti in imbarazzo».

Forse era stato un errore invitarlo. Ma sarebbe stato più imbarazzante non invitarlo, quando era in visita proprio in quella zona.

«Non preoccuparti, capisco. Vacci piano, però, non è così che dite voi giovani? Avanti, prendi l'argenteria da lucidare.» Sua madre aveva sollevato una forchetta e l'aveva soppesata. «È argento puro, del migliore. Metti una tovaglia nel lavandino in modo da non segnarlo.»

Dalla finestra, proprio sopra il lavandino, si vedeva direttamente nella cucina dei Danieli, al di là della striscia di cemento che divideva i cortili. In estate, quando faceva troppo caldo per mangiare in casa, ognuno portava i tavoli sotto i portici sul retro. Si poteva sentire un pungente odore di sugo sempre a bollire sulla stufa dei Danieli.

«Sì, nel posto in cui lavoravo, hanno partecipato tutti e mi hanno regalato quel servizio quando mi sono sposata. Molto generosi. Ricordo di aver pianto...»

Papà, incuriosito dai preparativi, era entrato in cucina. «Perché ti chiama Jennie?»

«A scuola lo fanno tutti.»

La mamma, che stava energicamente tagliando le cipolle, era intervenuta. «Perché permetti che te lo cambino? Il tuo nome è Janine, un così bel nome.»

«Non si adatta a Rakowsky.»

«Sam, la senti? Rakowsky non le piace. Meno male che tuo nonno, pace all'anima sua, non può sentire. Era fiero di quel nome. Era un eroe. Quella volta che ci fu un incendio...»

«Mamma, so del nonno.» Jennie aveva parlato con affetto. «Quante volte l'ho sentita quella storia?»

«Be', allora cambierai il cognome», aveva replicato allegramente la mamma. «Ti sceglierai un uomo con un bel cognome.»

Jennie era andata in sala da pranzo dove era stata messa la tovaglia migliore con il servizio migliore ed erano state tolte le fodere di plastica dalle sedie. La voce di suo padre l'aveva seguita.

«Mendes. Che razza di nome è? Mendel, lo conosco, è comune, ma Mendes...»

«È spagnolo o portoghese.»

«Spagnolo! Be', gli ebrei sono dovunque, persino in Cina, l'ho letto da qualche parte. Sì, persino in Cina.»

Tutto stava andando bene, perciò Jennie aveva smesso di preoccuparsi. Peter aveva portato un mazzo di narcisi selvatici e lei li aveva disposti in un vaso basso, sul tavolo. Era sorprendente l'effetto che riuscivano a fare pochi fiori in una stanza. La cena della mamma era stata deliziosa. Solitamente loquace, la donna non aveva fatto altri commenti personali se non quando, togliendo il ketchup dalla tavola, aveva battuto affettuosamente sulla testa del marito e dichiarato che Sam avrebbe gradito la salsa anche sul gelato.

Papà invece aveva parlato più del solito. Lui e Peter erano entrambi patiti di baseball. Per Jennie era stata una sorpresa scoprire che suo padre sapesse e gli importasse tanto degli Orioles. Probabilmente, vivendo in casa con due donne, non aveva molte occasioni di parlare di baseball.

Si era accorta che Peter gli piaceva. «Janine dice che ti chiamano Shorty.»

«Lei no, ma molti lo fanno.»

«Se fossi appena un po' più alto, non entreresti dalla nostra porta di casa», aveva commentato papà. «L'hai mai sentita quella sul nano e suo fratello?» E gli aveva raccontato la storiella in yiddish.

Visto che Peter, ovviamente, non capiva, Jennie gli aveva spiegato come meglio aveva potuto. Papà era rimasto sorpreso.

«Non capisci l'yiddish?»

«Mi dispiace, non l'ho mai imparato», si era scusato Peter.

«Imparato! È una cosa che non si impara, la si sa e basta. I tuoi sono venuti dall'altra parte, vero?»

«Sì, dall'Europa, ma tanto tempo fa.»

«Dai tempi di tuo nonno?»

«No, ancora prima.»

«Quanto tempo fa?» aveva insistito papà.

Jennie aveva sperato che Peter capisse che papà non era sgarbato, ma solo interessato e curioso.

«Be'», aveva continuato Peter, «sono venuti a Savannah dal Sud America nel Settecento. Prima, erano stati in Olanda.»

«Duecento anni in questo paese?» Papà aveva scosso la testa, incredulo. Probabilmente pensava che Peter non sapesse di che cosa stesse parlando.

Esaurite le storielle, erano inevitabilmente passati a parlare di politica. Erano tutti preoccupati e arrabbiati per la guerra del Vietnam e per il ruolo dell'America, secondo loro senza senso e sbagliato. Durante la discussione, la mamma aveva riempito nuovamente il piatto di Peter. Poi, era arrivata la torta di mele calda e il profumo della cannella si era mescolato a quello dei narcisi. Peter l'aveva mangiata e aveva continuato a discutere, sentendosi come a casa sua. Jennie se n'era accorta e la cosa le aveva procurato buoni presentimenti.

Naturalmente, se i suoi avessero saputo di Peter e di lei, le cose sarebbero andate diversamente... Ma quelli erano altri tempi. La mamma e papà non erano abbastanza di mondo per sapere, salvo poi leggere i giornali e rimanere scioccati da quello che apprendevano e affermare che quelli erano davvero altri tempi.

E così la sera era andata avanti finché Peter non aveva spiegato che qualcuno sarebbe venuto a prenderlo alle nove per portarlo a Owings Mills.

«È un peccato che tu non possa fermarti qui questa notte», aveva osservato la mamma. «Possiamo mettere una branda nell'altra stanza... È molto comoda.»

«La ringrazio, mi farebbe piacere, ma mi aspettano.»

L'uomo che era venuto a prendere Peter aveva una station wagon. Quando la porta d'ingresso si era aperta, avevano sentito abbaiare e avevano visto le teste di tre terrier nella parte posteriore dell'auto. Peter era uscito sulla soglia e aveva gridato di aspettare un momento.

«Di' al tuo amico di entrare a bere una tazza di caffè», aveva detto papà. «È rimasto anche un po' di dolce.»

«Non credo che possa, per via dei cani. Non li lascia mai soli in macchina. Sono cani da esposizione molto rari. Terrier tibetani. Hanno una parete piena di nastri azzurri, a casa», aveva spiegato Peter.

Poi aveva ringraziato i Rakowsky, era stato attento a mostrarsi casuale con Jennie e se n'era andato.

Papà e la mamma avevano guardato la station wagon allontanarsi. «Nastri azzurri», aveva mormorato papà. «A che cosa si riferiva? Ma è ugualmente un bel ragazzo. Molto bello, Janine, anche se ti chiama Jennie.»

Peter aveva affermato: «I tuoi genitori mi sono pia ciuti. Sono delle brave persone».

«Ne sono contenta. E tu sei piaciuto a loro.»

«Spero che anche a te piacerà la mia famiglia. Verrai a trascorrere qualche giorno durante le prossime vacanze di primavera? Scriverò a mia madre, la settimana prossima, se mi dici che verrai.»

Peter non le aveva mai raccontato molto dei suoi, tranne che aveva una sorella di quattordici anni. Suo padre lavorava nel campo degli investimenti, qualcosa di simile a una banca, supponeva Jennie. Aveva immaginato una grande casa con un campo da tennis, quel genere di eleganti case bianche che vedeva in periferia durante le passeggiate della domenica.

«Vuole che i suoi genitori ti conoscano, e se piacerai – perché non dovresti? –» aveva scherzato la mamma, «allora chiederà a tuo padre di sposarti.»

«Mamma! Siamo nel 1969! Nessuno chiede più al padre della propria ragazza il permesso di sposarla. Del resto, per il bene di Peter, nessuno di noi è pronto per il matrimonio. Siamo ancora troppo giovani.»

«Allora aspetterete un anno o due. Io avevo diciannove anni», aveva ribattuto la mamma.

Una lunga auto blu, con un autista nero con una divisa scura, li aveva accolti all'aeroporto di Atlanta. Jennie aveva pensato che si trattasse di una limousine presa a noleggio e, non essendo mai salita su una di quelle macchine prima di allora, era rimasta impressionata.

Poi l'uomo aveva detto: «Lieto di averla a casa, signor Peter. Ci viene così di rado...»

«Come stanno gli altri, Spencer? Mamma? Papà? Zia Lee?»

«Tutti bene e zia Lee è sempre il solito peperino. È così che la chiama, no?»

«Sì, un vero peperino.»

Quella era la loro macchina e quello il loro autista! Jennie si era lisciata la gonna. Si era lisciata e rilisciata la gonna grigia che papà le aveva fatto...

«Cucita a mano!» aveva esclamato la mamma. «Lo sai

a quanto si venderebbe nei negozi? Tuo padre ha le mani d'oro. Ora hai bisogno di una camicetta gialla, di un paio di scarpe di pelle nera e puoi andare ovunque.»

Peter le aveva preso una mano tra le sue. «Sei tesa.»

Vedeva tutto e capiva tutto, come se avesse un sistema nervoso collegato al suo.

«Sì. Sto bene?»

«Sei bellissima.»

Jennie non se l'era sentita di dire: «È la macchina che mi fa questo effetto. Mi spaventa essere qui dentro».

C'era un ombrello sul pavimento, di Burberry a quadri. Una ragazza del college ne aveva uno in tinta con l'impermeabile. «Costa una fortuna», avrebbe commentato la mamma.

Avevano lasciato l'autostrada per immettersi nelle vie cittadine e poi in un ampio viale fiancheggiato di alberi secolari, ora pieni di foglie. Si vedevano prati, recinti e delle case in fondo a lunghi vialetti. Un'aria dolce, molto più mite, entrava dal finestrino, raffreddando le guance bollenti di Jennie.

«I miei genitori non ti mangeranno, Jennie. Non sono degli orchi.»

I genitori di Peter. È assolutamente stupido sentirsi così. Che male c'era, se avevano un'auto e un autista?

La macchina aveva rallentato, imboccato un lungo viale e percorso un tratto in salita sotto un baldacchino di infiorescenze rosa.

«Cornioli. Atlanta è famosa per i cornioli», aveva spiegato Peter.

In cima alla salita, l'auto aveva girato attorno a un'enorme aiuola circolare di tulipani scarlatti e si era fermata. Jennie aveva pensato che si fossero fermati a prendere qualcuno a un country club o a una scuola privata. Due file di colonne bianche spiccavano contro i mattoni rossi; due brevi scalinate si congiungevano sotto i colonnati. Proprio come in *Via col vento*. O il Partenone. E quando aveva scorto delle persone davanti alla porta d'ingresso bianca, aveva capito che quella era la casa, la casa di Peter

Si era sentita in dovere di dire qualcosa. Delle parole sciocche le erano uscite di bocca. «Oh, tutti quei tulipani!»

Peter era già sceso dalla macchina e stava salendo i gradini di corsa. L'autista aveva aiutato Jennie e le aveva preso la valigia. Esitante, lei aveva fatto le scale. In cima, Peter si era voltato verso di lei.

«Mamma, papà, questa è la mia amica Jennie Rakowsky.»

Jennie aveva teso la mano a una macchia confusa di donna, una macchia simmetrica e sfuocata, con la pelle chiara e due occhi penetranti.

«Molto piacere, Jennie. Siamo sempre felici quando Peter ci porta un amico», aveva replicato la madre di Peter.

Il padre era un omone con i capelli bianchi dall'aria possente e autorevole, come se ne vedono nei notiziari televisivi, il tipo del senatore o del generale. Jennie si era sentita piccola di fronte a persone così alte e sotto quegli enormi colonnati.

Nell'ingresso, uno scalone doppio, con un lampadario di cristallo dal lungo sostegno dorato, si congiungeva al piano superiore formando una balconata con una grande finestra.

«Questa è Sally June», aveva detto Peter.

Una ragazzina stava scendendo. Indossava una gonnellina bianca da tennis e aveva una racchetta in mano. I capelli rossi e le lentiggini erano quelli del fratello.

«Ciao», aveva salutato, senza sorridere, ed era passata oltre, uscendo.

Non abbracci neppure tuo fratello? E non sorridi quando saluti qualcuno? aveva pensato Jennie. Lei che invece sorrideva! La ragazzina l'aveva fatta sentire una stupida.

«Ti mostro la tua camera, vieni», aveva proseguito la signora Mendes.

Jennie l'aveva seguita di sopra. Era piacevole salire su delle scale tanto ampie e dei gradini così bassi. Ma la nuca eretta che le stava davanti sembrava in qualche modo minacciosa. Alla scuola superiore aveva avuto una vicedirettrice che camminava così, una donna imponente e molto formale con i capelli scuri striati di grigio raccolti in una treccia.

Alla fine di un lungo corridoio, erano entrate in una stanza. «La cena è tra mezz'ora», aveva annunciato la signora Mendes. «Non hai bisogno di cambiarti, dopo tutto quel viaggio. Mettiti solo comoda e raggiungici di sotto quando sarai pronta. Prenderemo un drink in biblioteca. Oh, sì... se ti serve qualcosa, suona. Premi il pulsante accanto all'interruttore della luce.»

Farò attenzione a non premerlo per sbaglio, aveva pensato Jennie, ma aveva esternato un: «Grazie, grazie molte, signora Mendes».

La signora aveva chiuso la porta. Questa aveva prodotto un leggero click, lasciando poi che il silenzio riempisse la camera. Jennie si era fermata al centro e si era guardata attorno. Sul letto matrimoniale di mogano c'era una coperta grigia con stampati dei piccoli limoni e delle foglie verdi. Gli stessi disegni si ripetevano nelle tende alle finestre. Il tappeto era grigioverde e l'imbottitura delle sedie bianca e gialla. C'erano anche un paio di cassettoni di legno scuro e lucido e un tavolino rotondo con un vaso pieno dei tulipani rossi che Jennie aveva visto fuori.

Non hai bisogno di cambiarti. Ma cambiarmi per mettermi che cosa? Avevo pensato che il mio completo sarebbe andato bene per il pranzo e... per la cena. E il vestito di seta blu nel caso dovessimo andare a un cinema o in qualche altro posto, domani... Aveva allontanato quei pensieri e si era avvicinata alla finestra. Lo faceva sempre per vedere dove si trovasse.

La stanza dava sulla parete anteriore della casa. Sulla sinistra si vedeva un angolo di prato verdissimo. Non c'erano altre ville in vista, solo erba e alberi. Il tardo pomeriggio era immerso nella quiete.

Anche lì dentro regnava il silenzio. A casa, si udivano

sempre dei rumori: l'acqua della toilette, le voci che provenivano dal cortile accanto, i camion che passavano o i passi sulle scale non ricoperte da alcun tappeto... «Sulle scale si consuma troppo in fretta», diceva la mamma.

Poi aveva aperto la porta e guardato nel corridoio. Aveva posato lo sguardo sul quadrante di un grande orologio del nonno. No, devi chiamarlo «pendolo alto», si era ricordata perché l'aveva letto su qualche rivista, forse dal parrucchiere dove andava di tanto in tanto a tagliarsi i capelli. Un'informazione casuale, aveva pensato, che mi sembra di acquisire senza averne l'intenzione. Il pendolo si era messo a suonare. Bong! Bong! Scendi quando sarai pronta. Avrebbe fatto meglio ad affrettarsi; a lavarsi le mani e a presentarsi in sala.

La stanza aveva il bagno privato con le piastrelle gialle. Gli asciugamani erano morbidi e bianchi, con i monogrammi gialli, lo stesso monogramma che c'era sulla carta da lettera della signora Mendes: una larga «M» accanto a una piccola «c» e a una piccola «d». «C» per Caroline, «M» per Mendes, naturalmente, e «d» per il suo cognome da signorina. Ecco come si otteneva un monogramma. Un'altra informazione superflua che mi si appiccica addosso come una mosca sulla carta moschicida, aveva pensato, cominciando a ridere. Si era sentita sciocca. Quando... se... ci sposeremo, sarò Jennie Rakowsky Mendes? Monogrammi! Quando sono consumati quelli che abbiamo, la mamma compra i nostri asciugamani da Sears, e sono già abbastanza belli.

Si era pettinata i bei capelli forti e ricci, così facili da tenere in ordine, il che significava meno preoccupazioni e meno spese. Avevano messo un pettine nuovo sulla toilette. Sul comodino c'erano una caraffa di acqua ghiacciata e dei giornali, *Town and Country* e *Vogue*. Se l'ospite fosse stato un uomo, i giornali sarebbero stati probabilmente *Time* e *Newsweek*.

Non avrei mai immaginato che vivessi così, Peter.

Non me l'hai mai detto. Ma poi, perché avresti dovuto farlo? Come avresti potuto?

Jennie, noi siamo molto ricchi, viviamo in una tenuta.

Stupida! si era detta. Ho le guance così bollenti che penseranno che abbia la febbre.

Era uscita e aveva chiuso la porta in silenzio. Dall'altra parte del corridoio, al di là di una porta aperta, aveva visto un'altra camera da letto dipinta di un blu inchiostro. C'erano almeno otto camere da letto sul piano. Tutte le porte erano aperte, perciò anche tu devi tenere aperta la tua. Era tornata indietro, poi era scesa per cercare la biblioteca. C'era un'ampia stanza con una finestra ad arco e grandi scaffali alti fino al soffitto pieni di libri. Si era chiesta se la presenza di quei libri significasse che quella era la biblioteca, ma non c'era nessuno lì dentro.

«Da questa parte, signorina», aveva detto qualcuno.

Era lo stesso uomo di colore che aveva guidato l'auto. Ora indossava una giacca bianca e portava un vassoio d'argento. Jennie l'aveva seguito per diverse stanze, camminando su tappeti vellutati che andavano dal color verde mandorla al rosa con dei fiori color pesca e crema. Le era parso che fosse all'altra estremità della casa, ma era lì che le persone si erano riunite in un ambiente con le pareti di legno e una grande libreria. C'erano delle sedie di pelle, alcuni modellini di navi e, sopra il camino, il ritratto a olio di un uomo in uniforme grigia. Tutti quei particolari Jennie li aveva notati entrando nella stanza.

Gli uomini si erano alzati e avevano avuto luogo le presentazioni. C'erano Peter, suo padre, un nonno e uno zio. La signora Mendes e una zia si erano strette per farle posto su un divano, di fronte al quale, su un tavolino, il cameriere aveva posato il vassoio con le bottiglie e i bicchieri. Peter ne aveva porto uno a Jennie.

«Non hai chiesto alla tua ospite che cosa desideri», aveva osservato sua madre.

«So sempre che cosa desidera Jennie. Ginger ale.»

Jennie aveva sorseggiato la bibita mentre gli uomini continuavano a parlare. Si era ricordata di tenere le caviglie accavallate. «Con una gonna corta», le aveva raccomandato la mamma, «devi fare attenzione. Ti sale, quando accavalli le gambe.» La mamma le sapeva certe cose. Jennie aveva sorriso tra sé. A volte, ma non sempre, conveniva ascoltarla.

«Suppongo,» aveva detto la signora Mendes, «che il tuo giardino non sia fiorito come il nostro. Mi dicono che voi, al Nord, siete in ritardo di almeno un mese.»

Il tuo giardino. Jennie era stata attenta a non guardare Peter.

«Oh, no, fa ancora piuttosto freddo a casa.»

«È bello avere la casa piena di giovani», aveva commentato la zia. Indossava un vestito di seta e portava degli orecchini d'avorio a bottone. «So che anche Sally June ha un'ospite per il fine settimana.»

«Sì, Annie Ruth Marsh, di Savannah.»

«Oh, i Marsh! Che simpatici! E così le ragazze sono amiche?»

«Sì, le abbiamo fatte incontrare sulla spiaggia, l'estate scorsa, non lo sapevi?»

«No. Mi fa piacere. Quante generazioni di amicizie.»

Nel frattempo, Jennie si era guardata attorno e si era ricordata di un affascinante libro di sociologia con un capitolo sugli stili delle case e gli ambienti etnici. C'erano anglosassoni che amavano le cose antiche anche se non le avevano ricevute in eredità, perché amavano far credere di averle ereditate; volevano gridare ai quattro venti che non facevano parte del gruppo dei nuovi immigrati. E c'erano ebrei che preferivano il moderno per poter affermare di far parte del gruppo dei nuovi immigrati e far vedere quanta strada avessero fatto! Erano questi ultimi d'antica famiglia come i primi. Ed era tutto così stupido... Ma non erano affari suoi. La stanza era bella e con molti libri meravigliosi.

«Vedo che guardi il ritratto», aveva detto la signora Mendes, rivolgendosi di colpo a Jennie.

Jennie non ci aveva badato, ma a quel punto aveva notato che l'uniforme grigia era quella della Confederazione. L'uomo aveva le basette e stringeva una spada.

«È un antenato di Peter, da parte di suo padre. Era maggiore e fu ferito ad Antietam. Ma», aveva aggiunto la signora, con una risatina, «si riprese per sposarsi e formare una famiglia, altrimenti tutti noi non saremmo qui.»

Anche il nonno aveva riso. «Be', brindiamo a lui.» Si era alzato, sollevando il bicchiere, e aveva fatto un inchino davanti al ritratto. «Salute, maggiore. Era mio nonno, sai, e me lo ricordo. Sono l'unico rimasto ancora in grado di farlo. Ti dirò, avevo cinque anni quando morì e, a voler essere onesti, tutto quello che è rimasto nella mia memoria è che faceva l'apicoltore. Oh, ecco la nostra Sally June.»

Un'altra ragazza in tenuta da tennis era entrata con lei.

«Annie Ruth Marsh, Jennie Rakowsky. Mille grazie per il dolce, cara», aveva proseguito la signora Mendes. «Annie Ruth si è ricordata che adoriamo una certa torta alla frutta che prepara la loro cuoca.»

«La mamma ha pensato che sarebbe stato un dono gradito per questo periodo dell'anno», aveva ribattuto Annie Ruth.

Un dono gradito. Allora avresti dovuto portare un regalo? Perché Peter non gliel'aveva detto? Avrebbe dovuto farlo. Ma come avrebbe potuto dirle: «Senti, devi portare qualcosa, Jennie»?

Era freddo lì, freddo ed estraneo. Jennie aveva provato un certo sollievo quando era stata annunciata la cena. Mangiare avrebbe fatto passare il tempo. Non ci sarebbe stato bisogno di conversare.

Il tavolo era lucido come vetro nero. Su ogni tovaglietta di lino era disposta una serie di oggetti scintillanti: porcellana azzurra, argento e cristallo. Per un momento, Jennie aveva avuto un flash di sua mamma che portava la bottiglia del ketchup... La cena era stata servita dallo stesso cameriere, Spencer, in giacca bianca. La conversazione era stata scorrevole; condotta soprattutto dagli uomini, aveva riguardato in particolare le elezioni locali, il golf e i pettegolezzi di famiglia. Il menu, molto raffinato, comprendeva: zuppa di tartaruga, ma questo Jennie lo aveva scoperto per caso, arrosto di agnello con rosmarino e barbabietole tagliate a forma di fiore. Jennie aveva mangiato lentamente, vedendosi più come spettatrice, osservandosi come osservava gli altri, e ascoltando.

E all'improvviso, inevitabilmente, avevano toccato l'argomento Vietnam, con un rapporto della battaglia del giorno prima e il resoconto delle perdite. A parlare era stato il nonno.

«Abbiamo bisogno di fermare una volta per tutte le gattemorte. Dobbiamo andare a bombardare Hanoi per liberarla dal diavolo.»

Il padre di Peter aveva ribattuto: «Siamo lo zimbello del mondo. Una potenza come la nostra che si fa prendere in giro come...» si era guardato attorno con aria indignata «...come non so che cosa. Questi giovani che marciano, questa plebaglia che protesta! Se lo facesse qualcuno dei miei figli... Credetemi, se questa guerra sarà ancora in atto, e spero che non lo sia, che per allora li avremo messi a posto, ma se dovesse essere ancora in atto quando avrà finito il college, mi aspetto che Peter indossi un'uniforme come un uomo e faccia il suo dovere. Giusto, Peter?»

Peter aveva buttato giù una cucchiaiata. Aveva superato con lo sguardo Jennie e aveva proseguito verso suo padre che sedeva dietro la caraffa del vino

«Giusto», aveva risposto.

Jennie si era resa conto di avere un'espressione di sorpresa stampata sul volto e se l'era spazzata via, pensando: Ma mi hai detto, ogni volta che ne abbiamo parlato, mi hai detto che non saresti mai andato, mai; che era una guerra immorale, inutile. Hai detto tutte queste cose, Peter!

«E i tuoi amici, Peter? Che atteggiamento hanno?» aveva domandato il nonno.

«Oh, non ne parliamo molto.»

Non ne parliamo molto! Ma se era ciò di cui tutti maggiormente parlavano, in classe, dopo le lezioni, nei bar, di notte. Si poteva dire che fosse «esclusivamente» ciò di cui tutti loro discutevano!

Il nonno aveva insistito. «Ma devono pur avere qualche opinione, no?»

Peter era arrossito. «Be', naturalmente c'è chi la pensa in un modo, chi in un altro.»

«Be', spero che tu parli come un uomo, non come quei codardi che si lamentano, e che difenda il tuo presidente. Non si può permettere loro di cavarsela con discorsi disfattisti. È questo che indebolisce un paese. Spero proprio che non te ne starai in silenzio e non permetterai che quelli abbiano la meglio, Peter.»

«No, signore», aveva risposto lui.

La signora Mendes era intervenuta. «Oh, basta con la politica! Parliamo di cose più allegre, come la festa di compleanno di Cindy di domani.» E, a Jennie, aveva spiegato: «Cindy è una cugina, anzi, una cugina di secondo grado che compie ventun anni. Daranno un ballo ufficiale per lei, in casa. Spero che non piova. Vogliono organizzare all'aperto. Dovrebbe essere bello.»

Un ballo ufficiale... Non mi ha detto neppure questo. Forse non lo sapeva. Ma io non ho un vestito, aveva pensato Jennie. Non si era mai sentita tanto a disagio.

Il discorso era andato avanti. «Hai sentito che cosa le ha regalato zia Lee?»

«No, che cosa?» aveva chiesto lo zio.

«Un cavallo!» aveva risposto la signora Mendes. «Un puledro, per essere precisi. Tu hai conosciuto la nostra zia Lee», aveva ricordato ad Annie Ruth, «quella che ha la fattoria di cavalli.»

«Come si fa a non conoscere un tipo così! Un vero scheletro nell'armadio», aveva commentato Sally June.

«Sally June, che cosa orribile da dire!»

«Be', è vero, no?»

«Non so che cosa tu voglia intendere», aveva osservato rigidamente la signora Mendes.

Sally June aveva fatto un risolino. «Dai, mamma! Certo che lo sai.»

«Mia sorella è sempre stata un maschiaccio», aveva spiegato il signor Mendes, probabilmente a beneficio di Jennie, l'unica estranea presente nella stanza.

«Un maschiaccio!» aveva ripetuto la ragazza. «Ha più di cinquant'anni. Lo sanno tutti che è...»

«Basta», l'aveva interrotta il signor Mendes e aveva ripetuto bruscamente: «Basta, ho detto!»

Il silenzio che era seguito aveva amplificato il rumore dell'argento sulla porcellana. Sally June era arrossita ed era apparsa spaventata.

Era stato Peter a parlare di nuovo per primo. «A proposito di cavalli, mi viene in mente che, quando sono andato a Owings Mills, ho visto Ralph in sella. L'abbiamo superato con la macchina. Non sapevo che fosse a Georgetown.»

Com'era stato pieno di tatto Peter a cambiare argomento! Naturalmente, aveva avvertito la tensione nella stanza. E aveva continuato: «Forse entrerà nel servizio diplomatico come suo fratello».

«E si farà uccidere come suo fratello», era intervenuta la zia, spiegando poi educatamente a Jennie: «Sono vecchi amici della nostra famiglia. Il loro figlio è stato ucciso durante una rivolta in Pakistan».

«Dev'essere accaduto quindici anni fa», aveva puntualizzato la signora Mendes. «E sua madre è ancora in lutto. È ridicolo.» Il suo tono era diventato aspro, mentre fissava lo sguardo sulla tavola. «Perdo la pazienza con le persone che non sanno affrontare la realtà.»

«È stata una morte terribile», le aveva gentilmente fatto presente Peter.

«Ciononostante, dovrebbe rassegnarsi», aveva ribattuto sua madre. «La gente può farlo e lo fa.» Si era inaspettatamente girata verso Jennie. «Peter ci ha detto che tuo padre è stato in un campo di concentramento in Europa.»

Dunque Peter aveva parlato di lei in casa. «Sì», aveva risposto Jennie. «Era molto giovane e forte, uno dei pochi sopravvissuti.»

«Che cosa fa ora?»

Questo Peter non l'aveva detto. «Ha un negozio. Una salumeria.»

Per un istante gli occhi della signora Mendes avevano lanciato scintille. «Oh... Be', se l'è cavata. Ha tenuto duro ed è sopravvissuto.»

«Sì», aveva ribadito Jennie. *Sopravvissuto. Con i suoi incubi. I suoi momenti di silenzio.* E per la seconda volta, quel giorno, si era scoperta a fissare l'orlo del vestito confezionato con l'abilità che aveva mantenuto in vita suo padre, l'abilità di cui lui non sopportava il ricordo.

Aveva poi guardato la madre di Peter che si era lanciata in un altro discorso. Tu non hai cuore, aveva pensato.

Spencer le aveva messo davanti un piatto con una coppa di gelato; accanto alla coppa c'erano un cucchiaio e una posata che non aveva mai visto prima. Sembrava una via di mezzo tra una forchetta e un cucchiaio. Non avendo idea di come usarlo, Jennie era in preda a una terribile esitazione quando, senza cambiare espressione, l'uomo aveva posato un dito, quasi furtivamente, sul manico di quel curioso oggetto. Di colpo, Jennie si era ricordata di aver sentito parlare di quell'arnese come di una forchettina da gelato e aveva capito che tale doveva essere. Si era augurata di poter ringraziare l'uomo e aveva deciso di farlo non appena le si fosse presentata l'occasione. Aveva notato il suo stupore. Si era accorto della sua esitazione. Mi conosce meglio di qualsiasi altro in questa stanza, a parte Peter, aveva pensato. Non mi piace questo posto. È più freddo del gelato.

Ma il gelato era diverso dai soliti che mangiava. Forse conteneva una traccia di miele e una specie di liquore tartaro. L'aveva mangiato lentamente, scoprendo uno strano piacere nell'assaporarlo, come avrebbe fatto un bambino con un leccalecca.

Dopo cena, Peter le aveva mostrato i giardini. Al di là del campo da tennis, si trovava un'enorme piscina dai bordi irregolari e dall'aspetto naturale come quello di uno stagno. Di fronte, sorgeva un simpatico casotto e, sull'erba perfettamente curata, c'erano delle sedie di ferro battuto rosa, tavolini e ombrelloni a fiori. Peter aveva acceso delle luci perché la piscina apparisse turchese nell'oscurità della sera. Jennie era rimasta silenziosa a fissare quel luccichio e, poco più in là, i cespugli scuri e gli alberi neri, e a godersi il silenzio.

«Non sapevo che vivessi così», aveva detto, dopo un po'. «Non so che cosa provare, che cosa pensare.»

«Non pensare niente. Ha importanza il modo in cui vivo? Ne ha?»

«Credo di no.»

«È importante?»

Peter le era così vicino che Jennie ne poteva sentire, o immaginava di sentire, il calore del corpo amato. Certo che non era importante. Ciò che contava era Peter, non ciò che lui possedeva o non possedeva. Tuttavia, c'era qualcosa...

«Eri d'accordo con loro sul Vietnam.»

«Non proprio. Semplicemente non li ho contraddetti.»

«È la stessa cosa.»

«No. Pensaci.»

«Ci penso.»

«Be', è per mantenere la pace. Odio le discussioni. A che cosa sarebbe servito iniziarne una tanto lunga quanto inutile? Alla fine, ci saremmo tenuti ognuno le nostre opinioni. E tu hai visto com'era là dentro.»

Lei ci aveva pensato sopra. Sì, era vero. Anche a casa sua c'erano argomenti che era meglio non affrontare. Niente discussioni con papà, per esempio, sulla superata abitudine di tenere le donne separate dagli uomini nella sinagoga. Papà sapeva che era giusto perché era stato ordinato e nessuno sarebbe riuscito a fargli cambiare idea, perciò era inutile tentare. Sì, Peter aveva ragione. Aveva modi concilianti, lui. Aveva visto come era riuscito a cambiare discorso quando suo padre si era arrabbiato a proposito della zia Lee. Era una delle cose che Jennie amava in lui.

«Vorrei che potessimo dormire insieme», aveva detto lui. «Il rustico sarebbe meraviglioso. C'è un divano.»

«Peter, non possiamo! Non oserei!»

«Lo so. Oh, be', presto torneremo a casa!»

Le aveva fatto piacere che Peter parlasse della scuola, del posto in cui erano stati insieme, come della loro «casa». Poi si era ricordata di un'altra cosa.

«Non mi avevi detto che ci sarebbe stata una festa. Mi sarei portata un vestito.»

«Non lo sapevo. Ho quella ridicola cugina... Per amor del cielo, chi dà più un ballo ufficiale di questi tempi?»

«A quanto pare, c'è ancora chi lo fa.»

«Li odio.»

«Ma io che cosa farò? Non ho niente da indossare.»

Peter l'aveva guardata con aria dubbiosa. «Niente?»

«Solo questo tailleur, il mio vestito di seta blu che porto sempre e qualche gonna e camicetta. Non ho neppure voglia di andarci. Dobbiamo proprio? Suppongo di sì.» La voce le era venuta meno.

«Chiederò a mia madre. Potrebbe avere qualcosa da prestarti.»

«Non posso.»

«Glielo chiederò io. Vieni, entriamo.»

«Oh, cara», aveva esclamato la signora Mendes, «sei sicura di non aver portato niente?»

Jennie aveva scosso la testa. Come se ci fosse stato uno scompartimento segreto nella sua valigia nel quale, guardando attentamente, avrebbe potuto trovare un abito e delle scarpe da sera!

«Mi dispiace disturbare tanto», aveva soggiunto.

«Nessun disturbo. Andiamo di sopra a vedere che

cosa ha nell'armadio Sally June. Certo, tu sei più alta, ma... Oh, cara», aveva ripetuto la signora Mendes.

Sally June e la sua amica erano distese sui due letti gemelli. La signora Mendes aveva aperto l'armadio pieno di vestiti e scarpiere. «Dovremo prestare a Jennie uno dei tuoi vestiti, Sally June. Non ne ha portati.»

«Non quello blu. Lo metterò io.»

«Certo che no.»

La signora Mendes aveva guardato Jennie con l'aria di misurarla e aveva preso un vestito. «Questo a Sally June arriva fin sotto i piedi. A te arriverà giusto alle caviglie. Provalo e vediamo.»

Imbarazzata, Jennie si era svestita sotto gli occhi delle altre tre che la osservavano in silenzio mentre si infilava l'abito. Era di cotone bianco, leggero come un fazzoletto, con un'arricciatura sulle spalle e lungo l'orlo. Le maniche, corte e a sbuffo, erano rifinite con nastri e fiocchetti. Era il vestito da ballo di una ragazzina, appena passabile per una quattordicenne. Su di lei era ridicolo. Si era guardata allo specchio, a disagio.

«Un vestito davvero carino», aveva commentato la signora Mendes. «L'abbiamo fatto fare per il compleanno di Sally June. Ma lei è ingrassata.» Aveva agitato un dito in direzione della figlia. «A te, invece, sta alla perfezione», aveva continuato, rivolgendosi a Jennie. «Grazioso, vero?»

«Molto», aveva risposto Jennie, pensando: la mamma si sbellicherebbe dalle risate se potesse vedermi così conciata.

«Ti si vedono le spalline del reggiseno, ma puoi fermarle dietro. Le scarpe. Che numero porti?»

«Il trentasette e mezzo.»

«Oh, cara, Sally porta il trentasei.» Le scarpe, bianche e con tacchi bassi, erano accettabili, ma di un numero e mezzo troppo piccole. Le facevano male.

«Ti fanno male?» aveva domandato la signora Mendes.

«Sì, un po'. Sì, mi fanno male.»

«Be', i miei piedi sono ancora più piccoli, perciò credo che dovrai arrangiarti.» Sulla soglia, la signora Mendes si era ricordata di un'altra cosa. «Ho anche una borsetta che posso prestarti. Fortunatamente, fa stranamente caldo, perciò non ti servirà un cappotto.»

Uscendo da quell'abito tutto arricciato, Jennie aveva visto le ragazze sui letti che ridacchiavano in silenzio. Sally June aveva distolto lo sguardo non appena aveva incontrato il suo.

Strano che gli stessi splendidi occhi, che erano così gentili e dolci sul viso di suo fratello, potessero essere così freddi e ironici su quello della sorella!

Si era rimessa il tailleur e aveva piegato il vestito sotto il braccio. «Grazie», aveva detto. «Mi dispiace di aver dato tanto fastidio.»

«Figurati», aveva ribattuto Sally June.

Mi disprezzano. Non sembro un maschiaccio; ho buone maniere come loro e molto più buon cuore, aveva pensato Jennie. Ma mi disprezzano ugualmente.

La casa di campagna della cugina aveva vasti campi attorno, vi scorreva un fiumiciattolo e c'era anche un ponte, ma l'abitazione era molto simile a quella dei Mendes, persino nel ritratto dello stesso antenato appeso sopra il camino.

La signora Mendes, in piedi accanto a Jennie, aveva mormorato: «Riconosci il ritratto? È anche un loro antenato, ma questa è una copia. Il nostro è l'originale. Qualcuno ha permesso loro di farsi fare una copia, il che, secondo me, è stato un errore. In ogni caso...» Aveva scrollato le spalle e si era allontanata.

Muovendosi a fatica per via dei piedi doloranti, Jennie si era diretta verso il bagno. Erano alla festa da tre ore e, se non avesse avuto tanto male ai piedi e non si fosse sentita tanto ridicola con quel folle vestito, si sarebbe goduta lo spettacolo. Per lei era soltanto quello: uno spettacolo. L'enorme casa, la servitù, i lampioni sulla terrazza, i fiori nei vasi di pietra, l'orchestra, le ragazze nei loro splendidi vestiti erano tutto un magnifico spettacolo.

Per essere uno che odiava cose del genere, Peter si stava comportando sorprendentemente bene. L'aveva presentata a tutti e ballava con lei talmente spesso che Jennie era stata costretta a ricordargli che doveva dedicare la sua attenzione a qualcun'altra, sicuramente a sua cugina di cui si festeggiava il compleanno. Quanto a lei, aveva molti cavalieri: bei ragazzi con le facce per bene e i capelli tagliati a modo, molto diversi da quelli che conosceva a casa. Anche la loro conversazione era diversa, fatta soprattutto di cortesie banali. Mentre volteggiava con loro, guardando al di sopra della spalla di turno, vedeva Peter che rideva ed era allegro. Perché no? Quella era la sua gente e lui non li vedeva da Natale. Perciò aveva continuato a ballare finché i suoi piedi non ce l'avevano più fatta e si era dovuta scusare.

Il bagno era una specie di salottino con specchi, un divano e due comode sedie. Su una di esse c'era una donna anziana intenta a leggere una rivista. Jennie si era tolta le scarpe e si era massaggiata i piedi

«Ha le vesciche ai calcagni», aveva osservato la donna. «Le sanguinano.»

«Oh, Dio! Il sangue sulle scarpe di Sally June. Non ci mancava altro.»

«Mi sembra piuttosto dispiaciuta.»

«Lo sono. E come se non bastasse, la spilla si è aperta e mi si vedono le spalline.» Jennie si era messa a trafficare sulla schiena.

«Venga qui. Gliela chiudo io.»

Si erano messe davanti allo specchio. Jennie poteva vedere una donna robusta con i capelli grigi dal taglio maschile, il viso largo e le guance cadenti. Indossava un vestito nero di seta costosa.

«Ecco. Ho chiuso la spilla. Che cosa ha intenzione di fare con i piedi?»

«Massaggiarli un po' e poi soffrire per il resto della serata. Non posso fare altro.»

«Lei è la ragazza venuta con Peter?»

«Sì. Come l'ha indovinato?»

«Dall'accento. Gli altri sono tutti di qui. E poi, ho sentito che sarebbe venuta. E il vestito me lo ricordo per averlo visto alla festa di Sally June. L'avevo trovato buffo anche addosso a lei.»

Jennie era scoppiata a ridere. Le parole non avrebbero potuto essere più azzeccate. La franchezza di quella donna dagli occhi vivaci le piaceva.

«È stato gentile da parte loro prestarmelo. Non posso proprio lamentarmi.»

«È vero. In ogni caso, io sono la zia Lee Mendes, quella che ha dato a Cindy un puledro per il suo compleanno. Suppongo che ne abbia sentito parlare.» La donna aveva ridacchiato.

«Be', sì, l'ho sentito dire.»

«Ne sono sicura. Nella mia famiglia, mi amano tutti a modo loro, ma mi trovano un po' strana e oserei dire che lo sono. Comunque sia, il puledro è bello. Se i piedi non le facessero tanto male e non fosse così buio, la porterei alle stalle e glielo farei vedere. Se devo dire la verità, all'ultimo minuto mi è dispiaciuto separarmi da lui. Vado matta per gli animali. E lei?»

«Ci andrei matta anch'io, se avessi spazio per ospitarli. Dove vivo, non c'è spazio sufficiente, neppure per un cane.»

«Un grazioso appartamento a New York?»

«No. Una casa a schiera a Baltimora.» Jennie aveva guardato zia Lee negli occhi. E dalla sua bocca erano uscite parole che non aveva avuto intenzione di dire, forse decisamente fuori posto. Tuttavia, per una qualche ragione, una volta pronunciate, si era sentita meglio. «La mia è una famiglia povera.»

La donna aveva annuito. «Allora suppongo che non sia mai stata a un party come questo prima d'ora.»

«Francamente, no.»

«Si sente fuori posto, vero?»

«Un po'.» E Jennie si era affrettata ad aggiungere:

«Al college, stiamo molto insieme e io sono molto amica di...» Si era fermata, chiedendosi perché stesse rivelando cose tanto personali.

«Lo vedo. Lei è anche molto decisa. Peter, invece, no. Probabilmente se ne sarà accorta.»

Avevano sicuramente ragione a proposito della stranezza di quella donna. Tuttavia, forse la giudicavano così per il semplice motivo che gli altri mentivano sempre, mentre lei diceva ciò che pensava. La cosa aveva sorpreso Jennie.

«No, Peter non lo è», aveva ripetuto zia Lee, «ma è un peperino.»

«È ciò che Peter pensa di lei.»

«Mi fa piacere. Siamo molto affezionati. Ricordo tutte le nostre estati alla fattoria, dove lui veniva a trascorrere qualche settimana. Gli insegnavo delle cose, cose vere; gli insegnavo ad andare a cavallo, a guidare il trattore, a seminare, a raccogliere e ad amare la terra. Sì, è un bravo ragazzo. A volte penso che sia troppo bravo. Troppo... compiacente. Ecco la parola. Compiacente.»

Jennie aveva cominciato a sentirsi nervosa. Non voleva discutere di Peter con quella strana donna. Si era chinata per mettersi le scarpe e aveva detto: «Sarà meglio che torni».

«Sì, sarà meglio. Io resto qui ancora un po'. Il rumore che fa tutta quella gente mentre parla mi dà il mal di testa.»

Dopo, Jennie era stata raggiunta da Peter. «Dove sei stata?» le aveva chiesto lui. «Ti ho cercata.»

«Ho dovuto togliermi le scarpe. Ho conosciuto la famosa zia Lee.»

«Che cosa pensi di lei?»

«Be', è sicuramente diversa. Ma mi è piaciuta, in un certo qual modo. Ti dispiace se non balliamo più? Non ce la faccio proprio.»

«Oh, i tuoi poveri piedi...»

Si erano seduti a un tavolino con una tovaglia di pizzo, accanto alle finestre che si aprivano sulla terrazza.

La musica arrivava fino in casa. Un cameriere serviva da bere.

«In fin dei conti, non è poi una così brutta serata», aveva osservato Peter.

«Hai detto che non sopportavi le feste ufficiali.»

«Non le sopporto, infatti. Ma ci si deve adattare. A volte si è costretti a fare ciò che gli altri si aspettano da te... Povera piccola, sei infelice per il vestito», aveva proseguito lui, sommessamente.

«Non ti ho detto di esserlo.»

«Ci sono molte cose di te che non hai bisogno di dirmi.»

Jennie si era sentita di colpo dispiaciuta. «Scusami. Non dovrei rovinare le cose. Il vestito non è poi così importante.»

Peter le aveva preso una mano, sotto il tavolo. «Ti sei trovata a disagio con la mia famiglia. Non sono persone facili. Possono sembrare distaccati, ma quando li conoscerai meglio, vedrai, starai bene con loro. Ne sono sicuro.»

Aveva ragione. Come una bambina, Jennie si era tenuta tutto dentro, ciononostante si era notato ciò che provava.

«Domani avremo la serata tutta per noi», aveva continuato lui. «Andranno tutti a teatro, dopo cena, ma ho detto alla mamma di restituire i nostri biglietti perché abbiamo già visto lo spettacolo ed è stato una noia.»

«Quale spettacolo?»

«Non lo so. Non ne ho mai sentito parlare.»

Avevano riso e Jennie si era sentita più sollevata.

Sembrava una serata di prima estate. Dopo una giornata di voli sui prati e tra i rami degli alberi, al calare della sera gli uccelli se ne erano andati a dormire. E finalmente era caduto il silenzio.

«Come è bello», aveva mormorato Jennie. In casa, al pianterreno, brillava qualche luce, lasciata accesa in attesa del ritorno della famiglia. Al secondo piano, solo le stanze della servitù erano illuminate. Al buio, la piscina era nera, liscia come seta e rifletteva la luce della luna. Dopo essere stati a guardarla per un po', i due avevano assaporato quel momento e si erano alzati. Senza parlare, erano entrati nel casotto e si erano chiusi la porta alle spalle.

Jennie aveva in seguito ripensato a quella visita con un misto di ricordi contrastanti. Fare l'amore nel casotto era stata un'esperienza diversa da quella fatta nella stanza di un motel, su un'autostrada, con il rumore dei camion che imballavano i motori agli svincoli. Staccarsi l'uno dalle braccia dell'altra e uscire nella notte dolce e silenziosa... Ma poi c'era stato l'addio della signora Mendes.

«È stato un piacere averti avuta con noi», aveva detto, ma le sue labbra si erano chiuse sulle parole con un tono solo formale. O si era trattato soltanto della nervosa immaginazione di Jennie? Be', qualunque cosa fosse stata, era stata un'esperienza interessante, si era detta, divertita da quella frase fatta. Poi erano tornati nel loro mondo, al campus, a lavorare e a fare l'amore nei weekend. Jennie aveva allora diciassette anni e la vita era decisamente bella.

3

Un pomeriggio, mentre lavorava a un compito trimestrale di sociologia, le era capitato di posare gli occhi sul calendario sopra la scrivania. La data spiccava sulla pagina; qualcosa aveva attraversato la sua mente. In seguito, non avrebbe saputo dire perché fosse accaduto proprio in quel momento, ma così era stato. Aveva guardato di nuovo, fatto un conto a ritroso, aggrottato la fronte e ancora contato. Il suo ciclo era spesso irregolare, ragione per cui i ritardi non la preoccupavano mai. E poi, Peter aveva detto di essere stato molto attento. Ciononondimeno, aveva provato un tuffo al cuore.

Aspetterò una settimana, aveva pensato. Non è niente, non è niente.

Non aveva accennato la cosa a Peter e aveva atteso più di una settimana, cercando di togliersi quel pensiero dalla mente. Aveva sempre fatto così con i problemi, dicendosi: Sta' calma, usa la testa, non cedere alle emozioni. Calma, calma. Le cose si aggiustano se ti mantieni calma.

Ma un giorno, verso la fine della seconda settimana, mentre andava a comperarsi un paio di scarpe, era passata davanti allo studio di un medico e, spinta dall'impulso, era entrata.

Il dottore era un uomo di mezza età, dall'aria stanca

che, con gentile considerazione, non l'aveva fissata negli occhi mentre parlava. Né le aveva fatto domande personali, per la qual cosa lei gli era stata grata. In caso contrario, si sarebbe messa a piangere, nonostante la sua decisione di non farlo, e lui probabilmente l'aveva capito. Dopo averle fatto lasciare un campione di urina, le aveva promesso di telefonarle i risultati del test.

Jennie aveva pagato all'infermiera seduta alla scrivania, poi, uscita in strada, aveva subito cominciato a tremare mentre la realtà del momento l'assaliva. Lo scambio di denaro e il viso impersonale dell'infermiera avevano in qualche modo reso ufficiali le cose. Non sentendosi più di andare a comperare le scarpe, era tornata a studiare, leggendo delle parole senza capirne il significato. Quella sera, si era addormentata a fatica e aveva fatto brutti sogni in uno dei quali un povero coniglio le si avvicinava con le lacrime agli occhi.

Qualche giorno dopo, una telefonata le aveva dato la notizia che il risultato era positivo.

«Vuole prendere ora un appuntamento con il dottore? È importante iniziare subito le cure prenatali, anche se lei sembra essere una giovane donna sana.»

«Be', non ora. Richiamerò.»

Jennie aveva riattaccato ed era rimasta seduta per un po', come in trance. Dalla finestra aperta erano entrati i familiari rumori della vita che continuava senza alcun riguardo per ciò che accadeva a Jennie Rakowsky. Una voce aveva chiamato: «Bobbiii-i-i-i». Qualcuno aveva lasciato rumorosamente cadere una pila di libri sulle scale, fuori della porta, imprecando. Dal piano di sopra giungeva il tremulo suono di un'armonica.

Jennie si era alzata. Peter doveva essere in biblioteca, quel pomeriggio. Si era sentita di colpo più sollevata. Il peso della paura era passato. Che cosa pensava? Non era sola, per amor del cielo! Peter avrebbe saputo che cosa fare. Avrebbe escogitato qualcosa.

Lui era al solito tavolo, i gomiti appoggiati e il mento tra le mani, concentrato su un grosso libro. Jennie aveva fatto in tempo a lanciare un'occhiata a uno schema racchiuso in un rettangolo di testo fitto fitto, prima che lui sollevasse la testa, sorpreso, e chiudesse il libro.

Gli aveva sorriso. «Ciao. Hai quasi finito?»

«Sì. Che cosa c'è che non va?»

«Dev'esserci per forza qualcosa che non va per indurmi a venire qui?» Jennie era soddisfatta perché la sua voce era risuonata sicura.

«Tu non me la dai a bere.»

La preoccupazione di Peter aveva quasi intaccato la decisione di Jennie. Lei si era fatta forza. Sii coraggiosa e controllati. «Perché? Ti sembro strana o qualcosa del genere?» Calma. Sta' calma. Non è un disastro.

«Sono i tuoi occhi. È accaduto qualcosa.» Peter si era alzato e aveva raccolto libri e fogli. «Vieni, usciamo.»

Fuori era un bel pomeriggio. Degli amici li avevano fermati ed erano rimasti sotto gli alberi folti, incapaci di andarsene. Erano arrivati altri studenti e si erano messi a camminare, parlando di cose prive di importanza. Il cuore di Jennie aveva cominciato a martellare di nuovo. Sentiva che Peter cercava di allontanarsi dal gruppo, ma li avevano accompagnati fino in strada. Erano passate due compagne di Jennie che si erano tolte i maglioni e se li erano legati attorno alla vita; chiacchieravano allegramente; lei era stata come loro fino a pochissimo tempo prima.

Quando infine erano rimasti soli, si erano seduti su dei gradini. Lui le aveva sollevato il mento e l'aveva costretta a guardarlo.

«Allora? Parla.»

La paura l'aveva ripresa, sotto quello sguardo penetrante. «Non riesci a immaginare?»

«Non credo di potere.»

«Sono andata dal dottore qualche giorno fa.» Jennie l'aveva fissato negli occhi. «Ora puoi immaginare.»

«Oh. Oh.»

Lei aveva sospirato. «Sì. Peter, che cosa faremo?» Questa volta la sua voce era sembrata un gemito e le lacrime avevano cominciato a sgorgarle dagli occhi, annebbiando gli alberi, l'erba e i mattoni.

Lui si era guardato le mani e aveva rivolto i palmi verso l'alto. Seguendo il suo sguardo, Jennie aveva capito che cosa intima fosse una mano. Conosceva così bene quelle di Peter, con le lunghe dita, le unghie ovali che terminavano con una linea stretta e bianca, i sottili peli rossastri sui polsi.

E aveva atteso. Una brezza aveva di colpo smosso le foglie, provocando in lei un brivido di freddo. Peter aveva infine sollevato gli occhi.

«Forse non è neppure vero.»

«È vero.»

Jennie aveva improvvisamente congiunto le mani in un gesto implorante e se le era unite in grembo. Peter gliele aveva separate e ne aveva presa una tra le sue.

«Be', se è così, allora dovremo fare qualcosa, no?»

E le aveva sorriso. Un sorriso che le aveva toccato il cuore.

«Per esempio?» aveva domandato lei.

«Dammi il tempo per pensare.»

Per un po', nessuno dei due aveva parlato. Il vento si era fatto più deciso e Jennie si era stretta addosso le braccia. Si era chiesta a che cosa potesse pensare Peter che, a un tratto, aveva guardato l'orologio.

«Sono già le sei. Andiamo a mangiare nel nostro ristorante che prepara gli spaghetti. A stomaco pieno, penseremo meglio.»

Non c'era nessuno che conoscessero nel locale e si erano seduti in un séparé sul retro, dove non sarebbero stati visti.

«Non ho fame», aveva detto lei, con il familiare menu in mano.

«Devi mangiare.»

Le si era affacciata alla mente una ridicola espressione: mangiare per due. «Non posso, non posso proprio.»

Per qualche minuto, erano rimasti di nuovo seduti in

silenzio. Jennie aveva buttato giù qualcosa e aveva poi posato il cucchiaio.

«Dio, Jennie, mi dispiace. Mi sento uno stupido ignorante senza tatto. Pensavo di essere stato così attento. Sono stato attento! Maledizione, non capisco.»

«Niente è sicuro al cento per cento.» Le faceva male vederlo così. Soltanto il giorno prima, Peter era stato così spensierato, aveva comperato una chitarra nuova e degli spartiti. «È anche colpa mia», aveva riconosciuto lei. «Voglio dire che avrei dovuto fare i conti. Sono sbadata; sono sbadata. Ma ormai è fatta.»

Peter l'aveva guardata improvvisamente negli occhi. «Al punto che non si può più fare niente?»

«Ti riferisci a un aborto?»

«Be', sì. Naturalmente, troverei il posto migliore dove sarebbe sicuro. Mio Dio, voglio che non ti accada nulla! Questo devi saperlo.»

Jennie aveva sospirato di nuovo. Non aveva fatto altro per tutto il pomeriggio, come se i suoi polmoni avessero avuto bisogno di essere riempiti. «Non potrei... Non voglio... A parte il tempo, non potrei comunque.»

Peter le aveva chiesto con estrema gentilezza: «Perché no? Perché non potresti?»

«Non ne sono sicura.» La fede ortodossa di papà? Radicata, nonostante tutto, nella sua testa agnostica e a dispetto della sua indifferenza?

«Se non ne sei sicura, significa che potresti. Pensaci. Lo fanno da sempre.»

«Lo so.»

Una ragazza alla scuola superiore aveva avuto un aborto durante l'ultimo anno. Tutti lo sapevano. Si era diplomata con la classe e aveva continuato la sua vita come se nulla fosse cambiato. Jennie, tuttavia, era stata scossa da un brivido. Si era portata involontariamente le mani al ventre duro e piatto.

Non avvertiva ciò che cresceva in lei, non aveva alcuna visione della sua esistenza. Era un intruso, temuto e non desiderato, ciononostante lei non se la sentiva di ucciderlo.

Peter aveva notato il suo gesto. «Non c'è molto là dentro, Jennie. Un paio di centimetri... forse meno.»

Ma è una vita, che si aggrappa, che si stringe. Eliminarla, gettarla via, una massa di sangue... I pensieri vacillarono nella sua mente e lei sollevò lo sguardo su Peter che aveva un'espressione interrogativa e turbata.

«Devi credermi, Peter. Va bene per alcune... io non giudico gli altri... ma so che io non posso.»

Era caduto di nuovo il silenzio, mentre lui mangiava la zuppa. Poi aveva sollevato la testa, battuto il pugno sul tavolo e fatto una smorfia allegra.

«Che diavolo! Perché tanto scalpore? Allora ci sposeremo, ecco tutto!»

Una gioia incredibile le aveva serrato la gola fino a farla quasi piangere. Un attimo dopo, però, era subentrato il dubbio.

«Peter, non vorrei sposare un uomo che 'deve' sposarmi e che ce l'avrebbe con me, in seguito.» Nello stesso momento, aveva capito che sperava in quella possibilità e che si aspettava un diniego da parte di Peter.

«Jennie cara, come puoi pensare una cosa del genere quando sentiamo quello che sentiamo l'uno per l'altra? È vero che tutto questo arriva nel momento sbagliato, ma avevamo intenzione di sposarci alla fine, perciò dovremo trovare il modo di farlo ora. Avanti, non avere paura. Io sono qui con te.» Peter aveva chiamato il cameriere. «Ci porti da mangiare. Siamo più affamati di quanto non pensassimo.»

E mentre Jennie ascoltava, lasciando che le sue parole le portassero conforto come una doccia calda, Peter aveva continuato a parlare. «Perdonami per ciò che dirò. Sembra una sciocchezza, lo so, ma il fatto è... oh, diavolo, hai visto; allora perché essere timidi? I miei genitori sono ricchi, veramente ricchi. Il denaro non è un problema. Non ho mai pensato che mi sarebbe importato. Mi conosci abbastanza bene per sapere che ho una specie di repulsione per il loro stile di vita e per certe loro idee, ma in una situazione come questa...» aveva sorriso «...in un frangente come questo il denaro fa comodo.»

Il suo fiducioso sorriso le aveva provocato un meraviglioso senso di sollievo. Velocemente, ma senza farsi prendere dal panico, Peter aveva accettato la sua posizione e vi si era adeguato. Lei, cui era venuta meno la calma e che si era lasciata andare a improvvisi cambiamenti e gesti teatrali, aveva sentito la forza nella sua tranquilla compostezza.

«Ci capiranno, non ne dubito. Oh, non sarà la cosa più piacevole da spiegare, ma, una volta terminate le prediche, capiranno. Senti, non siamo i primi ragazzi cui è accaduto questo e non saremo neppure gli ultimi. Sta' allegra, Jennie, e mangia gli spaghetti.»

Una visione aveva preso forma nella mente di Jennie, una visione così chiara che lei poteva vederla a colori. Ci sarebbe stato un appartamentino, due stanze, forse una soltanto, fuori del campus; sarebbero potuti andare alle lezioni e badare a turno al bambino. Avrebbero continuato fino alla laurea; lei li avrebbe ripagati quando fosse stata un avvocato, li avrebbe ripagati con i suoi guadagni, non con quelli di Peter, perché avrebbe voluto mostrare loro chi fosse e conquistarsi il loro rispetto. Sì, se lo sarebbe conquistato a dispetto di tutto. E quando avessero visto quanto sapesse rendere felice il loro figlio, sarebbero giunti ad amarla.

«Mi troverò un lavoro part time nei laboratori o in qualche altro posto. Lavorerò di notte e durante i fine settimana, così non dovremo dipendere interamente dai miei genitori», aveva dichiarato Peter.

Allora le visioni avevano cominciato a prendere forma anche nella sua mente. E lui aveva aggiunto: «Questo weekend andrai a casa a parlare con i tuoi genitori, mentre io prenderò l'aereo per andare dai miei». Era in parte un'affermazione e in parte una domanda.

Jennie aveva scosso la testa. «Andrò probabilmente a casa, ma non credo che riuscirò a confessarglielo, se non quando saremo sposati.»

Come si poteva ferirli, ricordare il loro passato? Jennie aveva letto tutti i libri sui figli dei sopravvissuti all'Olocausto e aveva sentito parlare dei gruppi che si incontravano per darsi consigli e imparare l'uno dall'altro, sebbene non avesse mai partecipato a uno di quei raduni. Era vero, uno aveva una visione diversa dei propri genitori quando vedeva certe fotografie di quell'ondata di orrore che aveva colpito l'Europa e sapeva che il padre e la madre, che sedevano al di là del tavolo, ogni sera, parlando dei conti di casa e del lavoro, erano passati attraverso quell'esperienza. Non erano come i genitori delle altre persone. Come potevi mettere di nuovo alla prova la loro forza, la forza che sicuramente doveva essere così fragile?

«Non hai intenzione di dirglielo?» aveva chiesto Peter, inarcando le sopracciglia.

«Forse lo farò, ma non ne sono sicura. Sono adorabili.» E Jennie aveva semplicemente detto: «Dovresti conoscerli per capire».

Lui non aveva fatto altre domande. «Be', io parlerò con i miei. So che ti sono sembrate persone che intimidiscono.» Aveva fatto una risatina. «'Datti da fare' è il motto preferito da mia madre ed è un'espressione che mi fa venire il voltastomaco: è così militaresca. Ma due cose che entrambi rispettano sono la franchezza e il coraggio. Perciò sarò sincero e loro saranno giusti. Devo farcela con loro... sono assolutamente giusti, Jennie, lo sono veramente.» Le aveva preso una mano sul tavolo e le aveva baciato le dita. «Non c'è di che preoccuparsi.»

Era sembrato così deciso. Lei aveva sperato che non lo torturassero troppo a casa, in preda al loro primo momento di rabbia.

«Abbi fiducia in me, Jennie.»

«Mi fido di te. Mi fiderò sempre.»

«Come sta Peter?» le aveva chiesto la mamma.

«È andato a casa in aereo questo fine settimana.»

«Allora è per questo che abbiamo il piacere della tua compagnia?» La mamma aveva riso. «Siediti. Sono appena tornata dal negozio. Prenditi una tazza di tè prima di cena.»

Il soggiorno era visibile al di là della cucina, con due posti apparecchiati e il candeliere, pronto per la benedizione. Il venerdì sera, mangiavano in soggiorno, loro due soli, osservando il rituale esattamente come se fossero circondati da figli e parenti, come Jennie sapeva che desideravano che fosse. Si era seduta di fronte alla madre al tavolo di cucina.

«Ho avuto degli splendidi gerani quest'anno, quelli rosa doppi e qualcuno nuovo. Guarda», aveva detto la mamma.

Sul portico c'era una fila di vasi di gerani. Poco più in là si trovavano quelli della signora Danieli, ma i suoi erano di un rosso comune. La mamma aveva seguito lo sguardo di Jennie.

«Non c'è paragone, vero?» aveva chiesto.

«No, mamma.» La domanda aveva commosso Jennie. Quasi ogni cosa negli ultimi giorni, dopo quella serata trascorsa al ristorante con Peter, riusciva a condurla sull'orlo del pianto: una poesia di Dylan Thomas letta in classe o una signora anziana che aiutava l'altrettanto anziano marito a salire su un treno a Filadelfia. Ora erano i gerani, gli scarni fiori che si allungavano verso il sole. Aveva sentito un groppo alla gola. Stupida. La mamma si aspettava di conversare. Al contrario di papà, aveva bisogno di riempire ogni silenzio. E poi, c'era qualcosa che Jennie voleva sapere.

«Allora, come stanno gli altri dell'isolato? I Danieli? I Dieter?»

«Oh, i Danieli stanno bene; sono felici per il bambino. Non come i Dieter in fondo alla strada», aveva risposto la mamma con la faccia scura.

Jennie voleva parlare dei Dieter. Gloria Dieter si era «messa nei guai» l'anno prima ed era tornata a casa con il bambino indesiderato.

«La trattano un po' meglio di come facevano?»

La mamma aveva scrollato le spalle. «Non lo so. La gente difficilmente li vede. Si nascondono in casa. Gloria mette la carrozzina sotto il portico e corre dentro.»

Con voce tremante, Jennie aveva detto, sommessamente: «Ma non ha derubato una banca o ucciso qualcuno».

E aveva atteso una risposta...

«Vero, vero. Ma questi sono tempi folli. Io non capisco.» La mamma aveva aperto il giornale piegato. «Guarda che cosa si legge! Ti fa star male. Mi chiedo che cosa abbia a che fare la guerra del Vietnam con il modo in cui si comportano i giovani. È una brutta guerra, ma che cosa c'entra il sesso libero con la guerra? Una disgrazia. Guarda, guarda questo!» Era un articolo su una nota attivista che era incinta. «Guardala! Non sposata, sta per avere un bambino e ne è fiera! Fiera, capisci? Una ragazza del college, con tutta l'educazione che ha ricevuto; ma quando si arriva a questo, dietro a tutti quei bei discorsi, che cos'è lei?»

Jennie era rimasta silenziosa.

«Oh, mi fanno pena i genitori! Si lavora con tutto il cuore per garantire una buona vita ai figli e che cosa ricevi in cambio?» La mamma aveva scosso la testa, con un'aria di commiserazione. Poi, sospirando, aveva sorriso. «Grazie al cielo, tuo padre e io non abbiamo tali preoccupazioni con te. Tu sei una brava ragazza, Jennie, e lo sei sempre stata. Sai, non ci hai mai dato il minimo dispiacere da quando sei nata. Dio ti benedica.»

«Ma certe cose possono capitare anche a quelle che tu chiami 'brave ragazze'», aveva soggiunto con un filo di voce Jennie. «Che cosa farebbe una madre... voglio dire, la mia è solo una curiosità... che cosa faresti tu, per esempio, se venissi a casa come quella ragazza e ti dicessi che sono...» La risatina che le era uscita dalla gola l'aveva fermata.

«Mio Dio, non posso neppure pensare a una cosa del

genere, perciò come faccio a risponderti? Una ragazza come te che si rovina la vita? Impossibile.»

Se potessi dirtelo, se potessi appoggiare la testa alla tua spalla e dirtelo, che sollievo sarebbe...

«Suppongo che non mi scacceresti. Di casa.» Jennie si era costretta a ridere, in modo convincente, questa volta, come per dire: certo, tutto questo è ridicolo.

«Scacciarti di casa? Chi scaccia di casa una figlia? Ma preferirei morire, te l'assicuro.» La mamma si era tolta gli occhiali, rivelando la dolce e remota espressione che aveva sul viso ogni volta che parlava dei suoi genitori uccisi, del giorno del suo matrimonio o di quello in cui era nata Jennie. «Vorrebbe dire che tutto ciò che ti abbiamo insegnato non è servito a niente. Parole sprecate. Tutti gli anni, il nostro modo di vivere gettati alle ortiche. Oh, andiamo, che razza di discorso triste e stupido è mai questo? Mangia un po' di gelato. A me è venuta improvvisamente voglia di una tazza di caffè.»

Dunque è chiaro quello che posso aspettarmi, aveva pensato Jennie. Il gelato le era scivolato in gola senza procurarle alcun piacere. Si era rivista seduta al tavolo dei Mendes mentre lo mangiava; anche allora c'era stata una sensazione di distacco dagli altri presenti nella stanza. Ed era accaduto di nuovo lì, anche se la ragione non era certo la stessa. Era riuscita quasi a sentire che cosa dovesse provare nei panni di Masha-Marlene, a essere della sua generazione, con il passato e i ricordi che aveva nella testa. E bisognava capire.

Il lunedì, di nuovo a scuola e in attesa del ritorno di Peter, le si erano affacciati alla mente pensieri rassicuranti. Quando saremo sposati, anche se il bambino arriverà presto, sarà diverso. Mamma e papà saranno felici per me. Quali genitori non sarebbero felici di vedere la loro figlia legata a un ragazzo come Peter? Sarà bello allora, quando saremo veramente marito e moglie.

Peter non si era fatto vedere alle lezioni di lunedì né a

quelle di martedì. Era un buon segno o uno cattivo? Un buon segno. Naturalmente, c'erano delle cose da organizzare.

Sul tardo pomeriggio di mercoledì, era squillato il telefono in fondo al corridoio e Jennie era andata a rispondere.

«Sono tornato», aveva annunciato Peter.

Jennie aveva sentito il cuore balzarle nel petto. «E che cosa è accaduto?»

«Te lo dirò quando ci vediamo.» La voce di Peter era piatta, priva di gioia.

Jennie aveva sentito il cuore caderle. Era un organo che, nonostante la stabilità che aveva, poteva muoversi per il suo corpo; a volte le scendeva persino ai piedi.

«Ho noleggiato un'auto. Passo a prenderti tra dieci minuti.»

«Noleggiato un'auto? Dove andiamo?»

«In un posto a parlare. Non è possibile farlo qui, dove qualcuno ci interromperebbe.»

«Ma è una sciocchezza...» aveva cominciato Jennie.

«Tra dieci minuti.» Peter aveva riattaccato.

Fuori pioveva e c'era il vento. Jennie si era messa l'impermeabile e stava aspettando alla porta quando Peter era arrivato. Era salita in macchina e aveva visto il suo viso serio. Quando lui si era chinato per baciarla, si era voltata, offrendogli la guancia.

Aveva capito, aveva capito.

«Dammi la bella notizia», aveva esordito.

«Non è necessariamente una brutta notizia. Perché dici così?»

«Perché mi sento di dirlo. Non giocare con me, Peter. Raccontami subito tutto.»

Lui aveva messo in moto. «Lasciami trovare una strada tranquilla in cui parcheggiare e poi parliamo.»

In una strada laterale, di fronte a una fila di case, aveva fermato l'auto. Sotto la pioggia che si era fatta torrenziale, la via era deserta. Quando aveva spento il motore, non si era sentito altro rumore che quello della pioggia che batteva sul tettuccio e contro i finestrini. Era un rumore desolato.

«Allora, Peter?»

«Non vogliono che ci sposiamo adesso.» Lui non l'aveva guardata, ma aveva tenuto gli occhi fissi sul parabrezza.

«No?» aveva chiesto Jennie, con la bocca asciutta. «Che cosa vogliono, allora?»

«Pensano, dicono, che siamo troppo giovani.»

«È vero. Lo siamo.» Lei aveva parlato con decisione. «Ma quanto alla... chiamiamola piccola complicazione? Oppure quello non è importante?»

Peter si era voltato verso di lei. Nella luce grigiastra dell'abitacolo, Jennie era riuscita a vedere la sua espressione implorante. «Jennie, non essere sarcastica. Ti prego, ho passato un brutto momento.»

Lei si era immediatamente raddolcita, assecondando la sua richiesta. «Scusa. Ma allora? Che cosa facciamo?»

«Pensano che tu dovresti... liberartene. Ho spiegato come la pensi in proposito, ma sai... sai, non ha senso, Jennie. Ci ho pensato sopra. Mi hanno convinto. Davvero, non ha senso.»

«Loro ti hanno convinto», aveva ripetuto lei. «Loro pensano che non abbia senso. Mentre sono io quella al centro della situazione. Che cosa, loro o tu, c'entrate con il mio corpo, con me?»

«Jennie, cara, ascoltami. Non puoi immaginare com'è andata. Una rabbia tale. Mi ci sono voluti due giorni per farli smettere di predicare e per farli invece parlare. Mia madre era in lacrime. Non l'avevo mai vista in quello stato, se non quando è morta sua madre.» E aveva ri petuto: «Non puoi immaginare».

«Oh, sì che posso, ma che differenza fa? Mi dicono che cosa fare del mio corpo.» Jennie aveva cominciato a piangere. «Peter, te l'ho detto che non me la sento di farlo. Non voglio un bambino, non lo amo, ma te l'ho detto... e te lo ripeto... non me la sento di ucciderlo.»

«Ma pensaci! Tra qualche anno ci sposeremo e avremo tutti i bambini che vorrai. Desideri finire il college e iscriverti a legge, no? Dove troveremo il denaro se ci sposiamo ora?»

«Hai detto che sono ricchi e che ci avrebbero aiutati. L'hai detto tu.»

«Be', così credevo. Ma non posso farmi dare qualcosa che loro non vogliono darmi.» Peter aveva appoggiato per un attimo la testa al volante. «Oh, Cristo!» aveva imprecato e si era girato di nuovo verso di lei. «Mio padre ti darà tutto ciò di cui hai bisogno per occuparti di questa faccenda. E anche di più. Tutto ciò che vuoi, ha detto. Fa' un viaggio in Europa. A Roma, Parigi. Comperati delle cose. Ti darà tutto ciò che vorrai.»

Jennie, allora, era stata scossa da una rabbia che non aveva mai conosciuto prima. Era una rabbia assassina; avrebbe potuto uccidere in quel momento. E si era messa a colpire con i pugni il cruscotto.

«Per chi mi ha preso? Per una sgualdrina che bisogna pagare? L'Europa? Ma lo sai quello che dici? Mi offre una vacanza... che cosa vuoi che me ne faccia di una vacanza quando chiedo amore, aiuto, di essere accettata...»

«Jennie! Tu l'hai l'amore! Io ti amo, lo sai. Come puoi parlare così?»

«Come puoi tu, a meno che non abbia convinto anche te? Sono una sgualdrina anche per te?»

«Non usare quel termine. È disgustoso. Fa schifo.»

«Non dirmi quali parole devo usare! Userò tutte le parole che mi pare. Ti dico subito che cos'è accaduto laggiù. Mi sembra di sentirlo e riesco a vederlo chiaramente come se mi fossi nascosta dietro la porta. Tua madre, quel ghiacciolo... Credi che non sappia che cosa vuole? Una ragazza come quella smorfiosa... come si chiama? Annie Ruth o Ruth Annie o qualcosa del genere. 'Siamo amici da generazioni, sai. E non è carino che i giovani si fidanzino? Una storia d'amore segreta... non l'avevamo mai sospettato.' Sì, sarebbe tutta un'altra storia se io fossi la signorina Antica Famiglia invece che la signorina Nessuno. Non si parlerebbe di aborto, ma di matrimonio veloce sotto gli alberi, nel tuo giardino. No, scusami, nel giardino della signorina Antica Famiglia. Sono certa che ne abbia uno. E il bambino sarebbe un settimino, così carino...» La sua voce aveva espresso l'offesa che lei aveva vissuto.

«Dio, Jennie, no! Non è affatto così!»

«Certo che è così! Qualsiasi stupido lo capirebbe. Io l'ho capito nello stesso momento in cui sono entrata in casa. E tu... tu ti sei lasciato fare il lavaggio del cervello. Tu, il grande e coraggioso uomo che aveva intenzione di prendersi cura di me. 'Non preoccuparti, cara. Mi occuperò io di tutto.'»

Peter aveva infilato la chiave e i tergicristalli si erano messi rumorosamente in movimento.

«È inutile continuare così, se non fai che gridare, Jennie. Abbiamo un problema e gridare non ci aiuterà a risolverlo.»

«Ferma quei maledetti tergicristalli!» era scattata lei. «Non riesco a pensare con quel rumore!»

Quando Peter aveva obbedito, era rimasta seduta per un momento, cercando di ritrovare il controllo. Poi le era venuto in mente qualcosa.

«Hai per caso visto zia Lee?»

«Sì, sono andato da lei.»

«Ah! E che cosa ha detto?»

«Ha detto che dovremmo sposarci. Tu le sei piaciuta. Ha detto che ci presterebbe del denaro.»

«Veramente?» Jennie aveva spalancato gli occhi. «È magnifico da parte sua!»

«Be', è fatta così. Sotto sotto, è un tipo romantico. Buffo per una lesbica, se ci pensi bene.»

«Hai detto una cosa crudele.»

«Non intendevo essere crudele. È solo che mi colpisce.»

«Ci presterà abbastanza per farcela?»

«Jennie... non posso accettare niente da lei, né poco

né tanto. I miei genitori andrebbero su tutte le furie. Sono andati su tutte le furie quando gliel'ho detto.»

«Perché? Se non vogliono aiutarci, secondo me dovrebbero essere contenti che qualcun altro lo faccia.»

«È una lunga storia. Lei ha la tendenza a interferire. Io non avrei dovuto dire niente di tutto questo.»

«A loro o a me?»

Lui aveva sospirato. «Sia a loro sia a te, credo.»

Ma gliel'aveva detto, era stato abbastanza onesto da dirglielo e lei si era intenerita.

«Oh, Peter, che cosa facciamo?»

«Non lo so.» Peter si era messo a fissare la pioggia.

In macchina ormai era buio. Lo sfogo furibondo aveva lasciato Jennie sfinita. Se solo potessi addormentarmi, aveva pensato, addormentarmi e risvegliarmi trovando che tutto si è risolto. Si era messa a sua volta a fissare la strada scura e bagnata. Le case che si susseguivano l'una di fronte all'altra sui due marciapiedi formavano una specie di tunnel, un tunnel lungo e scuro senza luce all'estremità.

Peter aveva rotto per primo il silenzio. «Se tu abortissi, sarebbe tutto risolto.»

Lei aveva avuto di nuovo quella visione, una visione rossa, il colore del sangue, un improvviso bagliore duro come l'acciaio, la distruzione. Aveva aperto la bocca per respirare.

«È di quello che hai paura?» aveva chiesto Peter, ora gentile.

«Paura del dolore? Lo sai che non è quello.»

Qualche anno prima, aveva riportato una frattura composta al braccio e aveva sopportato quel male intenso con coraggio, così almeno le avevano detto. Sapeva di essere forte. Del resto, mettere al mondo un bambino non era impresa priva di sofferenza fisica.

«Che cosa, allora? Puoi dirmelo?»

«Te l'ho detto come meglio ho potuto.»

«Ma lo fanno da sempre. Ed è una cosa sicura. Anche se illegale. Ci sono dei posti sicuri. Con medici competenti.»

«Forse è per l'educazione che ho ricevuto», aveva spiegato di nuovo Jennie. «Non me la sento. I miei genitori sono ortodossi...»

Peter l'aveva interrotta e, questa volta, era stato il suo turno di arrabbiarsi. «I tuoi genitori! Non te la senti neppure di parlare con loro! Hai paura di parlare con loro. Io almeno l'ho fatto con i miei.»

«Ti ho detto anche perché.»

La mamma in cucina, che serviva il gelato: «Tutto ciò che ti abbiamo insegnato, tutto gettato alle ortiche».

Jennie aveva sentito di nuovo la rabbia montarle dentro. «Tu non vuoi capire. Non posso dirlo ai miei genitori. Perché non ci sposiamo, Peter? Potremmo farcela in qualche modo. Tuo padre si sentirebbe costretto ad aiutarci. Non potrebbe lasciarci morire di fame. Anche i miei genitori farebbero qualcosa, nel loro piccolo...»

«Mio padre mi direbbe di lasciare il college e di andare a lavorare.»

«Non lo farebbe!»

«No? Tu non lo conosci. Ha dei principi.»

«Principi! Come possono giustificarsi?»

«Te lo dico io. Direbbero che, se un uomo è abbastanza adulto per mettere al mondo un figlio, lo è anche per mantenerlo!»

«È questo che ti hanno detto, vero? E tu hai creduto a loro.»

«Devi ammettere che ha senso.»

«Senso, sì, ma non cuore. Non c'è amore. Gelidi ricconi», era sbottata Jennie, stringendo i denti. «Sì, se mio padre non avesse un negozio di salumeria... Credi che non abbia visto la faccia di tua madre quando gliel'ho detto? Aveva la faccia di un pescecane.»

«Jennie, basta. Lascia stare mia madre, ti prego.»

Lealtà, in fin dei conti. Lealtà nei confronti di sua madre. Jennie si era sentita soffocare.

«Come posso lasciarla stare quando è lei che controlla la mia vita?»

«No, noi controlliamo le nostre vite, Jennie.»

«Come puoi parlare così? Che cosa hanno fatto? Ti hanno fatto il lavaggio del cervello? Be', forse sono riusciti a farti sentire sporco, ma io non mi sento sporca, te l'assicuro. Per niente, e loro non riusciranno a farmi sentire così. E neppure tu.»

«Questa è una conversazione stupida.» Peter aveva acceso il motore. «Tu sei tutta agitata e non stiamo concludendo niente.»

«Il termine stupido è giusto. Riportami al dormitorio.»

Jennie avrebbe voluto ucciderlo. Quello era Peter? Dov'erano finite la sua forza e la sua fiducia? Aveva fatto affidamento su di lui, ma gli occhi dolci del colore dell'opale di cui si era innamorata forse erano troppo dolci. «Troppo compiacente» l'aveva definito l'anziana signora. Peter era soltanto un ragazzo viziato... E lei era persa.

Nessuno dei due aveva parlato finché non erano arrivati davanti al dormitorio. Poi Peter le aveva messo una mano sulla spalla.

«Jennie, sta' calma. Siamo entrambi fuori di noi. Ecco perché litighiamo. Telefonerò a mio padre, questa sera, e parlerò di nuovo con lui.»

Lei aveva aperto la portiera. «Buona fortuna», aveva mormorato, piena di amarezza.

«Non essere così triste. Escogiteremo qualcosa. Ti prego, credimi.»

Jennie aveva fatto un pallido sorriso. «D'accordo, proverò.»

«Ti chiamerò dopo aver parlato con papà, questa sera, va bene?»

«No, aspetta domani mattina. Sono sfinita. Voglio dormire e non dover pensare a niente per qualche ora.»

«D'accordo. Allora domani mattina. E, Jennie, ricorda che ci amiamo.»

Forse, sono ingiusta, dopotutto, aveva pensato, mentre saliva le scale. È terribile anche per lui. Era così stanca, così stanca.

Per tutta la settimana successiva aveva pianto in silenzio di notte, svegliandosi con la testa pesante e costringendosi ad andare alle lezioni e a studiare. Era un po' come aspettare un treno o un aereo con un ritardo tale che alla fine si comincia a pensare che non arriverà mai. Peter era nelle stesse condizioni. Ogni giorno, si consultava con suo padre che aveva bisogno di consultarsi a sua volta con altri.

«I suoi avvocati, probabilmente», aveva dedotto. «Non fa mai un passo senza gli avvocati.»

Ogni giorno vedeva brevemente Jennie, sempre in un luogo pubblico, dove non potevano mai toccarsi. Nessuno dei due era dell'umore di farlo, comunque. Ma il muto desiderio sul viso dell'uno si rifletteva su quello dell'altro.

«Ti senti bene?» continuava a chiedere lui.

Jennie stava perfettamente bene. Non c'era accenno di alcun cambiamento nel suo corpo. Sarebbe probabilmente arrivata quasi alla fine senza mostrare niente.

Ma la seconda settimana, Peter aveva ricevuto notizie. Suo padre aveva trovato un posto nel Nebraska, una casa rispettabile per ragazze madri. Sembrava una cosa del diciannovesimo secolo. Jennie non aveva neppure immaginato che esistessero posti simili. Ma, a quanto pareva, esistevano eccome e una ragazza sarebbe stata anonima laggiù, curata fino al parto, momento in cui, se avesse voluto, il bambino sarebbe stato dato in adozione.

«Che cosa te ne pare?» aveva chiesto Peter.

Si trovavano di nuovo in macchina, questa volta fuori dallo zoo. Una donna che passava cercava di consolare un bimbo che piangeva nella carrozzina, mentre un altro le si attaccava alla gonna. Quell'immagine aveva colpito Jennie e le si era impressa nella mente dopo che la donna aveva svoltato l'angolo, sparendo. Era un'immagine sfumata e confusa, tutta curve nella debole luce sotto le foglie. La madre, con i lunghi capelli che le scendevano sulle spalle come una sciarpa, si chinava sul neonato; la testolina rotonda del bambino si appoggiava alla gonna rossa della madre; tutto l'insieme dava un'idea di unità.

E lei aveva capito che quella era una delle rare visioni casuali che avrebbe ricordato, così come non aveva mai scordato il viso della donna più bella che le fosse mai capitato di vedere, mentre si trovava su un tram, almeno cinque anni prima. O il mattino in cui, nel silenzio di una strada coperta di neve, le campane della chiesa si erano messe improvvisamente a suonare e lei era rimasta ferma finché non era cessata l'ultima vibrazione.

«Che cosa te ne pare?» aveva ripetuto Peter.

Jennie era riuscita a stento ad aprire le labbra, tale era la stanchezza che le pesava addosso.

«Sto pensando.»

I pensieri erano sempre gli stessi. Il piccolo appartamento sarebbe stato arredato alla buona; per la camera da letto avrebbe potuto usare i mobili della sua stanza, a casa; poi avrebbero avuto bisogno di un tavolo e di due sedie per mangiare; di una scrivania e di lampade per studiare; dell'occorrente per il bambino; di imbiancare, di colorare di giallo, magari, l'angolo in cui il piccolo avrebbe dormito; ci sarebbe voluto così poco...

Ma Peter non voleva. Credo che potrei costringerlo, aveva pensato Jennie. L'hanno già fatto abbastanza spesso e Dio lo sa. Tuttavia, vivere così, scontenti... Allevare un bambino così... Sicuramente, il bambino finirebbe per risentirne.

«Hai pensato?» Peter le aveva preso la mano. «Come sei fredda. Povera Jennie. Oh, povera Jennie.»

Lei aveva cominciato a piangere. Fino ad allora era riuscita a riservare le lacrime alla privacy del suo letto, ma in quel momento, all'improvviso, il pianto aveva avuto la meglio.

Peter le aveva fatto appoggiare la testa alla sua spalla. «Cara, cara», aveva mormorato, baciandole i capelli. «Mi dispiace tanto. Che stupido bastardo sono a farti passare tutto questo. Jennie, avremo dei bambini, continuo a ripetertelo. Tu farai l'avvocato e avremo una casa. Avremo tutto ciò che vorremo. Sarà meglio per il bambino, cara, non capisci? Stare in una famiglia meravigliosa... tante coppie non possono avere bambini e li desiderano molto, coppie più vecchie, pronte a prendersi cura di un figlio. Noi non siamo ancora pronti, non lo capisci?»

L'aveva tenuta stretta, ripetendo a se stesso ciò che le aveva già detto una dozzina di volte e forse più, quasi volesse convincersene.

Una famiglia meravigliosa, aveva pensato Jennie. Pronta a prendersi cura. Non significa forse uccidere? È una vita. E le era sembrato di poter sentire quella vita che si muoveva nel suo ventre, sebbene naturalmente fosse assurdo, dal momento che ci sarebbero voluti mesi prima che potesse avvertire qualcosa. Eppure era là.

Dopo un po', si era calmata tirando un lungo sospiro finale.

«Suppongo che si dovrà fare. Sì, l'adozione», aveva mormorato.

«Faremo così», aveva ribadito subito Peter. «Hai detto che il termine è previsto per i primi di novembre. Puoi andare laggiù quando meglio credi. Non so che scusa troverai a casa o come spiegherai che non tornerai qui per l'inizio del semestre, ma ti inventerai qualcosa.»

«Sì, d'accordo», aveva infine acconsentito Jennie.

«Forse potresti dire che seguirai un corso speciale laggiù o che avrai una specie di borsa di studio in Francia o una cosa del genere. Non so. Non credo... che i tuoi genitori si interessino di corsi speciali, no?»

«Lo sai che no.»

«Allora potresti cavartela così?»

«Sì. Sì.»

«E, Jennie... sarai di ritorno qui per la seconda metà dell'anno. Saremo di nuovo assieme.»

Così avevano deciso. E così, per necessità, era stata trovata una soluzione. Nella confusione degli esami finali, a brevi intervalli si aggrappavano l'uno all'altra, rassicurandosi che non era cambiato niente, che andava tutto bene. Poi era arrivato il momento della separazione: Peter a casa in Georgia e Jennie a casa a Baltimora. Lui era tornato prima dell'inizio del nuovo semestre per vederla partire per il Nebraska.

Alla fine dell'estate, ormai vicina alla partenza, Jennie era aumentata leggermente di peso, il che aveva fatto piacere a sua madre.

«Guarda come stai bene con qualche chilo in più! Ora non ricominciare a metterti a dieta.» E la mamma aveva aggiunto: «Spero che tu faccia la cosa giusta, decidendo questo trasferimento. Non so niente in fatto di validità di college, ma conosco gli uomini. Voglio dire, quando si ha un ragazzo come Peter, può sembrare una follia lasciarlo. So che si tratta soltanto di qualche mese, ciononostante...» aveva concluso, mentre stirava la minigonna della figlia che era già troppo stretta in vita.

Papà aveva sollevato gli occhi dal giornale. «Jennie avrà dieci innamorati prima di sposarsi, da' retta a me.»

Per suo padre, lei era un miracolo di bellezza e di intelligenza. Era la perfezione.

«Sì», aveva ribattuto Jennie. «Papà, mamma, non preoccupatevi per me. Sto bene.»

«Io mi preoccupo», aveva replicato la mamma, con i capelli che formavano delle onde sulla fronte, tra le sopracciglia. «Chi non lo fa per una figlia? Lo capirai quando ne avrai una.» Era sembrata vecchia. «Io ti voglio bene, figlia mia.»

Jennie aveva sentito un groppo alla gola e si era voltata e chinata sulla valigia.

«Anch'io ti voglio bene, mamma. Voglio bene a tutti e due.»

Peter e Jennie si erano incontrati a Filadelfia il giorno prima che lei partisse in aereo. Lui aveva noleggiato un'altra auto e, sul tardo pomeriggio, erano passati per City Line Avenue per prendere l'autostrada e raggiungere il motel in cui avevano fatto l'amore la prima volta. Avevano mangiato piuttosto in silenzio in un tetro fast food. Peter aveva preso un hamburger con mani tremanti, ma dopo qualche boccone l'aveva posato, come se fosse incapace di inghiottire.

«Tutto bene, Jennie?»

«Sto bene. Bene.»

«Forse sarebbe meglio che ti dessi i biglietti e tutti i documenti ora, prima che me li dimentichi. Ecco, mettili in borsa. C'è tutto, il libretto di banca e il denaro in contanti. Ce n'è parecchio. Il posto... la casa... è già stata pagata, perciò non devi preoccuparti di niente. Quello è solo per te.»

Jennie aveva guardato il libretto di banca. Vi erano stati depositati cinquemila dollari.

«Ma è ridicolo», aveva commentato. «È molto più di quanto avrò bisogno. Voglio un paio di gonne premaman e basta. Posso mettermi le mie camicette senza allacciare gli ultimi bottoni.»

Peter stava fissando il muro alle spalle di Jennie. Lei lo aveva messo in imbarazzo. Quello dei vestiti premaman era un discorso troppo intimo per lui che conosceva ogni parte del suo corpo.

Che ragazzino era, aveva pensato Jennie, sentendosi tesa, matura e orgogliosa.

«Ne riceverai dell'altro se ne avrai bisogno», aveva insistito Peter, ignorando le sue obiezioni. «Quella è una cosa che riguarda papà. È un uomo generoso, lo è sempre stato.»

Generoso. Senza una visita, una lettera, neppure una telefonata per rendersi conto della situazione o per informarsi semplicemente della sua esistenza come essere umano.

«Te l'ho detto, non avrò bisogno di niente.»

«Non si può mai sapere. Vorrei che ne prendessi di più, ma hai detto che l'avresti considerato un insulto.»

«Infatti è così.» Jennie si era messa più eretta. «Vuoi

ordinarmi un altro bicchiere di latte? Non ho ancora bevuto la mia razione giornaliera.»

«Certo», aveva risposto lui, arrossendo.

Dunque anche la dieta prenatale lo metteva in imbarazzo. Strano. Be', non proprio, a pensarci bene, aveva realizzato lei, mentre stringeva il bicchiere. In fin dei conti, era lei che sentiva quella... quella persona. Proprio in quel momento, le si muoveva dentro, rotolandosi, allungando gambe e braccia, mettendosi più comoda. Aveva sorriso.

Peter l'aveva notato. «Che cosa c'è?»

«Si è mosso.»

«Oh, non lo sapevo.»

«Sì, si muovono. È ciò che si dice 'sentire la vita'.»

Lui aveva chinato la testa, sentendosi un miserabile.

«Non si vede ancora niente», aveva osservato dopo un momento.

«Il dottore ha detto che è piccolo.»

«Ma sta bene?»

«Sì, sta bene.»

«Ne sono felice.»

«Voglio il dessert.»

«Certo.»

«Solo frutta. Una mela al forno, se ne hanno.»

Peter l'aveva osservata mentre mangiava la mela. Jennie stava pensando che avrebbe ricordato quel momento, quell'ora, il modo in cui il freddo era penetrato nella stanza assieme al rombo di un tuono e all'avvicinarsi del temporale, il modo in cui la luce aveva messo in mostra la polvere sui vetri, al calare della sera... Un uomo si era alzato ed era andato a prendersi una ciambella da un recipiente di vetro posato sul bancone. Le unte ciambelle di Filadelfia, come le definivano. L'uomo aveva appoggiato i piedi sul pesante sgabello del negoziante accanto alla sua sedia. Jennie l'aveva sentito sospirare. Quello sconosciuto assomigliava un po' a papà.

«Sta per scoppiare un temporale», aveva detto Peter.

«Sarà meglio raggiungere di corsa la stanza prima che cominci a lampeggiare.»

Nella stanza, il letto era sufficientemente grande per accogliere tre persone; la sopraccoperta era di un orribile color verde pisello. Di fronte c'era la televisione, il cui enorme occhio nero fissava lo squallido ambiente. La prima volta, non le era sembrato tanto squallido. Eppure doveva esserlo stato.

Ma allora avevamo visto e sentito soltanto la passione e un gran senso di fretta, aveva pensato Jennie. Non aveva avuto importanza l'ambiente. Peter mi aveva sbottonato il vestito, quello di lana rosso, comperato per l'occasione. Mi aveva tolto le scarpe e il reggiseno. Ricordo tutto, come i vestiti fossero caduti e come fossi rimasta lì, immobile, sentendomi fiera a causa dell'espressione che lui aveva sul viso. Ricordo tutto.

«Devo accendere la televisione? Vuoi vedere qualcosa in particolare?» chiedeva invece ora Peter.

«No, niente in particolare. Ma accendila, se vuoi.»

«Be', è un po' presto per andare a dormire.»

«Mi farò una doccia calda. Sto gelando.»

«L'estate sta per finire.»

Era strano che frasi così semplici sembrassero essere tutto ciò che entrambi riuscissero a dire per esprimere ciò che ribolliva in loro.

Avevano perso ciò che avevano. Lei, almeno, l'aveva perso. Dov'era finito l'amore? Gelato. Si sarebbe di nuovo ravvivato?

Rannicchiata sul letto, in vestaglia, aveva guardato la televisione. C'era una di quelle meravigliose produzioni inglesi con ottimi attori e splendidi scenari, tutti viali, campi, vecchie case di pietra con ritratti, il fuoco che ardeva nei grandi camini e grossi cani sdraiati davanti. Ambienti sicuri e solidi. Chissà se la gente si sentiva mai persa e sola in posti del genere?

Metà della sua mente guardava le immagini, l'altra metà guardava Peter. La luce della televisione rischiarava la camera buia e si rifletteva sul viso di Peter. È così giovane, aveva pensato di nuovo lei. Troppo giovane per affrontare il peso di una famiglia. Io dentro sono più vecchia di lui. Perché? La donna è sempre la più vecchia? Quante domande senza risposta! Che differenza fa? Le cose stanno così. Siamo quello che siamo. Lui è succube della sua famiglia. Del resto, lo sono anch'io, ma per motivi diversi. Siamo nel 1969 e la gente come noi fa cose di cui difficilmente si sentiva parlare dieci anni fa. Forse quelle persone che fanno ciò che vogliono senza paura, senza vergogna, provengono dalle cosiddette famiglie «progressiste», che le hanno allevate così. Non lo so. A ogni modo, sono più numerose le persone come noi che come loro. Ma è solo di quelle che si scrive.

Il programma era finito.

«Bello», aveva commentato Peter. «Gli inglesi ci sanno fare, no? Un giorno andremo in Inghilterra. Ti piacerà tutto, il Lake District, le brughiere.»

A letto, l'aveva presa tra le braccia e lei aveva capito che aspettava una risposta. Gli aveva appoggiato la testa sul petto. Qualche lacrima fredda le aveva rigato le guance e si era fermata. Non solo il dolore, ma anche il desiderio era cessato in lei per lasciare il posto a un senso di vuoto. Tutto effetto dello stress. Le donne incinte, aveva letto, sentivano più desiderio che mai. In normali circostanze, però. Guardando al futuro insieme, stando insieme.

Era stata scossa da un brivido. Peter le aveva accarezzato i capelli. «Jennie, Jennie, andrà tutto bene. Tu tornerai e sarà di nuovo come prima.»

Gliel'aveva detto tante di quelle volte! E lei ci aveva creduto, aveva voluto crederci. Ora, all'improvviso, aveva capito che non sarebbe stato mai più come prima. Non avrebbe saputo dire come, ma aveva capito che tutto era ormai finito. Peter credeva veramente che avrebbero visto l'Inghilterra o qualsiasi altra cosa insieme? Secondo lei, ci credeva perché voleva crederci.

Ma quando qualcosa muore, non si dovrebbe prolungare il dolore. La paura ha ucciso ciò che avevamo. Ora lasciamolo morire in pace.

Lui l'aveva abbracciata. Si erano abbracciati a vicenda. E poco dopo si erano addormentati.

Il mattino dopo, Peter l'aveva accompagnata all'aereo. Scendendo lungo la rampa, dopo l'ultimo abbraccio, Jennie si era voltata a guardarlo. Aveva visto le labbra di Peter muoversi per dire: Ti scriverò. E la sua mano che si agitava in un gesto di incoraggiamento e di saluto..

Aveva capito che non l'avrebbe più rivisto.

La casa, una bella casa che un tempo era appartenuta a un uomo ricco, era spaziosa. La stanza di Jennie era una delle migliori, una stanza singola che dava su un mare di alberi autunnali, cipressi e aceri, rossi e dorati. Da una finestra, che si apriva su un vialetto laterale, era possibile vedere gli arrivi e le partenze delle ragazze. Alcune erano veramente giovanissime, non avevano più di quattordici anni... e, come lei, erano venute lì a nascondersi. Jennie aveva notato Lincoln, Cadillac e Mercedes, genitori eleganti, bagagli di lusso. Quel posto doveva costare una fortuna. Ma i genitori di Peter non erano forse generosi?

La prima sera, si era sentita sopraffare dalla solitudine al punto che si era costretta a tenere la mano lontana dal telefono. Aveva iniziato dapprima a comporre il numero di casa mentre con la mente gridava: «Papà, mamma, aiutatemi, voglio dirvi la verità!» Poi aveva pensato alla pressione di papà, ai suoi calcoli renali, al denaro, all'affitto del negozio, a come se la sarebbero cavata se lui si fosse ammalato tanto da non poter più lavorare... E si era detta: Devo farcela da sola.

Ma la volontà non bastava. Si era svegliata, quel primo mattino, per ritrovarsi immersa in una nuvola grigia che oscurava il sole. Sarebbe voluta rimanere a letto con le coperte tirate fin sopra la testa e aveva dovuto farsi violenza per alzarsi. Dov'era finito quel coraggio che, fino a quel momento, l'aveva animata? Era bloccata da paure confuse e prive di nome. Il futuro era vuoto. Dopo la nascita del bambino, chi sarebbe stata Jennie? Che genere di persona? Con quali obiettivi?

In preda a una sensazione di gelida oscurità, si era costretta a muoversi. Il posto era bello e la gente gentile. Nessuno faceva domande. Certe giovani donne in attesa desideravano parlare con lei di se stesse, mentre altre si mantenevano silenziose. Guardandosi attorno nella sala da pranzo, Jennie aveva percepito che ognuna aveva essenzialmente la stessa storia, tuttavia ogni volta diversa. Variazioni sul tema.

Peter le aveva scritto. Le lettere erano piene di rassicurazioni ed esortazioni a prendersi cura di lei; non avevano alcun significato. Lei aveva risposto con banalità. «Il posto è bello, il cibo è buono, io sto bene.» E anche quelle parole non significavano niente. Quando era arrivata la quarta o quinta lettera, le era sembrato troppo faticoso rispondere.

La seconda settimana, era stata mandata da un avvocato. La signora Burt era una giovane donna con una serie di diplomi appesi in bella mostra dietro la scrivania. Dopo la prima visita, nella quale si erano occupate delle cose pratiche come il dottore, la nascita e la successiva adozione, Jennie si era lasciata andare alle confessioni.

«È terribile che io non risponda alle sue lettere? Mi sembra così inutile.» E aveva aggiunto: «Non capisco che cosa sia accaduto. Dov'è finito l'amore? Volevo passare il resto della mia vita con lui. Sarei morta per lui. E ora...» Si era presa il viso tra le mani.

«Fa bene piangere», aveva suggerito la signora Burt.

Ma gli occhi di Jennie erano asciutti. «Io non piango più. L'ho fatto. Ma quello che sento adesso è peggio. Sento come se niente contasse più per me. Ho anche smesso di pensare al bambino, mentre prima sono stata così attenta a nutrirmi bene e a farlo crescere sano. Ora non ho fame e non tento neppure di mangiare.»

«Forse in questo momento nient'altro ha più importanza per te, ma tu ne hai.» La voce era gentile, ma decisa. «In realtà tutto ciò che possiedi è te stessa, non lo capisci, Jennie? L'io... ecco ciò che ognuno di noi ha. Perché se quello crolla, allora non ci rimane niente da dare a nessun altro. Ora, se non vuoi scrivere o parlare, la decisione spetta a te e hai il diritto di prenderla senza sentirti in colpa.»

Jennie aveva sollevato la testa. Forse se la mamma fosse stata così, sarebbe stata capace di dirle la verità. Ma quella piccola signora americana non aveva sicuramente subito le ferite della mamma, non aveva perso i genitori nei forni crematori o superato i Pirenei con degli estranei. Perciò, lasciamo perdere la mamma.

Aveva semplicemente detto: «Grazie».

«Tu ti senti in colpa per tutto, Jennie... per prima cosa, per la ragione per cui sei qui. E per i tuoi genitori, per gli studi che hai interrotto, per tutto. E la rabbia... stai ribollendo di rabbia, anche se non vuoi ammetterlo. Ma riconosci di avere il diritto di essere arrabbiata! È per questo che sei depressa.»

«Lei può dire che sono depressa?»

«Certo, mia cara. Ho visto abbastanza depressione in questo posto. La depressione è rabbia tenuta dentro. Non lo sapevi, Jennie?»

«No.»

«Be', è così. Ora, se non ti riprenderai al più presto, ti aiuteremo noi. Ma ho l'impressione che ce la farai. Sei forte. Ce la farai.»

E si era ripresa in tempo. Una mattina, svegliandosi, Jennie aveva scoperto che la nuvola era scomparsa. Non avrebbe saputo dire se sarebbe tornata, ma per il momento era scomparsa. Aveva aperto la finestra e guardato fuori con piacere l'inizio dell'inverno, gli abeti cosparsi di neve. Aveva sentito il desiderio di mangiare e di andare a fare una passeggiata all'aria fredda e frizzante. Molte ragazze della casa, Jennie compresa, evitavano lo shopping center per paura di essere osservate dalla gente. Quel mattino, aveva cambiato idea.

«Questa è un'occasione di cui bisogna approfittare, non da sprecare», l'aveva avvisata la signora Burt. «Perché non comperi dei libri e non leggi in anticipo gli argomenti delle materie che affronterai quando tornerai a scuola, in febbraio?»

E così Jennie aveva fatto il primo prelievo dal conto che i Mendes avevano aperto in una banca del luogo. Con il denaro era andata a dare un'occhiata in una libreria ed era tornata con *Lincoln* di Sandburg, delle commedie di Tennessee Williams e un grosso romanzo nuovo. Poi si era seduta con una scatola, non una tavoletta, di cioccolatini e aveva cominciato a leggere.

Peter le aveva nuovamente scritto per darle la notizia che in febbraio si sarebbe trasferito alla Emory University di Atlanta. Diceva che non capiva perché lei non gli scrivesse da tanto tempo e la pregava di fargli sapere se c'era qualcosa che non andava.

Trasferito. Per tenerlo lontano da lei, da ulteriori contaminazioni. Così la sua famiglia poteva averlo sott'occhio. Jennie aveva cercato di immaginare le loro conversazioni. Al lucido tavolo della sala da pranzo? No, Spencer, il cameriere, sarebbe stato presente e loro certo non parlavano di fronte a lui. Forse davanti al camino, sotto il ritratto di quel famoso antenato. O nella stanza con il tappeto a fiori. Povero ragazzo. Aveva provato disprezzo per tutti loro.

Possibile che Peter credesse, come aveva detto, che un giorno sarebbero tornati insieme e sarebbero andati avanti come se niente fosse accaduto? Sì, forse ci credeva veramente; era molto più confortante pensarla così.

Il termine era ormai vicino per Jennie.

Mentre pensava sempre di meno al padre, cominciava a pensare di più al bambino e a tutti i bambini di quella casa la cui nascita era tanto attesa per poi darli via. Era tutto un incidente! Dal momento del loro concepimento a quello in cui venivano affidati a estranei, di cui avrebbero ereditato il passato e le cui cure e attenzioni li avrebbero formati, sempre per caso. Ma del resto il caso non governava anche coloro che non venivano abbandonati?

Una mattina era stata chiamata dalla signora Burt e accolta con un sorriso di insolito piacere.

«Abbiamo una coppia che desidera avere il tuo bambino, Jennie. Pensiamo che siano delle persone meravigliose, veramente perfette. Vuoi sapere qualcosa di loro?»

Jennie aveva incrociato le braccia sul piccolo ventre appuntito che assomigliava all'estremità di un'anguria. Qualcosa si muoveva sotto le sue palme, provocando leggeri tonfi. Un avvertimento, un suggerimento, una supplica?

La signora Burt doveva averle letto sulle labbra silenziose il grido che Jennie avrebbe voluto lanciare: *No, non posso... non posso separarmi da te. Dio, dimmi come faccio*, perché si era mostrata ansiosa.

«Sei sicura di voler parlare di questo adesso? Non siamo costrette a farlo, se non te la senti.»

Ma devi sentirtela, no? Non si può tornare indietro. Tornare dove? Oh, tu non vuoi farlo, Jennie, ma sai che è la cosa migliore. Ci hai pensato sopra un migliaio di volte.

Jennie aveva sollevato la testa, si era messa più eretta e aveva risposto con chiarezza: «Vada avanti, la prego. Mi dica».

«Lui è un medico. Lei una bibliotecaria e ha in mente di ritirarsi per qualche anno finché il bambino non sarà in età scolare. Non hanno ancora trent'anni, ma sono sposati da sette senza che la signora sia mai rimasta incinta. Si vogliono molto bene. Viaggiano, sciano e fanno escursioni in montagna.» La signora Burt aveva fatto una pausa.

«Continui», l'aveva invitata Jennie. Una bibliotecaria. Ci sarebbero stati libri in casa.

«Come sai, se è possibile, cerchiamo di sistemare il bambino in una casa con lo stesso ambiente intellettuale e badiamo anche all'aspetto fisico. Queste persone hanno entrambe i capelli scuri come te. Quelli della signora sono ricci come i tuoi. Sono di altezza media e, naturalmente, sani. Sono tutti e due ebrei. Vuoi sapere altro?»

«Sì, la prego.»

«Vivono nella regione a ovest delle Montagne Rocciose. La casa è molto bella, anche se non si tratta di gente ricca, ma al bambino non mancherà niente. Ci sono un grande campo sportivo, una bella scuola e una numerosa e affettuosa famiglia composta di nonni, zie, zii e cugini. Abbiamo controllato tutto con la massima cura.»

«Suppongo che vogliano sapere qualcosa di me e del... padre.»

«Certamente. E sono molto ansiosi di avere il tuo bambino.»

Jennie aveva scosso la testa. Strano. Porteranno via lui... lei, e i nostri nove mesi trascorsi insieme svaniranno come se non fossero mai esistiti.

«Avrai tutto il tempo che vorrai per cambiare idea, dopo che il bambino sarà nato.»

«No. È così che dev'essere. Lei lo sa.»

«Niente deve essere. Ma credo che abbiamo convenuto tutte e due che questa è la soluzione migliore.»

«Penso...» Jennie aveva deglutito. Di colpo le si era formato un groppo alla gola. «Penso... Dica al dottore che non voglio vedere il bambino.»

Gli occhi della signora Burt erano molto dolci. «Probabilmente è meglio», aveva concluso. «Date le circostanze, è questo il consiglio che spesso diamo.»

«Sì. Allora si ricorderà di dirlo al dottore?»

«Sì, Jennie, glielo dirò.»

Diverse volte allo shopping center, Jennie si era scoperta a guardare attentamente nelle carrozzine, a fermarsi a fare commenti con delle giovani madri per avere la possibilità di dare un'occhiata ai loro neonati. Fissava il visino rosa o rosso di un esserino umano di qualche chilo che piangeva o dormiva sotto le coperte. E ogni volta si sentiva divisa tra la decisione così dolorosamente presa e il pensiero terribile di doversi separare da ciò che era ancora così strettamente legato a lei come le sue braccia e le sue gambe.

Un giorno, mentre si dirigeva in libreria, passando davanti a un negozio era entrata a comprare un completino giallo con una copertina per carrozzina dello stesso colore.

«Per una mia amica», aveva spiegato e subito era rimasta colpita da quella stupida negazione della sua situazione. «Voglio farglieli avere prima che nasca il piccolo. Il giallo va bene sia per un maschietto sia per una femminuccia, no? E mi piace anche quella cuffietta ricamata.»

La commessa aveva guardato il vecchio cappotto di Jennie che ora si chiudeva a stento. «Quella è cara. È ricamata a mano.»

«Va benissimo.»

Un pensiero amaro le si era affacciato alla mente. Quella più cara – perché no? – per il nipotino dei Mendes. L'aveva scacciato. Cattiva, Jennie, non è da te.

Quella sera, nella sua stanza, si era guardata a lungo il viso nello specchio. Il bambino le sarebbe assomigliato in qualcosa? Il visino sarebbe stato rotondo come il suo o squadrato come quello di sua madre? E gli occhi avrebbero avuto il colore dell'opale come quelli di Peter oppure, Dio mi perdoni!... sarebbero stati allungati e duri come quelli di sua madre?

Dopo un po', si era alzata e aveva cominciato a scrivere un biglietto.

Caro bambino,

spero che i genitori che ti alleveranno ti daranno questo, un giorno, quando sarai abbastanza cresciuto per comprenderlo. La mamma che ti darà alla luce e

(aveva cominciato a scrivere *l'uomo*, ma l'aveva cambiato con *il ragazzo*) il ragazzo che è tuo padre sono brave persone, ma sciocche, come spero tu non sarai. Eravamo troppo giovani per accoglierti nelle nostre vite. Forse siamo stati egoisti, desiderando portare avanti indisturbati i nostri progetti. Delle persone volevano che mi liberassi di te, che abortissi, ma non me la sono sentita di farlo. Tu stavi già crescendo e io ti ho lasciato crescere fino alla fine. Ho dovuto abbandonarti alla tua vita, che mi auguro con tutto il cuore meravigliosa. Ti lascerò a persone splendide che ti vogliono e che faranno per te più di quanto non possa fare io. Spero che capirai che faccio questo per amore tuo, anche se può non sembrare. Ma lo è, credimi, figlio o figlia mia. Lo è.

Poi, senza firmare la lettera, l'aveva posata sulla cuffietta ricamata, aveva chiuso la scatola e fatto di nuovo il fiocco con il nastro di seta.

L'avevano portata via nel cuore della notte. Il parto era stato veloce. Poco dopo l'alba, dopo aver sopportato per quattro ore un dolore che andava via via facendosi più acuto tanto che all'ultimo le era sembrato atroce e disumano, al punto da mordersi le labbra e aggrapparsi al letto con le mani sudate, Jennie aveva spinto per l'ultima volta. Poi, di colpo, era sopravvenuto il sollievo. Mentre giaceva in quel primo misericordioso momento di pace, aveva udito un pianto simile a un lamento e poi, sopra la sua testa, le era parso che una voce lontana dicesse: «È una bambina, una bella bambina, Jennie. Di tre chili e mezzo».

Sollevandosi su un gomito, stanca, davvero molto stanca, aveva avuto una visione confusa: un'infermiera o un medico, qualcuno in bianco, reggeva qualcosa avvolto in un lenzuolino e lo portava via.

«Ha tutto al posto giusto?» aveva mormorato.

«Sì, tutto a posto. Dieci dita delle mani, dieci dita dei

piedi e due buoni polmoni. L'hai sentita gridare.»
«Nulla che non vada?»
«Nulla. È perfetta. Hai fatto un bellissimo lavoro, Jennie.»

Jennie era tornata a casa. Aveva prelevato il denaro dei Mendes dalla banca, più di quattromila dollari perché ne aveva spesi soltanto cinquecento. Per un momento, aveva pensato di restituire la somma con una lettera gentile, ma fredda, per esprimere la sua indipendenza e il suo disprezzo, ma poi aveva cambiato idea. Sii pratica! La mamma ti ha insegnato a esserlo. Il denaro le sarebbe servito in parte per gli studi di legge. L'estate successiva e tutte le estati sarebbe andata a lavorare e avrebbe messo via ogni penny. Poi, con quello che papà sarebbe stato forse in grado di darle, sarebbe giunta alla fine. Doveva giungere alla fine. Questo era ciò che aveva desiderato allora, più di qualsiasi altra cosa al mondo.

Visto che era il mezzo meno caro, aveva preso l'autobus per tornare a casa. Era novembre e per due giorni aveva viaggiato nel freddo su strade secondarie dissestate e infine sull'autostrada. I pneumatici fischiavano sull'asfalto umido; più avanti alberi spogli dai rami contorti; poi mucchi di immondizie sul ciglio delle strade; infine depositi di rottami arrugginiti.

Tutt'a un tratto, in uno spazio libero accanto a una costruzione in rovina, aveva visto due cavalli affacciarsi al di sopra di un recinto. Uno aveva sollevato la splendida testa color bronzo per nitrire e aveva cominciato a correre, seguito dall'altro. I due avevano continuato a galoppare felicemente.

Me ne ricorderò, aveva pensato Jennie. È una di quelle piccole cosa strane che ti si imprimono nella mente. Forse è un presagio.

A casa, le cose andavano come sempre. La sua storia era stata ben preparata e quindi accettata.

«È bello averti di nuovo vicino a casa», aveva detto papà.

«Non ti vediamo molto, ma è bello sapere che sei a un paio d'ore di distanza», aveva osservato la mamma.

Papà si era accorto che Jennie era dimagrita e la mamma aveva espresso il suo dispiacere, concludendo: «Che cosa si può fare con queste ragazze? Vogliono tutte essere piatte come assi».

E aveva continuato: «Nostra figlia al college, Dio la benedica. Mi preoccupa soltanto una cosa. Hai rotto con Peter, vero? Hai trovato qualcun altro?»

«Sì alla prima domanda e no alla seconda. C'è tempo, mamma. Non mettermi fretta.» Jennie aveva sorriso, come per dire: Vedi come sono giovane e spensierata?

«Chi ti mette fretta? Ero soltanto curiosa.»

«Be', Peter non mi piace più. Se dovesse telefonare, digli che sono partita. Che sono andata in Messico o in Afghanistan.»

Peter non aveva telefonato, ma aveva scritto di nuovo, chiedendo perché lei non avesse risposto alla sua ultima lettera. Jennie l'aveva riletta. Che cosa era successo? domandava lui. L'aveva dimenticato? Era preoccupato per la sua salute. L'amava. Ed era dispiaciuto perché non era tornato in Pennsylvania, ma sperava di riuscire a farlo durante la settimana di Natale. Non aveva però accennato ad altri progetti per il futuro.

Al diavolo i mesi meravigliosi e le promesse d'oro! Dovevano essere state cose infantili e prive di importanza per essere finite così. E, nel suo letto, lei aveva premuto il viso contro il cuscino, ricacciando indietro le lacrime perché non voleva avere gli occhi rossi, il mattino dopo.

Molto, molto lentamente, mentre le angosce diminuivano, la rabbia aveva cominciato a sostituirle. Peter non le aveva mai chiesto della bambina, solo della sua salute, come se lei avesse semplicemente superato una malattia o un intervento chirurgico. No, i Mendes non volevano saperne, questo era chiaro. E avevano fatto il lavaggio del cervello al figlio, l'avevano reso succube. Povero Peter, così debole. E povera bambina...

Ma la bambina non era povera, si era detta. Era curata, amatá e custodita in qualche posto sconosciuto dell'Ovest. Aveva guardato il mappamondo che si trovava sulla scrivania della sua stanza fin dai tempi delle scuole elementari. L'Ovest era vasto. San Diego aveva le palme e l'oceano. Salt Lake City era circondata da montagne innevate. Portland? La chiamavano Rose City. Era bello pensare che la bambina crescesse in un posto con un così bel nome.

Un giorno, aveva stracciáto tutte le lettere, si era liberata di tutto ciò che Peter le aveva regalato e si era seduta alla scrivania. Scrivendogli un'ultima lettera, si era sorpresa capace di dirgli addio senza recriminazioni. Non aveva detto niente della bambina; dal momento che, apparentemente, lui aveva paura di chiedere notizie, non si meritava di averne.

Con la lettera chiusa e affrancata, si cra sentita fiera, decisa, matura. Il passato era passato. Ora contava il futuro. Non esistevano né Peter né la bambina. Non erano mai esistiti.

Ma erano esistiti.

Che cosa posso fare? Sto per sposarmi e ho una vita organizzata, avviata. Perché doveva accadermi proprio ora? Perché doveva accadere? Ti prego. Oh, Dio, ti prego, fa' che non accada...

Improvvisamente si prese la testa tra le mani e si mise a singhiozzare.

Dopo un po', si alzò, si infilò un paio di pantaloni e una giacca e uscì. Il vento che proveniva dall'East River o forse dall'Hudson era gelido. Si strinse addosso la giacca e cominciò a camminare, poi a correre. Quando sei sfinita, Jennie, puoi tornare a casa.

Le strade erano tranquille. Di tanto in tanto, passava un'auto con uno stridio di pneumatici e un lampeggio di luci. Due luci minacciose, mentre si avvicinavano; due lucine rosse, mentre si allontanavano. Pochi erano gli appartamenti illuminati nelle case, buie fortezze di trenta piani che racchiudevano gente che dormiva. Era passata da tempo la mezzanotte.

Solo il grande ospedale, una massa oscura sotto il cielo pieno di nuvole in movimento, era sveglio. A due isolati di distanza, mentre lei correva, la vista delle finestre illuminate in diversi piani la distrasse dal terrore. Sempre, tornando a casa di notte, quando percorreva quella strada, provava un'intensa consapevolezza di ciò che poteva accadere dietro a ognuna di quelle finestre.

Ora, avvicinandosi al pronto soccorso, smise di correre. Auto della polizia e un gruppo di curiosi... Come si era formato a quell'ora? Bloccavano il marciapiede. Poco lontano da lei, fu sollevata una barella; ci fu un movimento di camici bianchi; ci furono le luci di un'altra ambulanza che si fermava; poi un'altra barella e Jennie vide una massa di lunghi capelli neri e una spaventosa maschera di sangue dove doveva esserci stata una faccia.

Sentì il respiro farsi bollente in gola e il sapore salato del sangue in bocca mentre distoglieva lo sguardo e poi, contro la sua volontà, tornava a guardare.

«Muoversi», ordinò un poliziotto, disperdendo il gruppo sul marciapiede.

In mezzo a quelle persone, una donna piangeva, coprendosi gli occhi con una mano. Un uomo si allontanò, imprecando contro il sistema legale.

«Era in libertà sulla parola. In libertà da dieci giorni. È entrato in casa e li ha sgozzati. Prima però l'ha violentata. Il marito è morto, dicono...»

Non volendo sapere altro, Jennie riprese a correre. Il viso insanguinato... Al centro della strada, aumentò la velocità, lontana dalle porte e dai vialetti, correndo come se fosse inseguita.

Saliti i gradini e chiusa la porta a chiave, si sentì sfinita. Ma il terrore provato all'ospedale aveva ridato proporzione alle cose. La macabra scena notturna, i pianti, il viso insanguinato... L'altro problema, quella telefonata, non era niente in confronto.

La ragione si riaffermava. Victoria Jill Miller era vissuta per diciannove anni senza di lei e poteva continuare a vivere senza di lei. Avrebbe fatto meglio a non conoscere Jennie. Forse pensava sinceramente di voler vedere la madre naturale ma, alla fine, questo l'avrebbe condotta soltanto a una crisi emotiva. Quei servizi adozioni erano dei ficcanaso. Che cosa potevano capire dell'angoscia e della disperazione di tanto tempo prima? Non erano affari loro, in ogni caso. Che diritto avevano di arrivare ora, di incoraggiare quell'intrusione?

Ho talmente tante cose da fare, pensò Jennie, tesa. Questo caso è così terribilmente importante. Jay si sente responsabile per me. Ha dichiarato loro che sono competente in materia e adesso devo dimostrarlo. Non sarà facile. I costruttori sono un osso duro, dice Jay. Lotteranno duramente. Devo prepararmi a fondo; non posso sprecare un minuto. Devo incominciare da domani mattina. Telefonare a esperti, ingegneri, studiare il traffico, le strade, l'accesso, le stime. Devo muovermi. Non posso occuparmi d'altro. Non posso.

Aveva la mente affollata di pensieri: ora che ho rifiutato di vedere la ragazza, lei ci ripenserà e lascerà perdere. Probabilmente non chiameranno più. E se dovessero farlo, manterrò ferma la mia posizione, finché non si scoraggeranno. Ma di sicuro non chiameranno più.

Oppure sì?

4

DUE settimane dopo, Jennie si accinse ad affrontare la riunione del consiglio per la pianificazione urbanistica. Sebbene si sentisse ormai sufficientemente preparata, avendo messo da parte ogni altra incombenza, sperò comunque che Jay la sostenesse.

«Vorrei che tu potessi venire. Sei sicuro di non potere?»

«Sicuro. Devo essere in tribunale tutta la settimana. Ma farai benissimo anche senza di me. Papà ha radunato il gruppo per uno spuntino, prima della riunione, così che tu possa essere presentata a ciascuno e avere il tempo di riesaminare la cosa da tutte le angolature. Li affascinerai, Jennie!»

«Non è esattamente di fascino che hanno bisogno. Cercano soprattutto risultati.»

«Agisci come hai agito nel caso di Long Island e otterrai i risultati che vogliono. Andiamo! Li ammazzerai stecchiti!»

Il *New York Times* riferiva che all'interno dello stato c'erano temperature che andavano dai cinque ai dieci gradi. Il suo cappotto più caldo era vecchio di due anni, ma ancora in buono stato, sebbene avesse gli orli delle maniche leggermente consumati. Rimase davanti all'armadio per qualche momento, con una manica in mano, riflettendo tra sé. Poi, bruscamente, gettò via il cappotto e uscì a comprarsene uno nuovo. Sentiva dentro qualcosa che le capitava raramente di provare: un pizzico di autoindulgenza. Perciò si diresse verso la Quinta Avenue dove ci mise poco a trovare un cappotto di lana molto bello, di un color ruggine, con i bordi di pelliccia, e una gonna in tinta. Li accompagnò con un pullover di cashmere color crema e, tanto per cambiare, con una camicetta dello stesso colore, di seta. Nel tornare a casa, fece una lunga sosta a una gelateria, uno dei tanti locali in stile fine secolo ritornati a essere così popolari, e si concesse la seconda stravaganza: un'enorme coppa di cioccolata e crema.

Se c'era qualcuno che avesse bisogno di conforto, quella era proprio lei, si disse. Si rodeva da due settimane con i suoi pensieri. Avrebbero ritelefonato? Oppure no? E le vennero in mente quei terrorizzanti minuti prima dell'estrazione dei fogli d'esame: ce la farò? Non ce la farò? Finì il suo gelato misto e tornò a casa a fare la valigia.

Shirley le diede la sua approvazione. «Davvero un acquisto indovinato. E adesso mettiti le perle.»

«Le perle? Ma sto andando a un consiglio comunale.»

«E allora te le toglierai prima di entrare. Sono semplicemente perfette sia con la camicetta sia con il pullover. Non pensi che sarebbe carino farle vedere a tua suocera...»

«Non è mia suocera.»

«Non cavillare. Lo sarà tra un paio di mesi. Sarebbe molto gentile farle vedere quanto apprezzi il suo regalo.»

«D'accordo, forse lo farò.»

Jennie tuttavia sapeva che non l'avrebbe fatto. Perché? Perché c'era qualcosa, la consapevolezza di essere sotto mentite spoglie, una certa sensazione di non meritare le perle. Ecco perché.

Il padre di Jay venne a prenderla alla stazione ferroviaria e la condusse a casa. Un leggero velo bianco copriva i campi e le colline.

«La neve è venuta presto, quest'anno», disse il vecchio. «Un bel cambiamento da quando è stata qui l'ultima volta.» E, lanciando un'occhiata a Jennie: «È molto, molto carina, oggi».

«Grazie.» Jennie accettò con modestia il complimento. Non si era trattato di adulazione. La frase era stata pronunciata con un tono di sincerità.

Mentite spoglie. Non sono quella che voglio far sembrare. Sono un'estranea. Come in Georgia, diciannove anni fa.

Per diciannove anni, aveva spazzato via tutti i ricordi di Peter, cancellati come con una gomma da inchiostro. Soltanto una volta, quando uno sconosciuto aveva lasciato aperto sul tavolo della biblioteca un annuario dei docenti universitari americani, spinta da una momentanea curiosità, senza pensarci, aveva dato un'occhiata alla lettera M e lo aveva trovato, Peter Algernon Mendes, con tutta la lista dei suoi titoli e dei suoi scritti. Si era fatto un nome nel campo dell'archeologia, come aveva sempre desiderato, e adesso, fino a tre o quattro anni prima, insegnava a Chicago. Perciò, ciascuno di noi, aveva riflettuto in quell'occasione e in quel momento, ha ottenuto ciò che voleva, senza alcun rimpianto per l'infatuazione di quell'anno... Oppure era stato vero amore? Se avessimo potuto stare insieme allora, staremmo insieme ancora adesso? E questa ragazza, questa Victoria Jill – che strano nome – vivrebbe con noi invece di cercarci per tutto il paese.

«Enid ha fatto venire un po' di gente», stava dicendole Arthur Wolfe. «Il gruppo è cresciuto parecchio. Sono rimasto sorpreso perfino io da come questa cosa ha infiammato la gente. C'è stata molta pubblicità da quando è stata qui, l'ultima volta. Entrambe le parti hanno tappezzato di volantini la città. Naturalmente, sono in lotta anche i giornali. C'è una catena che ne ha una mezza dozzina sparsi in tutto il paese, ed è progressista, tutta votata a mantenere il territorio così com'è, ma il quotidiano locale vuole lo sviluppo. Mi rincresce dirlo, ma ci saranno molte cose spiacevoli. La gente non parla d'altro... più della Russia, o del disarmo, o delle elezioni.»

Era calata la sera quando arrivarono. C'erano delle auto allineate nel viale e parcheggiate nella strada. Ogni finestra della casa era illuminata, cosicché questa sorgeva come una fonte di luce tra gli alberi scuri.

Un focolare sicuro, questa casa, se mai le appartenessi, pensò Jennie.

Il brusio della conversazione era udibile anche prima che Enid aprisse la porta e l'accogliesse con un caloroso benvenuto. «Jennie! Muoiono tutti dalla voglia di conoscerla. Entri.»

Quaranta o cinquanta persone si aggiravano per le stanze. Forse, pensò Jennie, rappresentavano la crema della città: due dottori, il direttore della scuola, alcuni insegnanti, il proprietario del grande magazzino, una vivaista, un coltivatore di alberi di Natale e alcuni produttori di latticini. Insieme, formavano un assortimento di persone ragionevolmente unite su una sola cosa: l'importanza di salvare una parte del patrimonio naturale.

Jennie ebbe una tazza di rum bollente, dopodiché fu presentata a tutti e accompagnata infine in sala da pranzo dove, davanti al camino che scoppiettava allegramente, era stato allestito un lungo tavolo da buffet.

«Non un avvocato, come avrà notato», osservò il padre di Jay, mentre si riempivano i piatti di tacchino, pasticcio di mais e insalata. «Come le ho detto, si tengono tutti alla larga da noi. Non c'è da far denaro.»

Jennie sorrise. «Per questo avete sconfinato e siete venuti fino a New York per prendere me.»

«Sì, e siamo felici di averlo fatto. Jay dice che ha lavorato parecchio su questo caso, che ha consultato molti esperti.»

«Non è stato difficile. Fortunatamente, gli stessi esperti che studiarono con me il caso di Long Island si sono mostrati pronti e disponibili. Saranno qui questa sera.»

Il padre di Jay aveva un'espressione ammirata stampata sul viso. «Devo assolutamente complimentarmi con mio figlio. Ha sempre saputo giudicare le persone. Venga, desidero che trascorra qualche minuto con il nostro migliore amico nel consiglio comunale. Gliel'ho presentato quando è arrivata, ricorda? George Cromwell, quello con la signora in gonna scozzese. È dentista ed è energico come lo ero io un tempo.»

Come tutti gli altri presenti, Cromwell era vestito con abiti da campagna: pantaloni di lana, maglione e scarpe pesanti. I suoi folti capelli bianchi contrastavano con un viso ancora florido e privo di rughe per la sua età.

«Penso che voi due dobbiate parlare e concertare una qualche strategia», disse Arthur Wolfe. «Perché non vi portate i piatti nel salottino? Farò in modo che non veniate disturbati.»

«Posso chiamarla Jennie? E io sono George», esordì Cromwell.

«Naturalmente.»

«So che devo congratularmi. Mi hanno detto che non è ufficiale, almeno fino a quando non avrà il suo anello, ma sono un vecchio amico, perciò mi hanno messo a parte del segreto. Sono meravigliosi, questi Wolfe, lo sa? Non sembrano residenti estivi. Non che abbiamo molti residenti estivi, qui. Siamo troppo fuori mano per attirarli. Si sono amalgamati con la città, sono stati generosi con la polizia e il corpo dei volontari dei vigili del fuoco. Lo stesso Arthur ha fatto il volontario quando era più giovane.»

Jennie guardò l'orologio e George se ne accorse.

«Be', passiamo agli affari», proseguì. «C'è qualcosa che vuole chiedermi?»

«Qualcosa sulle persone che potrei aver bisogno di convincere.»

«Be', naturalmente c'è il sindaco. Ci piacerebbe averlo dalla nostra parte. È in grado di controllare la maggior parte degli altri.»

Jennie annuì. «Perché controlla le licenze, nomina il capo della polizia eccetera...»

«Dunque, è al corrente di come vanno queste cose. Ma deve sapere anche che il nostro sindaco... be', non è che mi sia molto simpatico. Anzi, se devo dire la verità, non mi piace affatto. Non mi è mai piaciuto. Si chiama Chuck Anderson e possiede un paio di distributori di benzina, qui e al lago. A cominciare dal nome, per esempio. Chissà perché, ma Chuck mi fa sempre venire in mente qualcuno grosso e corpacciuto. Ma posso sbagliarmi, naturalmente. Guardi lei, Jennie mi fa pensare a uno scricciolo e, mia giovane signora, uno scricciolo lei proprio non è.»

Jennie tenne a freno la propria impazienza. «Mi parli dei consiglieri.»

«Li ha conosciuti tutti, questa sera. Il consiglio per la pianificazione urbanistica è un misto di brave persone e di individui che stanno dalla parte di Chuck. Lui non si è mai preoccupato molto di questo organismo perché è formato di gente che ricopre un incarico privo di remunerazione. Vediamo. C'è un bibliotecario, Albert Buzard; poi c'è Jack Fuller, proprietario della più grande fattoria della zona, a nord della città. Staranno dalla nostra parte.»

«E gli altri?»

«Be', francamente, dipende da come riuscirà a manovrarli. Ho sentito dire che lei lo ha già fatto, prima d'ora. Rimarranno sorpresi nel vedere una donna. Non abbiamo mai avuto una donna avvocato in città.»

Oh, povera me, pensò Jennie, divertita.

«Il consiglio comunale può avere la meglio su quello per la pianificazione. Perciò, se lei vincesse questa sera, dovrà ancora vedersela con il consiglio. Ci saranno anche loro, questa sera.»

Arthur Wolfe aprì la porta e mise la testa dentro. «Si va a incominciare. Ho sentito dire che c'è un sacco di gente e che hanno dovuto trasferire la riunione nell'aula magna della scuola.»

«Wow!» George scosse la testa. «E si tratta di un

grosso edificio, anche. Si è scelta un compito tagliato proprio per lei, Jennie.»

Il parcheggio era quasi pieno e una vera fiumana di gente, in stivali e berretti di lana, stava riversandosi sui gradini della scuola, una costruzione di mattoni rossi, con dei fregi bianchi.

Arthur Wolfe ridacchiò. «Ma guardate un po'!» Proprio davanti alla scuola, era ferma una vecchia auto, sporca di fango e di neve, con le scritte: NON ME NE FREGA NIENTE DELLE ANITRE; VOTA PER LA GENTE, AL DIAVOLO I PROCIONI; ASCIA BENEDETTA.

Enid era preoccupata. «Promette di essere sgradevole. Ho saputo che i promotori dello sviluppo hanno fatto venire gente che non vive neppure qui.»

«Sgradevole, sì. Ma bisogna vedere la cosa anche dal punto di vista della controparte. È difficile spiegare a un uomo, che vede la possibilità di altri anni di lavoro assicurato, che dobbiamo pensare alla comunità più in generale e alle generazioni future. Mettiti nei suoi panni», disse Arthur Wolfe.

Jennie sospirò. «Non mi è difficile. Lavoro tutti i giorni con gente alla quale manca tutto. Potrei anche essere divisa dentro di me su questo argomento, ma poi mi dico che, alla lunga, avremo ragione. Ma, come afferma lei, è difficile spiegarlo a chi ha dei bisogni immediati.»

E Arthur, mentre aiutava le due donne a superare senza eccessive difficoltà un tratto di strada gelato, ripeté l'avvertimento amichevole di Cromwell: «Si è scelta un compito tagliato proprio per lei, Jennie».

Nell'aula magna della scuola, con l'aiuto di una grande carta posta di fronte al pubblico, venne esposto il progetto di sviluppo perché tutti potessero capire: cinquecento condomini, settantacinque villette unifamiliari a schiera, una diga, un lago, un campo di golf, campi da tennis, piscine e piste da sci.

I membri del consiglio sedevano in una fila un po' più

elevata rispetto alle altre, su una piattaforma dalla quale il direttore della scuola, con la bandiera a stelle e strisce da una parte e quella della scuola dall'altra, solitamente presiedeva le assemblee scolastiche. Avevano tutti la stessa aria autorevole. Di tanto in tanto, Jennie intercettava lo sguardo di qualcuno di loro: maschi e di mezza età, pensavano probabilmente che, in quanto donna, se ne dovesse stare a casa a preparare la cartella dei bambini con la merenda del giorno dopo.

La riunione durava ormai da più di due ore. Dopo il normale battibecco tra gli esperti, dopo i rapporti sulla situazione ambientale, dopo aver sentito tecnici, periti minerari e pianificatori vari, dopo la serie di domande poste da Jennie e dal legale della società immobiliare Barker, il pubblico era irrequieto. Voleva sentire. Voleva azione.

«Adesso abbiamo una procedura da seguire», annunciò il presidente. «È il momento delle lettere da leggere e da mettere agli atti. Proceda, signor McVee.»

«Soltanto una. Abbiamo una lettera di David e Rebecca Pyle, del quattro settembre.»

Caro signore,

scriviamo per esprimere la nostra preoccupazione sul progetto di sviluppo di Green Marsh. La nostra fattoria è posta più in basso rispetto alla parte settentrionale della proprietà in questione, e la nostra paura è che la riserva d'acqua, dalla quale dipende il nostro bestiame, si riduca e venga inquinata, se la palude sarà prosciugata e il lago ingrandito. Adesso abbiamo un lago intatto e pulito: non dev'essere trasformato in una fonte di malattie o distrutto.

Se chi ha progettato lo sviluppo crede che questo non avverrà, allora pensiamo che dovrebbe garantircelo per iscritto: dovrebbe assicurarci che non ce ne conseguirà alcun danno e che, eventualmente, saremmo indennizzati.

Confidiamo che questo consiglio prenderà la decisione giusta per proteggere i nostri interessi.

Sinceramente
David e Rebecca Pyle

Una lettera con un chiaro tono legale, si disse Jennie. Si sono già fatti consigliare.

Una domanda provenne dal palco. «Ha qualche commento da fare, signor Schultz?»

L'avvocato della società immobiliare si era alzato già prima che gli fosse stata posta la domanda. Doveva avere la stessa età di Jennie, vestiva, furbescamente come la gente del posto, senza pretese, ma nemmeno sciattamente, con un maglione visibile sotto la giacca. I suoi modi erano accattivanti.

«Sulle garanzie scritte, signor presidente?»

«Sì, se non le dispiace.»

Il signor Schultz sorrise, con le sopracciglia lievemente inarcate per la sorpresa. «Be', signore, come tutti sappiamo, non ce ne sono. Ci basiamo sulle nostre esperienze, le quali dovrebbero essere sufficienti. La società immobiliare Barker ha costruito condomini in Pennsylvania, nel New Jersey, nel New England e in Florida. Ed è la qualità di quanto prodotto che ha costruito la sua reputazione.»

Intervenne Jennie. «Posso avere la parola, signor presidente? Questa non è una risposta alla ragionevolissima richiesta esposta nella lettera. Abbiamo un problema molto serio, un problema che ho cercato di mettere in luce tutta la sera. Dobbiamo saperne di più sulla riserva, sul livello dell'acqua e su altre cose del genere, se hanno intenzione di costruire come hanno progettato. Ho notato che il signor Schultz non ha portato un solo esperto idrico a supporto.»

«Signor presidente, il signor Bailey ha parlato con competenza. È un tecnico qualificato.»

Jennie insistette. «Ma non uno specialista in problemi idrologici.»

Schultz diede in una piccola alzata di spalle, come a dire «Perché cavilliamo?» «Possiamo correttamente ritenerlo uno specialista. Non avevamo idea di doverci confrontare con... posso chiamarle pignolerie? Ci aspettavamo di essere accolti con entusiasmo, e credo che dovrebbe essere così, perché la nostra intenzione è quella di migliorare questa città, e la maggior parte dei suoi abitanti lo capisce.»

Ancora davanti al presidente, Jennie scosse la testa. «Ma ci sono alcuni cittadini che non vedono le cose in questo modo. E non si tratta di gente qualunque con le fette di salame sugli occhi. E sono stati espressi altri dubbi e obiezioni oltre quella che abbiamo appena udito: ci sono le lettere ai giornali...»

Intervenne una voce aspra e sufficientemente alta da cogliere di sorpresa l'intera assemblea. «Non parlano per me e neppure voi!»

Tutte le teste si voltarono. Nella terza fila, un uomo si alzò con la determinazione del giocatore che avesse appena lanciato una palla veloce e volesse vedere chi fosse riuscito a prenderla. Dall'apparente età di quarantacinque anni, aveva un viso forte, quasi piacevole, capelli neri e folti e una barba scura di qualche giorno. Indossava un giubbotto nero da motociclista che, aperto, metteva in mostra una camicia unta e un torace possente.

Il presidente, sorpreso, lo redarguì. «Si rivolga a noi e a nessun altro.»

«D'accordo. Dirò quello che penso. Il loro comitato per la salvaguardia dell'ambiente! E il branco di stranieri venuto da New York! Non vogliono che si guadagni qualche dollaro, eh? Sicuro, loro hanno tutto quello che vogliono, perciò non gliene frega niente degli altri.»

Si levarono delle voci in tutta la sala.

«Stranieri? Da quando in qua New York è un paese straniero?»

«Basta!»

«Sa quello che dice!»

«Un corno!»

«Dovrebbero buttarlo fuori!»

«Bravo, Bruce!»
«Oh, sta' zitto!»
«Silenzio! Un po' di rispetto!»
«Ha perso il controllo, signor Fisher. La prego di moderare il linguaggio o di sedersi.»
Il martelletto cadde pesantemente. L'ordine fu ristabilito e le domande ripresero. Qualcuno domandò qualcosa su quello che sarebbe stato fatto per il tempo libero. Il signor Schultz rispose che ci sarebbero stati un club, un campo da baseball e, una volta che fosse stato allargato il lago, la possibilità di fare sport acquatici.
«Tutto a uso dei compratori?» volle sapere Jennie.
«Be', sì, sarà un club comunitario. Un club con le normali caratteristiche.»
«Ma al presente», proseguì lei dolcemente, «la terra è disponibile per chiunque, per tutti i cittadini. Il vostro progetto di sviluppo gliela porterà via e questo va chiarito, penso.»
La voce aspra si levò di nuovo. Fisher si alzò e ironizzò: «Per chiunque! Per un branco di svitati della natura, ecco per chi. Comunisti venuti dalla città a parlare di natura. Che non distinguerebbero un gufo da una puzzola, se ne incontrassero una. Comunisti, ecco. Contro il progresso, contro la proprietà privata. La gente vuole investire. Ha il diritto di investire il proprio denaro. Il paese è stato costruito da gente come questa società immobiliare Barker.»
Il signor Schultz ringraziò l'intervento con una benevola espressione del viso. Pazzesco, pensò Jennie.
Il presidente alzò la voce. «Glielo ripeto, signor Fisher. Si sieda.»
Fisher lo ignorò. «Lei non è altro che un killer a pagamento, signorina Beluski, o come diavolo si chiama. Non riesco a pronunciarlo. Non sono ricco come quelli che la pagano.»
Qualcuno urlò: «Vergogna!» Qualcun altro applaudì.
«Ordine», gridò il presidente, rosso in viso. Si vedeva che temeva di non riuscire a controllare la situazione.

«Rappresento un gruppo di cittadini preoccupati e non sono un killer a pagamento più di quanto non lo sia il signor Schultz.» Sforzandosi di rispettare il protocollo, Jennie non replicò direttamente a Fisher, ma al presidente.

«Un killer a pagamento!» ripeté Fisher, in tono di sfida.

Il presidente si alzò. «Signor Fisher! Dovremo allontanarla da questa sala, se non se ne starà seduto e tranquillo!»

Fisher si sedette. Con la coda dell'occhio, Jennie lo osservò. E ciò che vide fu odio, odio concentrato. Ma perché? Quella voce... L'uomo pareva alto due metri. E il giubbotto di pelle nera sembrava esso stesso un simbolo di violenza. Represse un brivido. Sciocca... Era soltanto un tipo violento, forse un malato di mente. Sarebbe finito tutto in una giornata di lavoro.

«È tardi», intervenne il presidente. «C'è appena il tempo per una breve arringa, se entrambi gli avvocati desiderano farne una. Dopodiché, questo consiglio studierà la questione e riferirà alla fine del mese. Signor Schultz?»

Schultz parlò brevemente. «In realtà, non ho altro da aggiungere. La Barker Development ha una sua reputazione ed è orientata a investire somme notevoli nel progetto in discussione. Ha fiducia nel futuro delle città alle soglie del nuovo secolo... Noi speriamo che un'eccessiva tendenza a preservare la natura non rappresenti un ostacolo al benessere dei cittadini. Si tratta di un atteggiamento sentimentale, elitario, che rivela una preferenza verso gli animali e le piante selvatiche piuttosto che verso gli esseri umani. Ringrazio il consiglio per la sua cortesia», concluse amabilmente, «e aspetto con fiducia che sia votato il progresso.»

Jennie avrebbe voluto essere breve e concisa. Ma la furberia da quattro soldi del suo antagonista, aggiunta alla ostile interruzione di poco prima, l'aveva scossa profondamente. Quando si alzò, la sua voce tremava.

«Signor presidente, questo è un momento storico per la vostra città. Credo che tutti qui avranno motivo di ricordare il modo in cui sarà risolta la questione portata in quest'aula, questa sera.

«Sono perfettamente consapevole del conflitto di pensieri che agiterà alcuni di voi. Volete lavoro, e questa gente ve ne dà la possibilità. Ma vi ricordo che si tratterà pur sempre di un lavoro a termine. Questi signori non risolveranno i vostri problemi. Nel giro di un paio d'anni, i costruttori saranno arrivati e se ne saranno andati.

«Sono anche consapevole del fatto che, se Green Marsh sarà distrutta, non sarà la fine del mondo. Ma sarà la fine di una parte del vostro piccolo mondo familiare.»

L'uditorio era immobile. La gente ascoltava. I membri del consiglio erano chini in avanti, gli sguardi fissi su Jennie.

«Anche se fosse vero, ma non credo che lo sia, che questo progetto non intaccherebbe l'equilibrio delle acque, ci sono molte altre cose con le quali confrontarsi. Pensate! Tutta quella bella terra e quelle creature, che ci vivono da migliaia d'anni, se ne saranno andate per sempre. Tutto lo spazio, uno spazio che è servito a voi e ai vostri bambini...» Si sentiva eccitata, il che la sorprese. Si vedeva con Jay, quella mattina, in cima alla collinetta che sovrastava la palude, il lago, gli alberi. Quella verde estensione si allungava a perdita d'occhio. Fino alla linea settentrionale delle colline silenziose...

Vagò con la mente. Si era sentita così libera quella mattina. Come se avesse avuto le ali. Niente peso, niente senso di minaccia, niente nubi. Adesso le nubi si erano addensate, il peso la opprimeva nuovamente, stringendola alla gola... Vacillò. E, nel panico, ricordò dove si trovasse. Stavano aspettando lei.

Faticosamente, la sua mente riprese il filo dei pensieri e Jennie fu in grado di proseguire.

«Non è giusto votare per la distruzione di tutto questo

in cambio di qualche dollaro dalla vita corta. Diamo almeno allo stato la possibilità di incorporare questa terra all'interno del sistema degli ambienti protetti cosicché altri, negli anni futuri, possano venire qui e pescare e nuotare e guardare gli uccelli e il cambio delle stagioni. Vi chiedo, signori, vi imploro, di respingere questo progetto.»

Per parecchi secondi dopo che ebbe finito di parlare, ci fu una strana immobilità, senza un colpo di tosse, senza un fruscio di carte o di piedi. Tutte le facce nella fila del palco erano rivolte verso di lei. Un pensiero balenò nella mente di Jennie: ehi, sembrano tutti sorpresi!

Il presidente si alzò e concluse: «Vi ringrazio molto. Vi ringrazio tutti. La riunione è aggiornata».

Jennie si fece strada lentamente tra la folla che premeva verso l'uscita. Qualcuno si congratulò con lei. «Insegno nella scuola elementare. Cercherò di far capire ai miei scolari quello che ha detto.» «Ha centrato perfettamente il punto.» «Non potrei essere più d'accordo.» Ma c'erano anche facce ostili che la fissarono con disapprovazione o che, al suo passaggio, si voltarono dall'altra parte.

Davanti a lei, ai piedi della breve rampa di scale che scendeva verso l'atrio esterno, vide i Wolfe che l'aspettavano. All'improvviso, non fu più sicura di aver portato a termine il suo compito. Fu proprio in quel momento, mentre guardava verso l'ingresso, che fu spinta rudemente. Barcollò, incespicò e sarebbe caduta giù, se non fosse stata trattenuta dall'uomo che le stava davanti. Spaventata e furiosa, emise un'esclamazione e, voltandosi, si trovò a pochi centimetri dalla bocca sogghignante dalle labbra umide e rosse, dai denti anneriti dell'uomo con il giubbotto di pelle nera.

«Ehi...» cominciò. «Che cosa crede di fare?»

Senza smettere di ridere, l'uomo le diede una gomitata nel fianco e, infilato un varco tra la gente, fuggì via.

Quando raggiunse i Wolfe, Jennie sentiva il cuore martellarle furiosamente. Vedendo che erano accaldati per l'eccitazione, per una qualche inspiegabile ragione, Jennie nascose loro la propria agitazione.

«Jennie! È stata meravigliosa!» gridò Enid. «Davvero. Aspetti che lo diciamo a Jay!»

Aveva cominciato a nevicare. Umidi fiocchi di neve appiccicosa cadevano lentamente nell'aria senza vento. Doveva aver nevicato per l'intera durata della riunione perché la strada gelata era sparita sotto una soffice coltre. E anche l'auto. Jennie ed Enid salirono, mentre Arthur grattava via la neve dai vetri.

«Penso proprio che abbia fatto colpo sui membri del consiglio. Ho tenuto d'occhio le loro facce. Di alcune di esse sono sicura», continuò Enid. «Del presidente, certamente.»

«Era probabilmente dalla mia parte già prima che cominciassi», le ricordò Jennie.

«Be', d'accordo, ma altri erano indecisi. Lo so. Il signor Sands ha continuato ad annuire tutto il tempo alle cose che diceva.»

Arthur mise in moto e si accodò alla lunga fila che usciva dal parcheggio.

«Sì, ha dato loro qualcosa cui pensare», convenne. «Ha fatto bene a reagire a Schultz. I suoi toni morbidi! Quello conosce il suo mestiere e sa come convincere la gente.»

Attraverso i fiocchi di neve, Jennie credette di vedere la vecchia auto con le scritte e il suo nemico che la guidava. La grossa testa, le grandi spalle curve, ma forse si sbagliava...

«Chi era l'uomo con il giubbotto che ha fatto tutto quel baccano?» domandò.

Arthur Wolfe sospirò. «Un brutto tipo. Si chiama Bruce Fisher. È un cugino del sindaco e vive in una baracca a un paio d'acri da Green Marsh. Da come la vedo io, ed è quasi ovvio, dal momento che la sua terra accede direttamente al lago, deve aver ricevuto una buona offerta e non vuole che qualcosa mandi all'aria i suoi piani.»

Qualcosa o qualcuno, pensò Jennie. Mi ha quasi buttata giù dalle scale! Pazzesco! Eppure, dal momento che c'era chi spingeva la gente sotto i treni della metropolitana, perché non doveva esserci chi spingeva giù qualcuno per le scale?

«Ha avuto guai con la legge, almeno una mezza dozzina di volte», continuò Arthur. «Si è anche fatto qualche anno di galera. Penso che Chuck sia riuscito ad abbreviargli la condanna. Strano, perché non sono particolarmente attaccati, almeno visti da fuori. Chuck non inviterebbe mai suo cugino Bruce a una delle sue feste, tuttavia sono legati. Una volta, Bruce minacciò con un fucile da caccia dei ragazzini che avevano attraversato la sua terra per andare al lago. Chuck mise a tacere la cosa. Viveva con una donna fino a quando lei non se ne è andata, stanca per le botte che prendeva. Adesso vive solo. Cioè, con un paio di tirapiedi che ha addestrato a uccidere. In breve, non è propriamente un buon soggetto.»

«Sono stata troppo emotiva nella mia arringa?» chiese Jennie, desiderando cambiare argomento.

«Buon Dio, no», rispose Enid. «Giusta, direi.»

«Ma non si senta troppo incoraggiata», le ricordò Arthur. «Anche se forse ha avuto la meglio sul consiglio per la pianificazione, il voto finale spetta al consiglio comunale. E sarà un osso duro. Non sottovaluti il nostro sindaco. A Chuck piace il denaro.»

«Piace a molta gente», osservò Jennie.

«Sì, ma ho la sensazione che a lui piaccia molto di più che alla maggior parte di noi. Non è detto che non venda il suo voto, come non è detto che non lo facciano certi suoi amici di cui potrei fare il nome, ma non voglio.»

Jennie rifletté a voce alta. «Quelli della Barker hanno una buona reputazione. Mi chiedo se rischierebbero di pagare una tangente a un sindaco. Hanno in ballo progetti anche più grandiosi di questo.»

«Non si tratterebbe di una tangente. Solo di una grossa offerta al cugino del sindaco, come ho detto. Dieci volte quello che vale la terra, per esempio. Un'offerta perfettamente legittima.»

«Avrei dovuto arrivarci da sola.»

Arthur fermò l'auto davanti alla porta della casa dove i sempreverdi formavano due piramidi bianche.

«Intanto che metto dentro l'auto, non ci prepareresti un po' di rum caldo, Enid? Direi che è la sera giusta.»

«Sì», continuò, mentre sedevano in cucina con le mani attorno alle tazze di rum. «Davvero, potrebbe andare avanti in questo campo e farsi un nome, Jennie. Ha i sentimenti giusti e Dio solo sa se non avremo sempre più bisogno di appianare litigi come questo sul nostro affollato pianeta.» Rifletté. «Non è facile convincere subito la gente su qualcosa a lunga scadenza. La maggior parte delle persone non vogliono pensare a come sarà il mondo dopo di loro.»

«Non annoiarla, Arthur», si intromise Enid. «Le si chiudono gli occhi. Salga a dormire, Jennie.»

Ma gli occhi di Jennie non erano ancora pronti a chiudersi. A letto, nella sua camera calda con la finestra d'abbaino e il soffitto spiovente, rimase ad ascoltare i rumori della notte, il cane che abbaiava a chissà chi doveva aver visto nella campagna tranquilla, la voce che lo richiamava, la porta che si richiudeva, il rumore di piedi sulle scale... Suoni familiari, di routine, confortevoli. Quella era la prima volta che stava con i genitori di Jay senza Jay. E diversamente dal regalo delle perle, diversamente da qualsiasi altra parola formale, il semplice fatto di essere lì non come ospite, ma come membro della famiglia, che sedeva con loro al tavolo della cucina e dormiva sotto il loro stesso tetto, significava che l'avevano accettata pienamente.

Ma ecco che, sul tepore di quella consapevolezza, ridiscendeva la nube di paura, l'avvolgeva, l'agghiacciava.

Lei è a New York... Vuole vederla...

5

Fino a qualche tempo prima, la sera, non appena il telefono si metteva a squillare, Jennie correva nella speranza che fosse Jay e solitamente lo era. Ma in quei giorni era diverso perché sapeva che era una follia sperare che non fosse un'altra chiamata del signor Riley.

Quella sera, comunque, era Jay.

«Ho appena finito di parlare con papà. George Cromwell è con noi. Sono tutti entusiasti per il modo in cui hai condotto le cose. Loro entusiasti e io fiero.»

«Ne sono contenta, Jay.»

«E un'altra cosa: ho deciso che domani è il giorno giusto. Andremo a comprare l'anello. Verrai a prendermi davanti all'ufficio alle tre. E non voglio sentirti rispondere di no. Possiamo andare a piedi da Cartier.»

Quando ebbero riattaccato, Jennie rimase seduta per un momento davanti al telefono, cercando di analizzare ciò che provava. Da Cartier. Un anello, per rendere ufficiale un legame già così forte tra loro. Avrebbe dovuto sentirsi al settimo cielo. La più felice delle donne! Era sbagliato e assurdo permettere che la paura, che una qualsiasi cosa rovinasse...

Il telefono squillò di nuovo.

Una donna chiese: «La signorina Rakowsky?»

Una donna, questa volta, e Jennie capì prima ancora che l'altra continuasse a parlare. Capì.

«Sono Emma Dunn. Il signor Riley le ha telefonato tempo fa, ma ha affidato il caso a me.»

Il caso. Io sono un caso nello schedario di un'assistente sociale.

«Non c'è alcun caso», ribatté Jennie.

«Be', possiamo non definirlo così, ma c'è un problema, anche se non dovrebbe esserci. Non ci ha più pensato?»

Mostrati sicura. Non farle capire che sei esitante o intimidita.

«Sì, ci ho pensato. Ho dato la mia risposta al signor Riley e non ho cambiato idea.»

«Speravamo tanto che l'avesse cambiata dopo aver avuto il tempo di rifletterci.»

«Credevo di essere stata chiarissima.» Jennie lo disse con decisione. «Questa... questa faccenda è stata sistemata anni fa. Doveva essere una sistemazione confidenziale e definitiva. Ed è così che voglio che sia.»

«È una ragazza talmente deliziosa. Se potesse vederla...»

«Senta, sa che cosa sta facendo? Sta riaprendo una vecchia ferita ed è crudele da parte sua. Se ne rende conto?» Doveva riattaccare, sbattere la cornetta in faccia a quell'estranea invadente. Ma non sarebbe servito a niente. Avrebbero continuato a chiamare. Forse se li sarebbe persino trovati davanti alla porta, una sera, tornando a casa. E forse lei sarebbe stata con Jay. Rabbrividì e quando ricominciò a parlare lo fece con voce tremula.

«Non avevo ancora diciotto anni. Ero sola. La sua famiglia non mi voleva. Non ero abbastanza per loro. E lui era un ragazzino debole, di nessun aiuto per me. I miei genitori, povere anime... Senta, ho dovuto lottare per cavarmela da sola, allora, senza alcun aiuto da parte di nessuno. E lotterò di nuovo, se sarò costretta a farlo. Perciò, vuole lasciarmi in pace, per favore? Vuole?»

La voce diventò conciliante. «Nessuno vuole lottare, signorina Rakowsky. Anzi. Sua figlia vuole venire da lei con amore. Sente quel bisogno.»

«Il signor Riley ha detto che non ha bisogno di niente. Non ho denaro, comunque, lo sappia», fece Jennie e se ne dispiacque immediatamente. Era stata troppo aspra e non era stato nelle sue intenzioni.

«Non è il denaro che Jill vuole.»

Jennie non voleva saperne. Voleva soltanto liberarsi di quell'incubo. Qualcosa tuttavia la spinse a chiedere: «Non è felice con la sua famiglia?»

«Oh, questo non c'entra. A dire il vero, la famiglia comprende benissimo il suo desiderio di conoscere i genitori.»

«Comprende benissimo il suo desiderio! E i miei desideri? I miei bisogni? Quello è un capitolo chiuso nella mia vita...» La voce le si ruppe in gola.

La donna dovette accorgersene perché disse, piena di comprensione: «Perché non viene a trovarci in ufficio? Non è bello parlare per telefono. Viso a viso, ci capiremo. Venga, per un consiglio. Noi desideriamo aiutarla».

«Non voglio aiuto!» Ora Jennie stava piangendo. «Non ne ho chiesto. Sto bene così come sono... o, meglio, stavo bene finché non è stato aperto questo vaso di Pandora che, secondo la legge, doveva rimanere chiuso.»

«La legge cambia. La gente vuole conoscere le proprie origini. Ha il diritto di sapere...»

«Ho anch'io dei diritti! È della mia vita privata che stiamo parlando. Non voglio sentire di leggi che cambiano. Sono avvocato e capisco...»

«Sappiamo che è avvocato, signorina Rakowsky. Perciò, sa meglio di chiunque altro che le leggi spesso cambiano con il cambiare dei costumi e dei tempi.»

Jennie era esausta. Era enormemente faticoso per lei sostenere la tensione di quella telefonata.

«Senta, non voglio più parlarne. Ho già detto tutto. Desidero soltanto che lei la smetta. Sto per riattaccare. Voglio essere lasciata in pace.»

«Temo che questo non sia possibile», ribatté la voce, gentile.

Jennie riattaccò. Le sue non erano lacrime di dolore, ma di rabbia e di paura. Lo capiva mentre scendevano, fredde e scivolose come glicerina. Dietro le palpebre chiuse, tra gli occhi e il cervello, stavano prendendo forma una rabbia oscura e un amaro risentimento, fluttuanti come fumo, nerocarbone e rossofiamma, in una danza spettrale. Come osavano seguirla, come tanti detective, come se avesse commesso un crimine?

E tuttavia... Povera ragazza. Forse è disperata. No, non lo è. Hanno detto che sta bene. Solo pensa di aver bisogno di me. Potrebbe essere disperata? Lei no, io sì. Io sono disperata.

Nella stanza, scarsamente illuminata da una sola lampada accesa, in un angolo, le poltrone assunsero la forma di uomini seduti, un tribunale riunitosi per giudicare Jennie. Le lunghe tende le apparvero come uomini in piedi, che aggrottassero la fronte in attesa di prenderla e portarla via. La luce, riflettendosi sul vaso di rame con la felce, descriveva un viso beffardo sulla superficie panciuta e quando Jennie si muoveva, cambiando l'angolo di visuale, anche quel viso si muoveva aprendo una bocca orribile e triste per piangere.

Devo impazzire qui, in questa stanza?

«Cerca i suoi genitori», aveva detto la donna. Sì, l'aveva detto. Era possibile che avessero trovato anche Peter? Frugò nella memoria. Aveva dato il suo nome a quella persona, in quella casa? C'era sicuramente una scheda; il padre di Peter aveva pagato il conto, perciò doveva esserci una registrazione.

Be', se l'agenzia lo avesse rintracciato dai Mendes... gente alta, dietro alte colonne nel fiorente pomeriggio della Georgia, la ragazza non sarebbe stata accolta bene, questo era poco, ma sicuro. Chissà, forse Peter adesso aveva sei figli. Chissà. Faresti bene a stare alla larga da quella gente, Victoria Jill.

E poi arrivò il dolore. La colse come una fitta al fianco dopo una corsa in salita. Era così intenso che, per un momento, non riuscì a respirare. Victoria Jill. «La chiamano Jill.» Mi chiedo come sia. Dev'essere piccolina come me... almeno un po'.

Gli occhi ormai asciutti, posò la testa sulla scrivania, accanto al telefono. Se solo avesse avuto qualcuno con cui parlare! Ma non c'era nessuno, neppure Shirley. L'avrebbe confortata e avrebbe concluso dicendole di non prendere la cosa così seriamente. Passarono lunghi minuti prima che riuscisse a sollevare la testa e ad andare a letto.

Il viale era spazzato da un vento freddo e Jennie aspettò Jay sotto la galleria. L'entrata di bronzo dell'ufficio di un mediatore aveva di fronte quella identica di una banca. Poco più in là, accanto agli ascensori, c'era il negozio di un fiorista con le vetrine piene di fiori fuori stagione color pastello che davano una strana allegria all'aria d'affari e di finanza che si respirava lì sotto. In fin dei conti, non era affatto strana. La gente camminava di fretta e sembrava contenta della vita; erano persone che celebravano la vita con i fiori. Jennie si rimproverò. Non essere amara. La gente può sembrare spensierata, ma questo non significa che lo sia, non più di te. Vedendoti con questo cappotto (per andare da Cartier aveva pensato che fosse giusto indossare quello nuovo e le perle di Enid), chiunque penserebbe che anche tu non hai preoccupazioni. Ma le hanno tutti, Jennie.

A Jay non sfuggiva niente. La raggiunse di corsa, la baciò e si ritrasse, aggrottando la fronte, preoccupato.

«Hai l'aria stanca! Qualcosa non va?»

«Non ho dormito bene, ecco tutto.»

«Qualcosa ti turba?»

«No, a volte accade.»

Si incamminarono verso la cattedrale di San Patrizio. Al di là della Quinta Avenue c'era una serie di uffici di linee aeree. Anche a quella distanza, si poteva vedere il colore dei poster nelle vetrine. Guardando in quella direzione, Jay disse: «Ho pensato che quelle due settimane a Caneel Bay non saranno sufficienti per la luna di miele. La prossima estate, alla chiusura della scuola, i miei genitori porteranno i bambini in campagna e tu e io andremo un mese in Europa. Prenderemo una macchina e gireremo. Andremo ai castelli a bere vino e a mangiare pâté. Quella sarà la nostra vera luna di miele». Le strinse il braccio mentre attraversavano la strada. «In ogni caso, devo dire che non vedo l'ora che arrivino anche quelle due settimane.»

Lei non rispose. All'angolo, il semaforo diventò rosso; gli stop erano rossi; il rosso sangue era ovunque. Jennie non era pronta a una vacanza nelle Indie Occidentali. Isole di Giugno le aveva chiamate l'esploratore che le aveva scoperte. Nelle fotografie, avevano palme, spiagge sabbiose, gabbiani e pellicani, vele e ombrelloni. Ma ora che la situazione si presentava oscura e incerta, non se la sentiva di preparare i bagagli e di fare un viaggio di piacere, lasciandosi alle spalle una minaccia incombente che doveva essere affrontata, una volta che fosse tornata a casa. Era meno rischioso trovarsi lì per risolvere il problema quando si fosse presentato, come sicuramente sarebbe accaduto. Sì, senza alcun dubbio.

«Ci siamo», annunciò Jay.

Anche l'esterno del negozio di Cartier era un gioiello, un palazzo stile Rinascimentale, di pietra. Entrando davanti a Jay, Jennie pensò che dovessero accorgersi tutti che quella era la prima volta che si trovava lì.

Lui si diresse subito verso il retro, dove un uomo piuttosto elegante, seduto a una scrivania, si alzò.

«Il signor Wolfe? Lieto di rivederla. Ho messo da parte qualche bell'anello per lei.»

Jay fece le presentazioni e aggiunse: «Ogni volta che ci vediamo è per una circostanza felice».

«Sì, l'ultima volta è stato in occasione del regalo per le nozze d'oro che suo padre ha fatto a sua madre. Circa un anno fa, vero? Be', ora, visto che non ha specificato niente, ho delle pietre da mostrarle, a forma allungata o con il taglio a smeraldo.»

Su un vassoio di velluto, una mezza dozzina di diamanti scintillarono sotto la luce del lampadario. Era tutto luccichii e velluto. Anche lo splendido negozio era una scatola di velluto, al riparo dai rumori della città.

Seguì un minuto di silenzio durante il quale Jennie avrebbe dovuto guardare gli anelli. Invece stava di nuovo pensando, le mani giunte e sudate in grembo. Se solo gliel'avessi detto fin dall'inizio! Ma ora che stiamo entrando nel secondo anno, quando lui crede di conoscermi... Gli ho raccontato tutto sulla mia famiglia, la mia infanzia, che cosa voglio dalla vita. Mi sono aperta a lui, gli ho rivelato tutto. Tutto tranne... E lui si è aperto a me. Lo so dalle cose più intime e segrete che mi ha confessato, che non mi ha nascosto niente; se avesse voluto, anche lui avrebbe potuto farlo. È stato invece onesto con me...

Jay la guardava in modo strano, pensando forse che fosse intimidita, incerta sul da farsi.

«Guarda attentamente, Jen», le suggerì. «Voglio che ti innamori di uno di loro prima di dire di sì.»

«Sono tutti così belli. Proprio non so.»

«Ha delle dita lunghe», osservò il commesso. «Le starebbe bene uno con il taglio a smeraldo. Non tutte le donne possono portarli.»

Jay sollevò uno degli anelli. «Biancazzurro?»

L'uomo annuì. «Molto bene, signor Wolfe.»

Jay se ne intendeva di diamanti. Doveva averne comprati per la prima moglie, Phyllis. Una ragazza con il passato senza segreti. Una moglie per un uomo come lui.

«Prova questo, Jennie.»

Mostra un po' d'eccitazione, per amor del cielo, si rimproverò.

«Oh, è splendido, Jay. Sì, splendido.»

L'anello le scivolò facilmente al dito.

«Sollevi la mano verso la luce», la invitò il commesso.

C'erano tutti i colori dell'arcobaleno in quella pietra e

tuttavia la luce sulla sua mano era bianca, come il sole che, riflesso nell'acqua azzurra, trasforma tutto in bianco, in argento e bianco.

«Be', che cosa ne pensi?» domandò Jay.

Era così ovviamente caro! Se lo fosse stato meno, forse non si sarebbe sentita così umiliata.

«Non credi che... qualcosa di più piccolo andrebbe meglio?» propose.

«Perché? Credi che sia un'ostentazione?»

«No. No.»

«Lo stavi pensando. Ti conosco. Ma anche tu mi conosci. Non mi piacerebbe vederti portare qualcosa di appariscente. Questa grandezza è giusta per te. Ora prova le altre forme.»

Lei obbedì e offrì la mano. Che peccato non essere eccitata in un momento come quello!

Avvertendo la sua timidezza, Jay prese in pugno la situazione. «Quello a forma allungata ti sta meno bene», constatò e il commesso annuì.

Il diamante giallo fu messo da parte, assieme a un altro rotondo. La scelta si restrinse a due con il taglio a smeraldo e a un altro. Il commesso continuava a prenderli e a posarli. Due paia di occhi guardavano Jennie, interrogativi.

«Sono confusa», mormorò lei.

«Vuoi lasciar fare a me?» chiese Jay.

Lei gli rivolse un sorriso. «Fa' pure. Sei tu che lo guarderai dall'altra parte del tavolo.»

Così fu scelto il primo anello, quello con il taglio a smeraldo. Poi fu la volta di una fede di diamantini, abbastanza bassa per poter essere infilata allo stesso dito, dopodiché Jay firmò un assegno, che Jennie non vide, e uscirono.

«Indolore, dopotutto, no, Jennie? Sei felice, cara?»

«Sai che lo sono.»

«Eri così tranquilla.»

«Ero imbarazzata. Ho le dita macchiate d'inchiostro. Non l'hai notato?»

«E allora? Segno di onesto lavoro.» Jay rise. «Non ti ho detto che non torno a casa questa sera. I bambini sono dai genitori di Phyllis. È il compleanno del nonno. Così avrai un ospite per la notte. Spero che non ti dispiaccia.»

Jennie fu assalita da un'ondata di desiderio. Non erano mai abbastanza le notti in cui potevano stare insieme. Non rispose, lo guardò soltanto e il suo fu uno sguardo loquace.

«La mia Jennie», fece lui.

Si incamminarono velocemente verso est. Il freddo era aumentato con il calare della sera. C'era aria di neve e il vento, che toglieva il respiro, rendeva difficile la conversazione. «Il solito posto?»

«Perché no?»

«Il solito posto» era un ristorante a due isolati di distanza dall'appartamento di Jennie. Piccolo e tranquillo, serviva dell'ottimo cibo italiano. *Lutèce*, *La Côte Basque* e altri simili andavano bene per il weekend, dopo un giorno di riposo, o relativo riposo, per essere esatti, dal momento che Jay aveva sempre qualche lavoro durante il fine settimana.

«Tutti amano il cibo italiano», osservò lui, dispiegando il tovagliolo.

Anni prima, a Filadelfia, c'era stato un altro «posticino italiano», a buon mercato e con le tovaglie a quadretti rossi. Era tutta la giornata che quelle immagini, dimenticate per tanto tempo, riaffioravano in modo sorprendente.

Quel tavolo, invece, aveva una bella tovaglia bianca e un vasetto di vetro con un mazzetto di garofani. Siamo nel 1988. Sono a New York. Qui. Ora, si ripeteva Jennie.

Di fronte al tavolo era appeso un vistoso quadro a olio con macchie di azzurro, blu mare e cobalto, e una brutta cornice dorata.

«Orribile, vero? Fa giustizia soltanto per metà al golfo di Napoli. Andremo anche là, Jen.»

«Oh, lo desidero tanto.»

«Sapremo presto della tua causa dal consiglio per la pianificazione urbanistica», fece lui.

La nuvola si addensò, grigia e deprimente. Jennie avrebbe voluto disperderla; desiderava un conforto, come una bambina turbata che, per essere coccolata, finge di avere un dolore. Così, dal momento che non se la sentiva di parlargli del vero dolore, ne trovò uno secondario.

«Ho avuto una così brutta esperienza, Jay, così brutta.» E gli raccontò dell'uomo che l'aveva spinta sulle scale.

«Mio Dio!» esclamò Jay. «L'hai detto a mio padre?»

«Non ho voluto. Non so perché, ma non ho voluto.»

«Avresti dovuto.»

«Che cosa avrebbe potuto fare? Niente. Non potevo provarlo, no?»

«Be', questo è vero. Ma la prossima volta che andrai al consiglio comunale, ci sarò anch'io. Non che mi aspetti qualche attacco aperto o altro del genere», si affrettò a precisare Jay. «Quello è un uomo dei bassifondi, un serpente. Una personalità psicopatica.»

«Tuo padre sospetta che abbia ricevuto una grossa offerta per la sua terra, un'offerta che dividerà con il sindaco.»

«Può darsi. Chissà quanti altri del consiglio sono invischiati. Quei pochi acri, per la posizione che occupano, valgono molto. Sai, Jen, in un certo qual modo quasi mi dispiace di averti messa in questa storia. Tu prendi il lavoro talmente a cuore! Ho paura che resterai terribilmente male, se dovessi perdere.»

«Credi che possa accadere, vero?»

«C'è una possibilità. Il sindaco ha bisogno soltanto di cinque voti per vincere. Perciò, non voglio che tu ti faccia troppe illusioni, ecco tutto.»

«Quanti traffici loschi per una cittadina!»

«Non puoi averne neppure l'idea. La gente di città, quando è stanca, ama immaginare di poter condurre una vita più decente trasferendosi in campagna, ma lascia che ti dica una cosa...» Jay sorrise «...Chuck Anderson fu eletto perché uomo dal passato pulito. Chuck lo sfidante, Chuck l'onesto. Non ci sarebbe stata più corruzione per le strade da riparare, niente tangenti sui permessi di costruzione, le solite cose. Poi, sei o sette anni fa, saltò fuori una brutta storia, qualcosa su Bruce Fisher, il tuo amico. Coinvolto in una violenza di gruppo nei pressi del lago. Una faccenda sporca. La ragazza aveva quattordici anni. Be', è una storia complicata e non me ne ricordo nemmeno tutti i particolari, ma ciò che non ho dimenticato, è che Chuck aveva sempre saputo che Fisher era coinvolto in quella storia e, ai tempi, aveva mentito per proteggerlo. Così, alle elezioni seguenti, che cosa fa? Esce con una pubblica ammissione e chiede scusa. Un pentimento toccante e strappalacrime. 'Ho sbagliato, avrei dovuto dirvi tutto tanto tempo fa. Posso soltanto chiedere il vostro perdono.' Eccetera. E così c'è qualcuno che ammira il suo coraggio e lo rieleggono.»

«Be'», commentò Jennie, «ci è voluto effettivamente coraggio. Non è stato costretto ad ammetterlo, no?»

«Sì, ma vedi, quando una persona aspetta tanto a dire la verità ti viene da domandarti che cos'altro non ha detto di se stesso e che cos'altro potrà venire fuori in seguito. Non riesco più a vedere sotto la stessa luce una persona che agisce così, qualsiasi cosa ci sia di buono in lei. Semplicemente, non ho più fiducia.»

Jennie rimase silenziosa. All'improvviso, il piatto di pasta e vitello che aveva davanti le fece venire il voltastomaco.

«E, come vedi», continuò Jay, «ora sta di nuovo deviando dalla retta via, nonostante gli ultimi anni di buon governo. Lo sappiamo tutti, anche se non possiamo provarlo. Non ancora, perlomeno.»

Jennie mangiò un po' di carne. Le parve di masticare gomma, pur sapendo che il cibo era ben cucinato. Jay, invece, stava mangiando con ovvio piacere.

«Sì», riprese, pensieroso, «a volte è troppo tardi per fare una confessione completa.»

«Troppo tardi?» gli fece eco Jennie.

«Troppo tardi perché qualcuno possa avere ancora fiducia.»

«Sì», annuì lei.

«Non mangi», osservò Jay. «Non ti senti bene, tesoro?»

«Sono soltanto stanca, te l'ho detto.»

«Forse non dovrei fermarmi questa notte.»

«Oh, ti prego, voglio che tu lo faccia. Non sono poi così stanca!»

Fatti vedere contenta, mostragli che lo vuoi, perché lo vuoi, terribilmente, nonostante il momento che stai vivendo. Non per desiderio, ma per essere rassicurata.

Jay, Jay, non lasciarmi. Non posso perderti.

«Ti ha telefonato mia madre?» domandò lui.

«No. Perché?»

«Be', lo farà. Verranno la prossima settimana, o forse l'altra. La mamma ha pensato che ti avrebbe fatto piacere uscire per delle compere con lei e le bambine, il sabato pomeriggio. È lei che fa gli acquisti per Sue ed Emily da quando è morta Phyllis ed è convinta che saresti contenta di cominciare a occupartene tu.»

«Certo. Certo che lo sarei.»

«Gli obblighi di famiglia pesano già sulle tue spalle.» Jay sorrise, scherzoso.

«Gli obblighi non mi dispiacciono.»

Le parole risuonarono piatte alle orecchie di Jennie, al contrario dei pensieri che continuavano a tormentarla in quel momento. Se soltanto Jay non avesse avuto una famiglia, dei genitori, dei bambini e Dio solo sa quali altri parenti, pronti a riunirsi per giudicarla! Se soltanto non fossero stati quelli che erano, o ancora se Jay fosse stato senza una casa, senza un lavoro, senza un nome, senza legami, avrebbero potuto andare in qualche posto lontano, dove nessuno avrebbe potuto trovarli, per ricominciare una nuova vita senza passato!

Fantasie, assurde fantasie. Si ricordò della sera di qualche tempo prima quando aveva messo a letto le bambine e si era sentita così piena di riconoscenza, di fiducia e di amore.

Uscirono di nuovo nel vento così forte che dovettero mettersi a correre con la testa bassa. A casa, si strofinarono le mani gelate.

«Adesso una bella doccia bollente», disse Jay.

«Il caffè lo vuoi prima o dopo?»

«Né prima né dopo. Solo una doccia e poi a letto. A letto, saremo al caldo.»

Entrarono insieme nella doccia, si insaponarono e si lavarono a vicenda, poi, nella scatola fumante che era il piccolo bagno di Jennie, si asciugarono.

Jay le mise le mani sui seni, adattandole alle loro morbide curve.

«Guarda, ci stanno perfettamente.»

E la dolcezza di sempre la pervase, scendendole per la gola come un liquido dolce e denso. Le ginocchia minacciarono di non reggerla più. C'era forza in Jay, ma non una forza, come quella di tanti uomini, che potesse spaventarla, indurla a ritrarsi o a contrastarla con la propria per difendersi sia fisicamente sia emotivamente. Con Jay, era istintivo darsi, darsi totalmente, tanto gentile era il suo potere.

Contemporaneamente Jennie comprendeva quanto potesse a sua volta su di lui. Jay aveva bisogno di lei. Avvertiva il miracolo del suo bisogno. Glielo vedeva negli occhi, ora spalancati e accesi dal desiderio e da un'espressione di gioiosa malizia.

Jay la sollevò e la portò a letto, poi spense la luce. E la notte si chiuse su di loro.

Il mattino dopo, Jennie preparò presto la colazione: spremuta d'arancia, frittelle e caffè.

«Odio fare colazione in fretta», lo informò. «Mi piace alzarmi un'ora prima e prendermela comoda.»

«È buffo, piace anche a me. Non è meraviglioso che continuiamo a scoprire di avere in comune cose sempre nuove, Jennie?»

«Non credere, però, che mangerai frittelle tutte le mattine. Queste sono in onore della notte scorsa, voglio che tu lo sappia.»

«Sono buone. Sei bravissima a preparare le frittelle.»

Un misero raggio di luce solare illuminò il tavolo. Di lì a una mezz'ora, il sole si sarebbe spostato dietro l'angolo del palazzo e nella piccola cucina si sarebbe dovuto accendere la luce. Per il momento, comunque, si stava bene così e a lei piaceva. Le piacevano il profumo del caffè, il colore allegro della gloxinia sul davanzale, la cravatta di Jay a strisce nere e gialle sulla camicia bianca, la tranquilla intimità che si godevano quando erano soltanto loro due e non circondati dai bambini o dai parenti o da estranei, in un ristorante.

«Be', la data si avvicina», disse Jay, «e ho già comprato un vestito nuovo.»

«Anch'io. Molto da sposa. Ne sarai sorpreso.»

«Lascia che indovini. Rosa?»

«Non te lo dico. Ma ti piacerà. Shirley mi ha aiutata a scegliere.»

«Oops!» Jay fece una smorfia buffa.

«Non preoccuparti, conosce il fatto suo, e poi devo fare soltanto qualche modifica.»

«Jennie cara, qualunque cosa indosserai sarà...»

Il telefono squillò. Jennie andò a rispondere, in soggiorno.

«Buongiorno», esordì Emma Dunn. «Mi scusi se la chiamo a quest'ora, ma ho provato le sere scorse e non l'ho trovata.»

In pochi secondi, Jennie sentì le mani inumidirsi di sudore.

«Non posso parlare ora. Sto per andare in ufficio», ribatté, tenendo basso il tono della voce.

«Capisco. Mi ci vorrà soltanto un momento. Mi dica

quando può venire a trovarmi. Quando le fa più comodo. Decida lei l'ora.»

«Impossibile... Adesso devo riattaccare...»

«Questa faccenda non è conclusa, signorina Rakowsky. Jill non ha intenzione di rinunciare, devo avvertirla. Perciò farebbe meglio ad affrontare...»

Jennie riattaccò, si asciugò le mani con un fazzoletto e cercò di ricomporsi, di dare tempo al suo viso in fiamme di riacquistare il suo colore naturale.

«Problemi?» domandò Jay.

«No, perché?»

«Sembri turbata.»

«Be', lo sono. Una cliente... Poverina, fa una vita così triste! È orribile.»

Jay disse con gentilezza: «Non puoi mescolare le emozioni con la legge. Ti schiacceranno, se lo fai. Forse non dovresti dare il tuo numero di casa. Anche se, a pensarci bene, non avrai questo numero ancora per molto».

Si alzò, prese la valigetta e Jennie fu scossa da un tremito quando si chinò per baciarla. Nonostante i suoi sforzi, gli occhi le si riempirono di lacrime.

Jay parve sorpreso. «Che cosa c'è? Piangi!»

«No, no. Io... è solo che... penso a noi, a me. Sono... sono così felice.»

«Donne! Donne!» esclamò Jay e rise della sua reazione tipicamente maschile. «Riuscirà mai un uomo a capirle? Ehi, sarà meglio che mi muova e anche tu. Ti chiamo nel pomeriggio.»

Jill non ha intenzione di rinunciare. Tenace, eh? Tenace. Come te, Jennie?

Jennie lavò i piatti, si truccò gli occhi e si passò il rossetto sulle labbra, poi, ancora sconvolta, andò in ufficio. Era un sollievo sapere che avrebbe trascorso la giornata in ufficio invece che in tribunale. Come un animale nella tana, pensò, mi rifugio nel mio piccolo mondo, con la scrivania, i libri, due sedie, la grande finestra che dà sulla strada e la porta chiusa. La dattilografa che risponde al telefono dirà che sono fuori, se l'avverto di farlo. Non l'ho ancora fatto. Non mi do ancora interamente per vinta.

Jill non ha intenzione di rinunciare.

Anche quel giorno, come tutti i giorni, arrivarono clienti con bambini. Povere donne, senza radici in città indifferenti, non avevano dove lasciarli.

«Questo è il mio Ramon. Ha compiuto i due anni la settimana scorsa. Saluta la signora, Ramon...»

Ramon sgranò due occhioni neri, poi chinò la testa nascondendo il nasino sporco nella gonna della madre.

«È grande per la sua età», commentò Jennie, che non aveva idea dell'altezza che dovesse avere un bambino di due anni.

«Sì, e robusto. Questa è Celia. Ha otto mesi.»

La bambina che la donna aveva in braccio era di una bellezza straordinaria, con lineamenti delicati che non richiamavano né quelli della madre né quelli del fratello. Rivolse a Jennie un sorriso smagliante e allungò la manina rosa come per dividere con lei un qualche felice segreto. Jennie le porse la sua e le piccole dita gliela strinsero.

«È bella», disse.

La donna annuì. «Sono i miei diamanti, i miei gioielli, questi due bambini.»

Le parole riportarono alla memoria di Jennie la storia antica studiata per due semestri al college, la matrona romana Cornelia che diceva dei suoi figli: «Ecco, questi sono i miei gioielli».

Anche quella donna era stanca e spodestata. Ora sembrava anche incuriosita, forse si chiedeva perché Jennie stesse ancora stringendo la mano della bambina. Jennie la lasciò ricadere.

«Be', vediamo che cosa possiamo fare per lei, signora Fernandez.»

Sul finire del pomeriggio, Jay le fece la solita telefonata e le annunciò che c'erano delle novità.

«Buone o cattive?»

«Tutt'e due. La buona è che il consiglio per la pianificazione ha rifiutato la proposta della società Barker. E il merito è tuo.»

Pur compiaciuta, Jennie si sentì in dovere di esaminare le cose con onestà. «Erano un buon gruppo fin dall'inizio. Come ho detto ai tuoi genitori, probabilmente avevano già deciso ancora prima che aprissi bocca.»

«Questo è vero soltanto in parte. Alcuni sono rimasti impressionati da ciò che hai detto quando ti hanno incontrata a casa, altri hanno cambiato idea quando ti hanno ascoltata alla riunione. Erano convinti che battessi l'altra parte. C'è stata quasi unanimità. Due soli voti contrari.»

«E qual è la brutta?»

«Non è tanto brutta quanto sgradevole. Mio padre e un paio di altri del comitato per la conservazione hanno ricevuto una serie di lettere anonime scurrili, spedite da dieci o quindici miglia di distanza. Papà me ne ha letta una al telefono. Era veramente disgustosa.»

«Minacce?» Jennie pensò al pericoloso spintone in cima alle scale.

«In un certo senso sì, ma non chiaramente. Lanciate con abilità, in modo che non si possa perseguirli legalmente. Ma anche molto ingiuriose. In alcune si accennava anche a noi.»

«Sono tanto importante? La cosa mi lusinga.»

«A quanto pare, per loro lo sei. È ovvio che chiunque si nasconda dietro questa faccenda è in ansia per la votazione del consiglio comunale che avrà luogo il mese prossimo, e temono che tu possa persuaderli. George Cromwell, che fa parte del consiglio, come ricorderai, dice che quelli della Barker hanno mandato montagne di fogli. La maggior parte sono rapporti particolareggiati sulla situazione idrica della zona, di uno specialista, questa volta, ma ve ne sono molti altri. Dice che sono veramente preoccupati.»

«Non potrebbero essere loro le persone che hanno scritto quelle lettere?»

«Potrebbero, ma non credo che lo siano. Non li credo capaci di un comportamento tanto rozzo. Tuttavia, chissà? Di elementi rozzi, in città, ce ne sono. Fisher è un esempio, come hai potuto vedere. E il nostro sindaco potrebbe servirsene per i suoi fini. Non dimenticare che c'è parecchio denaro in gioco. Tanto denaro. In ogni caso, non voglio che giri per la città da sola, quando ci tornerai. Io sarò al tuo fianco.» Jay cambiò argomento. «Che ne pensi di andare al cinema, questa sera? Danno un bel film proprio dietro l'angolo di casa tua.»

In circostanze normali, pensò Jennie, dopo che ebbe riattaccato, la faccenda di Green Marsh non l'avrebbe agitata tanto. Un gruppo di scontenti, che scrivono lettere disgustose, non sono poi la fine del mondo. Ma era talmente tesa in quei giorni da non riconoscersi quasi.

Forse un bicchiere di latte l'avrebbe aiutata a rilassarsi. Quando estrasse il cartone dal frigorifero, lo lasciò cadere e un fiumicello bianco prese a scorrere sul pavimento. Basta il contatto di una piuma a farmi saltare i nervi, pensò, mentre si inginocchiava per pulire.

E la notizia di Jay era qualcosa di più del contatto di una piuma, per non parlare di tutto il resto. Perché, anche se non aveva più chiamato, si aspettava che Emma Dunn lo facesse da un momento all'altro. Quella possibilità era così presente che ogni squillo del telefono le sembrava una sirena d'allarme.

Quell'ansiosa attesa era simile alla paura di cadere. Molto tempo prima, aveva visto un film in cui un treno, che si era staccato dalla locomotiva, aveva cominciato a precipitare da un passo alpino. Rotolando e sbattendo fragorosamente, acquistava velocità nella discesa mentre i passeggeri, impotenti, terrorizzati e increduli sui loro sedili, troppo spaventati persino per gridare, fissavano i pini che sfrecciavano davanti ai loro occhi, le rocce appuntite, le piste innevate, i tratti di cielo, le montagne che sembravano capovolgersi e, sotto di loro, il destino che li attendeva a centinaia di metri di distanza. Era strano che non ricordasse la fine del film. Ricordava soltanto quella terribile attesa.

Il sabato fu una giornata difficile e movimentata i cui avvenimenti non ebbero un collegamento logico tra di loro.

Il mattino, c'era stata la prova del vestito da sposa che Jennie aveva ordinato da Saks. Era la seconda esperienza che faceva di quelli che Shirley definiva vestiti da «cortigiana», perché la prima aveva riguardato il cappotto. Guardandosi nello specchio, aveva stentato a riconoscersi.

Il velluto color rubino dava un tocco di rosa al suo viso, facendolo risaltare rispetto ai capelli neri. Del pizzo plissettato le rifiniva il colletto e i polsi. La gonna scendeva attillata sui fianchi e si allargava verso il fondo.

«Non potrebbe starle meglio», aveva detto la commessa, soddisfatta.

No, aveva ragione.

«Suggerirei dei sandali neri con tacchi alti. Molto alti, a meno che lo sposo non sia...» La donna aveva esitato.

Jennie aveva sorriso. «È molto alto.»

«Allora non ci sono problemi. E una piccola borsetta nera. Preferibilmente di velluto. Anche di pelle scamosciata andrebbe bene.»

«Mi è di grande aiuto», aveva commentato Jennie. «La ringrazio.»

«Oh, è facile lavorare con lei. È stato un piacere. Molte donne, invece, non sanno quello che vogliono.»

Quello che voglio. Una mente libera. Jennie si era guardata di nuovo nello specchio. Tu, là dentro, vestita di velluto rosso per il tuo matrimonio, sei un'impostora, lo sai, vero? Hai dato un'idea sbagliata di te stessa, nascosto la verità, tu, tra tante persone, tu, che hai giurato di far rispettare la legge. Hai mentito, tanto per dirla chiaramente. Bugiarda!

Sotto un cielo chiaro, con un vento invernale che faceva garrire le bandiere nella Quinta Avenue e un'aria così fredda da essere carica di energia, si era diretta verso Bergdorf Goodman, dove le bambine si sarebbero comprate i vestiti per le feste di compleanno e per la scuola di danza. Enid doveva mostrarle come prendersi cura di loro. Di colpo, la responsabilità che stava per assumersi le era parsa enorme.

La stavano aspettando a pianterreno: la signora era vestita di grigio e le due bambine le erano accanto. Sue ed Emily si erano sollevate sulla punta dei piedi per farsi baciare.

«Ciao, Jennie.»

«Oh», aveva esclamato Enid, «è così che la chiamano?»

«Certo», aveva risposto Jennie, sorpresa. «Come dovrebbero chiamarmi?»

«Magari 'zia' Jennie.»

«Be', in un modo o nell'altro, per me non ha importanza.»

Perché un commento così banale aveva dato il via a una serie di pensieri inquietanti? In ascensore; di sopra; nel reparto bambini, dove comprarono i vestiti di seta blu mare e di batista bianco e a fiori. Più tardi, quando, dopo aver attraversato la strada, erano entrate al Palm Court per pranzare, Jennie aveva avuto di nuovo delle visioni fulminee, come scintille, di Atlanta e poi la stessa gelida reazione: *Straniera! Tu non appartieni al nostro mondo.*

Perché? Non c'era alcuna rassomiglianza tra quella gente e questa, tra quella donna e questa. Questa gente l'aveva accolta bene!

Eppure c'era qualcosa... Avevano degli standard, degli standard rigidi. Il loro progressismo era per i meno fortunati, persone dalle quali si aspettavano di meno «perché non hanno avuto i nostri vantaggi».

E ora, davanti all'insalata di pollo, mentre i grandi occhi delle bambine erano già fissi sui dolci, Jennie era una volta di più consapevole dell'elegante e superiore sicurezza che per prima cosa l'aveva colpita nei Wolfe, soprattutto in Enid.

No, per quanto fossero gentili, sarebbero rimasti sciocсati; l'avrebbero difficilmente perdonata per aver iniziato la sua vita con il loro figlio ingannandolo, con una menzogna.

La conversazione fu spensierata e piacevole. Enid fece soltanto un breve accenno alla faccenda di Green Marsh, solo per dire che era diventata ancora più spiacevole del previsto e che sembrava che in città non si parlasse d'altro. Per il resto, i discorsi furono dominati dalle bambine alle quali la giornata era dedicata.

Dopo il pranzo, andarono a comprare il regalo di compleanno che Emily e Sue volevano fare a Donny, un procione giocattolo a grandezza naturale, un'accurata copia con tanto di coda a strisce.

«Bambine, direi che avete avuto un splendida giornata», disse Enid. «E direi anche che è ora di portarvi a casa. Avrà sicuramente dei progetti per il resto del pomeriggio, Jennie. Con l'agenda fitta di impegni che ha, sono sicura che non ha tempo da sprecare.»

«È vero. Ho sempre molte cose da fare.»

«Be', allora ci lasciamo qui.» Enid la baciò sulla guancia. «Salutate la zia Jennie, bambine.»

La risposta fu obbediente. «Arrivederci, zia Jennie.»

Jennie le guardò dirigersi verso un taxi e pensò: Mi hanno chiamata zia, ma non sono una di loro. Buffo, Enid l'ha avuta vinta. Non importa. Che differenza fa, se mi chiamano «zia» o meno?

Ho detto che ho sempre molte cose da fare ed è vero, ma non ho voglia di farle. Voglio soltanto sedermi e non fare niente.

Attraversò il viale e andò a sedersi su una panchina, a godersi il sole. Stringendosi nel cappotto e infilandosi le mani in tasca, rimase seduta per un po' non pensando a niente in particolare, limitandosi a guardare il traffico che si fermava e riprendeva a scorrere.

Non avrebbe saputo dire come o da quali cellule sepolte nel suo complicato cervello fosse giunto quell'impulso, ma, tutt'a un tratto, arrivò, senza essere stato scatenato da qualche processo conscio; neppure gradito; sorprendente; forse in un certo qual modo perfino folle. Dopo una brevissima esitazione, si alzò e cominciò a dirigersi a ovest, verso la metropolitana. Pur non essendo mai stata dove stava andando, non ebbe bisogno di chiedere la direzione. Alla Centosedicesima strada, a Broadway, lasciò la metropolitana e salì in superficie. Il tragitto fino alla Barnard era breve, una passeggiata. E sicuramente nessuno avrebbe trovato da ridire sul fatto che una giovane donna sedesse sulle panchine del campus, in evidente attesa di qualcuno.

Ciononostante, dopo essersi seduta, si rese conto dell'assurdità della situazione. D'accordo, si tratta di una folle, folle curiosità. Non la riconoscerei neppure se ce l'avessi davanti. Come potrei? Forse è quella con il berretto da sci alla norvegese che legge mentre cammina lentamente. O forse una di quel gruppo, che chiacchiera sulla porta. Eppure dovrei individuarla per una qualche rassomiglianza... non con suo padre, Dio mi perdoni. Se la vedessi e fossi sicura che è lei, la mia curiosità sarebbe soddisfatta e io potrei andarmene. Non è l'unica persona al mondo che non voglio conoscere?

Attese un'ora. Non accade nulla. Non ci furono suggerimenti o indizi. Ragazze carine, sgraziate, in disordine, eleganti, sciocche o briose, qualcuna bella, qualcuna brutta le passarono davanti. Avevano in comune una sola cosa: la giovinezza. Ci si poteva soltanto chiedere che cosa ognuna di loro avrebbe fatto con gli anni che aveva davanti o che cosa gli anni avrebbero fatto a ognuna perché il mondo negli anni Ottanta, e il posto che la donna vi aveva, era più complesso e difficile che mai. E il petto di Jennie si gonfiò di pietà e nostalgia, di dispiacere e di tenerezza.

Il cielo diventò grigio e il breve pomeriggio invernale si fece più freddo. Era stato un errore venire, un'aberrazione, ed era un bene che non avesse riconosciuto la ragazza. Avrebbe dovuto capirlo. Rabbrividendo, si alzò e scese di nuovo in metropolitana. Le rimaneva il tempo di farsi una doccia e di cambiarsi prima di uscire a cena con Jay.

Com'era brutto ora sentirsi innaturale in sua presenza! Ricordò con amarezza come, appena poco tempo prima, spiasse le lancette dell'orologio e contasse i minuti che la dividevano dallo squillo del campanello.

Quella sera, lui le telefonò. «Jennie, ti chiedo scusa. Ho la febbre, un brutto raffreddore in arrivo. Sono a casa, a letto.»

«Oh, caro, mi dispiace. Vorrei tanto potermi prendere cura di te.»

«Be', avrai presto quel privilegio. Ho sentito che ti sei divertita con Sue ed Emily. Ti vogliono bene, Jennie, veramente. Ne sono molto contento.»

«Anch'io.»

«Jennie?»

«Sì, tesoro?»

«Voglio un figlio tutto nostro, tuo e mio. Sei d'accordo?»

«Lo sogno da tanto, Jay, con una fossetta sul mento e i tuoi occhi...»

«Ma se mai risultasse che non ne puoi avere, non avrebbe importanza, sappilo. Quel che conta è che saremo insieme... Come passerai la sera, ora che ti ho piantata in asso?»

«Oh, leggerò. Ho portato a casa certe cartellette dall'ufficio. E andrò a dormire presto.»

«Bene. Riposati per Caneel. Hai già comprato la racchetta nuova?»

«La prossima settimana. Sto organizzando tutto, non preoccuparti.»

«D'accordo. Ehi, sto per starnutire. Riattacco.»

A dire il vero, Jennie non stava preparando niente, anzi continuava a rimandare la lista e gli acquisti. Le ultime settimane, che sarebbero dovute servirle per i preparativi, erano state troppo stressanti per occuparsi di quel genere di cose. Ma mancava ormai poco tempo e quella poteva essere la sera buona per cominciare.

Presi matita e foglio, iniziò a scrivere. Costumi da bagno. Tre, quello azzurro dell'anno precedente più due nuovi. Prendisole da indossare a pranzo, le aveva suggerito Jay. Una borsa da spiaggia: quella a fiori che aveva visto in una vetrina sarebbe andata bene con tutto. Un cardigan bianco nel caso ci fosse stata una serata fredda. Un ombrello nuovo da borsa. Quello vecchio era un rottame. Scarpe per il vestito da viaggio, blu. Scarpe per...

Il campanello della porta squillò. Strano. Non riceveva mai visite inaspettate. La gente l'avvertiva sempre in anticipo.

Si avvicinò con cautela alla porta e guardò dallo spioncino. Il corridoio era troppo buio perché riuscisse a vedere chiaramente la figura rimpicciolita e distorta dalla lente di vetro. Ma si trattava di una donna. Una donna con i capelli che le arrivavano alle spalle. Si irrigidì e sbatté le palpebre.

«Sì? Chi è?»

Seguì un brevissimo silenzio, poi una voce, giovane e nervosa, rispose.

«Jill. Sono Jill. Posso entrare?»

«Oh, no», mormorò Jennie con un brivido lungo la schiena.

Tuttavia, come quelle persone sul treno in montagna, sapeva che cosa stava per accadere.

6

La sua casa era a più di duemila miglia di distanza dall'incredibile città che turbinava al di là del dormitorio. Con gioia e coraggio, Jill l'aveva lasciata per quel posto; tuttavia, c'erano momenti inaspettati in cui, guardandosi nello specchio accanto al letto, il ricordo che ne aveva era così vivido che le sembrava di sentire di nuovo le voci che chiamavano nel cortile, o il profumo della carne, a cena, che cuoceva sulla griglia, in cucina, o il freddo del pavimento lucido del corridoio del piano superiore, quando vi camminava a piedi nudi. Stranamente, la stanza che ricordava meglio non era la sua, piccola, con il letto rosa, dove si trovavano gli animali, i libri disposti in bella mostra sulle mensole e la finestra dalla quale, all'ora di dormire, si vedevano le stelle, quanto piuttosto l'ampia camera in fondo al corridoio in cui dormivano i suoi genitori.

In un cassetto c'era la scatola dei cioccolatini dalla quale Jill attingeva dopo il bagno e prima di lavarsi i denti. Davanti alla finestra c'erano due morbide sedie. Quella a sinistra era di papà; la domenica, se non doveva visitare qualche paziente in ospedale, si sedeva lì a leggere, spargendo i fogli del giornale ai suoi piedi. L'altra era la «sedia della storia», in cui sedevano sia Jill sia la mamma mentre quest'ultima leggeva a voce alta.

Ai piedi del grande letto, quando in famiglia nasceva un altro bambino, veniva messa la culla. Rimodernata ogni volta con nastri nuovi, rimaneva lì, finché il piccolo non era cresciuto abbastanza per stare in un lettino regolare, in una stanza tutta sua.

«I neonati amano gli spazi piccoli», aveva spiegato la mamma, «perché sono appena usciti da un luogo piccolo e caldo.»

Quelle parole doveva avergliele dette quando era nata Lucille. Jill aveva quattro anni, allora, e ricordava come sua madre fosse diventata grassa e poi, improvvisamente, magra non appena Lucille era uscita dal suo ventre. Quando era nato Jerry, Jill era piccola, appena due anni, perciò non se lo ricordava. Ma l'arrivo di Lucille era chiaro nella sua mente.

Un posto piccolo e caldo. Era curioso, perché la bambina le era sembrata troppo grossa per poter stare nella pancia di qualcuno.

«Anch'io ero dentro di te?» aveva chiesto Jill.

«No», aveva risposto la mamma. «Tu eri dentro a un'altra signora.»

Be', era tutto vero. Non era stato importante. Per lungo tempo, Jill non ci aveva più pensato, sebbene fosse strano che più tardi, quando aveva cominciato a tornarci sopra, quella scena le fosse sembrata tanto precisa: Lucille avvolta in una copertina, Jill accanto alla culla e la mamma con indosso qualcosa di lungo, con delle forme nere su uno sfondo bianco.

Anni dopo, le aveva chiesto: «Mamma, hai mai avuto un accappatoio o una vestaglia bianca e nera, a quadri o con dei fiori?»

«Sì, certo. Avevo un chimono giapponese comprato da papà durante il nostro viaggio in Giappone, prima che avessimo te. Era bellissimo, con delle peonie nere sulla seta bianca. L'ho portato finché ho potuto. Come mai me lo chiedi?»

«Non lo so. Mi è tornato improvvisamente in mente.»

Ma era accaduto molto dopo. La sua infanzia era stata piena, i giorni erano stati pieni e i vicini di casa erano stati pieni di bambini. C'erano parenti che andavano e venivano nei pomeriggi. Quando Jill si era fatta più grande ed era venuta a sapere della rivalità e della gelosia tra fratelli e sorelle, aveva immaginato che il motivo per cui non aveva sofferto come invece sarebbe potuto accadere era dovuto al fatto che aveva avuto a disposizione tanti grembi su cui sedere e tante braccia pronte a stringerla. Se i suoi genitori erano momentaneamente troppo occupati con un bambino più piccolo per giocare con lei o per portarla fuori, c'erano sempre zia Fay, due coppie di nonni e tre coppie di cugini.

La gente sorrideva e ammirava i suoi capelli rossi. Quando Jill aveva cominciato ad andare a scuola, la mamma glieli legava tutte le mattine sulla nuca con nastri in tinta con i golfini e le gonnelline. Una volta, uscendo dal soggiorno dove la mamma beveva il caffè con un'amica, aveva sentito quest'ultima dire: «Che bella bambina, Irene. E quanta fortuna ti ha portato. Quando penso che hai avuto tre figli tuoi dopo averla adottata!»

«Sì», aveva ribattuto la mamma, «ci ha portato fortuna.»

Ma la mamma non aveva «quattro figli suoi»? Se tu sei stata adottata, quelli non sono la «tua» mamma e il «tuo» papà? Ma a quei tempi Jill conosceva già il significato della parola «adottata». E quella sera, quando la mamma era andata a rimboccarle le coperte, l'aveva attirata a sé.

«Rimani qui», le aveva chiesto.

La mamma le aveva preso la mano. «Vuoi una storia, Jill? Una breve, però, un capitolo di *Winnie Pooh*, perché domani devi andare a scuola.»

«No.» La domanda che Jill desiderava fare sembrava infantile per una ragazzina della terza classe, anche se faceva parte del gruppo avanzato di lettura.

«Allora che cosa?»

Jill, stringendole la mano, aveva scosso la testa.

«Forza. Se c'è qualcosa che ti turba, faresti meglio a parlarmene.»

La domanda le era sfuggita dalle labbra. «Io sono tua? Come Jerry, Lucille e la bambina?»

«Oh», aveva esclamato la mamma. «Oh...» L'aveva liberata delle coperte e l'aveva stretta a sé. «Perché me lo chiedi? Qualcuno ha detto?...» E senza attendere una risposta, aveva continuato. «Sei nostra! Tu sei la nostra bambina più cara, più bella e più grande... Diamine, ti amano tutti, la nonna, il nonno, zia Fay... e soprattutto io e papà. È naturale che sei nostra. Di chi altro potresti essere?»

Jill aveva premuto la guancia contro il collo della mamma e aveva mormorato: «Forse della signora che mi ha messa al mondo».

La mamma aveva aspettato tanto a lungo prima di rispondere che Jill si era ritratta per guardarla in faccia. Era molto seria, come lo era stata una volta in cui avevano avuto una conversazione sul fatto di prendere le cose dall'armadietto delle medicine.

«No, cara. Tu non sei più sua.»

«Come si chiamava?»

«Non lo so, Jill.»

«Era bella?»

«Era molto bella, ne sono sicura, perché ha avuto te.»

«Ma perché mi ha data a te?»

«Be'... be', è un po' difficile da spiegare. Vedi, a volte accadono delle cose alla gente, come non avere denaro, per esempio, non avere una bella casa con la stanza per una bambina. Così, visto che ti amava e voleva che tu avessi tutte queste cose, e dal momento che noi desideravamo tanto, tantissimo una bambina... ecco, è così che è accaduto. Capisci?»

La spiegazione aveva avuto senso per Jill. «Non c'è altro?»

«Altro da dire? Oh, sì! Eravamo così felici io e papà! Siamo subito corsi a comprare la culla. Tu sei stata la prima a dormirci. Avevi un giorno, quando ti portammo a casa; eri più piccola di Jerry o di Lucille o di Sharon. Ricordi com'era piccola Sharon, un anno fa? Be', tu lo eri ancora di più.»

«E avevo i capelli rossi.»

La mamma si era messa a ridere. «Non subito. Eri senza capelli, come tutti i miei bambini.»

Tutti i miei bambini. La voce della mamma aveva un tono caldo, dolce, che invitava al sonno. Dopo un po', la mamma l'aveva fatta di nuovo distendere e l'aveva coperta. Aveva abbassato le tende, aveva baciato Jill sulla guancia, era tornata a baciarla un'ultima volta e aveva chiuso la porta.

I miei bambini. Desideravamo tanto una bambina. Allora era bello essere adottati. Voleva dire che eri veramente desiderata. La gente non si dava tanto da fare a comprarti la casa, il seggiolone, la carrozzina e tutte queste cose, se non ti voleva.

Nessuno dei vicini aveva mai chiesto a Jill se era stata adottata perché lo sapevano quasi tutti; a lei, comunque, non sarebbe dispiaciuto, se l'avessero fatto. Poteva essere, in un certo qual modo, un mezzo per distinguersi, come portare a casa una pagella eccellente o come quando era stata capace di preparare la cena per un'intera settimana, dopo che la mamma si era rotta un osso del piede. Essere adottata era soltanto un altro aspetto di se stessa, come avere le lentiggini sul braccio o essere sicura sugli sci, tutte cose date per scontate e alle quali, di conseguenza, raramente pensava.

Un giorno, l'insegnante di sesta aveva assegnato un compito. Durante una lezione avevano parlato di come l'America fosse abitata da gente arrivata da paesi diversi, che aveva portato con sé costumi ed esperienze differenti. Il compito consisteva nel descrivere tutto quello che potevano sui loro antenati e nel tracciare un albero genealogico.

«Dovete andare il più possibile indietro nel tempo», aveva precisato la maestra.

Uno dei bambini della classe aveva una bisnonna indiana ed era molto fiero di essere un «americano indigeno». Un altro aveva la bis-bisnonna di novantasette anni ancora in grado di raccontare del suo arrivo nel Nuovo Messico quando era ancora un deserto.

«Vedrete», aveva detto l'insegnante, «che, scoprendo cose sui vostri antenati, scoprirete molte cose su voi stessi. Perciò fate domande!»

Quella sera, dopo cena, Jill era andata a casa dei nonni. I genitori della mamma erano morti entrambi qualche anno prima, ma quelli del papà erano vivi e vegeti e si erano immediatamente interessati al compito della bambina.

«Ti sarebbe piaciuto mio padre», aveva sentenziato il nonno. «Era un gran ballerino. Da vecchio, era ancora capace di fare i balli dei contadini che aveva imparato da bambino in Ungheria. Avresti dovuto vederlo! Aveva un cuore forte e molto senso dell'umorismo.»

La nonna aveva scritto i nomi dei suoi genitori e si era ricordata persino di quelli da signorina delle sue nonne. Aveva aggiunto degli aneddoti. Jill aveva visto i nonni divertirsi. Riluttanti a lasciarla andare, i due l'avevano fatta sedere al tavolo e le avevano offerto una limonata e una fetta di dolce. Un improvviso fascio di luce verde che arrivava da fuori aveva illuminato il tavolo che Jill aveva davanti, fermandosi sulla testa grigia dell'uomo per poi spostarsi sulle unghie curate della donna e, infine, sul suo viso abbronzato e grassoccio. Era stato in quel momento che la bambina aveva provato una profonda sensazione di isolamento.

Tutto questo non ha niente a che fare con me, aveva pensato. Non è la mia storia.

Al momento opportuno, attenta a non ferire i loro sentimenti con una brusca partenza, li aveva ringraziati ed era tornata a casa. C'erano dei ragazzi della scuola superiore che giocavano a baseball nel campo. All'angolo della casa, il loro padre stava occupandosi del prato così accuratamente irrigato, un prato che per il mese di giugno sarebbe comunque morto e ingiallito, qualunque cosa lui gli avesse fatto. Dalla casa di fronte a quella di Jill arrivava un motivo suonato al pianoforte. Era tutto allegramente familiare. Lei, tuttavia, si era sentita distaccata, un po' triste.

I suoi si trovavano tutti nel patio posteriore. Dall'ingresso, Jill aveva visto le loro teste scure chine su qualcosa sul tavolo, forse un giornale o una carta geografica. Era salita velocemente in camera sua e si era messa davanti allo specchio per esaminarsi. Il viso, lungo e stretto, non assomigliava a nessuno dei loro. Era già più alta della mamma. Jerry e Sharon assomigliavano alla mamma, mentre Lucille aveva la faccia di papà. Si era sciolta i capelli; le punte erano più scure; il sole aveva lasciato delle striature dorate alle tempie. Da chi aveva preso quei capelli? O quei denti che le stavano raddrizzando mentre tutti gli altri, in casa, li avevano regolari?

Sulla scrivania c'era un esempio di albero genealogico. Jill si era seduta e aveva cominciato a copiarlo, riempiendo gli spazi: mamma, Irene Miller; papà, Jonas Miller. Poi aveva deposto la penna ed era rimasta a guardare il cielo. La notte era caduta di colpo, come effetto di un'ombra. Da fuori giungevano dei rumori: il gatto che veniva chiamato in casa e le porte che venivano chiuse. Il fratello e le sorelle erano saliti disputandosi il diritto di fare per primo la doccia. Dal momento che la camera di Jill era buia, nessuno era entrato a cercarla e lei era rimasta sola, non proprio in lacrime, ma profondamente turbata da quella nuova e strana tristezza.

La luce si era accesa. «Jill!» aveva gridato la mamma. «Ci chiedevamo perché ci mettessi tanto. Papà ha telefonato alla nonna proprio ora e lei ha detto che eri venuta via un'ora fa. Ci hai spaventati.» Da sopra la spalla di Jill, aveva visto il foglio. «Dimmi che cosa c'è che non va.»

Jill si era girata sulla sedia. «Questo. Non posso farlo.» E gli occhi le si erano inumiditi. «Se scrivessi tutto ciò che so, sarebbe una bugia.»

«Non credo che sia il genere di bugia, se vuoi chiamarla così, che conta. Scrivi tutto ciò che sai della nostra famiglia. Tu ne fai parte.» La mamma si era affrettata ad aggiungere: «Scrivilo, come se fossi Jerry o Lucille o Sharon».

«Ma io non sono nessuno di loro. Sono io.»

La mamma aveva chiuso la porta. «Mettiti comoda», aveva ordinato. «Abbiamo bisogno di parlare, tu e io.»

A quanto sembrava, era arrivato il momento delle rivelazioni e Jill aveva avuto paura. Sarebbe stato come aprire una scatola ricevuta da mani estranee; non si poteva mai sapere che cosa ne sarebbe uscito, se una bomba o dei serpenti.

Aveva chiesto con voce incerta: «Di che cosa?»

«Di quello che hai ovviamente in mente. Prometto che ti dirò quanto so.»

«Com'era lei?» aveva mormorato Jill.

«Mi è stato detto che aveva i capelli scuri e ricciuti come i miei. Cercano di trovare persone che si assomigliano. Perciò forse era simile a me.»

«Capisco. E mio padre?»

«Non ce ne hanno mai parlato.»

«Mi piacerebbe conoscere i loro nomi.»

«Questo non è possibile, cara.»

«Immagino che non fossero sposati.»

«No.»

«Va bene, mamma. Ho dodici anni e certe cose le so. È rimasta incinta e lui non l'ha sposata.»

«Non so se le cose siano andate così, se lui non abbia voluto sposarla. Forse non poteva. Erano entrambi molto giovani e studiavano al college. Dev'essere stato molto imbarazzante, molto duro per tutti e due.»

«Avrebbero dovuto pensarci prima di... di fare certe cose», aveva detto Jill, improvvisamente arrabbiata.

«La gente non sempre pensa, Jill.»

«Tu dici sempre... una ragazza, soprattutto... tu mi dici che è sbagliato permettere ai ragazzi di fare certe cose.»

«Lo so e sono convinta che non sia giusto. Cionononostante, quando la gente sbaglia, si tenta di capirla e di perdonarla, no?»

Un'immagine si era formata nella sua mente: una ragazza giaceva tra l'erba alta e guardava negli occhi un ragazzo chino su di lei. Era una visione affascinante e, nello stesso tempo, repellente; nei film si aspettava di vedere che cosa succedesse poi, tuttavia, non si sapeva se si volesse vederlo. E se il ragazzo e la ragazza erano il proprio padre e la propria madre...

La mamma aveva osservato Jill e gli angoli della sua bocca si erano sollevati in un breve sorriso, ma i suoi occhi erano rimasti ansiosi. Avevano la stessa espressione di quando si faceva male un bambino e doveva essere confortato, un'espressione divenuta familiare negli anni, come lo erano le sue rughe sulla fronte o i piccoli anelli d'oro che si metteva tutti i giorni alle orecchie.

«Non è forse vero, Jill?» aveva insistito. «Non dovresti biasimarla. Non ha fatto niente di male. Ha commesso un errore, ecco tutto.»

«Posso entrare?» Papà aveva bussato. «Oppure si tratta di una conversazione privata?»

«No, entra. Io e Jill stiamo parlando della sua nascita.»

«Oh, davvero?» Papà si era seduto e aveva leggermente aggrottato la fronte, come se si stesse preparando ad ascoltare.

«Credo che Jill sia turbata perché la sua mamma naturale non era sposata», gli aveva spiegato. «Penso che, secondo lei, questo la renda diversa dagli altri ragazzi, dai suoi amici. Ho ragione, Jill?»

Papà si era tolto gli occhiali e poi se li era rimessi. Quel gesto gli aveva dato in qualche modo un'aria seria e saggia. La stessa che deve avere quando parla ai pazienti nel suo studio, aveva pensato Jill.

«Ascolta, coccinella», aveva detto lui. «Sto per dirti una cosa molto egoistica. Se quella povera ragazza non si fosse messa nei pasticci, noi non ti avremmo mai avuta. E tu sei una delle cose migliori che siano mai capitate a tua madre e a me. Davvero non lo sai? No?»

Jill aveva annuito.

«E credo, spero, che noi siamo stati le cose migliori per te.»

«Sì.» Ormai prossima al pianto davanti alla loro calda attenzione, Jill aveva ricacciato indietro le lacrime. «Ma ciò che ho bisogno di sapere è... Oh, mi avete detto che lei non aveva i mezzi per prendersi cura di me e credo di capirlo, tuttavia, come ha potuto fare una cosa simile? Voi ve la sentireste di dare via Mark?»

I genitori si erano guardati. Probabilmente pensando a Mark, il più piccolo dei figli, che ora si trovava nella culla, con l'orsacchiotto accanto. Quando si andava a vederlo dormire, si sentiva nell'aria profumo di borotalco.

Era stata la mamma a parlare per prima. «Sì. Se non avessimo una casa e non potessimo dargli ciò di cui ha bisogno. Lo faremmo perché lo amiamo molto.»

«Pensa a come deve averti amata per fare quello che ha fatto», aveva osservato papà. «Pensaci. E poi prova a non pensarci più, se puoi. Hai un'intera vita meravigliosa davanti a te, con tante cose da fare.» Aveva messo una mano sul ginocchio della figlia e vi aveva fatto una leggera pressione come se la possedesse, e quel gesto era stato bello. Jill voleva che la possedessero. Quando aveva coperto la mano del padre, il groppo di lacrime si era sciolto in gola.

«Vuoi sapere qualcos'altro, coccinella?»

«Be', devo finire l'albero genealogico.»

«Vediamo.» Papà aveva esaminato il foglio. «Hai due possibilità. Puoi dire all'insegnante perché non vuoi farlo, oppure...»

Si era intromessa la mamma. «Posso scrivere io un biglietto di spiegazione.»

«Sì. Oppure ancora, puoi compilare gli spazi con le informazioni che hai. Andranno bene sia l'una sia l'altra cosa.»

Si erano alzati, sorridendo e guardandola con aria interrogativa. Jill aveva capito che si aspettavano un sorriso da parte sua e, vedendoli così uniti, così solidi, si era sentita in dovere di farlo.

«È tardi», aveva detto la mamma. «Finisci il compito», aveva aggiunto poi con voce confortante. «Salta la doccia per questa sera, hai più bisogno di dormire.»

Di nuovo sola, Jill aveva preso in mano la penna. Due possibilità. Ci aveva pensato e in meno di un minuto aveva preso la decisione. Una non conduce a niente, si perdeva nell'oscurità, come in quei canyon che avevano visto qualche volta facendo escursioni alle Montagne di Jerez. L'altra seguiva una strada ben precisa che si poteva percorrere in una giornata chiara.

Perciò aveva cominciato a riempire gli spazi. Padre: Jonas Miller, nato nel 1918 a Phoenix. Madre: Irene Stone, nata nel 1920 ad Albuquerque. Nonno: Otto J. Miller, nato nel 1888...

Dire che, crescendo ed entrando infine nell'adolescenza, Jill fosse stata afflitta da pesanti dubbi sulle sue origini non sarebbe stato vero. Era troppo attiva, aveva troppi successi ed era troppo sicura all'interno della sua famiglia perché ciò avvenisse. Tuttavia, sarebbe stato altrettanto falso affermare che non fosse più stata assalita da varie incertezze.

In certe circostanze, quel problema si presentava di colpo alla sua mente dove rimaneva e la turbava finché, con uno sforzo, lei non riusciva a scacciarlo. Ma più cresceva e più difficile diventava scacciarlo.

Durante un campeggio con degli amici nei pressi di Taos, il sole l'aveva colta alla sprovvista in una giornata ventosa, ardendo attraverso le nubi al punto da provocarle vesciche dolorose.

«Le persone con la tua carnagione devono fare attenzione al sole», l'aveva gentilmente ammonita uno strano dottore. «Se hai fratelli e sorelle, di' loro di stare in guardia contro il cancro della pelle. È il prezzo che le famiglie con i capelli rossi pagano alla bellezza.»

Possibile che i suoi capelli fossero un simile marchio! A volte, Jill avrebbe quasi voluto non averli. Se fossero stati scuri come quelli del resto della sua famiglia, avrebbe pensato tanto a se stessa come faceva? Ogni volta che le capitava di vedere una donna alta e con i capelli rossi, sulla trentina, pensava: Potrebbe essere lei? Il cuore cominciava a batterle forte, per poi calmarsi al ricordo di ciò che le aveva detto la mamma sui capelli scuri e ricciuti. Allora assomigliava a suo padre naturale?

Il brutto era che tutte quelle domande non solo le procuravano quella vaga e ricorrente tristezza, ma la facevano sentire in colpa. Perché non era capace di accettare la sua vita com'era?

L'estate prima dell'ultimo anno di scuola superiore, la nonna, che aveva insegnato francese, aveva portato Jill e Lucille in Francia. Era stata una bella avventura; dovevano evitare di parlare in inglese anche tra loro. Avevano viaggiato su treni locali e pullman verso villaggi lontani dai giri turistici, passeggiato per strade di campagna e fatto picnic all'ombra degli alberi. La nonna era abbastanza giovane da stare al passo delle ragazze e loro erano abbastanza grandi da interessarsi ai musei e alle cattedrali che lei conosceva così bene.

Avevano trascorso gli ultimi giorni nel lusso, fermandosi a Eze-sur-Mer. L'albergo era pieno di tedeschi, inglesi, americani. Una sera, dopo che Lucille e la nonna erano salite in camera, Jill aveva fatto amicizia con una ragazza della sua età che, come lei, stava osservando al centro del giardino un'enorme gabbia piena di uccelli esotici. Avevano ordinato un gelato e si erano sedute sulla terrazza, a parlare.

La ragazza, Harriet, era un tipo simpatico e franco. «Sei qui con la tua famiglia?»

«Con la nonna e mia sorella.»

«Ah, è tua sorella? Non vi assomigliate affatto.»

Jill non avrebbe saputo dire perché avesse risposto: «Io sono stata adottata».

«Veramente? Anch'io.»

Per un momento, nessuna delle due ragazze aveva parlato. Poi Jill aveva detto: «Sei la sola persona che abbia mai incontrato che si trovi nella mia condizione».

«Probabilmente ne hai incontrate molte, ma non lo sapevi. La gente non ne parla. Lo so.»

«È vero. Io non l'ho mai detto prima d'ora.»

«Credo che non siano cose che riguardano gli altri, no?»

«Già, ma io penso che non sia questa la ragione.»

«No? E allora qual è?»

«Credo che sia perché noi, io, perlomeno, non vogliamo pensarci.»

Harriet aveva spostato la sedia più vicino e Jill aveva capito che quell'estranea provava la sua stessa emozione: un senso di profonda comprensione mai sentito prima con nessun altro.

«Ho detto che non voglio, ma ci penso», aveva confessato.

«Io no. Non più.»

«Non vuoi sapere almeno chi fosse tua madre?» aveva chiesto Jill, sommessamente.

«So chi era... chi è. L'ho vista.»

Jill era rimasta sorpresa. «Com'è accaduto? Dimmelo», l'aveva pregata.

«Sono nata nel Connecticut. È uno dei quattro stati che non tengono segreti i documenti.»

«Il Nebraska è tra quelli?»

«No. E lascia che ti dica che, quando i documenti sono segreti, lo sono veramente. Non otterrai niente, perciò sarà meglio che te ne dimentichi.»

«Non posso farlo. Più grande divento, più mi sembra di aver bisogno...» La voce le era venuta meno e Jill aveva taciuto.

Harriet aveva atteso un po', finché Jill non era stata di nuovo pronta a parlare.

«Dimmi, com'era quando l'hai vista?»

Harriet aveva guardato la gabbia degli uccelli da dove

provenivano grida rauche e il mare, al di là delle rocce. «Era ubriaca», aveva risposto infine, guardando Jill, dritto negli occhi. «Non l'ho mai detto a nessuno, tranne a mio padre e a mia madre, ma a te lo dico perché non ti rivedrò più e perché... be', capisco che tu abbia bisogno di sapere. Sì, era orribile. Tragica e orribile. Si è sposata... anche lui mi ha dato l'impressione di gradire l'alcol. Avevano due ragazzi, i miei fratellastri. Stavano litigando, quando sono arrivata. La casa era sporca. Non so dove sia mio padre naturale e dubito che lo sappia lei. Mi ha abbracciata, ha pianto e mi ha pregata di tornare. Tuttavia, non penso che lo desiderasse veramente. Credo che si vergognasse. Non avevamo niente da dirci.» Aveva fatto una pausa. «Era un altro mondo.»

Quelle immagini brutali avevano rattristato Jill. «L'hai più rivista?» aveva chiesto.

«Questo è accaduto tre anni fa e da allora la vedo una volta all'anno, durante le vacanze di Natale. Io vivo a Washington e sono felice di non stare vicino a lei. Ci scriviamo, anche se non c'è molto da scrivere. Loro sono... lei è... gentile e io sento... non so esattamente quello che provo, so solo che mi dispiace molto per lei, ma sono felicissima di avere i genitori che ho. Come ho detto, il suo è un altro mondo.»

«Immagino che preferiresti non averla mai vista.»

«A dire il vero, no. È molto meglio così. Almeno non faccio più sogni. Ora sono al corrente di come stanno le cose.»

La nonna stava leggendo nella camera accanto quando Jill era salita. «Ti ho vista dalle finestre e ho capito che stavi bene. Hai fatto una lunga chiacchierata con quella ragazza. È simpatica?»

«Molto. È stata adottata. Parlavamo di questo.»

La nonna era rimasta silenziosa.

«Ha conosciuto sua madre. La madre naturale.»

La nonna aveva guardato Jill al di sopra degli occhiali e il suo sguardo era stato lungo e pietoso.

«Non credo affatto che sia un bene, Jill», aveva osservato infine.

Jill era rimasta a sua volta silenziosa. «Ha detto che è stata una bella esperienza per lei?» aveva domandato la nonna.

Jill non aveva intenzione di tradire una confidenza, perciò si era limitata a rispondere: «Non lo so».

«Lo sai che potrebbe distruggere un'altra famiglia? E se adesso lei fosse sposata e non avesse detto niente della figlia al marito? E se avesse altri figli? E i suoi genitori? Il danno potrebbe essere terribile.»

«Si può sempre agire con cautela.»

La nonna si era tolta gli occhiali e Jill aveva visto nei suoi occhi un'espressione turbata.

«Tu, perché presumo che sia di te che parliamo, potresti essere respinta. Noi non vogliamo che tu sia ferita, Jill.»

«Credo che mi piacerebbe correre il rischio.»

La nonna aveva sospirato. «E c'è di più. Hai pensato a come potresti ferire i tuoi genitori?»

«Prima chiederei loro il permesso. Direi loro quanto li amo e che questo non ha niente a che vedere con loro.» Jill aveva raggiunto la nonna e le aveva messo una mano sulla spalla. «Sei irritata con me, nonna?»

«No, ma sono infelice perché tu lo sei. Ci penserai bene sopra, Jill? Pensaci e poi, se proprio devi, parlane al papà e alla mamma quando torneremo a casa.»

Jill ci aveva riflettuto, ma si era guardata bene dal parlarne al suo ritorno. Discutendo tra sé, vedeva possibilità contraddittorie. E, se la donna che l'aveva messa al mondo, si fosse rivelata una tragica delusione come la madre ubriacona di Harriet? D'altra parte, la ragazza aveva detto che, nonostante tutto, era stata contenta di sapere... E poi, naturalmente, sua madre naturale forse era la donna più piacevole della terra, gentile, saggia, bella... Viveva da qualche parte – oh, era troppo giovane per essere morta! – ma dove?

Un sabato pomeriggio buio e piovoso, Jill e la mamma, sole in casa, stavano cucinando e preparando pane e dolci da mangiare il giorno dopo a cena, con degli ospiti. Era una bella abitudine. La mamma aveva imparato da un pasticcere e ora insegnava alle sue figlie.

Ma quel giorno la mamma, che canticchiava mentre affettava le mele, sembrava distratta e diversa dal solito. Mentre si chiedeva come mai fosse così, Jill aveva sollevato gli occhi dalla farina, l'aveva guardata e l'aveva colta a guardarla a sua volta.

«È da un po' che hai qualcosa per la mente, vero?» aveva chiesto la mamma.

Jill aveva eluso la domanda. «Non so che cosa tu voglia dire.»

«La nonna ci ha parlato del discorso che avete fatto mentre eravate in vacanza. Abbiamo aspettato che tu ci dicessi qualcosa, ma non l'hai fatto. Credo che avremmo dovuto parlare noi per primi. Speravamo che tu avessi dimenticato, ma mi rendo conto che non è così.»

«Ho tentato», aveva mormorato Jill.

Sua madre si era avvicinata alla cucina a gas, aveva mosso una pentola che non ne aveva bisogno ed era tornata.

«C'è una cosa che io e papà avevamo intenzione di darti, quando avessi compiuto diciotto anni. Ma ieri sera abbiamo deciso di dartela adesso. Vado di sopra a prenderla.»

Un momento dopo, era riapparsa e aveva dato a Jill una lettera, dicendo: «Andiamo a sederci sul divano, in salotto».

La calligrafia era femminile, ma decisa. Incuriosita, ma anche agitata a causa dell'aria solenne della mamma, Jill aveva cominciato a leggere. C'era soltanto un foglio e lei lo lesse in un attimo.

Caro bambino,
spero che i genitori che ti alleveranno ti daranno questo, un giorno, quando sarai abbastanza cresciuto per

comprenderlo. La mamma che ti darà alla luce e il ragazzo che è tuo padre sono brave persone, ma sciocche, come spero tu non sarai. Eravamo troppo giovani per accoglierti nelle nostre vite. Forse siamo stati egoisti, desiderando portare avanti indisturbati i nostri progetti. Delle persone volevano che mi liberassi di te, che abortissi, ma non me la sono sentita di farlo. Tu stavi già crescendo e io ti ho lasciato crescere fino alla fine. Ho dovuto abbandonarti alla tua vita, che mi auguro con tutto il cuore meravigliosa. Ti lascerò a persone splendide che ti vogliono e che faranno per te più di quanto non possa fare io. Spero che capirai che faccio questo per amore tuo, anche se può non sembrare. Ma lo è, credimi, figlio o figlia mia. Lo è.

«Oh, mio Dio!» aveva gridato Jill. «Oh, mio Dio.» Si era coperta il viso con le mani ed era scoppiata in lacrime.

«Lo so, lo so», aveva mormorato la mamma e l'aveva stretta a sé, facendole appoggiare la testa sulla sua spalla. Erano rimaste sedute l'una vicino all'altra, abbracciate.

Più tardi, Jill si era ripresa e si era asciugata gli occhi. «Ti ho bagnato la spalla.»

«Non è niente, niente. Stai bene?»

«È una lettera bellissima... Non posso credere di averla in mano. È una così bella lettera.»

«Sì, ho pianto anch'io la prima volta che l'ho letta.»

«Se solo avesse firmato con il suo nome!»

«Cara, non capisci. È l'ultima cosa che avrebbe fatto. Desiderava la segretezza più di tutto il resto. Era spaventata. Si sentiva minacciata.»

Jill ci aveva pensato sopra per un momento, aveva cercato di immaginarsi in una situazione come quella, ma non ne era stata capace.

«Forse», aveva detto infine, «ora che è passato molto tempo, ha cambiato idea e desidera conoscermi.»

«Può darsi. Ma anche in questo caso, non so che cosa lei o tu potreste fare in proposito. È la legge.»

«Credo che sia sbagliata e non sono soltanto io a pensarla così. Ho letto che ci sono molte persone e delle organizzazioni che tentano di cambiarla. Non sei d'accordo?»

«Non ne sono certa. C'è molto da dire sul fatto di tenere un bambino al sicuro in una famiglia, con lealtà e senza conflitti.»

«Un bambino, sì», aveva ammesso Jill, sentendo nascere di nuovo in lei la voglia di agire. «Ma non un adulto. Mamma, tra qualche mese avrò diciotto anni.»

«Lo so.» La voce della mamma si era fatta triste.

Notando la cosa, Jill le aveva gettato le braccia al collo. «Mamma, tu sarai sempre la mia mamma. Hai fatto tutto per me, sei stata...»

«Oh, quando penso a quello che abbiamo passato per averti!» La tristezza aveva lasciato il posto a una risata. «Referenze e indagini, migliaia di domande. Avevamo talmente paura di non essere perfetti come l'agenzia sembrava pensare che dovessimo essere. E quando finalmente venimmo a prenderti, quell'umida giornata di novembre, nevischiava e ti dovemmo coprire come un eschimese...»

Erano rimaste sedute a parlare per il resto del pomeriggio, mentre la pioggia cadeva dalla grondaia e bagnava i vetri delle finestre e la cena rimaneva dimenticata in cucina.

Era deciso: papà sarebbe andato nel Nebraska con Jill e avrebbe scoperto il possibile.

«È tutto uguale», aveva commentato lui mentre posteggiava l'auto presa a noleggio all'aeroporto. «Mi chiedo se ci sarà ancora la signora Burt.»

Poi si era avviato per il lungo corridoio tra la biblioteca e il solarium e Jill l'aveva seguito, pensando: mia madre ha camminato qui. Proprio qui.

«Tutto bene, coccinella?» aveva chiesto lui.

«Benissimo.»

Era entrato nell'ufficio. «Voglio prepararti la strada, mostrare le mie credenziali di medico. Potrebbero avere un certo peso, chissà! E mettere in chiaro che sei venuta con il consenso dei tuoi genitori.»

Jill era rimasta seduta nell'anticamera, una stanza pulita con comode sedie e dei giornali; sembrava la sala d'attesa di un medico o di un avvocato. Viene sempre il batticuore nelle sale d'aspetto, aveva pensato.

Dopo un po', papà era uscito e aveva mormorato: «La signora Burt è andata in pensione due anni fa. Questa non è la più amabile delle persone, ma entriamo lo stesso e fa' del tuo meglio».

La giovane donna dietro la scrivania era attraente, ma non aveva sorriso quando Jill si era presentata. Aveva un'aria molto professionale.

«Tuo padre mi ha detto che cosa desideri», aveva cominciato, rivolgendosi alla ragazza. «Ma saprai che non puoi averla.»

«Io ci speravo tanto», aveva mormorato Jill.

«Le registrazioni sono segrete. Il certificato di nascita originale, non quello redatto dopo la legalizzazione della tua adozione, è nelle mani dello stato ed è segreto», aveva ripetuto la donna. Era stato come se avesse sbattuto una porta.

Jill, tuttavia, non si era data per vinta. «Ma le vostre registrazioni non sono qui? Credevo... oh, desideravo tanto sapere, soltanto sapere!» E rendendosi conto che aveva stretto le mani in un gesto di supplica, le aveva staccate e aveva continuato a parlare in tono più ragionevole. «Speravo che avrebbe capito e mi avrebbe aiutata.»

«Lei lo sapeva, dottore», aveva detto la donna, rivolgendosi al padre di Jill. Aveva modi rispettosi e tuttavia di rimprovero.

«Sì, lo sapevo, ma ci troviamo di fronte a un bisogno psicologico che non può essere ignorato.»

«È curiosità, dottore.»
«Non sono d'accordo. È qualcosa di più.»
«Se dovessimo soddisfare tutte le richieste, allora le promesse fatte alle madri naturali non avrebbero senso, no?»
Durante quello scambio di vedute, Jill aveva tenuto gli occhi fissi alla scrivania sulla quale si trovava una targhetta. Amanda Karch, vi era scritto. Poco più in là, c'era una cartelletta. Doveva trattarsi sicuramente del rapporto privato sulla sua nascita. Aveva sentito una rabbia feroce crescerle dentro. Lì, a pochi centimetri di distanza, c'era la verità e quella donna, che la conosceva e vedeva il bisogno che lei aveva di conoscerla, gliela rifiutava. Con quale diritto? Quell'insignificante burocrate, quella boriosa...
Frenandosi a stento, aveva domandato: «Esistono circostanze nelle quali le registrazioni vengono sciolte dalla loro segretezza?»
«Molto raramente. Bisogna convincere i tribunali che si ha un buon motivo; per esempio, una malattia seria difficile da diagnosticare e che potrebbe essere genetica, o gravi problemi di natura psichica che potrebbero essere una minaccia per la sanità mentale. Situazioni rare.»
«Capisco.»
«Nessuna che ti riguardi.»
Jill non aveva risposto. I suoi occhi si erano di nuovo posati sulla cartelletta e lì erano rimasti.
«Vorrei darti il consiglio di toglierti questa cosa dalla mente. Come mi ha detto tuo padre, non hai altri problemi. Dunque, sei una ragazza fortunata, no?»
«Sì», aveva risposto Jill.
Papà le aveva preso la mano prima di parlare. «È inutile dire, signorina...»
«Karch.»
«Signorina Karch. È inutile dire che siamo terribilmente delusi.»
La donna aveva fatto l'atto di alzarsi per congedarli. «Capisco, dottor Miller. Ma posso soltanto ripetervi, per il vostro bene, di togliervi questo pensiero dalla

mente. Non lasciate che questa inutile richiesta diventi un'ossessione nevrotica. Non rovinatevi la vita.»

«La ringrazio molto», aveva concluso papà.

Stavano tornando all'aeroporto, quando lui si era improvvisamente fermato sul ciglio della strada.

«Che cosa ne pensi, Jill? Torniamo a casa? Hai qualche altra idea?»

Triste per la sconfitta, lei aveva risposto con una domanda. «Quale idea potrei avere?»

«Quella di rivolgerti al tribunale.»

«Hai sentito che cosa ha detto in proposito.»

«Sciocchezze», aveva borbottato papà. «Anche se credo che sappia il fatto suo.»

«Costerebbe molto ricorrere agli avvocati, papà.»

«Non preoccuparti per questo.» Lui aveva rimesso in moto. «Non appena arriviamo a casa, mi informo. Ora andiamo a mangiare qualcosa. Cenare in aereo non mi piace.»

Era sera tardi quando l'aereo aveva cominciato a scendere in Nuovo Messico. Le *mesas* lanciavano ombre blu sul terreno rosso mattone. Per coloro che non sapevano nulla di quella terra, quei contrafforti non erano altro che immense pareti di rocce. Ma per coloro che le conoscevano bene, erano la dimora di un antico popolo. Laggiù cresceva il *mesquite*, il *piñon* si agitava al vento e il fiume scorreva. Jill aveva allungato il collo per vedere se riusciva a identificare qualche luogo familiare.

«Ricordi la volta che partimmo di domenica e Jerry dimenticò le bottiglie d'acqua?» aveva chiesto papà. «Il che mi ricorda un'altra cosa. Credo che vinceremo la battaglia per gli agricoltori a proposito di quei diritti d'acqua. È una sciocchezza toglierla alle fattorie per rifornire un albergo.»

Jill aveva colto il suo tentativo di distrarla dal problema. Le era dispiaciuto vedere papà così turbato e si era affrettata a dire: «Papà, non hai bisogno di tenermi allegra. Oggi ho perso, ma non ho intenzione di darmi per vinta».

Un paio di mesi dopo, papà aveva ricevuto i risultati della sua indagine. Non c'era alcuna possibilità di vincere in tribunale. Gli avvocati di lì, come quelli del Nebraska, erano stati chiari su quel punto. Il tribunale esigeva una giusta causa e Jill non ne aveva.

Lei aveva accolto la notizia stoicamente. Nel frattempo, era stata ammessa al Barnard College, a New York, e aveva preparato un piano d'azione. Quando fosse stata laggiù, si sarebbe rivolta a uno di quei servizi adozioni di cui aveva letto. Altri nella sua situazione avevano avuto successo, perciò c'era speranza anche per lei.

Con una certa amarezza, aveva ricordato l'avvertimento di quella gelida donna. Aveva definito la ricerca di Jill un'ossessione. Be', era soltanto una parola, una parola come tante altre.

Così aveva messo i vestiti nuovi nelle valigie, in preda a una serie di emozioni: dolore per il fatto che lasciava casa sua, eccitazione per la nuova vita che l'attendeva a New York, orgoglio per il successo ottenuto... e ossessione.

L'ufficio del servizio adozioni occupava un'ala di una casa privata in una cittadina non lontana da New York. C'erano due stanzette in ognuna delle quali si trovavano una scrivania e una fila di schedari di metallo.

«Siamo in pochi», aveva spiegato Emma Dunn. «Io sono un'assistente sociale in pensione e questo è diventato il mio progetto a tempo pieno. Vede, sono stata adottata anch'io. Il signor Riley è l'unico altro membro dello staff, gli altri sono volontari: insegnanti, psicologi, un paio di avvocati e altra brava gente. Ora si sieda e mi racconti di lei.»

Alla fine della breve storia di Jill, aveva annuito. «È il solito inizio. Ha un certificato di nascita? Non c'è bisogno di dirlo, ma mi riferisco a quello che è stato redatto dopo la sua adozione.»

«È a casa.»

«Ci serve, a meno che non conosca i nomi dell'ospedale e dell'ostetrico.»

«Li conosco, ma il medico non direbbe niente, ne sono sicura.»

«Ha detto che anche suo padre è medico. Non potrebbe mettersi in contatto con quel dottore? A volte, si fanno dei favori tra colleghi.»

Sciocchezze, aveva pensato Jill. Non funzionerebbe. In ogni caso, valeva sempre la pena di provare.

Quando aveva telefonato a casa, quella sera, papà era stato d'accordo di tentare, come lei aveva previsto. Qualche giorno dopo, l'aveva richiamata. La sua voce era risuonata triste.

«Non ha funzionato, Jill. È un uomo vecchio, che pratica ancora, e molto comprensivo. Ma non se la sente di andare contro la legge. L'ha detto chiaramente e io lo capisco. Ero persino imbarazzato per avergli fatto una simile richiesta.»

«Grazie, papà. Grazie ugualmente.»

«Per il resto, va tutto bene? Studi molto? Ti diverti?»

«Sì a tutte e due le domande. New York è magnifica. Mi sono fatta degli amici e sto bene qui, ma penso anche alle vacanze di Natale e al ritorno a casa.»

«Anche noi, cara. Ci manchi terribilmente.»

Le «vacanze di Natale» le avevano fatto venire in mente un'idea. E se, mentre tornava a casa, avesse fatto una capatina in Nebraska? Se fosse andata dal dottore di persona? Forse avrebbe potuto avvicinare un'infermiera o una segretaria. Il pensiero si era trasformato in una decisione e tale era rimasta per tutto il trimestre.

Di conseguenza, in una fredda giornata, con le montagne ricoperte di neve, si era ritrovata seduta davanti a un'altra scrivania, di fronte a un uomo con i capelli bianchi e parzialmente sordo. Le finestre illuminate del palazzo al di là della stretta strada rallegravano il pomeriggio buio. Quando aveva finito di ripeterle gentilmente, ma con decisione, ciò che le aveva già riferito suo padre, il dottore aveva osservato: «Sta guardando l'ospedale in cui è nata».

Depressa, Jill si era limitata ad annuire.

«Vorrei tanto poterla aiutare, signorina. Lo vorrei veramente. Ma se dovessi pronunciarle, poi quelle parole mi tormenterebbero. Non ho mai fatto niente al di fuori della legge e sono troppo vecchio per cominciare ora.»

«Parole? Quali parole?»

«La sua scheda. Quando suo padre mi ha telefonato e mi ha detto il giorno in cui lei è nata, sono andato a frugare tra le mie vecchie carte. Ho fatto venire al mondo soltanto un bambino quel giorno: una femmina.»

Jill aveva spalancato gli occhi. Così vicino, di nuovo così vicino, proprio lì, sulla scrivania.

Il vecchio dottore si era messo a tossire e si era chinato per aprire un cassetto. «Quelle maledette pillole. Non so mai dove siano.»

E Jill aveva allungato il collo. Su un foglio scritto a macchina aveva fatto in tempo a distinguere soltanto un nome: Peter... Alger qualcosa... Mendes. Si era ritratta nel momento in cui il dottore aveva sollevato la testa.

«Sono veramente spiacente, ma non posso aiutarla, mia cara.»

Jill era uscita dall'ufficio alla svelta per scriversi il nome. Il cuore le martellava nel petto. Se l'era immaginato o il dottore le aveva strizzato l'occhio? Le aveva dato un indizio senza contravvenire alla legge. Chiunque fosse quel Mendes, era un inizio. Forse era un parente o un amico di sua madre. O forse era suo padre.

Giunta a casa tardi, quella sera, aveva raccontato tutto ai suoi genitori.

«Peter Alger», aveva detto la mamma.

«Non Alger e basta. C'erano altre lettere.»

La mamma aveva riflettuto. «Che cos'altro potrebbe essere se non Algernon?»

«È uno strano nome», aveva commentato il papà.

«Perché sento suonare un campanello d'allarme nella testa?»

«L'hai già sentito?» aveva detto eccitata Jill.

«Mi sembra di sì. Mi sembra di aver letto quel nome su qualche periodico. Forse è un dottore che ha scritto qualche articolo su una rivista medica. Be', lunedì dirò a una delle ragazze che ho in ufficio di cercare sull'annuario. Sai, c'è l'elenco di tutti i medici degli Stati Uniti.»

«No, non è un medico», le aveva comunicato poi papà, il lunedì sera. «Eppure quel nome mi tormenta. È Algernon che non riesco a togliermi dalla mente. Forse è tutta un'immaginazione, ma mi sembra di vederlo scritto su una pagina che sto leggendo in ufficio, mentre mangio il mio panino all'ora di pranzo. E ho anche l'impressione che non sia accaduto molto tempo fa.»

«Be', che cosa leggi di solito, a parte le riviste mediche?» aveva chiesto la mamma.

«Molte cose. Tutte le riviste che metto da parte... *National Geographic, The Smithsonian* e altre. E poi i dépliant che mi interessano, Bureau of Indian Affairs, il Sierra Club, qualunque cosa abbia intorno.»

«Non lo troverai mai», aveva detto Jill.

«Non dirlo. Più ci penso e più sono sicuro di aver visto quel nome quest'anno. E di solito teniamo le cose sugli scaffali per un anno e anche più. Riempiono gli spazi e stanno bene.»

È come cercare un ago in un pagliaio, aveva pensato Jill. E tuttavia, non si poteva mai sapere.

L'inverno era passato, l'estate era arrivata e se n'era andata ed era iniziato il secondo anno di università. Jill era tornata da Emma Dunn e le aveva dato quel nome per qualunque cosa volesse farne il servizio adozioni. E poi, una sera, papà aveva telefonato.

«Non ci crederai! Ho trovato Mendes. In un articolo di archeologia indiana uscito oggi. È un professore di archeologia di Chicago. Aspetta, eccolo. Scrivi... Che cosa hai intenzione di fare? Di mandargli una lettera?»

«Gli telefonerò subito», aveva risposto Jill. «Non riuscirei a dormire questa notte se non lo facessi.»

«D'accordo, brava! Richiamaci. Facci sapere che cos'è accaduto.»

Come cominciare? «Salve, sono Jill Miller. Ho letto il suo nome su... È forse un mio parente?» No, era una sciocchezza. Meglio dirgli subito la verità.

Con le ginocchia che le tremavano, si era fatta dare il numero dal servizio informazioni e l'aveva composto. Aveva risposto una voce brusca. Dopo che aveva detto il suo nome e si era identificata come studentessa della Barnard, Jill aveva aggiunto: «Ho una strana domanda da farle. Sono stata adottata al momento della nascita e sto cercando i miei genitori. Per caso, ho avuto il suo nome e mi sono chiesta se lei non sapesse qualcosa su... su di me».

C'era stata una pausa, poi: «Dove ha trovato il mio nome? In quale stato?»

«Nel Nebraska. È là che sono nata, in una casa per ragazze madri. Ma ora telefono da New York. Lei è per caso un parente di mia madre?»

«Mi dica...» a quel punto, la voce dell'uomo non era più stata brusca «...mi dica quanti anni ha.»

«Diciannove.»

Un'altra pausa, questa volta lunghissima. Jill aveva pensato che avesse riattaccato.

«Signor Mendes? È ancora all'apparecchio?»

«Oh, Dio, sì, sono qui.»

«Signor Mendes? Conosce mia madre?»

«L'ho conosciuta.»

Jill aveva creduto che l'uomo stesse piangendo e aveva di colpo avuto paura. La testa le martellava. Alla fine, aveva parlato con un filo di voce.

«Il suo nome? Qual era il suo nome?»

Anche la voce dell'uomo tremava. «Janine, ma la chiamavano Jennie...»

Jennie. Capelli scuri e ricciuti. Ecco tutto quello che so. Ma quest'uomo, all'altra estremità del filo, conosce il resto.

Jill aveva stretto la cornetta. «Lo capisce che deve

dirmi tutto, vero? Non è giusto far soffrire la gente...»

«Era Jennie Rakowsky. Eravamo al college insieme. Aveva un anno meno di me e...» L'uomo si era interrotto improvvisamente.

Jill aveva dovuto appoggiarsi al muro. «Allora lei... lei dev'essere... tu sei...»

«Sì. Oh, sì! Mio Dio, non ci credo. Uscita dal nulla. Voglio vederti. Posso vederti? Quando?»

«Oh, puoi... puoi. Ma dov'è mia madre?»

«Non lo so. Non l'ho più vista né sentita da allora.»

Jill aveva pianto. «È terribile. Ho cercato tanto. Ho tentato in tutti i modi. Come posso trovarla?»

«Ti darò l'indirizzo che aveva a Baltimora. E il mio indirizzo. Voglio vederti. Jill, come sei?»

«Sono alta, ho i capelli rossi e lunghi.»

«Io ho i capelli rossi. Jill, dammi il tuo indirizzo e il tuo numero di telefono. Lascia che ti richiami: questa è una telefonata che ti costerà cara.»

«Non ha importanza.»

«Come mi hai trovato?»

«Ti scriverò e te lo dirò. È stato mio padre a vedere il tuo nome. Legge articoli sugli indiani, noi viviamo in Nuovo Messico...»

«Uscita dal nulla. Mio Dio, sei uscita dal nulla.»

Jill non era riuscita a dormire. Aveva chiamato casa per dare quella strabiliante notizia e il sabato aveva preso il treno per Baltimora dove si era recata all'indirizzo che Peter Mendes le aveva dato. Si trattava di una casa a schiera in una via povera. Una donna nera le aveva aperto la porta. No, non aveva mai sentito quel nome. I suoi vicini, si chiamavano Danieli, abitavano lì da anni e forse sapevano qualcosa. Oh, sì, loro si ricordavano dei Rakowsky, ma si erano trasferiti da diversi anni, dopo che il padre era morto. Jennie Rakowsky era una ragazza dolce, graziosa e molto intelligente. No, non avevano idea di dove si trovasse.

La domenica, Jill aveva telefonato a Peter Mendes per metterlo al corrente della situazione.

«Ieri ho pensato a una cosa, Jill.» Lui era eccitato. «Ti ho telefonato, ma tu eri già partita. Eccola. Jennie desiderava diventare avvocato. C'è un annuario nazionale degli avvocati. Sono stato uno stupido a non pensarci prima. Oggi è domenica, perciò non posso cercare, ma domani mi metterò subito all'opera e ti farò sapere.»

Lei non era riuscita di nuovo a dormire. «Dolce, graziosa e molto intelligente», avevano detto. Lui era alto e aveva i capelli rossi. Persino per telefono, si poteva capire che era sensibile e buono. Peter e Jennie. Jennie e Peter. Aveva camminato per tutta la giornata, non facendo che pensare a loro.

Sul tardo pomeriggio, Peter aveva telefonato. «Jill, pensa, è a New York! È un avvocato, ha realizzato il suo sogno. Ho il suo indirizzo da darti.»

Jennie a New York. Per un anno intero siamo state tutte e due qui e io non lo sapevo. Quando lo dirò a papà e alla mamma... Devo dirglielo questa sera stessa.

«Jill, penso che dovresti andarci piano. Lei voleva la segretezza, insisteva. Non devi telefonarle come hai fatto con me. Sarebbe uno choc troppo grande.»

«Non avrei agito come ho fatto con te, se avessi saputo chi eri.»

«A me non ha fatto alcun male, ma potrebbe farlo a lei. Forse ha una famiglia, probabilmente ne ha una. Vacci piano.»

«Sì. Oh, sì! Sono in contatto con un servizio adozioni. Chiederò a loro di telefonarle.»

«Buona idea. E io mi terrò in contatto con te. Muoio dalla voglia di vederti. Mandami una fotografia e io ne manderò una a te. Jill, tutto questo è reale? Continuo a chiedermelo...»

Emma Dunn aveva chiesto al signor Riley di ascoltare la storia di Jill. La ragazza gliela aveva raccontata velocemente, incespicando nelle parole, rossa in viso, le mani in continuo movimento. Si era accorta che erano entrambi commossi.

«Devo vederli! Andrò a Chicago a vedere Peter, ma

prima voglio incontrare Jennie! Ma ci pensate! Così vicino. Forse posso raggiungere a piedi la casa in cui abita.»

«Be', non lo faccia, Jill. Lasci fare a noi. Abbiamo visto tanti di questi incontri concludersi con grande dolore. Non voglio dire che sarà lo stesso per lei», si era affrettata a correggersi Emma Dunn. «Facciamo le cose per bene, in modo che non finisca in quel modo.»

Ma l'attesa e la gioia erano soffocanti. Le cose erano andate così bene dopo un lungo anno di tentativi falliti che Jill si era sentita libera di pensare che non ci sarebbero stati altri ostacoli. Ragione per cui, il colpo era stato ancora più grosso quando il signor Riley l'aveva chiamata per dirle che Jennie Rakowsky voleva soltanto essere lasciata in pace.

«Dice che non si può cambiare ora ciò che è stato fatto diciannove anni fa.»

«Ha detto così?» aveva chiesto Jill.

«Sì, ma ciò non significa che non cambierà idea. Lasciamole un po' di tempo per pensarci sopra.»

«Crede che sia perché ha altri figli?»

«Non lo so. Lo scopriremo.»

«Come?»

«Abbiamo i nostri metodi. Le farò sapere. E, Jill, non sono rimasto sorpreso, perciò non lo sia neppure lei. Accade sempre così, l'avevo avvertita.»

Quando Jill aveva telefonato a casa, papà le aveva detto la stessa cosa e la mamma aveva aggiunto: «Temevamo che potesse accadere. Spero che tutto vada bene per te, ma, Jill, se non dovesse essere così, devi accettarlo. Non puoi lasciarti distruggere da questo. Accontentati di Peter, a Chicago».

Peter l'aveva chiamata e l'aveva confortata. «Tutto si aggiusterà», aveva affermato allegramente. «Abbi pazienza.» Jill se l'era immaginato all'altra estremità del filo, giovane, un po' troppo allegro per il suo dolore, non paterno come papà, ma affettuoso. E gli era stata grata.

Erano passati giorni, una settimana, altre settimane. La successiva telefonata gliel'aveva fatta Emma Dunn per dirle che aveva tentato di nuovo di parlare con Jennie, ma senza nessun successo.

«Non si dia per vinta. Ho provato soltanto due volte, Jill. Telefonerò di nuovo. Non ha né marito né figli. Ho la sensazione che alla fine dirà di sì.»

Ma Jill si era sentita assalire dall'impazienza. Era come se, dopo aver percorso una maratona, le mancasse soltanto mezzo miglio; il traguardo era là, ma le sue gambe erano così stanche e il respiro così corto. Tuttavia, doveva fare il grande scatto finale; non doveva mollare ora. Al diavolo i consigli di agire con cautela. Non avevano più importanza né i suoi genitori né Peter, né Riley né la Dunn. Doveva andare e basta.

Così, una sera dopo cena, era salita in camera, si era fatta la doccia e si era cambiata per presentarsi nelle migliori condizioni. Aveva chiamato un taxi. Starò calma, si era detta e, mentre lo faceva, aveva creduto di sentire rallentare i battiti del suo cuore. Era entrata in una casa, aveva salito alcuni gradini e aveva suonato un campanello.

Una voce di donna aveva chiesto: «Chi è?»

«Sono Jill. Posso entrare?»

7

Con le braccia e le gambe divenute come di gomma, appoggiandosi con la mano sinistra al muro, Jennie aprì la porta. La luce del soggiorno investì una ragazza giovane e alta. La prima cosa che vide furono i capelli. Una massa di splendidi capelli ramati, mossi, lucenti. Rossi. Capelli rossi.

Si appoggiò alla parete, gli occhi fissi, una mano sul petto contro il quale il cuore batteva all'impazzata. Batteva sì, ma avrebbe anche potuto fermarsi.

«Mi dispiace», disse debolmente la ragazza. «Mi dispiace... Stai per svenire?»

Jennie si raddrizzò. Per la frazione di un istante, si vide, al di fuori di se stessa, vivere un sogno, un incubo dal quale si sarebbe svegliata con gratitudine verso la luce del giorno e la realtà. E nell'istante successivo, nuovamente in sé, vide che quella era la realtà: che la ragazza era viva e reale e pronta a varcare la soglia. Si fece da parte, con le gambe ormai sul punto di non sorreggerla più.

«Entra», mormorò.

Rimasero in mezzo alla stanza, l'una di fronte all'altra, a un paio di metri di distanza. Non c'erano sensazioni in Jennie, tranne una spaventosa consapevolezza di paralisi. Frammenti di pensieri volteggiavano come foglie morte verso il suolo. Che cosa dovrei fare? Che cosa dovrei sentire? Sono paralizzata. Non sono in grado né di fare, né di sentire, non vedi? E poi, questo potrebbe anche essere un errore. Sì, naturale, si tratta di un errore. Sì.

Ma ci sono i capelli. Quante persone hanno capelli come quelli? Guardale il viso. Guarda quel viso per te sconosciuto.

«Stai pensando che non sei sicura di chi io sia. Ma sono nel posto giusto. Sono Jill. Victoria Jill. Ti hanno parlato di me.»

«Sì», rispose Jennie con una voce che non produsse alcun suono. Cosicché fu costretta a ripetere: «Sì».

C'erano ancora i due metri a separarle, quasi la metà della piccola stanza.

«Hai bisogno di sederti», osservò la ragazza. «Stai tremando.»

Si mossero verso le sedie ai lati del divano. Adesso erano ad appena un metro l'una dall'altra.

Mi sta guardando, pensò Jennie. I suoi occhi si stanno spostando dai miei piedi al mio viso. Vuole incontrare i miei occhi, ma ho visto un luccichio nei suoi e io non posso sopportarlo. Non sono pronta alle lacrime. Devo voltarmi.

E tuttavia non ci siamo toccate, neppure sfiorate le mani. Se questo fosse un film, avremmo dovuto abbracciarci e piangere, ma mi sento ancora vuota. Distoglie lo sguardo verso la finestra, che è buia, tranne che per una striscia di luce che proviene dalla tenda sollevata della finestra di fronte, al di là della strada. Guarda verso la luce. La sua camicia bianca di seta ha il collo basso. Le vedo i muscoli della gola contrarsi quando deglutisce. Il suo viso è stretto, sottile, minuto, delicatamente cosparso di efelidi sul naso, che è piccolo, ma leggermente adunco. Non come il mio. E nemmeno come quello di Peter. I suoi occhi sono scuri con ciglia folte e il bianco è chiaro, quasi azzurro. Pezzo per pezzo, e tuttavia ancora incredula, la sto sezionando.

La ragazza si girò all'improvviso. «Deve essere terribile per te. Mi dispiace.»

E Jennie, la forte Jennie, la Jennie che tanto orgogliosamente affrontava i momenti di crisi, fu incapace di rispondere.

«Vuoi qualcosa? Dell'acqua? Un cognac?»

«No. Grazie, no. Sto bene.»

«Sicura?»

«Sto bene. Davvero.»

Jennie ascoltò il silenzio e il clamore dei propri pensieri. La sirena di una macchina dei pompieri ululò nella strada, di sotto, e quando l'auto passò, il silenzio si fece anche più profondo. Senza pronunciare una sillaba, Jennie stava parlando a se stessa: comincia a farmi male la testa. È come se mi battesse un martello dalla fronte alla nuca. Mi porto la mano alla fronte, come se potesse fermare il dolore. Penso che, se non fosse malato, avrebbe potuto essere Jay a suonare alla porta, un minuto fa. E sarebbe qui con noi, adesso. La scena è assolutamente inimmaginabile... Guardo di nuovo la ragazza, mia figlia, seduta sulla mia sedia. Adesso sembra preoccupata. Forse ha paura che mi senta male. Non saprebbe che cosa fare. Non capisce – come potrebbe? – che è una bomba lanciata nella mia vita.

La ragazza parlò. «Non hai intenzione di dire niente? Vuoi startene lì semplicemente a guardarmi?»

Il velato rimprovero fu stemperato da un piccolo sorrisetto triste, da un lieve aggrottare della fronte, o di ciò che si vedeva sotto i capelli.

La risposta di Jennie arrivò da sola. «Ti dispiace se ti guardo?»

«No, certo che no.» Jill si sporse verso di lei, sostenendosi il mento con una mano. «Be', che cosa pensi di me?»

Jennie teneva gli occhi spalancati per impedire alle lacrime di formarsi. «Sei bella...»

«Sei bella anche tu... Oh, senti che tutto questo è inverosimile? Riesci a credere che eravamo nella stessa città da più di un anno e non lo sapevamo? Io non ne avevo idea. Ho sempre pensato che tu fossi da qualche parte nel Midwest, dal momento che ero nata nel Nebraska.»

Con quanta calma parla! Che contegno! Chiunque penserebbe che siamo due conoscenti che, dopo molti anni, si sono incontrate nuovamente e per caso. Dentro però, forse, trema come me. Ma si domina e tiene testa a questa situazione molto meglio di me. Le mie mani tremano ancora, mentre le sue sono ferme sui braccioli della sedia.

«Sono nata e cresciuta a Baltimora.»

Preparati adesso a centinaia di domande. È venuta per questo. La sua mente, a forza di viaggiare a ritroso, deve essere tutta un groviglio di domande.

Adesso Jennie cominciava a immaginare quale dovesse essere stato il dolore della ragazza. Immagina come dev'essere a non sapere chi sei! Ricorderò papà per tutta la vita: i suoi baffi; le sue mani gentili; la sua voce così rauca e uniforme quando rideva. E la mamma. Rotonda, allegra, sempre pronta a consigliarmi, chiacchierona...

«Noi viviamo ad Albuquerque.»

«Sapevo che eri da qualche parte, nell'Ovest. Mi chiedevo dove.»

«È bella, ma New York è stupenda per me. Sono stata all'opera e al museo d'arte moderna. Dappertutto. È meravigliosa.»

Il suo controllo stava perdendo forza. Non ancora pronta ad affrontare la verità, vuole prima toccare cose neutrali, chiacchierare, arrivare gradatamente al cuore della faccenda. D'altra parte, anche per me è l'unica via possibile.

«E così il college ti ha dato la possibilità di vedere New York.»

«Ci sono già stata una volta. Mia nonna mi ha portata in Europa come regalo per il mio diploma e ci siamo fermate qui per qualche giorno.»

«Un bellissimo regalo.» Com'è stata banale e ordinaria la mia osservazione, mentre sento il cuore che impazzisce!

«Lo so. E questa è stata l'altro regalo. La borsa. L'ha comprata per me a Parigi.»

Una grossa borsa Vuitton giaceva ai piedi della ragazza. «Lo so che è bella, ma non è che io ci tenessi molto.»

Parigi. Vuitton. La ragazza – doveva smetterla di chiamarla, anche mentalmente, «la ragazza» – aveva un bell'orologio a braccialetto e portava due minuscoli brillanti alle orecchie, cose che Jennie non aveva mai avuto e mai avrebbe potuto avere.

Ma un minimo di commento era indispensabile. «È di una giusta dimensione. Ci puoi mettere perfino un paio di libri.»

«Oh, la uso, perfino al campus, qualche volta. Abbiamo un bel campus in città. Dovresti vederlo. Mai stata?»

«No», rispose Jennie. Ci sono stata questo pomeriggio, sperando di vederti. Sperando di non vederti.

«Be', dovresti, qualche volta.»

Stiamo girando attorno alle cose, ci avviciniamo piene di paura al centro, dov'è il coltello.

Jill aprì la bocca e la richiuse, poi la riaprì. «Poco prima che prendessi il diploma: è stato allora che la mamma mi ha dato la tua lettera.»

«La mia lettera?»

«Quella che scrivesti prima che nascessi. Quella che mettesti nella scatola dei vestitini.»

«Ah, quella. Sì.»

Jennie se ne era dimenticata. Era dunque vero che si poteva rimuovere dalla mente tutto quello che si voleva, qualsiasi cosa dolorosa da ricordare.

«Eravamo in casa sole, un pomeriggio. Si sedette con me e aspettò che la leggessi. Piangemmo tutt'e due.»

«Non riesco a ricordare quello che scrissi.»

«Vuoi che te lo dica? Me la ricordo a memoria.»

Jennie sollevò una mano. «Oh, no! Ti prego, no.»

Non voglio finire in pezzi. Adesso che mi ha detto tutto questo, dovrò continuare a vederle, lei e la donna che è sua madre... Su una veranda, ha detto. Nude montagne. *Mesas* rosse. Albuquerque è su una *mesa*? Suono di campane nel vento. Cactus che crescono sul prato. C'è un'altalena sulla veranda. Sono seduti in due. La donna tiene il braccio attorno alle spalle della ragazza. Vedo che ha un viso pensieroso, un viso da intellettuale, con una striscia grigia nei suoi capelli scuri. Non so perché la vedo così.

«Quel giorno capii che dovevo assolutamente trovarti», continuò Jill.

«Non prima?»

«No. Ma una volta che l'idea mi si formò nella mente, non riuscii più a liberarmene. Dovevo sapere da dove venivo.»

«E i tuoi... genitori?»

«Se erano preoccupati? No. Capirono.» Jill fece una pausa. «I miei capelli rossi... sono così vistosa tra gli altri della mia famiglia. Non so se capisci quello che voglio dire.»

Quei gloriosi capelli. Pover'anima, si domandava da dove venissero.

«Hai i capelli di tuo padre», disse Jennie. E anche lei fece una pausa. «Erano comuni in quella famiglia. Forse assomigli un po' a loro... Non li conoscevo bene.» Poi farfugliò: «È doloroso per me parlare di loro».

«Non hai bisogno di farlo. Parlami di te.»

«Di me?» ripeté Jennie con un acuto senso d'amarezza dentro. «Tutta una vita in una sola sera?»

«Ci saranno altre sere, Jennie. Ti dispiace se ti chiamo così? Non me la sento di chiamare mamma due donne nello stesso tempo.»

«Figurati.»

A dire la verità, sarebbe assurdo chiamarmi mamma. Non sono stata una madre. Ha detto «altre sere». Dovevo aspettarmelo. Fatto il primo passo, ne seguiranno altri. Non si può stare fermi nello stesso posto. Perciò la strada si allunga, senza fine, a meno che non vada a sbattere contro un muro di pietra. Adesso aspetta la mia storia. Ha incrociato le caviglie. È un segno di modestia, tuttavia so già che questa ragazza... Jill... non è modesta. Ma neppure io.

«Vieni da Baltimora, hai detto.»

«I miei genitori erano poveri ebrei che venivano dall'Europa, sopravvissuti ai campi di sterminio. Avevamo poco, ma stavamo bene. Mio padre è morto, mia madre vive in Florida. Non ho fratelli, né sorelle...» Jennie si fermò, senza fiato.

Tutto questo è pazzesco. Noi due, qui, che conversiamo. Surreale. Come gli orologi di Dalí, le visioni, le case lontane, il tempo perduto. E io, riluttante, come sul divano di un medico, che risveglio ricordi confusi da lungo tempo messi a dormire.

«Scusami», proseguì Jennie, asciugandosi le lacrime. «Di solito non piango.»

«Perché? Non c'è niente di male nel piangere.»

«Temo che, se comincio, non la finisco più.»

Questa ragazza è forte, intelligente, controllata. È lei che conduce il gioco, questa sera, e io la seguo. Non ci sono abituata.

Jennie ripiegò il fazzoletto bagnato e si mise ritta sulla sedia dicendo quasi timidamente: «Non so come continuare».

La risposta fu tranquilla, ma pronta. «Penso... spero che tu possa dirmi perché non hai voluto vedermi, perché hai resistito tutte queste settimane. Non è stata mia intenzione forzarti venendo qui, ma non c'era altro modo.»

«Era...» Jennie si fermò. «Voglio dire, è impossibile affrontare, ricordare...»

Mi ha stretta all'angolo. In un tribunale sarei in grado di sganciarmi. Nessuno mi ha ancora intrappolata, in un tribunale. Ma questa ragazza non mi lascerà andare. E adesso è nella mia mente, cosicché non potrò più dimenticarla. Vedrò il suo viso per sempre, sentirò la sua voce. Parla bene. Una buona dizione è così importante! I giovani d'oggi si mangiano le parole, parlano così male... E siede con grazia, alta, nella sedia. Andrebbe bene nella famiglia di Peter... Non è un'ironia? Oh, questo mal di testa non andrà più via.

In quel momento, Jill disse: «Volevo tanto avere un posto nella tua vita, farne parte».

Jennie ansimò. «Come potrebbe essere? È troppo tardi. Troppo tardi per noi. Tu non... voglio dire, nessuna di noi due può avere posto nella vita dell'altra.»

«No, hai detto bene prima. Tu potresti avere posto nella mia. Ma non vuoi me nella tua. Hai detto così a chi ti ha telefonato.»

«Non ho detto una cosa del genere.»

Come sono stati crudeli, stupidi a dirglielo! E tuttavia l'ho detto, no? Ho detto loro di lasciarmi in pace. Guardala... La sua pelle è come latte; le vene azzurre alle tempie, dove i capelli ricadono, sono così sottili. Racchiudono la sua linfa vitale... Adesso è offesa, ferita... Avevo ragione fin dall'inizio. Era meglio che nessuna di noi sapesse dell'altra.

Jennie addolcì il tono della voce. «Volevo dire che è difficile – sì, ho detto impossibile – instaurare un qualsiasi rapporto dopo diciannove anni. Ecco che cosa volevo dire.»

«Potremmo tentare. Adesso, per esempio, possiamo cercare di comunicare.» Jill guardò l'orologio. «Sono solo le nove. Potresti dirmi molto nelle prossime due ore. Se vuoi», concluse.

Jennie sospirò. «Farò di più. Traccerò il mio albero genealogico e te lo manderò. Ti scriverò degli aneddoti, tutto quello che so della mia famiglia. Quanto all'altra, non potrei dirti molto. So soltanto quel poco che lui stesso mi ha detto, che erano del Sud... Degli ebrei aristocratici, potremmo definirli. Non ne so di più.»

«Non importa. Ho già parlato con Peter e lui mi ha detto tutto.»

Jennie la fissò. «Tu... che cosa?»

Jill la fissò a sua volta. «Ho cercato anche lui così come ho cercato te. Abbiamo parlato molto al telefono nelle ultime settimane. È a Chicago e mi ha chiesto di raggiungerlo il prossimo weekend. Era così eccitato, lui, quando quelli del servizio adozioni gli hanno telefonato. Ha voluto mettersi in contatto con me lo stesso giorno, lui.»

Sbalordita e confusa, Jennie non poteva fare altro che lasciarsi investire da quelle parole come da dell'acqua gelata.

«Abbiamo molto in comune.» La voce della ragazza, levatasi di tono, conteneva una nota di trionfo. «È un archeologo. Non lo sapevi, vero? È un professore. E siccome una volta sono andata a vedere uno scavo, in Israele, abbiamo avuto di che parlare. Mi è sembrato una persona meravigliosa. Sono ansiosa di vederlo.»

Dopo lo choc, arrivarono i pensieri e Jennie cominciò a vedere più chiaramente la giovane persona che sedeva di fronte a lei. Una ragazza straordinariamente determinata, e furba, anche. Si era tenuta dentro la storia di Peter fino a quando non aveva prima sentito che cosa Jennie avesse avuto da dirle.

«Sono felice per te, Jill», disse, cauta. «E per lui, se è questo che vuoi. Spero che ne nasca qualcosa di buono.»

«Perché non dovrebbe essere così?»

«Non lo so esattamente, perché non so nulla di Peter. So soltanto che una vita può avere molte complicazioni...»

«Come è stato per te?» Gli occhi di Jill, severi, incontrarono e sostennero lo sguardo di Jennie.

Anche Jennie vi riuscì. «Sì, come è stato per me.»

«Ma non mi dirai quali siano.»

«No. Le mie complicazioni sono soltanto mie.»

Il momentaneo silenzio che seguì fece paura a Jennie che aprì la bocca per romperlo. Ma Jill parlò per prima.

«Vuole vederti.»

Jennie sobbalzò. «Chi? Peter? Vuole vedermi?»

«Sì, dice che, adesso che ho fatto il passo, sarebbe una buona cosa per tutti noi. Verrà a New York durante l'interruzione del semestre.»

«Oh, no! Oh, no! Non dovete farmi questo!»

«Non so come tu possa impedirlo. Lo desidera, me lo ha detto.»

«Non voglio, lo capisci?» gridò Jennie, furibonda. «Non voglio sopportare questa violenza!»

Intrappolata e presa. Di nuovo Peter, richiamato dal mondo dei morti. Nella stanza accanto, distesi sul letto, ci sono i vestiti per una luna di miele. La luna di miele dell'impostora... Jay... Oh, mio caro, mio caro, finirò per perderti? Oh, sono decisa a lottare e tuttavia so che perderò. Vedo la scritta sul muro. La vedo.

«Che cosa state cercando di farmi, voi due?» gridò.

Jill prese la borsa Vuitton dal pavimento e si alzò. I suoi occhi erano pieni di lacrime, ma quando parlò lo fece freddamente.

«Non sei affatto come speravo che fossi. Non pensavo che saresti stata così.»

Anche Jennie si alzò. «Come pensavi che sarei stata?»

«Non lo so, ma non così.»

Tremanti di tensione, le due si fronteggiarono.

«Sì», riprese amaramente Jill, «lo so. Pensavo che almeno... almeno che mi avresti baciata.»

E Jennie pianse. Dolore e angoscia le strinsero la gola. «Oh», disse, incoerente, «vieni qui così... tanto che non credo ai miei occhi... diciannove anni. Apro la porta. E adesso anche lui... Non riesco a pensare... Certo che ti bacerò.»

Jill arretrò. «No. Non così. No, se devo chiedertelo.»

Le lacrime le solcavano ora le guance. Aprì la porta e corse via.

«Aspetta!» gridò Jennie. «Non andartene così! Oh, ti prego...»

Ma la ragazza se ne era già andata. I suoi passi risuonavano giù per le scale. La porta esterna sbatté e il rumore echeggiò nella casa. Per un lungo minuto, Jennie rimase in ascolto dell'eco, poi tornò dentro e si sedette con il viso tra le mani.

Il senso di irrealtà di prima tornò. Non poteva essere accaduto. E tuttavia sul pavimento c'era il rossetto della ragazza, prova inconfutabile della sua presenza. Forse era rotolato via dalla borsa quando, sul punto di mettersi a piangere, Jill aveva cercato un fazzoletto. Lo prese: Marcella Borghese, Rimini Rose Frost. Lo tenne nel palmo della mano. Divenne caldo intanto che Jennie pensava al sorriso della ragazza, alla sua rabbia, ai suoi bellissimi occhi, alle sue lacrime.

Ho letto la lettera arrivata con i vestitini...

Una bambina che cercava sua madre. Povera bambina.

Ma lei aveva una madre, aveva sempre avuto una buona madre. Perché me, adesso?

Tu sai perché. Non chiederlo.

Povera bambina.

Ma rovineranno ogni cosa. Lei e Peter. Peter che ritorna dal mondo dei morti.

Come faccio a tenerli separati da Jay? E Peter come osa... come osano tutti e due farmi questo?

Parecchio tempo dopo, Jennie si alzò, spense la lampada e prese un Valium dall'armadietto dei medicinali. Soltanto un'altra volta in vita sua, per un intervento chirurgico alla radice di un dente, aveva preso un tranquillante. Quella notte, però, avrebbe preso qualsiasi cosa che avesse potuto dissolvere la confusione e la disperazione che aveva dentro.

La mattina dopo, sentì la mente più sgombra. L'importante, si disse mentre prendeva un caffè nella sua piccola cucina, è avere sempre la testa sulle spalle.

Ma Jill se n'era andata via piangendo e aveva attraversato la città immersa nell'oscurità. Era necessario scusarsi! Non ricordo esattamente che cosa ho detto, pensò Jennie. So soltanto che ero fuori di me. Bisognava fare qualcosa. Una chiacchierata con calma e buonsenso. Potremmo andare a pranzo da qualche parte e potrei spiegarle meglio le cose. Saremmo entrambe meno emozionate la seconda volta, credo.

Stava per prendere la rubrica telefonica quando il telefono squillò.

«Buongiorno», esordì Jay. Uomo incredibile, era una di quelle persone che, quando si alzano, sono allegre e piene di energia. «Un miracolo! La febbre è scomparsa e mi sento bene. Che ne diresti di fare un po' di jogging nel parco oggi che è domenica? I bambini sono con i nonni tutto il giorno.»

Jennie rifletté velocemente. «Oh, caro, credevo che fossi ammalato e ho fatto altri progetti.»

«Oh, diavolo, quali altri progetti?»

«Io... C'è in città un'amica di mia madre che è venuta da Miami. Devo portarla a un museo o qualcosa del genere. Dobbiamo pranzare insieme.»

«Be', posso farcela. Vi porterò entrambe a pranzo.»

«Si tratta di una vecchia signora, Jay, ti annoieresti a morte.»

«Che cosa ti fa pensare che odio le vecchie signore? Senti, un giorno sarai una vecchia signora e non credo che ti odierò.»

«In tutta onestà, sarebbe terribile per te. E poi, a dire il vero, sono due e una ha il marito. Sono carini, ma incredibilmente noiosi.»

«Si incontrano un sacco di persone noiose, quando si ha a che fare con la legge. Ci sono abituato.»

«Sì, ma perché trascorrere una domenica infernale? E poi, hai avuto la febbre, ieri sera, e dovresti almeno rimanere in casa per un giorno.»

«Insomma, mi respingi», si lamentò lui, scherzoso.

«Sì, per oggi ti respingo. Torna a letto e rilassati. Ti chiamerò più tardi.»

Jennie riattaccò. Già menzogne e sotterfugi. Mi odio per questo. Ecco che cosa succede a dire bugie. Cominci con una e non la finisci più.

Ciononostante, compose il numero della Barnard. Ora, mentre aspettava che Jill venisse al telefono, ebbe un ricordo degli odori del dormitorio, borotalco e un pungente odore di disinfettante, poi dei rumori, musica rock, squilli di telefono e ticchettio di tacchi alti. Vedeva Jill che percorreva il corridoio, i capelli che si sollevavano dalle spalle mentre correva, ansiosa di rispondere alla chiamata di qualche ragazzo o di casa.

«Jill», disse, «sono Jennie.»

«Sì?» la voce era fredda.

Dillo senza tanti fronzoli. «Ero preoccupata per ieri sera, volevo sapere se eri tornata bene.»

«Sono tornata bene.»

«Mi dispiace di essere stata dura con te. Pensavo che forse tu e io potremmo fare una chiacchierata e chiarire un po' le cose. Che ne dici?»

«Be'...» Ora il tono era cauto. «Quando?»

«Oggi. A pranzo, pensavo. Verso l'una.» Jennie decise velocemente; meglio un posto nel West Side dove nessuno degli amici di Jay, che vivevano per lo più nell'Upper East Side, sarebbe andato a passeggiare di domenica. «L'*Hilton* della Sesta Avenue, nella Cinquantatreesima strada. È un locale simpatico e non ti mettono fretta. Ci vediamo là.»

«Ci sarò.»

«E, Jill... sarà più facile per tutte e due, questa volta.»

«Lo spero.» Un attimo d'esitazione. «Sono contenta che tu mi abbia chiamato, Jennie.»

Parleremo con calma, si disse Jennie. Lei è abbastanza grande e sicuramente abbastanza intelligente da capire che la gente vive le circostanze in modi diversi, che bisogna tenerne conto.

Jennie era fiduciosa mentre aspettava nell'atrio del grande albergo. Era sempre stata un'osservatrice e quel giorno lo era in modo particolare.

Ecco una bella donna petulante con un marito stanco, un uomo di mezza età che spingeva una ragazza su una carrozzella, una giovane coppia raggiante con un modesto bagaglio da viaggio di nozze, due uomini d'affari che discutevano e una madre imbarazzata alle prese con un bambino capriccioso. Flusso e riflusso e sopravvivi.

Vide Jill prima che la ragazza la vedesse. Non si era resa conto, la sera prima, di come fosse alta. L'altezza, come i capelli, Jill li aveva presi da lui. Aveva un bel portamento, un passo lungo e disinvolto, una gonna a quadri e una giacca color cammello. Per un momento, gli uomini d'affari smisero di discutere e si voltarono a guardarla.

Qualcosa si sciolse in Jennie. «Sorpresa dalla gioia.» Chi aveva scritto quelle parole? Quella persona che si avvicina a me ora, mi appartiene! Spalancò le braccia e questa volta Jill vi si rifugiò.

Rimasero così, ridendo e piangendo, finché non fu Jennie a parlare. Un'ondata di energia e di speranza la sommerse e strinse le mani di Jill.

«Non l'avevo detto che sarebbe andata meglio, oggi? Lo sapevo! Vieni, mangiamo e parliamo.»

In sala da pranzo, tuttavia, si fecero improvvisamente silenziose.

«È buffo, non so da dove cominciare», spiegò infine Jill. «È quello che hai detto tu ieri, no?»

«Lasciamo che le cose vengano da sole.»

«Ma non vengono.»

«D'accordo, ho un'idea. Parlami della tua prima volta a New York.»

«Be', eravamo al *Plaza*. Da bambina, ho letto tutti i libri d'Eloise, perciò volevo vederlo. Mangiammo nella Oak Room dove l'eroina di quei romanzi doveva aver cenato qualche sera. E una volta andammo in un ristorante francese, il *Lutèce*, credo, e ordinammo l'anatra all'arancia e due dolci.»

Sembra più giovane di come mi è parsa ieri sera, pensò Jennie. Non devo fissarla così, si rimproverò e incominciò invece a imburrarsi un crostino.

«Mi piace tutto ciò che è francese. Naturalmente, sono felice di essere americana, ma se non lo fossi, vorrei essere francese. Mia nonna insegnava francese prima di andare in pensione.»

«Davvero? Mia madre parla francese... non benissimo. Viveva in Francia prima che arrivassero i nazisti, ma ha dimenticato molte cose. Se non lo parli, si sa...»

«Vorrei che tu mi parlassi ancora di lei.»

«Be', lo farò. Ma è una lunga storia.»

La mamma resterebbe sorpresa da tutto questo, poi piangerebbe.

«Passammo un bel periodo in Francia», proseguì Jill. «Bellissimo. La nonna sapeva dove andare.»

«Sembra un tipo divertente.»

«Ci divertiamo sempre in famiglia. Ti piacerebbe vedere qualche fotografia? Ne ho portate una busta piena.» Jill si sporse sul tavolo. «Eccone una di tutti noi, scattata l'estate scorsa in occasione del compleanno di papà.»

Otto o dieci persone un po' in piedi, un po' sedute sui gradini sotto una porta ai lati della quale c'erano dei cespugli in fiore. In un angolo, in primo piano, si vedeva un barbecue. La scena di una famiglia americana, Grant Wood, ma contemporanea. Jennie si scoprì una punta di gelosia e si affrettò a scacciarla.

«Tutti quei bambini...» cominciò.

«Non è incredibile? Mamma ne ha avuti quattro, senza problemi, dopo che mi hanno adottata. Ma so che accade spesso. Questo è Jerry, ha un anno e mezzo meno di me. Questa è Lucille, ne ha quindici, questa è Sharon, dodici, ed ecco Mark, il piccolo. Ne ha sette.»

«E questa è tua madre?»

«No, è zia Fay. La mamma è qui, di fronte a papà.»

Eccoli, un uomo dall'aspetto molto comune e una donna in maglietta e calzoncini, che sorridevano alla macchina fotografica, strizzando gli occhi contro il sole. Erano quelli i genitori che avevano stretto e guidato la mano che ora sfiorava quella di Jennie, mentre passavano in rassegna le fotografie.

Era necessario qualche commento. «Sembrano giovani.»

«Più giovani di quanto non siano. Si comportano da giovani. Sono persone felici... Sai, mi fanno tristezza le persone che hanno delle famiglie sballate. Metà della gente che incontro sembra provenire da case dove nessuno ride. O dove si odiano l'un l'altro.»

«Lo so.»

«Ti sei mai sposata, Jennie?» Il tono e lo sguardo erano infantilmente schietti. In una persona più vecchia sarebbero apparsi scortesi.

«No», rispose Jennie, sedendosi a disagio, ma cercò di non darlo a vedere mostrandosi piena di entusiasmo. «Hai altre fotografie?»

«Be', vediamo. Eccone una. Andiamo molto a sciare. Basta fare un'ora di strada.»

Dietro al gruppo e tutt'attorno si vedevano delle montagne, con le cime arrotondate o appuntite come giornali che qualcuno avesse stropicciato e gettato a terra, scure, del colore della cenere accanto alla neve.

«Una volta immaginavo che fossi in California», disse Jennie. «Continuavo a vedere il Pacifico.»

«Il Nuovo Messico è altrettanto bello, ma in modo diverso. Il nostro cielo è così ampio, così azzurro di giorno, e il tramonto di un rosa così intenso che sembra ardere.»

Jennie sorrise. «Parli come un poeta.»

«Scrivo poesie. Bruttissime, ne sono sicura.»

Quella ragazza, come la maggior parte delle persone, aveva mille sfaccettature, un insieme di contraddizioni. La sera prima era stata, tra le altre cose, fredda e controllata. Ora era di un'ingenuità affascinante.

«Dovresti visitare il Nuovo Messico. Scii?»

Jennie scosse la testa. «È uno sport costoso.»

«Oh. Hai dei problemi? Sei povera?»

La domanda divertì Jennie. «Certe persone forse mi definirebbero così.» L'appartamento all'ultimo piano, l'arredamento semplice. «Io sono soddisfatta di quello che ho, perciò non mi sento povera.»

«Allora devi essere felice del tuo lavoro.»

«Lo sono. Difendo le donne, soprattutto le donne povere. E ora comincio a interessarmi a qualcos'altro, una cosa che non sapevo che mi stesse tanto a cuore.» Jennie era consapevole del tono orgoglioso che aveva assunto la sua voce, nato da un sorprendente impulso di mostrare chi fosse e che cosa avesse raggiunto. «Proprio ora, sono nel bel mezzo di una lotta terribilmente importante.»

«Mi piacerebbe saperne di più», osservò Jill, posando la forchetta.

Così Jennie, senza citare nomi o località, le parlò della storia di Green Marsh. Il racconto si fece via via vivace; era la prima volta che Jennie parlava dell'argomento con qualcuno che non vi fosse coinvolto e, mentre lo faceva, sentiva crescere dentro la forza delle sue convinzioni.

«C'è un movimento simile da noi», disse Jill quando Jennie ebbe terminato, «il cui scopo è di salvare le Montagne di Jerez dallo sviluppo. Papà è un attivista. Fa parte di qualsiasi comitato per la protezione della natura. Abbiamo ognuno la nostra lotta. La mia riguarda gli indiani, la loro struttura sociale, antica e moderna.» Guardò Jennie al di sopra del bordo della tazzina di caffè. «Anche Peter si è occupato degli indiani sudoccidentali. È una strana coincidenza, non credi?» E non ricevendo alcun commento da Jennie, chiese: «Ti dispiace, se lo nomino?»

Jennie rispose con estrema calma. «Jill, mi dispiace un po'. Non voglio pensare a lui. Ti prego, cerca di capire.»

«Se lo odi tanto, perché non hai abortito?»

«Oh, mio Dio, che domande! Non era una questione

di odio. Allora non lo odiavo e non lo odio neppure adesso.» Jennie allungò la mano e la posò su quella libera della ragazza. «Non ho mai preso in considerazione l'aborto.» Avrebbe potuto dire: «Loro volevano farmi abortire», e invece si trattenne. «Mai.»

Jill guardò la sala al di là della sua testa. Sto già imparando i suoi modi, pensò Jennie. Guarda oltre la tua testa o il pavimento, come ha fatto ieri sera, quando pensa alle parole che sta per dire.

E le parole arrivarono. «Mi sorprende che tu non ti sia mai sposata. Non hai mai desiderato farlo?»

Jill si aspettava una risposta onesta. Ma Jenny poteva dargliela soltanto per metà su quell'argomento.

«Una volta.»

«Con mio padre?»

«Non ha funzionato.»

«Dev'essere stato terribile per te!»

«Al momento, sì, lo è stato.»

«Soltanto al momento? Ma tu non lo amavi?»

«Se lo si può chiamare amore. In ogni caso, allora credevo che lo fosse.»

Jill non fece commenti e abbassò lo sguardo. E Jennie, sollevata, ne approfittò per osservarla. Quanto sapeva già dell'amore? Gli uomini dovevano trovarla attraente. A dire il vero, Jill non possedeva una bellezza classica, la simmetria che un tempo era stata essenziale nella nostra cultura, ma gli standard erano cambiati. Bastavano quei capelli, per non parlare della sua sicurezza, della sua intelligenza... «Una ragazza deliziosa», aveva detto il signor Riley o forse era stata Emma Dunn.

«E così, che fosse o meno amore, mi hai avuta.»

Jennie confermò con decisione: «Sì. Me ne andai via ed ebbi te. Ero sola. I miei genitori non l'hanno mai saputo».

«Perché?»

«Li avrebbe feriti troppo. È difficile da spiegare. Dovresti conoscerli per capire perché.»

«Non posso immaginare di avere un bambino alla mia età.»

«Io ero più giovane di quanto tu non lo sia ora.»

«Devi essere stata molto spaventata. No, non posso immaginarlo», mormorò Jill, con voce dolce.

«Neppure io potevo.»

Jennie si sentì di nuovo oppressa da quella nube, quella pesante nube grigia. Nella sala, la gente chiacchierava piacevolmente. C'erano molti gruppi composti di persone di tutte le età. Allegri e a loro agio, gli uni verso gli altri...

Jill osservò: «Come sei stata coraggiosa!»

«Quando non si ha scelta, bisogna esserlo.»

«Dev'essere stato terribile per te abbandonare la tua bambina.»

«Se ti avessi conosciuta o anche soltanto tenuta in braccio, sarebbe stato impossibile e lo sapevo. Perciò non ti guardai neppure una volta, quando nascesti.»

«Hai pensato spesso a me, in seguito?»

Dove trovo la forza per sopportare questa tortura? si chiese Jennie.

«Ho cercato di non farlo. Ma a volte mi chiedevo dove vivessi e quale potesse essere il tuo nome.»

«È un nome sciocco, vero? Una sciocca combinazione. Victoria è per la sorella della mamma che è morta. Ma mi chiamano Jill.»

La ragazza sorrise, mostrando una fila di denti regolari, sicuramente opera di un dentista. Sì, aveva ricevuto le cure migliori.

«Non potevo permettermi di pensare a te. Era fatta, finita. Tu eri in buone mani e io dovevo andare avanti. Riesci a capirlo, no?» Jennie notò un tono di preghiera nella sua voce.

«Ti sei ripresa e hai studiato legge. Hai concluso qualcosa nella tua vita. Sì, riesco a capire.»

Era una semplice osservazione per la quale Jennie non trovò alcun commento, così non ne fece. Anche il dialogo, una serie di affermazioni, sembrava aver raggiunto un punto morto.

Jill fu la prima a parlare di nuovo. «Ma, in fin dei conti, non mi hai detto molto di te, no?»

«Non so che cos'altro ci sia da dirti. Ti ho dato i fatti. Non ce ne sono moltissimi.»

Di colpo, un'espressione nuova apparve sul viso di Jill: gli occhi erano sorpresi e le labbra severe. Sottilmente, ma in modo inconfondibile, si era instaurato un altro clima tra le due donne. Ma era comprensibile. Con simili ondate di sentimenti, due tipi di esperienze, due vite così distanti per età, luogo... e tutto...

Allegramente, per annullare quell'atmosfera, Jennie suggerì il dolce. Un cameriere si avvicinò, tolse i piatti e raccomandò i dessert scritti sul menu.

«Io veramente non ne voglio», confessò Jill. «Lo prendo solo per prolungare il pranzo.»

L'ammissione commosse Jennie. «Troveremo un posticino in cui sederci e parlare ancora un po', in uno dei salotti. Non c'è fretta.»

«Pensavo che tu ne avessi. Allora perché non andiamo a casa tua?»

Jennie rabbrividì. Avevano pranzato per un'ora e mezzo e lei non aveva ancora messo in chiaro ciò che le stava a cuore. Jill doveva capire che non poteva fare altre visite a casa sua. Doveva capirlo. Che cosa sarebbe accaduto se, per esempio, a Jay fosse venuto in mente di presentarsi là quel pomeriggio? O qualsiasi altra volta?

«Jill, devo dirtelo, mi dispiace, ma non possiamo andare a casa mia.»

Gli occhi limpidi si spalancarono, subito all'erta, sondandola come avevano fatto la sera prima.

«Perché no?»

Che fiducia si può avere in una persona che nasconde il suo vero io e poi, all'improvviso, decide di rivelarsi? pensò Jennie. Ci si può soltanto chiedere che cos'altro tenga nascosto...

Fece un piccolo gesto di protesta con le mani nervose, rivolgendo i palmi verso l'alto.

«È terribilmente difficile da dire, da spiegare. Ma ci sono cose... cose profondamente personali, motivi...» Tacque, sentendosi impotente davanti a quello sguardo inquisitore.

Jill attese, in silenzio, il che la costrinse a ricominciare a parlare.

«Vedi... Ho tentato di dirtelo, ieri, ma l'ho fatto molto malamente, lo so, e ti ho dato l'impressione sbagliata che non mi importi niente di te. Tuttavia, così com'è la situazione... Esistono delle ragioni.» Ora aveva le mani in grembo, strette insieme. «Sto tentando di dirti che non devi metterti in contatto con me. Non devi venire a casa mia e neppure telefonare. Devi promettermelo. Sarò io a chiamarti.»

«Non capisco», disse Jill, rossa in viso.

Il calore che aveva iniziato a riscaldarle quando si erano baciate nell'atrio e avevano parlato a tavola, l'intima tristezza, la tenerezza, l'animazione, tutto era ora svanito in quella nuova atmosfera.

«Non mi piace, Jennie. Prima concedi, poi togli. Perché?»

«So che è difficile da capire. Se potessi fidarti di me...»

«Tu non sembri fidarti di me.»

«Come puoi dirlo? Io mi fido di te. Certo che mi fido.»

«No, tu nascondi qualcosa.»

Com'era acuta, Jill. E battagliera, anche. Aveva lottato per dei principi e difeso certi diritti, suoi e degli altri. Nello spazio di un istante, Jennie capì chi fosse Jill.

La ragazza aveva gli occhi umidi e lucidi. «Si tratta di me?» insistette. «Ti vergogni di me?»

Il verbo «vergognarsi», che conteneva una parte di verità, «non mi vergogno di te come persona, ma del tuo emergere dalla mia negazione della verità», e quell'attacco, quel furioso attacco da parte di qualcuno che

Jennie non aveva mai ferito, per il quale Dio solo sapeva che aveva fatto tutto il possibile, la fecero di nuovo arrabbiare. E lei capì che era rabbiosa con se stessa per essere costretta a infliggere quel dolore, per essere costretta a causare quelle lacrime.

Si sentì in dovere di difendersi. «La vergogna non ha niente a che fare con questo, credimi, Jill. Non puoi cercare di accettare ciò che ti offro? Voglio la mia vita indipendente.» Era il bisogno che la spingeva e lei parlò rapidamente, con urgenza. «Tu hai la tua, Peter la sua. Io non gli ho mai dato alcun fastidio. Non è giusto che io abbia la mia vita indipendente?»

Ora le lacrime scorrevano sul viso di Jill. Ciononostante, lei esplose: «Vita indipendente! Ti sono forse di intralcio sedendo nel tuo soggiorno?»

«Certo non è tua intenzione esserlo, ma lo saresti ugualmente...»

Jill la interruppe. «Questo pranzo è stato una delusione. Sei venuta qui per dirmi nel modo migliore possibile di stare alla larga da te. È per questo che sei venuta.» Spostò la sedia e fece per alzarsi.

«Siediti, Jill. Siediti. Vediamo di essere ragionevoli. Ti prego. Mangia il dolce.»

«Jennie... Non sono una bambina che si calma con dei dolci.»

«Non sei giusta con me! Ho detto che ti chiamerò io, no? Ogni volta che potrò, lo farò. Ti ho soltanto detto che non devi essere tu...»

«Non ti chiamerò, sta' tranquilla. Non hai bisogno di preoccuparti per me. Ma ti voglio dire una cosa. Non posso rispondere per Peter. Era rimasto piuttosto scioccato da ciò che avevi detto al servizio adozioni. Lo sarà ancora di più la prossima settimana, quando gli racconterò di oggi.»

Jill si alzò di scatto, rovesciando la sedia. Un cameriere si affrettò a rialzarla; alcune teste si voltarono e Jennie allungò la mano per prendere il braccio della ragazza.

«Non andartene così», pregò, parlando sottovoce.

«Non fuggire di nuovo. Lascia che paghi il conto, poi andremo a sederci da qualche parte e parleremo.»

Jill prese la borsa, i guanti e la sciarpa. «Non c'è niente di cui discutere finché non mi dirai che possiamo comportarci normalmente, l'una con l'altra. Che posso telefonarti, come chiunque altro e... puoi dirmi questo?»

Il cameriere arrivò e si fermò con il conto in mano. Una donna al tavolo accanto le fissava con aperta curiosità. Profondamente turbata, Jennie cercò nuove parole, un nuovo approccio.

«Puoi?» ripeté Jill.

«No, non proprio. Ma ascoltami...»

«Ti ho ascoltata e non voglio sentire altro. Grazie per il pranzo.»

Jennie la guardò andare via. Non avendo la forza di seguirla e sapendo che non sarebbe servito a niente farlo, rimase seduta a fissare il piatto di Jill, nel quale il gelato si stava sciogliendo sulla torta. Gelato di fragola. Un dolce rosa. Ecco la fine di mia figlia, venuta e andata nello spazio di un giorno. Due occhi pieni di rabbia, una fuga e una torta gelato in un piatto.

Il cameriere tossì per ricordarle la sua presenza. Jennie prese il conto, pagò e uscì in strada. Alcuni taxi erano fermi accanto al marciapiede, davanti all'entrata dell'hotel, ma lei non aveva alcuna voglia di tornare subito a casa, dove si sarebbe seduta sola e in preda allo stupore. Così si diresse a nord, a piedi.

Nel parco, dai colori scuri invernali, le cime degli alberi, ancora umidi dopo la pioggia, erano ricoperte di uno strato lucente come il metallo. Il cielo era imbronciato. La domenica pomeriggio era triste, con qualunque tempo, a meno che non ci si trovasse con una persona amata.

Lei, tuttavia, non era nelle condizioni di stare con Jay, ora. Non era nelle condizioni di stare neppure con se stessa. E, dandosi infine per vinta, non avendo altro posto dove andare se non il suo appartamento, si diresse verso est. Nei pressi di casa, fece di corsa l'ultimo tratto di strada e le scale, chiuse la porta a chiave e si sedette, ansimando.

Le parve di udire delle voci: quella di Jill, quella di Jay, del signor Riley, di suo padre, di sua madre, della madre di Jay che protestavano, ognuno per motivi propri. Jennie, Jennie, che cosa ti accade?

Quando accese la televisione, le voci tacquero per essere sostituite da quella di una giovane donna entusiasta che rideva felice su un nuovo detersivo. Spense l'apparecchio e si distese sul divano.

Sono stanca. Così stanca. Ho male al cuore, come si dice. Pensavo che avremmo potuto appianare le cose, che avrei trovato un qualche compromesso. Credevo veramente di poterlo fare e guarda che cos'è successo! Che brutto carattere ha quella ragazza! Non mi ha concesso neppure una possibilità. Tuttavia, dal suo punto di vista, credo che la mia segretezza la sconcerti, come una porta sbattuta in faccia. Ma io intendevo andarle incontro e gliel'ho detto, no? Avevo in mente di telefonarle, qualche volta; l'avrei davvero fatto. Non potrei continuare a vivere per il resto dei miei giorni come se non l'avessi mai vista. Potrei?

Però non le ho offerto nessun rapporto vero. E lei l'ha capito. Non avrebbe funzionato, comunque. No, sposata con Jay, nella sua casa, con i suoi bambini, sarei un giocoliere con una dozzina di palle in aria; alla fine, sarei destinata a perderne una e allora tutte le altre cadrebbero...

Si addormentò, sfinita, e fu svegliata dallo squillo del telefono, quando ormai la stanza era immersa nell'oscurità.

«Ciao», disse Jay. «Com'è stata la giornata?»

«La giornata?» ripeté Jennie e poi si ricordò delle amiche di sua madre, del museo e del pranzo. «Oh, non troppo male. Forse un po' lunga. Adesso dormivo.»

«Be', io ho passato una domenica miserabile. Stare solo in questo appartamento è come stare solo in uno stadio. Riecheggia. Io non ce l'ho fatta. Ho portato il cane a fare una lunga passeggiata.»

«Mi dispiace di averti abbandonato. Non lo farò più.»

«Non dimenticarti di domani sera.»

Un cliente di Jay era lo sponsor di un recital di danza moderna. A Jennie, che era un'appassionata di balletti, la prospettiva non sembrava allettante. Ma si fece coraggio e cercò di mostrarsi entusiasta.

«Certo che no. Non vedo l'ora.»

Dormì male, svegliandosi spesso per accorgersi che il traffico diminuiva, nella notte, e per udirlo ricominciare quando l'oscurità si fece grigia, bianca e finalmente una serie di strisce gialle penetrarono tra i listelli delle tende veneziane.

Il trucco servì a ben poco. I problemi lasciavano il loro marchio persino su un viso giovane, nonostante l'accurato tocco di ombretto, eye-liner, rossetto e fard. Mettiti una sciarpa bianca e rossa, cammina velocemente e sorridi. Non c'era verso, il marchio era sempre là.

Dinah, la dattilografa, le chiese se si sentisse bene. La prima cliente le consigliò di stare attenta perché c'era in giro un'epidemia di influenza. A metà pomeriggio, Jennie cominciò a chiedersi se non fosse veramente ammalata. Fissò lo sguardo sulle cartellette che aveva sulla scrivania, ma senza vederle, poi sul palazzo al di là della strada, dove le luci si accendevano non appena cominciava a fare buio. Per un momento, ebbe una visione di Jill, anche lei seduta alla scrivania e anche lei incapace di concentrarsi. La pietà stava per sommergerla quando la rabbia si fece di nuovo viva in lei. Ingiusto, era ingiusto essere divisa in quel modo «tra l'incudine e il martello», come soleva dire mamma.

Dinah apparve sulla soglia per informarla che il dottor Cromwell voleva vederla.

Cromwell. Che cosa diavolo poteva volere? La mente di Jennie era mille miglia lontana da Green Marsh.

L'uomo, che portava una cravatta a farfalla a pallini, aveva l'espressione affabile che lei ricordava. Ordinato ed elegante, sembrava esattamente ciò che era, il gentiluomo di una cittadina in visita a una grande città.

«Perdiana», incominciò, «mi aspettavo di vedere uno di quegli uffici con lunghi corridoi, tappeti e quadri a olio. Una volta sono entrato in uno di quei posti e mi sono sentito piccolo. Persino gli studi dentistici di New York sono...» Consapevole della sua gaffe involontaria, si corresse. «Qui però è bello. Un luogo confortevole in cui lavorare. Be', come sta? Alle prese con i preparativi per il matrimonio?»

«Oh, sarà una cerimonia molto tranquilla», rispose Jennie.

«Sono comunque spiacente di venire da lei con un altro problema. Si tratta di una telefonata.» Il suo viso pacifico assunse una timida espressione preoccupata. «Prima abbiamo ricevuto tutte quelle lettere anonime, ma lei lo sa già.»

Jennie annuì. «Anonime, ma non è un segreto che sia stato probabilmente Bruce Fisher a scriverle.»

«Probabilmente. Non è un segreto neppure che lui sia mezzo pazzo.»

Gli avvenimenti più recenti della vita di Jennie avevano messo in secondo piano certi altri che ora riaffioravano in pieno: il terrificante spintone sulle scale e il ghigno maligno dell'uomo che la superava e fuggiva via.

«Ciò che voglio dirle è che... Oh, non so se ha qualcosa a che fare, forse no, ma non si sa mai. Me lo ricordo, eccome, quel caso. È stato dodici, forse quindici anni fa, quando lui e un gruppo di...»

Frenando l'impazienza, Jennie gli ricordò gentilmente: «Mi stava parlando di una telefonata».

«Ah, sì. Be', le telefonate sono state in realtà due. Potrebbero non voler dire niente, ma anche il contrario. E Arthur Wolfe dice che dovrei parlargliene. Arthur è uno che si preoccupa sempre, ma date le circostanze...»

«Chi le ha telefonato? Pensa che fosse Fisher?»

«Non mi sembrava affatto Fisher. Avrei riconosciuto la sua voce. E poi, l'uomo ha detto di chiamarsi John Jones.»

Jennie fece una smorfia. «John Jones!»

«Sì, sembra fasullo, vero? Ma era molto educato, perfino cordiale. Ha detto che era interessato al progetto Barker...»

«Che cosa significa 'interessato'? È un socio, o che cosa?»

«Be', non è stato chiaro in proposito. Ho avuto l'impressione che lavorasse semplicemente per loro, o qualcosa del genere.»

«E che cosa voleva da lei?»

«Be', sapeva che ero nel consiglio comunale e immaginava che mi stesse a cuore l'interesse della città, perciò pensava che sarebbe stata una buona idea incontrarci e parlare. Era convinto che avremmo finito per scoprire che, dopotutto, non eravamo poi su posizioni tanto diverse.»

«E lei che cosa gli ha risposto?»

«Be', ho risposto che non ritenevo fosse il caso, ma, che se aveva qualcosa da dire, avrebbe potuto dirlo alla prossima riunione del consiglio comunale.»

Jennie fece un cenno d'approvazione. «Risposta giusta, George.»

«Ma lui ha detto di no, che la maggior parte delle idee vengono sviluppate in anticipo, nel corso di incontri decisionali. Ha detto di aver sentito parlare di me e di avere molto rispetto per l'intelligente lavoro da me svolto in consiglio, e che per questo voleva vedermi. Non riesco a capire come abbia fatto a sapere tante cose su di me.» L'anziano signore arrossì.

«Perché? Che cos'altro sapeva di lei?» domandò Jennie. Aveva l'impressione di avere a che fare con un ragazzetto alle prese con gli esami.

«Be', ecco, mi ha veramente sorpreso che sapesse del cancro di Martha. Martha è mia moglie. È in una fase calante da tre anni e adesso dicono che ha bisogno di un'altra operazione. Adesso è qui con me. Dobbiamo vedere qualcuno a Sloan-Kettering, domani.»

Osservando l'uomo, il suo collo pieno di pieghe sopra l'ordinato nodo della cravatta, quel vecchio collo di cui lei non s'era accorta prima, avvertì un senso di compassione.

«Mi chiedo come facesse a saperlo. Di certo non avete amici in comune...»

«Oh, no. Lui è di New York.»

A meno che non avesse fatto qualche indagine in città, rifletté Jennie e domandò: «Che cosa ha detto esattamente di sua moglie?»

«Che aveva sentito della sua malattia e che non dovevano mancarmi le preoccupazioni. E le spese. Grosse spese.»

«Che cosa?»

«Sì, sono spaventosamente forti. È la sacrosanta verità. Non che non spenderei fino all'ultimo centesimo per Martha. Solo che faccio il dentista in una piccola cittadina... Sta forse pensando a un tentativo di corruzione? Sì? Perché Arthur Wolfe ha detto...»

«Lei lo pensa?» domandò Jennie. Povero vecchio. Povero bambino.

«Be', ho avuto il dubbio. E Arthur Wolfe...»

«Non dubiti più. Naturalmente, è a questo che mira.»

«Oh, accidenti», sbottò George. Rifletté per un momento. «Forse ci sta provando con tutti i consiglieri, uno alla volta.»

«No, George. Le cose non stanno così. Non in questo caso. Le dirò perché. Ora come ora, la votazione in consiglio darebbe quattro voti a favore e quattro contrari. Il sindaco e tre dei suoi da una parte. Il sindaco ha detto di non aver ancora deciso, ma sappiamo tutti che non è così. E dall'altra parte abbiamo quattro voti quasi sicuri, due residenti estivi che probabilmente non vogliono lo sviluppo nei pressi delle loro tenute rurali, l'avvocato Henry Pope, il quale ha una moglie ricca, e il ministro presbiteriano. Rimane lei. Per dirla con franchezza, George, lei è l'unico che quella gente pensa di poter comprare facilmente, e sarebbe il nono voto, quello decisivo.»

«Lei ha proprio capito tutto.» Cromwell si lasciò andare a un lungo sospiro stanco.

«È il mio lavoro quello di capire.»

Rimasero in silenzio fino a quando Cromwell non esclamò: «Ma allora, tutto quello che devo fare è non vederlo! Perché mi preoccupo? Non ho niente di cui preoccuparmi».

«Non direi. Ho detto che c'erano quattro voti quasi sicuri. Quasi. D'accordo, il ministro non può essere comprato, e sebbene non lo pensi neppure degli altri, tuttavia potrebbe accadere. Henry Pope, per esempio. I Wolfe mi dicono che la sua attività di avvocato non è granché. Chi può sapere come potrebbe agire, se l'offerta fosse sufficientemente generosa?»

Cromwell parve incredulo. «Oh, non credo che Henry farebbe mai...»

Jennie lo interruppe. «Non lo crede, ma non può saperlo, giusto? Perciò, se questo Jones non raggiunge il suo obiettivo con lei e prova con Pope o con qualcun altro, potrebbe ottenere il quinto voto, non le pare?»

«Sì, penso di sì. Che cosa ha in mente?»

«Ho in mente che non deve fallire con lei. Dobbiamo avere la prova del suo tentativo di corruzione.»

«E come?»

«Non lo so ancora. Ci devo pensare sopra.»

«Adesso?»

«Aspetti un po'. Voglio dare un'occhiata.»

Gli scaffali della stanza erano pieni di libri, file e file di libri dai dorsi marroni. Jennie li passò in rassegna, trovò quello che cercava e lo lasciò cadere sulla scrivania. Lesse, prese qualche appunto e chiamò Dinah.

«Mi porti il dossier del caso Fillipo, per favore?»

Una delle sue clienti era stata scagionata da un brutto affare con un trafficante di droga quando quest'ultimo era stato condannato e mandato in prigione. Doveva esserci qualcosa agli atti, se ricordava bene, sebbene fossero passati più di quattro anni: l'imputato era stato intrappolato da una conversazione registrata.

George la guardava nervosamente mentre sfogliava il dossier. Jennie notò che continuava a battere un piede sul pavimento.

Alla fine, mise da parte i documenti. «Non porterebbe addosso un registratore, George? Ce la farebbe ad andare a colazione con Jones e a registrare quello che vi dite?»

George sobbalzò. Rispose con voce incerta. «Ma... voglio dire, sarebbe molto pericoloso, vero? Se scopre...»

«Sì, esiste la possibilità, non posso negarlo», rispose Jennie, seria. «Ma è altamente improbabile. Queste cose ricorrono spesso nei casi di investigazioni criminali.»

«Come si fa?» Il piede di George aveva aumentato il ritmo.

«Esattamente, non lo so. Lo scopriremo quando vedremo il procuratore distrettuale.»

Ci fu una lunga pausa durante la quale il vecchio parve scrutare il viso di Jennie. Jennie sostenne apertamente il suo sguardo.

«D'accordo. Mi fido di lei, Jennie. Lo farò. Se non mi fidassi, non lo farei.»

Jennie fu commossa. «La ringrazio per la sua fiducia, George.»

Lui esitò. «È una questione di principio», disse. «Di essere un buon cittadino. Forse sembrerà un po' sorpassato di questi tempi.»

«No, non per me.»

«Be', andiamo, allora. Che cosa devo fare?»

«Solo questo. Quando Jones richiama, cosa che sicuramente farà, gli fissi un appuntamento. Nel frattempo, io vedrò il procuratore distrettuale. Se approva la cosa, lei andrà all'appuntamento con il registratore. Tutto qui.»

Jennie vide che, nonostante la sua apprensione, George stava gonfiandosi tutto d'orgoglio.

«Con il registratore», ripeté. «Come al cinema.»

«Come al cinema e come nella vita.»

George guardò l'orologio e si alzò. «Accidenti, devo andare a prendere Martha alle quattro, fra dieci minuti.»

Anche Jennie si alzò. Gli tese la mano. «Non ci pensi troppo, se può aiutarla», gli suggerì gentilmente.

«Ci proverò. Il vero problema è avere troppi problemi nello stesso momento.»

«Sì», ribadì Jennie a se stessa, quando la porta si chiuse alle spalle dell'uomo. «Lo so bene. Troppi problemi nello stesso momento.»

«Ho la forte sensazione che sia stato il nostro buon sindaco a mettere Jones alle costole di George Cromwell», disse Jay. «Qualcuno deve avergli parlato del suo problema.»

Dopo il recital danzante, si erano fermati in una rosticceria per un sandwich e un caffè. La privacy del séparé, appartato, diede sollievo a Jennie alla quale lo spettacolo aveva fatto aumentare il mal di testa. La musica martellante, i movimenti a scatti dei ballerini, quelle angolazioni di ginocchia e di gomiti, rappresentazione della frammentarietà della vita moderna... Era lei stessa troppo frammentata perché quel genere di rappresentazione l'attraesse.

«Sì», ribadì Jay, «più ci penso e più mi convinco che c'è l'onesto Chuck dietro tutto questo.»

«Ci sono troppe cose che non capisco. Una società come la Barker... Farebbe per lei una qualche differenza, se perdesse questo progetto, quando, a sentire quello che si dice in giro, sta facendo milioni altrove?»

«Qualche differenza? Sette od otto milioni di differenza, grosso modo. Ma c'è in ballo molto di più del denaro, Jennie. È una questione di non voler perdere. È un gioco di potere. Non vogliono essere battuti da un branco di idioti amanti della natura, così ci vedono. È gente che tiene duro.»

«Per questo è arrivata dove è arrivata, no?»

«Per questo molta altra gente onesta vuole rimanere dov'è. I suoi antenati hanno tenuto duro.»

Jennie si sentì invadere da una fredda tristezza. Per un momento, le parve di vedere il mondo su una carta, una massa di sentieri che si intersecavano, un complicato gioco nel quale tutti i giocatori erano in competizione per tagliare fuori ognuno degli altri, perciò, qualunque cosa ognuno volesse raggiungere, anche la più semplice, sarebbe stata necessaria una lotta per averla.

Jay continuò: «C'è un'altra strada che potremmo prendere, sai, tramite l'agenzia di protezione dell'ambiente. Metà della zona è occupata dalle paludi».

Jennie tornò con la mente alla conversazione e annuì. «È un altro tentativo.»

«Ma tutto richiede tempo. Intanto, dobbiamo fermarli. Oppure, dovrà fermarli il vecchio George. Mi sorprende che voglia andare avanti.»

«È spaventato a morte, poveretto. Ma si sente coinvolto. Ha detto che è una questione di principio. È un così brav'uomo.»

«Quando vedrai il procuratore distrettuale?»

«Lo chiamerò domani e spero di vederlo nel pomeriggio.»

«Dovresti andarci con mio padre, non credi?»

«Certo. George può venire più tardi. Resterà qui per un paio di giorni mentre Martha fa delle analisi.»

Jay allontanò il piatto da sé. «Non sono poi così affamato come credevo di essere.»

«Sei stanco», osservò Jennie, con tenerezza.

«A dire il vero, lo sono. Oggi è accaduta una cosa spiacevole. Uno dei nostri giovani impiegati ha avuto una specie di crollo nervoso nel mio ufficio. Sua moglie l'ha lasciato ieri sera e lui aveva bisogno di sfogarsi con qualcuno, suppongo, e così ha scelto me.»

«Che cosa l'ha spinta ad andarsene?»

«Secondo lui, la moglie ha detto che era stanca di essere legata, che voleva un matrimonio aperto e cose del genere. Ma chi lo sa? Io non ero là, non vivevo con loro. Ma ti dirò, le lacrime di quell'uomo mi hanno toccato.» Jay allungò la mano per prendere quella di Jennie tra le sue. «Oh, Jennie, che bella cosa è credere ciecamente in qualcuno, conoscere un altro essere umano come si conosce se stessi! Desidero tanto sposarti, non ce la faccio più ad aspettare.»

Che cosa avrebbe dato Shirley, lei e tutte le altre, per un uomo che dicesse cose del genere!

«Non mi rispondi», continuò lui e aggrottò la fronte.

«Devo? Caro, non hai bisogno di una risposta. Dovresti saperlo.»

«Lo so, lo so. Andiamo a casa tua?»

Jennie avvertì un'ondata di piacere mista a dolore, perché il desiderio per lui era ora smorzato e perché le sue mani così familiari, le unghie con le lunette, la fossetta sul mento e l'onda scura che gli ricadeva sulla tempia non le appartenevano più completamente. A volte aveva la netta sensazione che fossero sul punto di scomparire, mentre la guardava.

E Jill, la giovane Jill, era l'unico motivo di quella sensazione. Quando aveva spalancato gli occhi, il giorno prima, le lacrime avevano cominciato a rigarle le guance e a caderle dentro il colletto. Mi sognerò le sue lacrime, questa notte? La rivedrò? Posso sopportare di non vederla più? Ma non credo che lei voglia vedermi ancora, non alle mie condizioni, comunque. E io non me la sento di vederla alle sue. Come faccio?

Jay era in attesa. «Ma hai detto che eri stanco», gli fece osservare Jennie.

«Allora d'accordo. Niente amore, questa sera.»

Uscirono in strada. Sotto un lampione, lui le sollevò il viso. «Sei così dolce. Non importa per questa sera. Posso aspettare. Ancora qualche settimana e non dovrò più aspettare, vero?»

8

ERANO stati l'autorità di Arthur Wolfe e il suo nome che avevano impressionato il giovane Martin, il procuratore distrettuale, assieme all'importanza della storia. In fin dei conti, non c'era stata un'esplicita offerta di corruzione, rifletté Jennie. E Martin aveva considerato a lungo la situazione all'inizio.

«Non ancora», gli aveva detto Arthur. «Ma ce ne sarà una, non dubiti. So quello che dico. Ho visto il nostro sindaco e i suoi amici in azione, qui. Sa, sono stato attivo per molti anni nelle faccende della città.»

Il giovane aveva annuito. «E nelle faccende della contea, signor Wolfe.» Aveva sorriso. «Ricordo quell'articolo di qualche tempo fa, in cui la chiamavano 'il cane da guardia'.»

Arthur aveva riso. «E ora abbiamo due cani», aveva aggiunto, indicando Jennie che aveva commentato con tristezza che, vista la situazione, avrebbero avuto bisogno di tutta una muta prima che la faccenda potesse dirsi conclusa.

Ora Martin la stava interrogando. Cauto e attento, continuava a fissarla, tra una domanda e una risposta.

«E così è davvero convinta che ci sia un legame tra l'uomo che si è messo a gridare alla riunione e che l'ha spinta sulle scale e quello che ha telefonato a Cromwell?»

«Sì. Tanto per cominciare, c'è la sua reputazione. E basta guardarlo per sentire la rabbia che c'è in lui. Ma ci sono anche altre cose. Una persona, o varie persone, tra gli avvoltoi della Barker che tengono i collegamenti. So che è tutto ancora vago, è difficile dire dove questi comincino o dove finiscano. Ma ci sono, ne sono sicura.»

Jennie guardò la finestra, dove una logora tenda verde scuro, sollevata a metà, consentiva la vista, attraverso la parte inferiore del vetro, di un intrico di rami e ramoscelli scuri. Una specie di ragnatela senza inizio né fine. La debole luce invernale era sinistra e lei comprese la causa primaria del suo umore nero.

Martin si alzò e accese un neon sospeso sopra la scrivania per illuminare il tampone della carta assorbente macchiata, le sedie rovinate, le montagne di documenti, gli schedari di metallo verde e i muri sporchi.

Nessuna luce avrebbe potuto ravvivare quell'ufficio governativo. Ciononostante, il tono di Martin era allegro.

«E lei crede che quel Cromwell possa farcela?»

Arthur parve incerto. «Il mio vecchio amico non è svelto di mente, ma è un tipo coraggioso, che vuole tentare, e noi non abbiamo altra scelta.»

«Siete persone che ve la prendete a cuore», osservò Martin, gentile.

«Qualcuno deve pur farlo», rispose Jennie.

Martin tornò a sedersi, congiunse le mani e rifletté.

«È in grado di evitare certi locali? Voglio dire, in un ristorante su una strada di campagna, qualsiasi uomo mandassi non riuscirebbe mai a non farsi notare. Non ci sarebbero che un paio di macchine nel parcheggio. Cromwell è capace di trovare un locale affollato nel centro della città?»

Arthur scosse la testa. «L'appuntamento è già organizzato. George non può chiedere di cambiarlo senza destare sospetti.»

«Be', allora dovrà correre il rischio tutto da solo, senza protezione.»

«Crede che potrebbe averne bisogno?» Arthur era turbato.

«Non credo. Mandare qualcuno è più un sostegno morale che altro. Ma lui dovrà farne a meno.»

«George se la caverà», disse Jennie. Ebbe una momentanea visione del fiero portamento del vecchio signore e delle sue parole: «È una questione di principio. Essere un buon cittadino».

Martin si alzò. «Voglio che si incontri con Jerry Brian. Gli ho affidato il caso quando mi ha telefonato.» Premette un pulsante sulla scrivania e, un momento dopo, un altro giovane, grande quasi il doppio di Martin, entrò nell'ufficio.

Martin fece le presentazioni: «Jerry è l'uomo che preparerà Cromwell».

Arthur era interessato ai meccanismi della procedura.

«Semplice», spiegò Brian. «Un microfono sotto la camicia, un registratore, dei fili poco più grossi di un capello ed è fatta. Semplice.»

«Jerry preparerà il vostro uomo il mattino, presto. Fatelo venire qui al massimo per le nove», ordinò Martin.

«Ditegli che non c'è da preoccuparsi», aggiunse Brian. «Nulla di cui preoccuparsi.»

I due erano dello stesso tipo, persone rassicuranti, pensò Jennie. Sarà per l'altezza, la forza fisica e la calma. Stranamente, sebbene fossero così diversi da lui, le ricordavano Jay...

Fuori, nel parcheggio, Arthur tirò un sospiro di sollievo.

«Be', punto numero uno, è finita. Avevo paura che pensassero che stessimo esagerando.»

«No, Martin ha capito. Penso che sia rimasto impressionato dal fatto che facciamo tutto questo in cambio di niente.»

«Solo il futuro della nostra campagna. Ecco che cosa c'è in cambio per noi.»

«Certo. Niente di personale, è questo che voglio dire.»

Le colline bianche circondavano la città. Il pomeriggio era calmo e si respirava aria di neve. Arthur si fermò.

«Ascolti il silenzio. Amo questa campagna del Nord. Spero che arrivi ad amarla anche lei.»

Jennie si limitò a sorridere.

«Credo che stia imparando, lo vedo da come lotta per salvarla.» Salirono in macchina. «Ma ha l'aria stanca, Jennie. Lavora troppo?»

«Ho sempre del lavoro arretrato. Ho il sospetto di fare troppe cose.»

«Be', cerchi di liberarsi di qualcosa, se può. Trovi il tempo di odorare le rose.»

Quelle parole, che in bocca a qualcun altro l'avrebbero irritata, ora risuonavano piene di gentilezza. Erano – la parola si affacciò alla mente di Jennie – paterne. E fu come se l'avesse investita una doccia fredda. Lui era paterno con lei e lei gli stava mentendo.

«Si prenda almeno un attimo di respiro per il weekend del Ringraziamento», continuò il vecchio signore, «e pensi soltanto a mangiare e dormire. Enid preparerà cibo sufficiente per un esercito.»

La stazione, dove Jennie avrebbe preso il treno per tornare in città, fortunatamente distava soltanto una decina di miglia. Arthur parlò per tutto il tragitto e lei fu costretta a rispondere alle sue osservazioni sulla Barker Development, il sindaco e George, o ai suoi commenti su Jay e i figli di Jay, mentre dentro di lei una voce gridava: Jill... e Jill?... Ho così paura... paura.

9

C'ERANO cinque gradi sotto zero quando Jennie, Jay e i bambini arrivarono in campagna per il lungo weekend del Ringraziamento, ma l'aria era asciutta, il sole brillava sui ghiaccioli che pendevano come stalattiti dalle grondaie e non ci si rendeva conto di quanto freddo facesse. Dentro, la casa era piacevolmente affollata perché erano arrivati il fratello di Jay con i figli, ormai grandi, vari zie, zii e cugini. I camini erano tutti accesi; ogni stanza aveva un vaso di crisantemi gialli; su ogni tavolino c'era un piatto con uva, noci, popcorn, cioccolato, o dolci allo zenzero. Jennie si ritrovò immersa nel calore dei discorsi e nel profumo di legna, di fumo, di cibo e di fiori. Quella era la sua prima vera presentazione a tutta la famiglia, naturale quindi che fossero un po' curiosi. Le era costata molta fatica farsi vedere in buone condizioni, ma notò, in cambio, la loro sincera approvazione per il vestito nuovo di lana che indossava sul quale spiccavano le perle di Enid.

Dopo aver saputo del regalo di Enid, la mamma le aveva mandato un braccialetto di perle dalla Florida. Giocherellandoci, Jennie pensò a lei. Una donna ha bisogno di un'altra donna per confidarsi... In quel momento, la mamma stava probabilmente brindando a sua figlia in un circolo di vedove nel cortile del suo palazzo.

Palme nane polverose, caldo e rumore... In quello stesso momento, a Chicago, Jill e Peter stavano conoscendosi. Dove? Come? Jennie sentì la testa girarle.

«Be', grazie al cielo, George è tornato sano e salvo, ieri», disse Arthur Wolfe. «Lui gliel'avrà detto, naturalmente.»

«Mi ha detto soltanto che c'è stata un'offerta di pagamento, come ci aspettavamo. Non mi ha fatto ascoltare la registrazione al telefono, perciò io e Jay andremo a casa sua per ascoltarla, se vorrete scusarci.»

«Poveretto. Ammetto che è stato più bravo di me. Gli ci è voluto un po' di coraggio per sedersi in un ristorante con un registratore nascosto addosso. Io avrei avuto paura che il microfono mi cadesse o che qualcos'altro potesse andare storto.»

«C'è voluto più che un po' di coraggio», ribatté Jennie e pensò di nuovo a Bruce Fisher, che poteva o meno avere avuto a che fare con quella storia. Più verosimilmente, sì. Il pensiero le diede i brividi.

Lo studio di George Cromwell si trovava in una casa semplice, in una strada di edifici tutti uguali a qualche isolato dal centro della città. L'edificio, che aveva bisogno di essere dipinto, non era ovviamente quello in cui sarebbe vissuto un uomo ricco. Quell'impressione fu accentuata dall'interno dell'appartamento. Nel soggiorno in cui li condusse George, la tappezzeria era logora, i mobili di legno erano scuri e trasandati. La casa e il suo arredamento erano stati un regalo della nonna di Martha, il giorno in cui la nipote, che ora riposava al piano di sopra, si era sposata con George, e da allora erano rimasti tali e quali.

George mise il piccolo registratore sul tavolo e mostrò un nastro con un'espressione fiera e, nello stesso tempo, vergognosa.

«Non crederete alle vostre orecchie. È tutto qui.»

«Com'è questo John Jones?» chiese Jay.

George sorrise. «Mi ha dato il suo vero nome. Ha detto che non si è mai troppo cauti al telefono. Si chiama Harry Corrin. Un tipo sui quarantacinque anni, difficile da descrivere. Enorme, con i denti grossi, ingialliti e storti. Una brutta bocca. Essendo un dentista, i denti sono stati la prima cosa che ho notato.»

Jennie notò un'espressione divertita sul viso di Jay. «Suppongo che si sia mostrato cordiale, no, George?»

«Oh, sì, certamente. Ma lasciate che inserisca il nastro. Vi farò ascoltare il secondo, quello in cui arriva direttamente al punto. Nel primo, abbiamo parlato della città e del genere di costruzioni che la società Barker erige, di come avrei dovuto vederne qualcuna, dopodiché avrei forse capito che non erano venuti qui per rovinare l'ambiente. Cose del genere, insomma, che hanno occupato un nastro intero. Un modo per conoscerci, si potrebbe dire.»

«Lei ha espresso qualche opinione?» volle sapere Jennie.

«Oh, abbastanza per fargli credere che ero interessato. Volevo adescarlo.» Il nastro ronzò. «Ah, ecco che comincia.»

Confuse tra i rumori di fondo, voci di passaggio, sedie smosse sul pavimento, tintinnio di piatti e l'occasionale campanello di un registratore di cassa, giungevano le due voci: quella tremula di George e l'altra, giovane e persuasiva.

«Allora, vede le cose in modo leggermente diverso da come le vedeva ieri, prima che parlassimo, George? Non le dispiace se la chiamo George, vero?»

«Tutt'altro, Harry.»

«Be', ha capito quello che ho detto? Che noi non abbiamo intenzione di rovinare la vostra città?»

«In un certo qual modo sì, anche se non ne sono sicuro. Dovrei pensarci sopra ancora un po'.»

«Certo. Certo. Lei è un uomo molto intelligente. Accorto, anche. Le piace essere assolutamente sicuro prima di dire la sua opinione.»

Seguì un silenzio durante il quale si sarebbe potuto immaginare che George annuisse e che l'altro lo osservasse, mentre il tintinnio di piatti continuava e da qualche parte, fuori, un motore scoppiettava.

Poi la voce di Harry riprese, più bassa, questa volta, più comprensiva. «Comunque, ha avuto molte cose cui pensare di questi tempi. Lo so. Mi riferisco a sua moglie che è così malata. Deve costarle una fortuna.»

«Sì. Bigliettoni.» George sospirò.

«So che medici e ospedali chiedono cifre esorbitanti. Da costringerti a dar fondo ai risparmi di una vita intera.»

«Vero», commentò George. «Verissimo.»

«E so di più. Certe persone si trovano costrette a fare debiti.»

«Spero di non dovere arrivare a tanto, ma non si può mai sapere.»

«La situazione è così grave, George? È terribile. Un uomo della sua età trascorre tutta la vita a otturare denti e poi viene a trovarsi nella condizione di chiedere in prestito del denaro per mantenersi a galla.» Di nuovo silenzio. «Sì», continuò Harry, dispiaciuto, «mi viene da ridere quando sento dire: 'Il denaro non conta niente', mentre so, e lei lo sa meglio di me, che non è vero. Come sarebbe diverso se avesse un bel gruzzolo da parte!» La voce si abbassò, tanto che Jay e Jennie fecero fatica a sentire. «Diciamo che se avesse cinquantamila dollari in banca, in contanti in una cassetta di sicurezza, la notte potrebbe dormire. Giusto, George?»

«Be', cinquanta sarebbero di aiuto. Ma, come si dice, bisogna fare bene i conti.»

«Va bene, settantacinque. Se li avesse, dormirebbe ancora meglio, no?»

«Ah! E dove diavolo potrei sperare di trovare tanto denaro?»

«Oh, George, i modi esistono e lei lo sa. E quando si hanno degli amici, nulla è impossibile. Senta, George, lei mi piace. È sveglio ed è un uomo di parola. E sono anch'io un uomo di parola. Buona fede, ecco che cosa ci vuole nella vita. Esatto, George?»

«Certo. Sempre.»

«Okay. Allora, una mano lava l'altra, come si suol dire. Mi basta schioccare le dita per ritrovarmi tra le mani settantacinquemila verdoni quando voglio. Proprio così. Quando voglio.»

«Come sarebbe?»

«Quando la società Barker ottiene il permesso di costruire. Semplice.»

«Vuole dire che?...»

«Voglio dire.»

Seguì un altro silenzio durante il quale si sarebbe potuto immaginare che George stesse assorbendo l'informazione. Alla fine, disse: «Oh, e i settantacinque... sarebbero soltanto per me?»

«Da come la vedo io, sì. L'uomo è lei. Il suo voto sarebbe quello determinante.»

Altro silenzio, poi la voce di Harry intervenne nuovamente, piuttosto ansiosa. «È perfino possibile, adesso non mi prenda in parola, ma ho idea che potrei arrivare perfino a cento.»

«Cento! Sarebbero bei soldi!»

«Altroché! Belli e puliti in una cassetta di sicurezza. Che cosa ne pensa, George? L'idea non l'alletta?»

«Oh, amico, può ben dirlo!»

«Allora farebbe meglio a crederci. Stia a sentire. Questa sera torno in città per avere il benestare sulla cifra. Sarò di ritorno domenica.»

«Stessa ora, stesso posto?»

«Esatto. Un'altra cosa... Sono sicuro che per lei andranno bene venticinquemila subito e il resto quando la cosa passa. Se non passa, restituirà i venticinquemila.» Ci fu un rumore di sedie smosse, poi arrivò nuovamente la voce di Harry, amichevole e un po' eccitata. «Ma passerà. D'accordo, George? Sta a lei.»

«Sicuro. D'accordo. Per me va bene.»

«Arrivederci.»

George spense il registratore, esclamando nello stesso

tempo: «Ma non ha corso dei rischi facendosi vedere con me?»

«No», rispose Jennie. «Nessun rischio. Né per lui, né per lei. Nessuno qui lo conosce.»

«Ah, sì, naturalmente. Capisco.»

«Be', dovrà dedicare ancora qualche tempo a questa storia perché possiamo dare il nastro al procuratore distrettuale», disse Jennie.

«Dovrò andare avanti?»

«Naturale. Lei è il testimone principale.»

«Ah, sì, capisco. Suppongo che domani mi porterà i venticinquemila dollari. Che cosa devo fare?»

«Nulla, tranne che tenerli.»

George sospirò e Jennie soggiunse gentilmente: «Coraggio, George. Sta andando tutto bene. Non deve avere paura. Usciremo di casa verso le quattro, così avrà il tempo di telefonarci e aggiornarci sul suo incontro».

Jennie baciò il vecchio su una guancia. «È stato perfetto, George. Proprio perfetto.»

La domenica fu una giornata mite. Al contatto diretto dei raggi del sole, i ghiaccioli si scioglievano lentamente e una leggera brezza sollevava un pulviscolo dalla superficie della neve. Durante la mattina, i bambini andarono in slitta, dopodiché Jay e Jennie li condussero nel drugstore del villaggio per comprare loro dei dolci prima del ritorno a casa.

Jay entrò nel negozio e Jennie attese nell'auto, agitata come sempre dagli stessi tormentosi pensieri. All'improvviso ebbe la strana e spiacevole sensazione di essere osservata. Voltandosi, si trovò a fissare un viso indimenticabile. Bruce Fisher era appoggiato a uno dei lampioni, a poche porte di distanza dal punto in cui era ferma l'auto. Per un istante, i loro occhi si incontrarono. Jennie distolse subito i suoi, ma la sensazione che lui continuasse a fissarla le rimase. Quando Jay uscì dal negozio, gliene parlò.

«Non guardare, ma c'è Fisher proprio là.»

«Lo so. L'ho visto, quando sono entrato.»
«Mi fa venire i brividi.»
«È comprensibile. Ma non dobbiamo farci innervosire. Dopotutto, ha il diritto di starsene in strada. È la sua città.»
In seguito, tuttavia, si sarebbero domandati...
Il resto della mattina trascorse secondo un tranquillo schema domenicale: i giornali e una lunga partita a Monopoli, alla quale parteciparono tutti tranne Donny, il quale preferì una videocassetta di cartoni animati. Arrivò mezzogiorno, pranzarono, Donny fece il suo sonnellino e fu il momento di fare le valigie.
Erano quasi le quattro e Jay stava proprio dicendo: «Se George non telefona, lo chiameremo noi domani», quando il telefono squillò.
«Rispondi tu, Jennie. È il tuo caso, dopotutto.»
La voce di George giungeva così concitata dalla cornetta che Jay e i suoi genitori sollevarono la testa, sorpresi.
«George! È senza fiato!»
«Oh, ho passato un brutto momento! Terribile! È ancora poco che sia senza fiato. Non crederà a quello che è accaduto. È arrivato Harry. Io ero seduto nel séparé e stavo bevendo un caffè. Già nel momento in cui è entrato, ho visto che era furioso, ma furioso! Non ho mai visto una faccia simile. Nera. Giuro che era nera e...»
Jennie lo interruppe. «La prego, mi dica che cosa è accaduto.»
«Be', devono aver tenuto sotto controllo la mia casa! Sapeva che lei e Jay eravate venuti a trovarmi, ieri. Chi può averglielo detto? Oh, non ci crederebbe... Mi ha ricoperto di improperi. Non è stato questo a preoccuparmi, quanto la sua rabbia. Mi ha detto che lo avevo raggirato e che mi sbagliavo se pensavo di farla franca.» George stava quasi singhiozzando. «E poi si è sporto sopra il tavolo... non c'era nessuno tranne il barista, il quale si è affrettato a eclissarsi in cucina. Mi ha afferrato la cravatta e mi ha detto che mi avrebbe fracassato la

faccia. E poi, mi dispiace dirlo, ma ho perso la testa e gli ho detto di provarci, se ne aveva il coraggio, che avevo registrato tutto e che era nei guai, grossi guai.»

«No! Non avrebbe dovuto!»

«Lo so, ma ormai l'ho fatto», ammise George in tono contrito.

Jennie coprì la cornetta. «Hanno avuto una discussione e George gli ha detto del registratore.»

Arthur sollevò le braccia al cielo, contrariato.

«Sono terribilmente spiacente», stava dicendo George. «Terribilmente spiacente. Lo so che è stata una disattenzione da parte mia, lo so...»

«Una disattenzione!» sbottò Jennie. «La chiama disattenzione?»

«Oh, sono così mortificato! Ho perso la testa, quando mi ha afferrato. Ho perso la testa.»

Jennie sospirò. «E poi che cosa è accaduto?»

«Mi ha minacciato.»

«Mi dica come. Specificamente.»

«Be', non specificamente. Mi ha... minacciato, ecco. Ha detto che l'avrei pagata, se non gli avessi passato il nastro. Quello precedente e quello che avevo addosso. Gli ho detto che non avevo niente addosso e che quell'altro era in mani sicure, dove lui non poteva arrivare. Naturalmente, è a casa mia, nascosto.»

«Naturalmente», ripeté Jennie.

Mani sicure. Non sarebbe stato difficile per nessuno immaginare chi altro potesse averlo, oltre George.

«Spero che non sarete troppo furiosi con me.»

Jennie sospirò di nuovo. «Non serve a niente essere furiosi. Dove si trova, adesso? A casa?»

«No, sono a un telefono a gettoni. Sono appena uscito dal ristorante.»

«Be', se ne torni a casa e si riposi. Ha passato un brutto momento.»

«Sì, me ne torno a casa. Ho lasciato Martha sola.»

Jennie riattaccò. «Be', la frittata è fatta.»

«Naturalmente, lo sapevo», disse Arthur. «Lo sapevo

che George aveva dei limiti. Ma arrivare a tanto!»

Jay rifletté sulla situazione. «Un momento. Potrebbe non essere poi così brutta. Adesso che sanno della registrazione, la prudenza dovrebbe consigliare loro di sparire dalla scena, di ritirare l'offerta e di sperare che il nastro non venga consegnato alle autorità. A meno che...» Si fece serio. «A meno che qualcuno non decida di impadronirsi del nastro. Allora la faccenda potrebbe mettersi male. Molto male.»

Rimasero tutti silenziosi, a riflettere sulle varie possibilità, comprese quelle spiacevoli. Dopo qualche momento, Jay guardò l'orologio.

«Be', è domenica e non c'è niente che possiamo fare adesso, perciò suggerisco di tornarcene a casa.»

Enid mise una mano sul braccio del figlio. «Sarete prudenti? Penso alla possibilità che qualche malintenzionato piombi nel tuo ufficio o in quello di Jennie. Che cosa fareste?»

«Ci arrangeremmo.»

«Già, ma se si convincono che è Jennie ad avere il nastro?»

«Jennie è una dura.» Jay sorrise. «Non la conosci ancora. Terrà gli occhi aperti.»

«Lo spero. State attenti.»

Come per un tacito accordo, non si dissero nulla durante il viaggio di ritorno. I bambini aprirono sacchetti di dolcetti e contarono le auto rosse che incontrarono lungo il percorso. Nell'uscire dalla città, superarono il viottolo che portava a Green Marsh. E Jennie, nel riconoscerlo, ebbe un doloroso ricordo della mattina, meno di sei settimane prima, in cui lei e Jay erano stati laggiù e la vita le era sembrata così radiosa, così piena di speranze, così facile. E soltanto poche ore dopo, era squillato il telefono.

La sua mente corse a Peter e a Jill. Proprio in quel momento, molto probabilmente, Jill stava tornando in volo a New York dopo aver visto Peter.

«Che cosa c'è che non va?» domandò Jay.

«Niente. Perché?»
«Ho visto con la coda dell'occhio che corrugavi la fronte.»
Jennie mise la cosa sullo scherzo. «Ehi! Ma tu non dovresti tenere gli occhi sulla strada? Sì, forse ho aggrottato la fronte, ma perché stavo pensando a George e a tutta la faccenda. Sta andando peggio di quanto ci aspettassimo.»
«Parliamone domani. Adesso mettiamo un po' di musica. Vuoi la Filarmonica?»
«Perfetto.»
Le note dell'*Eroica* dilagarono nell'auto. E la mano di Jay, per un minuto o due, coprì quella di Jennie, appoggiata sul sedile. La stretta, il gesto di possesso, il calore vitale di quella mano, la musica maestosa, tutto arrivò in fondo al cuore.
Oh, mio Dio, ti prego. Ti prego, implorò silenziosamente Jennie.
Chiuse gli occhi e lui, pensando che volesse dormire, ritrasse la mano. La musica e il ronzio del motore l'avrebbero ben presto fatta addormentare se lei solo l'avesse voluto. Sapeva di essere una di quelle persone che, invece di soffrire d'insonnia quando sono agitate, si lasciano sopraffare dal sonno. È solo una forma di fuga, pensò, ricordando il suo corso di psicologia elementare. Appoggiò la testa al sedile e si concesse quella via di scampo.
Il traffico era limitato in quella domenica d'inverno, perciò arrivarono a casa prima del previsto. Jennie salì a mettere i bambini a letto. Jay si occupò di Donny e lei, come sempre, delle bambine.
Mentre le piccole si lavavano i denti, tirò le tende, tolse i copriletti blu, ripose i pantaloni e le giacche da campagna e prese i vestiti per andare a scuola, il mattino dopo, gonne a quadri e maglioni rossi. I due armadi erano pieni di indumenti: giacche per i weekend, giacche di velluto per le feste, cappelli di paglia gialli con margherite e nastri per la primavera. Cedendo all'im-

pulso, Jennie prese un cappello; forse le bambine se lo mettevano per andare al circo o a trovare i parenti, la domenica. E le venne da chiedersi se Jill avesse mai portato un cappello con i nastri quando aveva otto anni.

Dal bagno giungevano risolini allegri. Emily, che aveva scoperto di recente quelli che lei considerava brutti giochi, li stava illustrando alla sorellina dall'alto dei suoi due anni di più. In altre circostanze, Jennie si sarebbe divertita ad ascoltarle, ma in quel momento non poteva far altro che chiedersi: Jill si era mai messa un fiocco nei capelli a otto anni? O a sei? E aveva portato gonnelline a quadri, raccontato storielle e rubato canditi per nasconderli sotto il cuscino? E aveva mai giocato a Monopoli?

Aveva ancora il cappello in mano quando le bambine tornarono in camera da letto. Sue apparve sorpresa.

«Stavo ammirando questo cappello», spiegò Jennie.

E di nuovo il senso di colpa la gelò. Era come se persino i suoi pensieri non avessero alcun diritto di inserirsi lì. E con una parte soltanto della sua mente, finì di preparare le bambine: le pettinò, raccontò una breve storia e diede loro il bacio della buonanotte.

Aveva spento la luce e stava percorrendo il corridoio quando Jay la chiamò.

«Hai sentito squillare il telefono?»

«No, perché?»

«Vieni qui.» Lei lo seguì in soggiorno. «Siediti e preparati a ricevere uno choc.» Jay andava avanti e indietro, eccitato e, al tempo stesso, triste. «Era mio padre. Non ci crederai: George Cromwell è morto.»

«Mio Dio!»

«La sua auto si è schiantata su una strada secondaria mentre tornava a casa.»

Jennie rabbrividì. «Ucciso sul colpo?»

«Sì, pensano di sì. Non ha sofferto, grazie al cielo.» Jay continuava a camminare. «La polizia sospetta che non si sia trattato di un caso fortuito. Non andava forte. Non ne era il tipo. C'erano tracce di pneumatici a qualche centimetro dalla sua auto, ma sfortunatamente non si possono identificare. A causa della neve che ha cominciato a cadere dopo che siamo partiti. A quanto pare, l'hanno deliberatamente mandato fuori strada dopo una curva a gomito. Ci sono delle rocce in quel punto e lui vi è finito contro.» Strinse i pugni. «L'hanno ucciso. O hanno provocato la sua morte. È la stessa cosa.»

«Pensi che l'abbiano seguito dal ristorante o dalla cabina telefonica dalla quale mi ha chiamata?»

«Ne sono quasi sicuro, Jennie.» Jay esitò. «È un tale schifo, mi dispiace dirtelo, ma chiunque l'abbia fatto... Gli hanno trovato le tasche rovesciate, ma non hanno portato via niente: il portafoglio era intatto.»

«Cercavano il nastro.»

«Ma questa volta non l'aveva.»

«È... è assurdo. Gli ho parlato soltanto un paio di ore fa.»

«Mio padre è distrutto. Lui e George erano amici da quasi cinquant'anni...»

«Il vecchio George... Mi dispiace che l'abbiamo trascinato in questa storia! Una così buona persona! Un innocente. Non era mai cresciuto.»

«Tesoro, ha voluto entrarci lui. E poi come potevamo aspettarci una cosa simile?»

«Ora penso a Martha. Come si fa a portare una notizia del genere a una donna morente? Il mondo è davvero una cosa schifosa, a volte non lo sopporto proprio, Jay.»

Lui le si sedette accanto e le circondò le spalle con un braccio.

«Non credo che cambierà mai», disse. «Devo credere che il male sia innato. Il peccato originale o qualcosa del genere. Essere avidi al punto da arrivare a uccidere. Se sono stati loro a farlo», aggiunse, dopo un momento. «Non possiamo esserne sicuri.»

«È l'avvocato che è in te che parla. Il resto di te ne è sicuro, vero? Così almeno mi sei sembrato.»

«Credo di sì. Sì. Lo è.»

Per un po', rimasero zitti. La stanza era così silenziosa che Jennie poteva sentire il ticchettio dell'orologio di Jay. Tutt'a un tratto, gli occhi le si riempirono di lacrime e lei si lasciò andare al pianto. Jay rafforzò la sua stretta e con l'altra mano prese quella di Jennie. Lei si vergognò di dare l'impressione di essere così debole e vulnerabile da piangere per George. Certo, piangeva per George, ma anche per altro: per Jill; per se stessa; per la gente che, in un mondo decente e gentile, avrebbe potuto vivere così facilmente, così semplicemente... e non lo faceva.

Poi Jay proseguì: «La prima cosa che farete tu e papà, domani mattina, non ho bisogno di dirtelo, sarà di mettervi in contatto con il procuratore distrettuale e gli direte ciò che sapete su quel pranzo. Sfortunatamente, abbiamo pochi indizi, sappiamo soltanto che l'uomo aveva dei grossi denti storti. Ma sono tante le persone che li hanno così», concluse tristemente.

Jennie chiuse gli occhi. «La mente rifiuta di crederci. Tanto odio per un pezzo di terra. Continuo a vedere gli alberi attorno allo stagno. E c'era un enorme salice piangente ai piedi della collina o me lo sono immaginato?»

«No, c'è. È molto vecchio, il che è insolito. Difficilmente durano tanto.»

«Vuole avere tutto, quella gente.»

«Molti, molti dollari, Jennie.»

Il silenzio cadde di nuovo nella stanza. Quel luogo, dove le lunghe tende sfioravano i tappeti persiani e le lampade diffondevano una luce rosa perla dai loro bracci di cristallo, era un rifugio sicuro al decimo piano sopra Park Avenue, mille miglia lontano da una strada solitaria dove nessuno era presente mentre un uomo andava diritto verso la morte.

«Tieni la porta chiusa a chiave», disse a un tratto Jay, con aria grave.

«Chi non lo fa a New York?» osservò lei, cercando di

usare un tono disinvolto per rassicurarlo. Ciononostante, capì che cosa lui volesse dire.

«Se pensano che tu abbia il nastro, è come se ce l'avessi veramente.»

«Non possono mandarmi fuori strada, qui, in città.»

«Hai ragione, ma io sono ugualmente preoccupato. Mi conosci, sono un ansioso. Non mi piace la casa in cui vivi. Non mi dà sicurezza. Mi sentirò tranquillo quando vivrai dietro queste porte, assieme a me. E non mettere quell'anello quando vai in tribunale o in ufficio.»

«Certo che no.»

Jay non poteva immaginare quanto la facesse sentire a disagio quell'anello e non certo per paura che la derubassero. Quel fine settimana, quando, naturalmente, era stata costretta a metterselo perché lo vedessero e lo ammirassero, Jennie aveva provato la netta sensazione di portare al dito qualcosa che non le appartenesse. Non l'aveva mostrato a nessuna delle sue amiche, ma l'aveva nascosto in una scatola di cereali, nel mobiletto della cucina.

«Bene», concluse Jay. «Chiamo il portiere perché ti faccia trovare un taxi, di sotto.»

Si lasciarono tristemente. La morte del vecchio signor Cromwell era scesa come un peso su di loro.

10

JENNIE aveva ora due pesi da sopportare, uno su ogni spalla, ma il più pesante riguardava Jill. Se solo fossero riuscite a raggiungere un accordo! Perché in quei pochi attimi in cui si erano baciate, Jennie si era sentita indescrivibilmente commossa. Quel corpo giovane e scattante, quei folti capelli profumati, Jill li aveva presi da lei, da Jennie Rakowsky. Ma aveva un brutto carattere, pensò di nuovo, con una punta di risentimento. Non avrebbe potuto almento fare un tentativo? Non l'aveva neppure ascoltata o cercato di capire che doveva avere delle buone ragioni per agire così.

Si sentì impotente. E aveva invece tante cose da fare quel mattino: la posta accumulata da evadere, telefonate da fare ai clienti. E, la più urgente, quella al procuratore distrettuale.

«Ho già parlato con il signor Wolfe», le comunicò Martin. «Era comprensibilmente giù e non mi ha detto molto. In ogni caso, è lei l'ultima persona che ha parlato con Cromwell. Che cosa ha da dirmi?»

«Nessun indizio, temo. George era agitato. A dire il vero, ero piuttosto preoccupata anch'io e...»

«È naturale. Faccia con calma. Vedrà quante cose scoprirà di ricordare.»

Così parla il chirurgo prima dell'operazione, con calma e in tono incoraggiante. Jennie trasse un respiro profondo, mentre cercava di collegare brani slegati di quella importante conversazione.

«Ricordo il nome. Harry Corrin. Naturalmente non era John Jones. E suppongo che non sia neppure Harry Corrin. Credo che George abbia detto che era sulla quarantina. Aveva dei denti gialli grossi e storti. George li aveva notati.» Stupidamente, istericamente, Jennie fece una risatina. Poi si riprese e continuò. «C'è stata una scenata. George ha detto che l'uomo era furibondo. Pare che qualcuno mi avesse vista entrare con Jay, il figlio di Arthur Wolfe, in casa di George. E così quel Corrin ha pensato che George facesse il doppio gioco e ha minacciato, credo, di fracassargli la faccia. Poi George ha perso la testa e gli ha detto che aveva registrato qualcosa su un nastro e che lui, Corrin, era nei pasticci.»

«Buon Dio», commentò Martin.

«È così orribile! Sono sicura che è lui l'uomo, non crede?»

«Non si può mai essere sicuri di niente. A proposito, chi ha il nastro? Lei?»

«No, no. Dev'essere in casa di George.»

«Okay, lo lasceremo laggiù fino a dopo i funerali. Lì è al sicuro e non possiamo disturbare quella povera donna oggi.»

«Quando avrà luogo la cerimonia funebre?»

«Dopodomani.»

«A che ora? Lo sa?»

«Nel pomeriggio. Ma in forma privata, nel caso in cui avesse in mente di parteciparvi.»

«È proprio quello che intendevo fare.»

«Be', sarà strettamente privata a causa della malattia della signora Cromwell. Se ci sarà brutto tempo, lei non andrà neppure al cimitero.»

«Orribile», ripeté Jennie.

Era tuttavia un sollievo il fatto di non dover andare. I funerali inducono sempre a pensare molto, ma quello sarebbe stato addirittura straziante. Le parve di assistervi, di sentire gli odori: i fiori sopra la pesante bara; la neve che imbiancava il mucchio di terra accanto alla fossa, le lacrime...

Jennie tornò al presente. «Se posso esserle utile, signor Martin, ha il mio numero.»

«Bene. La terrò informata.»

Quando riattaccò, Jennie rimase seduta per qualche minuto, gli occhi fissi su niente in particolare e acutamente consapevole di una sensazione di debolezza. Nello stesso tempo, vedeva se stessa come l'avrebbero vista quel giorno i suoi clienti e il contrasto le parve davvero strano. Per loro, la signorina Rakowsky era la persona capace di risolvere questioni e difficoltà, la moderna professionista le cui gonne grigie stavano a indicare serietà, la cui camicia di seta color albicocca esprimeva calore e femminilità e i cui potenti strumenti erano l'ampia scrivania piena di carte, i volumi e il computer. Per tutta la mattina, uomini e donne entrarono e uscirono, con domande, problemi, lamentele e lacrime. Per tutta la mattina, lei prese appunti, diede risposte, mentre nella sua mente continuavano a vagare i suoi interrogativi.

Pensò al weekend a Chicago di Jill con Peter. La faceva infuriare il pensiero di loro due, insieme. Dov'era lui quando Jill era nata? Non aveva alcun diritto, nessun maledettissimo diritto di recitare la parte del padre, ora! «Vuole vedermi», aveva detto con tanto orgoglio Jill. «Non è come te.» Era assurdo. No, peggio, era osceno.

Peter non aveva niente a che fare con la ragazza, niente al di là di quei pochi momenti di piacere sessuale in una sera di primavera, in un giardino, mentre lei, Jennie, aveva cresciuto un essere umano, l'aveva nutrito con il suo sangue, aveva sentito il dolore della sua nascita e quello dell'abbandono. Lui, allora, non aveva neppure chiesto della bambina! E ora l'accoglieva a braccia aperte. Ora, la reclamava!

Ma quando Jill aveva camminato accanto a lui, ovunque fossero andati a Chicago, gli estranei dovevano aver visto che si trattava di padre e figlia. L'altezza e i capelli erano legami inconfondibili. Era inutile tentare di negarlo. Che choc doveva aver avuto lui vedendo quella splendida ragazza! E Jennie tremava per l'oltraggio e l'ingiustizia della situazione.

Nel frattempo, in mezzo a quel tormento, con un'altra parte della sua mente pensava alla tragedia del giorno prima. Jay avrebbe continuato a tenersi al corrente degli sviluppi tramite suo padre. Guardò l'orologio sulla scrivania. Era l'ora della telefonata di Jay che arrivava sempre verso la fine del pomeriggio. Perciò, quando il telefono squillò, sollevò la cornetta senza aspettare che Dinah rispondesse per prima.

«Salve, Jennie. Sono Peter.»

Lei lasciò quasi cadere il ricevitore. Avrebbe potuto strappare l'apparecchio dal muro. Maledetto telefono, lo odio! Come un serpente, salta fuori all'improvviso dall'erba innocente mentre scendi lungo la collina.

«Sei tu, Jennie?» domandò la voce, giovane e allegra.

«Sì, sono io.»

«Naturalmente sarai sorpresa di sentirmi.»

«Non proprio. Jill aveva detto che avevi minacciato di chiamarmi.»

«Oh! Non può aver usato il verbo 'minacciare'.» Le parole erano piene di umorismo.

«Io l'ho presa come una minaccia.»

Peter la ignorò e continuò: «È così bella, Jennie, così amabile. Questo weekend, tutta questa storia... non posso credere che sia vera».

«Lo è.» Jennie udì la sua voce, il tono freddo e di congedo. Era stranamente calmissima.

Perchè ascolto questa persona? Dovevo attaccare. Maledizione alle mie buone maniere.

«È passato molto tempo.»

«Diciannove anni. Che cosa ti aspetti?»

«Certo non mi aspettavo quello che è accaduto.»

«Neppure io, te l'assicuro.»

«Sembri molto arrabbiata, Jennie.»

«Dovrei scoppiare di gioia?»
«Potrebbe esserci gioia in tutto questo, lo sai.»
«Bravo, se tu ne trovi un po'.»
«Vorrei aiutare anche te a trovarne. È per questo che sono venuto qui.»
«Venuto dove?»
«A New York. Sono arrivato in aereo con Jill, ieri sera. Lei è dovuta tornare per le lezioni, ma io sono libero, perciò ho deciso di prendermi una vacanza per vedere si riesco ad avvicinarti a Jill.»
«Sei diventato un altruista, vero?»
«Jennie, odiami pure, fallo. Hai tutte le ragioni. Ma non prendertela con quella ragazza. È così infelice per il fatto che tu non voglia saperne di lei.»
«Non è vero!» La sua freddezza e la sua calma svanirono. «Non ho mai detto che non voglio saperne. Ho tentato di spiegarmi ma lei non mi ha concesso alcuna possibilità, si è limitata ad alzarsi e a fuggire, furibonda.»
«Posso immaginarlo. È impulsiva o semplicemente giovane. Non ti ricordi com'eri da giovane?»
«Anche troppo bene.»
Seguì una pausa, poi Peter parlò di nuovo. «Jill ha detto che sei bellissima.»
«È gentile. Questo mi rende molto felice.»
«Jennie, ti prego, dalle una possibilità.»
«Credevo di averlo fatto.»
«L'hai fatto e non ha funzionato. D'accordo. Ma proverai di nuovo? Dovresti farlo, veramente.»
Quest'uomo, risorto da un incubo sepolto, ha il coraggio di dirmi che cosa dovrei fare! pensò Jennie, fuori di sé dalla rabbia.
«Sono al *Waldorf.*»
Il *Waldorf*, sì, soltanto il meglio. Forse è con sua moglie. Soltanto Dio lo sa.
«...a cena, questa sera», stava dicendo Peter. «Noi tre. Vorrei che voi due faceste pace.»
Non era da lei ignorare la sincerità. E Jennie rispose:

«Ci ho pensato sopra, non ho pensato ad altro in queste ultime settimane. Sarebbe stato molto meglio se non ci avesse mai trovati. Se non avesse trovato me, per lo meno! Non so te».

«Io, invece, devo dire che sono felice che l'abbia fatto. Non avrei mai pensato che potesse accadere, ma ora è accaduto e ne sono felice. Ho sentito la mia parte di vergogna per tutti questi anni, Jennie. Non credo che esistano parole sufficienti a descrivere l'angoscia che provo per quello che ho fatto.»

Jennie si sentì suo malgrado commossa. Le parole «per tutti questi anni» risuonavano come un'eco remota, nostalgica, dolente e persa. Lo rivide in piedi, all'aeroporto, il braccio sollevato in un gesto di saluto, un ragazzo sorpreso, ansioso, spaventato.

«Allora, verrai?» la pregò lui. «Alle sette? Non è per me. Io non ho il diritto di aspettarmi qualcosa da te. È per lei. Ha fatto tanto per trovarci.»

«Non voglio», rispose sottovoce Jennie, ma pensò: Sì, in un certo qual modo, voglio.

«Non ho sentito.»

«Non voglio», ripeté lei e di colpo gridò: «C'è troppa sofferenza in tutto questo! Troppa!»

«Lo so.»

«Non lo sai. Non l'hai messa al mondo tu.»

«Il mio è un dolore diverso. Riguarda te; quello che ho fatto e quello che non ho fatto a te.»

«Peter, questa conversazione non serve a niente. Stai riaprendo una ferita che si è rimarginata tanto tempo fa. Non farlo, ti prego.»

«Va bene, non lo farò. Ma verrai questa sera, per quanto ti costi? Ti supplico...»

Come poteva rifiutare? «Credo che dovrò.»

«Ti aspetterò nell'atrio, dalla parte di Park Avenue. Ti riconoscerò? Voglio dire, non ti sei tinta i capelli o roba del genere?»

«Sono sempre la stessa.»

«Alle sette, allora.»

«Alle sette.»

Jennie sollevò gli occhi per vedere la pioggia che batteva sui vetri sporchi. Era in preda a sensazioni diverse: riluttanza, paura e uno strano senso di fatalità. Razionale e pratica com'era, rise dell'idea che tutto potesse essere «preordinato». Tuttavia, le sembrava che ciò che le stava accadendo fosse inevitabile, come se tutto il passato fosse stato rivolto perfidamente e segretamente a quel momento.

Ora, sebbene non fosse facile ammetterlo, provava un briciolo di curiosità chiedendosi se o come, in diciannove anni, Peter fosse cambiato. E c'era dell'altro: desiderava veramente che lui vedesse com'era sopravvissuta bene, che successo aveva avuto e come fosse ancora attraente. La imbarazzava molto quella sua aspirazione, ma era così.

Sarebbe dovuta andare fuori a cena con Jay, quella sera. Adesso che scusa avrebbe trovato? Mordendosi un labbro, aggrottò la fronte e pensò. Jay non ne sarebbe stato contento, questo era poco, ma sicuro. E la mamma diceva sempre che lei non era brava a dire bugie, che tutti si accorgevano quando mentiva. Ma doveva trovare qualcosa di plausibile. Alla fine lo trovò: un cliente. Quella scusa avrebbe funzionato. Una povera donna che lavorava fino a tardi e che doveva incontrare di sera. Quella era una scusa che Jay avrebbe capito e accettato.

Sollevò la cornetta. Bugia su bugia, l'edificio sta diventando sempre più alto.

11

Lui si allontanò dagli ascensori e si incamminò attraverso l'atrio ricoperto di moquette. C'erano molti turisti con le macchine fotografiche, donne in abiti da sera sul punto di partecipare a qualche avvenimento elegante, ma l'uomo alto, con i capelli rossi, si guardò per un momento attorno, poi, scorta Jennie, le andò incontro, porgendole entrambe le mani.

«Ciao, Jennie.»

«Ciao, Peter.»

Si strinsero la mano. Il gesto era stranamente formale. Jennie non era sicura di ciò che si era aspettata da lui, o da se stessa, al riguardo.

«Dio, Jennie, stai benissimo», osservò Peter. «Sei veramente sempre la stessa.»

«Anche tu.»

I suoi occhi del colore dell'opale erano ancora sorridenti. La sua voce aveva ancora il vecchio tono che poteva esprimere entusiasmo con la più semplice osservazione.

Poi, nello stesso istante, si ricordarono di Jill che, tenendosi leggermente discosta dietro Peter, li stava guardando con aperta curiosità. Lui le mise un braccio attorno alle spalle e la fece avanzare.

«Questo è un momento storico ed esige champagne.

Non so a quale età sia concesso bere a New York, ma, qualunque sia, questa sera berrai champagne, Jill.»

La ragazza non rispose. Forse non voleva salutare Jennie, oppure stava soltanto aspettando che lei parlasse per prima.

«Ciao, Jill», disse infatti Jennie. «Ci rivediamo, no?» aggiunse in tono conciliatorio.

«Ciao», rispose Jill, con voce piatta.

«Be'», intervenne Peter, ignorando il senso di imbarazzo, «è ora di cena e c'è un tavolo che ci aspetta.»

Jennie si mise deliberatamente dietro e li seguì. Stavano benissimo insieme, pensò. Avevano la stessa camminata con passi lunghi. Senza saperlo, Jill era una Mendes. Jennie si sentì di colpo piccolissima, si disprezzò per quella sensazione e non la comprese.

A Peacock Alley svoltarono a sinistra, entrarono nel ristorante e furono condotti a un tavolo sul quale erano disposte delle rose rosa. Peter aveva pensato a tutto. Un'altra rosa rosa giaceva sul piatto di Jennie e su quello di Jill e, accanto a ognuno, c'era un piccolo astuccio di Tiffany confezionato con un nastro bianco.

«Apriteli», ordinò Peter e si illuminò in viso quando due braccialetti identici emersero dalle scatoline. «Mi hanno fatto un favore speciale con quella incisione ordinata all'ultimo momento.»

La scritta di Jennie, in belle lettere, diceva: «Da Jill a Jennie, con amore». Accanto c'era la data. Ovviamente quella di Jill doveva essere il contrario. Che gesto infantile, nonostante la gentilezza e le buone intenzioni! Come se quell'incontro di tre esseri umani che, ognuno a modo suo, soffrivano in quei momenti, fosse una festa!

«Voglio che ricordiate questo giorno», disse Peter.

Come se fosse un giorno da poter dimenticare!

Fu Jill a parlare per prima. «È bello e si adatta alla mia collana.» Si era tolta la giacca per mostrare la catena d'argento che portava sopra il vestito di lana grigio.

«Sì, bello», fece Jennie. «Grazie, Peter.»

«Ordiniamo? Poi parleremo. Abbiamo molte cose da dirci.» Peter continuava a sorridere. Ce la stava mettendo tutta per stimolarle. «Che ne dite di mangiare degli scampi come antipasto? Oppure una zuppa? Va sempre bene in una serata fredda. Ho preso l'abitudine di una zuppa calda, vivendo a Chicago. Dopo che ho trascorso la maggior parte della mia vita in Georgia, il vento che soffia dal Lago Michigan mi ha fatto cambiare certe usanze. Credo che proverò la zuppa d'aragosta. Ma voi due fate con calma, non c'è nessuna fretta.» Passò in rassegna il menu. «Vitello. Pesce spada. Vediamo, il filetto mignon mi ispira, che cosa ne dite? Non riesco a decidere.»

Smettila, pregò Jennie, in silenzio. È stupido, è folle comportarsi così. Se tutte le persone eleganti presenti in questa sala potessero sapere chi siamo, avrebbero qualcos'altro di cui parlare. «Fantastico», direbbero. Perché sono venuta qui? Oh, lo so benissimo perché sono venuta...

Ma non funzionava, perché Jill intendeva ovviamente ignorarla. Anche lei, probabilmente, era stata costretta a quell'incontro. Ciononostante, mangiava di gusto, mentre parlava con Peter. Sembrava quasi che si fossero alleati contro Jennie. No, era assurdo; Peter non era tipo da allearsi con qualcuno o contro qualcuno. Non si rendeva semplicemente conto di come venisse esclusa o dell'atmosfera carica di tensione.

Quando lo champagne fu versato, Peter sollevò il bicchiere. «Alla salute, alla felicità e alla pace tra noi.»

Jennie bevve un sorso che, vista l'agitazione in cui si trovava, le diede la nausea. Quando posò il bicchiere, Peter la guardò, ansioso.

«Non ti piace? Dom Pérignon.»

«È eccellente, ma io sono una donna che beve Perrier.»

«Ricordo quando eri una donna che beveva gingerale.»

Jennie avrebbe voluto correggerlo. Non ero una donna, ero una ragazza, una bambina che si è trasformata troppo presto in donna. Ma il ricordo sarebbe stato brutale e non sarebbe comunque servito a niente.

Il dialogo, come una palla, passò sopra la sua testa china sul piatto.

«Non esiste panorama come quello», stava dicendo Jill. «Tutte quelle miglia di giallo e di cedri e di piñon. E l'aria dolce. Niente del genere da nessuna parte.»

«E i pioppi tremuli lungo il fiume», osservò Peter, poi, rivolto a Jennie: «Jill mi ha detto che avete parlato insieme del Nuovo Messico. Sa molte cose sugli anasazi, quelli antichi, probabilmente più di quanto so io. Ho trascorso un paio di settimane due estati fa a studiare i *kiva*. Luoghi d'incontro religiosi sotto terra. Molto interessante. Ma tu probabilmente li conosci.»

«No, non li conosco», confessò Jennie, rifiutandosi di aiutarlo.

Peter la guardò per un momento con occhi imploranti e feriti, poi, facendo appello alla sua allegria, tornò a parlare della terra di *mesquito* e di cactus.

Quanto a me, ne ho abbastanza di implorare, pensò Jennie. Non riesco ad avere neppure un briciolo di attenzione da Jill, anche se so che, quando crede che io non la guardi, mi esamina di nascosto. Forse tenta di immaginare la scena originale... Non lo facciamo tutti noi di tanto in tanto? Così almeno dicono. Sì, era una sera calda e silenziosa, la ghiaia sul vialetto sapeva di polvere e dovevamo fare alla svelta prima che gli altri tornassero a casa. Ecco come fu. Ed ecco perché sei qui, seduta al *Waldorf Astoria*, Jill, con il tuo grazioso vestito e la tua dignità, con il tuo povero cuore che batte, come immagino che sia.

«Provo una specie di malinconia quando spreco una giornata», stava raccontando Jill, «perché non posso recuperarla. C'è un giorno di meno da vivere. Non che senta il bisogno di fare chissà quante cose. Si tratta piuttosto del bisogno di essere consapevole e attiva.»

«So esattamente quello che intendi», stava ribattendo

Peter. «È lo stesso anche per me. Stiamo scoprendo di avere sempre più cose in comune.»

Jennie posò la forchetta sul piatto. Il cibo non le andava proprio giù. Quella Situazione – anni prima l'aveva chiamata con la lettera maiuscola e così faceva ora – era intollerabile. Come una forza tentacolare, la rabbia cresceva in lei, allungando i tentacoli verso i due seduti al tavolo per poi sgonfiarsi, disgustata. Che cambiamento veloce era avvenuto! In poche settimane, la sua spensierata fiducia in se stessa era scomparsa. E quelli continuavano a chiacchierare, a riversare parole, incuranti della tempesta che potevano provocare nel suo intimo. E tuttavia, avevano il controllo della situazione.

Jennie prese nella borsetta il rossetto di cui non aveva il minimo bisogno e, mentre se lo passava sulle labbra, nello specchietto notò che i suoi occhi feriti erano pesantemente cerchiati.

«Jennie, non hai detto una parola. Avanti, unisciti alla nostra conversazione», la invitò Peter.

Era come se stesse rimproverando un bambino timido o scontroso. Che cosa poteva pensare? Certo, doveva essersi accorto che Jill non le rivolgeva la parola.

«Mi sembra piuttosto ovvio il motivo per cui non parlo», ribatté Jennie.

Peter posò la forchetta. «D'accordo, d'accordo. Vedo che è arrivato il momento di arrivare al dunque. Voi due dovete riavvicinarvi e lo sapete. Dovete trovare un punto d'incontro.»

«Nessuno deve fare qualcosa», obiettò Jennie. «È sbagliato cominciare da una situazione del genere.»

«Non vedo niente di sbagliato in una ragazza che vuole conoscere i suoi genitori.»

«Forse no. Se la cosa andasse bene per tutti, sarebbe meraviglioso. Ma non è così e tu non puoi farla andare bene per forza, Peter. E neppure io.»

«Ma si dà il caso che sia sicuro che tu puoi, Jennie. Perché non vuoi accettare completamente nostra figlia, senza problemi di segretezza? Da che cosa ti nascondi?»

Le parole *nostra figlia* e *ti nascondi* la mandarono su tutte le furie. «Tu non puoi chiedermelo!» gridò Jennie. «Non puoi, hai capito? Perché proprio tu, più di tutti gli altri, credi di potermelo chiedere?»

Ferito e pieno di vergogna, Peter cominciò: «Be', se hai intenzione di essere così ostile...» ma Jill lo interruppe.

«La prima volta che vi vedo insieme... la prima volta che si realizza una cosa che ho tanto sognato... e voi due vi mettete a litigare! È incredibile! Litigate! Avevo immaginato...» Si fermò. «Mi sento soffocare. Oh, perché non vi siete sposati e non mi avete tenuta? Non avete tenuto vostra figlia? Perché? Oh, non so neppure quello che dico. Ma guardate che pasticcio avete combinato! Guardate!»

Jennie si voltò verso Peter. Era rosso in viso, come se la pelle gli fosse appena ricresciuta dopo una scottatura. Sotto le ciglia abbassate, gli occhi scintillavano. Capì che era turbato, incapace di ribattere, e, d'un tratto, capì anche a che cosa pensasse: i tergicristalli che si muovono sotto la pioggia in una via scura e le sue parole: «*Jennie, Jennie, non preoccuparti, mi occuperò io di tutto*». In quel momento, la pietà che provò per lui, per tutti loro, annientò la rabbia.

Le lacrime sgorgarono dagli occhi di Jill che si girò, mostrando a Jennie soltanto il profilo, umiliata come può esserlo una donna quando le capita di piangere in pubblico. Il silenzio cadde sul tavolo pieno di fiori e la situazione fu resa ancora più patetica da uno scoppio di risate che si levò al di sopra del vocio discreto che regnava nella sala. Colpiti dal dolore di Jill, né Jennie né Peter ebbero il coraggio di guardarsi.

Poi Jill si asciugò gli occhi e bevve un sorso d'acqua. Jennie attese con rassegnazione. Peter, ancora rosso in viso, cominciò a parlare con cautela, come se stesse rivolgendosi all'aria.

«Questo è troppo per tutti noi. Avrei dovuto capirlo. È stato stupido da parte mia aspettarmi che andasse tutto liscio.» Nessuno lo contraddisse. Lui prese a tamburellare le dita sulla tovaglia, come se stesse pensando. Poi, abbandonò l'espressione vaga che aveva sul volto e si rivolse direttamente a Jennie. «Un ristorante non è il posto adatto per parlare con il cuore in mano», continuò. «So che tu e Jill avete interrotto il vostro pranzo perché lei voleva venire a casa tua e tu non eri d'accordo. L'ho trovato piuttosto strano. Se tu chiarissi il punto, forse ci sarebbe di aiuto.»

Fu Jill a rispondere e, questa volta, incluse Jennie nelle sue osservazioni, lanciandole un'occhiata quasi di sfida. «Non è solo quello. Non è che volessi andare là. È che desideravo soltanto sapere perché non potevo andarci. Perché non devo mai mettermi in contatto con te, ma devo aspettare che sia tu a chiamarmi. Hai eretto un muro. Una specie di ... una specie di.... muro di Berlino.»

Sì, pensò Jennie. E io, come i berlinesi una volta, mi trincero dietro quel muro. Mi chiudo. E, una volta di più, con moderazione, con ostinata pazienza, cercò di presentarsi come una persona con dei diritti.

«A volte penso che la privacy sia un privilegio destinato a scomparire. Perché non dovrebbe bastare dire che ho le mie buone ragioni?»

«Date le circostanze, non basta», ribatté Jill, con decisione. «Non puoi certo dire di avermi accolta a braccia aperte, no? Quelli del servizio adozioni, il signor Riley ed Emma Dunn, mi avevano detto che non sarebbe stato facile. Che avrei dovuto essere paziente e... e credo di esserlo stata, ma non mi sarei mai aspettata niente del genere.»

Jennie appoggiò per un momento la fronte alle mani, che erano fredde sugli occhi doloranti.

«Ah, non capisci... Ti è impossibile accettarmi come sono?»

Molto sommessamente Peter chiese: «Permettimi di farti una domanda in tutta franchezza, Jennie. Sei forse sposata? Hai dei figli? È per questo?»

Jennie sollevò la testa. «No. No a entrambe le domande.»
«Allora sei libera, come me.»
La sala era calda e, sebbene non fosse affollata, Jennie aveva la sensazione di essere circondata da troppe persone. La testa le girava; forse era il mezzo bicchiere di vino che le faceva quell'effetto, nello stato di agitazione in cui si trovava.
«Allora sei completamente libera», ripeté Peter, questa volta con più decisione.
Jennie non ne poteva più. E glielo si doveva leggere in faccia perché Peter smise di fisssarla. Non ce la faccio più, pensò. Sono persone delle quali non ci si può fidare. Non me la sentirei mai di dire loro la verità. Mi soffocherebbero e tormenterebbero finché Jay non scoprirebbe tutto.
Lo faranno comunque.
Era sfinita, doveva fuggire, doveva andarsene, chiudersi una porta alle spalle. Si alzò e prese la giacca del tailleur dallo schienale.
«Non posso rimanere», annunciò, brusca. «Non posso. Non vedete che mi sento male?» E ripeté: «Scusate, scusate, non posso rimanere». Dopo di che se ne andò quasi di corsa, destando curiosità tra le persone che si trovavano nel vasto atrio, esattamente come aveva fatto sua figlia, qualche giorno prima.
In Park Avenue, si respirava aria di neve. Le nuvole basse sopra i grattacieli assumevano una tonalità marrone là dove la città lanciava verso l'alto le sue luci. Vorrei tanto prendere un aereo e volare al di sopra di quelle nuvole, si disse Jennie. Vorrei salire, spiccare il volo alla ricerca di un po' di pace. Prese invece il primo taxi che si avvicinò al marciapiede, aprì i finestrini per respirare l'aria fredda, pagò l'autista e, senza aspettare il resto, salì di corsa le scale verso il suo rifugio.
La camera da letto era stranamente in disordine. Si era vestita in fretta e furia per paura di arrivare tardi e non aveva riposto i vestiti della giornata. Ora giacevano

là dove li aveva abbandonati: la gonna su una sedia, la camicetta su un'altra, le scarpe al centro del pavimento assieme al contenuto della valigetta che era caduta dal letto. C'erano fogli sparsi dappertutto. Passando tra l'uno e l'altro, senza raccoglierli, Jennie tolse il copriletto, si liberò dei vestiti e, in mutandine e reggiseno, si sdraiò.

La stanza era una prigione, e tuttavia non aveva un altro posto in cui andare. Si voltò e rivoltò sul materasso. Demoni, alati e neri e con gli artigli: George, quel povero, vecchio, semplice uomo giaceva morto sulla strada gelata tra gli alberi scuri; Peter e Jill la tormentavano, la interrogavano e non volevano lasciarla andare; Enid Wolfe la squadrava dall'alto in basso, lanciandole uno sguardo deciso e analitico... Le ali del demonio, le ali del pipistrello sbattevano e le mani erano artigli di alligatore.

Fece un balzo dal letto. Se nient'altro riusciva a scacciarli, forse ci sarebbe riuscito il whisky. Non ce ne sarebbe voluto molto per far ubriacare una donna da ginger-ale. Non si era mai ubriacata in vita sua.

Come se avesse una sete da morire, riempì un bicchiere da bibita con il Chivas Regal che teneva sullo scaffale per Jay, bevve e fu scossa da un brivido. Che roba orribile! Ceralacca! Le bruciava la bocca, le dava alla testa e la infuocava a mano a mano che scendeva. Le sembrava di essere stata colpita da un fulmine.

Capace a malapena di reggersi in piedi, raggiunse la camera appoggiandosi al muro, spense la lampada, staccò il telefono e si gettò di nuovo sul letto.

Qualcosa suonava. Lontano, come se qualche stupido in strada si stesse divertendo con un maledettissimo campanello.

«Oh, buon Dio, la vuoi smettere?» balbettò Jennie. Aveva le labbra gonfie e la bocca asciutta e le costava troppa fatica aprirla.

Tutt'a un tratto si accorse che il campanello era vicino, era nell'appartamento, era il suo campanello di casa.

«Non ne posso più», disse, ad alta voce. La stanza le girò attorno quando si alzò per accendere la luce nel piccolo ingresso.

«Chi è? Che cosa diavolo vuole?» gridò, aprendo con tale violenza che la porta andò a sbattere contro il muro.

«Peter. Sono Peter.»

Jennie non era sicura di aver capito. «Che... che cosa fai qui? Peter? Tu?»

Lui entrò e chiuse la porta a chiave.

«Mi hai spaventato a morte! Non capivo che cosa ti stesse accadendo. Ma ho dovuto pagare il conto prima di correrti dietro.» Era senza fiato. «E tu eri già scomparsa! Così ho messo Jill su un taxi, ne ho cercato un altro per me e... ed eccomi qui. Come stai? Stai bene?»

«Be'... lo vedi come sto. Bene. Proprio bene. Sì.»

Peter le si avvicinò e la fissò, meravigliato.

«Jennie, per amor del cielo, sei ubriaca!»

«Non lo so. Forse.» Lei cominciò a ridere. «Non riesco a reggermi. Credo che dovrò sedermi sul pavimento.»

«No, no.» Peter la prese nel momento in cui le gambe le cedettero; le sembrava che le ossa le si fossero sciolte. «Avanti, va' a letto.»

«Io ero a letto. È per colpa tua che mi sono alzata. Ora, piangerò di nuovo.»

Lui scosse la testa. «Che cos'hai bevuto?»

«Non lo so. Limonata.» Jennie rideva e piangeva nello stesso tempo. «Oh, sono triste, così triste. Non puoi immaginare come sono triste. Nessuno lo immagina.»

Lui la sorreggeva. Delle mani forti la tenevano sotto le braccia. «Mi dispiace, Jennie», continuò Peter, con dolcezza. «Ma lascia che ti porti a letto. Non sei abituata a bere, vero? Sei ancora la ragazza da ginger-ale, no?» In parte trasportata, in parte spinta, Jennie arrivò al letto.

«La ragazza da ginger-ale. Certo. Quella sono io. Sempre.»

«Questo folle letto... Carte, libri, scarpe, tutto qui sopra... Come puoi sdraiarti su un letto come questo?»

«Non sono affari tuoi. Pensa agli affari tuoi. Tieni giù le mani dai miei libri.»

«Non voglio i tuoi libri. Guarda, metto ogni cosa sulla sedia. Guarda.»

Appoggiata alla testiera del letto, lei stava invece guardando direttamente nello specchio sopra il cassettone. I suoi occhi fissarono un viso rigato di lacrime, due guance gonfie e macchiate di mascara, uno slip trasparente e un seno che era uscito dal reggiseno di pizzo.

«Sono un disastro. Oh, Dio, sono un disastro.»

«Domani mattina, dopo che avrai dormito, non lo sarai più.» Peter le coprì il seno nudo con il lenzuolo. «Davvero, Jennie, devo dirti che non dovresti aprire la porta senza sapere chi c'è fuori. Non lo sai? Non sai che cosa poteva accadere?»

«Non mi interessa. Non mi interessa, non mi interessa, non mi interessa, non ...»

«Va bene, basta. Avanti, lascia che ti aggiusti i cuscini. Ora mettiti giù e dormi. Io mi distenderò sul divano.»

«No! Non puoi stare qui. Vattene!»

«Non ho alcuna intenzione di lasciarti in queste condizioni. Domani mattina, ti sentirai molto meglio. Non mi crederai quando ti racconterò di tutto questo e riderai persino di te. Allora parleremo e dopo me ne andrò.»

«Non voglio parlare con te. Voglio che mi lasci in pace, capito? Vattene. Sta' alla larga da me.»

«Per il momento, me ne andrò, ma solo nell'altra stanza. Okay, spengo la luce.»

«Lasciala stare! Devo alzarmi, devo andare in ufficio. Sono una donna che lavora io.»

«Jennie, è lunedì sera; sono le dieci meno un quarto e tu dormirai per il resto della notte.»

La stanza ricadde nell'oscurità. Era calda, un'oscurità

calda, come l'aria tropicale. Non sai niente dell'aria tropicale, Jennie. Non sai niente, non vuoi sapere niente. Peter è qui, non è buffo? Rido, è così buffo. Piango. Oh, lasciatemi dormire, tutti. Fuori dalla mia vita.

Jennie si svegliò. Di nuovo non aveva la minima idea di quante ore avesse dormito ma, questa volta, era un po' più cosciente, nonostante quei terribili martelli le battessero nella testa. Capì che cos'era accaduto e che cosa stava accadendo. Peter era sul divano nella stanza accanto e, oltre a lui, c'era qualcuno che suonava il campanello e bussava alla porta.

Si mise a sedere. La luce si accese nel soggiorno. Dei piedi senza scarpe si posarono sul pavimento, dove finiva il tappeto, muovendosi con cautela verso la porta sul parquet cigolante. Lei si sentì leggermente sollevata al pensiero di non trovarsi sola. Quegli uomini... che cercavano il nastro... Sciocchezze... niente affatto.

«Che cosa vuole?» chiese Peter.

«Tolga la catena alla porta e mi faccia entrare, altrimenti tra due minuti chiamerò la polizia», gridò Jay.

Jennie sentì il cuore fermarsi.

«Chi diavolo è lei? Anch'io posso far arrivare la polizia tra due minuti.»

«Che cos'ha fatto a Jennie? Maledizione a lei, tolga quella catena, ho detto!»

«Maledizione a lei! Io non ho fatto niente a Jennie. È a letto che dorme.»

E Jennie stava piangendo al buio: Sta' calma. Il momento è arrivato, eccolo. Non è nemmeno come avevi temuto che fosse, è peggio, molto peggio. Accese la lampada. Il reggiseno si era slacciato ed era caduto dal letto; gli slip le erano scivolati lungo le gambe. In preda a una fretta terribile, cercò la vestaglia, ma non la trovò; si infilò la giacca del tailleur che si trovava sulla sedia e, tenendosi la gonna davanti, corse in soggiorno.

Peter, in maglietta e calzoni con la cintura aperta, era

ancora di fronte alla porta. Attraverso la piccola apertura consentita dalla lunghezza della catena, si intravedeva il viso furibondo di Jay.

«È tutto a posto, Peter», disse Jennie, con voce rotta. «Apri la porta.»

Jay entrò. Fissò prima Jennie, che teneva la gonna come se fosse uno scudo, poi l'uomo in disordine e infine di nuovo Jennie.

«Chi è questo? Cristo, che cosa succede? Ti ha fatto del male?»

«No, no. È un amico. È tutto a posto.»

«Tutto a posto? Un amico?»

«Sì, voglio dire, è arrivato all'improvviso. Non sapevo che venisse e così...»

Un capogiro la fermò e, con le ginocchia tremanti, lei si appoggiò al muro. Jay la sostenne e, tenendola per le spalle, la passò in rassegna.

«Hai bevuto o qualcuno ti ha dato qualcosa.» Si voltò di scatto verso Peter. «Che cosa succede? Chi diavolo è lei? Che cosa le ha fatto?»

Meravigliato, con il solito rossore che gli si stava manifestando, Peter rispose: «Sono Peter Mendes. Ed è vero, sono soltanto un amico, un amico di Jennie di Chicago.»

Debole com'era, Jennie si sentì sull'orlo di una crisi isterica. Peter era così buffo, con i capelli arruffati e senza scarpe accanto a Jay che era in vestito scuro, camicia bianca e cravatta. Le sfuggì dalla gola una specie di risolino: terrore e lacrime confuse in un risolino.

Jay la scosse gentilmente. «Jennie, per amor del cielo, parla! Sono stato preoccupato per tutta la sera. Nessuno rispondeva al telefono. Ti ho chiamata al lavoro e una donna dell'ufficio accanto ha detto che eri uscita alle cinque e mezzo. Con i delinquenti che circolano in strada e con quello che è successo a George...» Si fermò, sorpreso. «Sapevi che dovevamo parlare e hai annullato l'appuntamento. È la seconda volta che lo fai...» Tacque di nuovo. «Penso di essere impazzito, qui. Voglio sperare che non sia vero ciò che vedo. Sei nuda!»

Attraverso la porta aperta, il letto sembrava l'alcova di un sultano; con le coperte arrotolate assieme ai cuscini, dominava la piccola stanza in disordine. Tre paia di occhi, quasi fossero comandati dallo stesso pensiero, si puntarono sul letto.

Il viso di Jay era pallidissimo, mentre quello dell'altro uomo era rosso.

«È te che vedo, Jennie?» domandò Jay.

«Ti prego, lascia che ti spieghi...»

«Sì, spiegami perché mi hai mentito raccontandomi la storia della cliente. Dimmi che cosa succede qui, nel bel mezzo della notte.»

La voce era brusca. Jay ansimava e tremava. «D'altra parte, forse non hai bisogno di scomodarti a darmi delle spiegazioni.»

Jennie sollevò le braccia verso di lui, in un gesto implorante, e dimenticò la gonna che cadde a terra. Quando si chinò a raccoglierla, la giacca le si aprì, scoprendole i seni. Jay respinse le sue braccia e si voltò.

La più tragica delle situazioni poteva anche sembrare ridicola. Non era strano? E ancora più strano era il fatto che, in preda alla più terribile disperazione, una persona riuscisse a mostrarsi distaccata e a vedersi sconfitta e ridicola.

«Jay, ascoltami», cominciò lei, piangendo. Poi si portò le mani al viso e la gonna cadde di nuovo, mettendo in mostra le mutandine trasparenti.

«Questa sei tu?» ripeté Jay, incredulo.

«Deve scusarla», intervenne Peter. «Non ha mai bevuto prima. Era agitata. Non era in sé. Non era la vera Jennie.»

Jay lo guardò. «E, a quanto pare, lei conosce la vera Jennie.»

«L'ho conosciuta tanti anni fa. Avevamo delle cose di cui discutere.»

«Ah, sì. E l'avete fatto. Vedo che l'avete fatto. Avevate molte cose di cui discutere.»

Jay era immobile, con le braccia lungo i fianchi, come un soldato sull'attenti. Soltanto una mano si muoveva, stringendo il pugno, lasciandolo e stringendolo di nuovo.

«Se qualcuno mi dicesse che mio padre ha dato fuoco alla nostra casa o che mia madre ha fatto una rapina in banca, ci crederei?» Parlava a se stesso, come se fosse solo. «Oh, mio Dio, quando il bianco è nero e il nero è bianco, allora tutto può accadere. Tutto.»

«Jay...» Jennie voleva parlare, ma l'orrore le bloccava la gola, impedendo alle sue parole di uscire. Era consapevole di non ragionare come avrebbe dovuto e tuttavia la sua mente sembrava funzionare perfettamente. La contraddizione era strana.

Jay si diresse verso la porta che era ancora aperta, poi si voltò a guardare la stanza. Jennie ebbe una veloce percezione. Lui aveva l'espressione di chi stesse per lasciare la sua casa per l'ultima volta, di chi la guardasse per imprimersela nella mente o – poteva mai essere? – di chi, con disprezzo, respinge tutto ciò che ha conosciuto di un luogo. L'ambiente era immerso nel silenzio, un silenzio breve, ma sufficiente da lasciare al pendolo sulla scrivania il tempo di scandire la mezz'ora e di assorbire poi le vibrazioni rimaste nell'aria. In quei brevi momenti, un'immagine, non un pensiero, piuttosto un frammento, si affacciò alla mente di Jennie e scomparve: l'autobus, i cavalli bianchi e poi tutto si dissolse.

«Non crederò mai più in niente e nessuno», disse Jay.

E se ne andò. La porta si chiuse alle sue spalle, sbattendo.

Jennie rimase con la schiena e i palmi delle mani incollati al muro. Peter si diresse verso l'armadio della camera da letto, tornò con una vestaglia e gliela fece indossare. Non chiedermi niente, ti prego, non farmi domande, pregò lei, in silenzio.

E lui non lo fece. Come se avesse capito, le prese una mano e la tenne tra le sue per scaldargliela, dicendo soltanto: «Sei fredda».

«Non posso», cominciò Jennie, «non posso parlare.»

Peter comprese anche quello. «Non hai bisogno di parlare. Non ti chiederò niente. Ma devi tornare a letto mentre ti preparo una tazza di tè.»

Il tè era caldo e al latte. Peter le tenne la tazza e pulì le gocce che uscivano dalle sue labbra tremanti.

«Il latte caldo ti farà dormire», mormorò.

Jennie bevve e si distese sui cuscini. La lampada nell'angolo lanciava una luce discreta sul soffitto dove formava una specie di rosa. Peter le accarezzò la fronte, muovendo ritmicamente le dita decise. E lei si lasciò sprofondare, sprofondare. Morire...

Quando si svegliò, il mattino dopo, vide Peter seduto su una sedia accanto al letto e si disse che forse era rimasto lì per tutta la notte.

«Ho preparato la colazione», annunciò lui. «Prima, però, va' a farti una doccia e a pettinarti i capelli.»

Ma ora Jennie era completamente lucida e tutto ciò che le era apparso nebbioso la notte prima, era lampante come un titolo sul *Times*. Il viso di Jay le era sembrato confuso, molto confuso, ma non la sua angoscia e quella che aveva provato lei. Tuttavia ricordava perfettamente i suoi occhi: dovevano essersi impressi nella sua mente. Era come se ora la fissassero, minacciosi e pieni di dolore. Una volta, quando era una ragazzina e viveva in una casa a schiera, aveva visto un uomo nel cortile in fondo alla strada che picchiava un cane e non aveva mai dimenticato gli occhi della povera bestia...

Girò la testa verso il cuscino e si mise a piangere. I singhiozzi le scuotevano il corpo. Così faceva la gente quando moriva qualcuno. Ricordò la mamma quando morì papà. Ho creduto che il pianto avrebbe ucciso anche lei.

Dopo un po', quando si fu calmata, Peter tornò nella stanza. Rimase in attesa, senza parlare, limitandosi a scuotere leggermente la testa e a sorridere anche, come uno che prova pietà per un bambino e gli dica: Via, non piangere...

«Non c'è stato niente», disse lei. «Non abbiamo fatto niente.»

«No, ma è chiaro che sembrava che avessimo fatto qualcosa.»

«Stavamo per sposarci.»

«Chi è lui?»

«Un avvocato.»

«Non ti fidi di me?»

«No.»

Lui sorrise di nuovo e scrollò le spalle.

«Sei arrabbiato perché non ti dico il suo nome?»

«Non ha importanza.»

«Sei stato molto gentile con me, Peter.»

«È naturale. Tu non avresti fatto lo stesso?»

«Credo di sì.»

«L'avresti fatto. Tu più di chiunque altro.» Peter si era seduto su una sedia nell'angolo e ora la guardava con aria pietosa e comprensiva. «Mi sento terribilmente in colpa. Non conosco la tua storia, ma non è difficile immaginarla, almeno in parte, e capisco che, venendo qui, ti ho messo di nuovo in un guaio orribile.» Quando lei non rispose, aggrottò la fronte. «È la seconda volta che entro nella tua vita. Che cosa posso dire? Che cosa posso fare?»

«Niente. Che cosa c'è da fare?» Le costò molta fatica parlare, ma Peter era così dispiaciuto che lei si era sentita in dovere di dire qualcosa. «Non l'hai fatto apposta. Le tue intenzioni di rimanere qui, con me, erano buone.»

«Mi hai spaventato a morte quando hai lasciato il tavolo a quel modo. Anche Jill era spaventata. Sembravi... be', distrutta. Sì, distrutta. È per questo che sono dovuto venire.»

«Per un po' mi sono sentita davvero distrutta.»

«A causa sua? Non volevi che lui scoprisse di Jill?»

Jennie si lasciò sfuggire un ultimo singhiozzo. «Quello non era... quello non era concepibile.»

Peter non chiese altro e, per un momento o due, nessuno parlò. Jennie si sentiva scarmigliata, sporca e miserabile per questo. Facendo ricorso a tutte le forze, si mise a sedere e gli chiese di uscire dalla stanza. Poi si avvolse nella sua vestaglia un po' umida e andò a farsi la doccia.

Si mise sotto il getto caldo dell'acqua e cominciò meccanicamente a insaponarsi. In preda a una specie di letargo, vi rimase troppo a lungo, sprecando acqua, rifugiandosi nel dolce calore che l'avvolgeva. Poi uscì, si lavò i denti e si spazzolò i capelli; le onde scure tornarono a posto. Ma il suo viso nello specchio era devastato, gli occhi erano rossi e gonfi tanto da sembrare grandi il doppio sotto le palpebre. Non aveva importanza. Nulla aveva importanza. Che senso aveva pettinarsi e lavarsi i denti? Che differenza faceva avere i denti puliti o sporchi?

«Stai meglio», commentò Peter.

«Sono orribile. Guardami.» Jennie desiderava perversamente che lui prendesse coscienza del suo stato.

«Be'», fece Peter, cambiando argomento, «che ne dici di bere il caffè a letto?»

«A letto? Devo andare a lavorare, Peter. Sono le otto.»

«Non sei nelle condizioni di lavorare, oggi, e lo sai benissimo, Jennie. Torna a letto, per ora. Ti alzerai più tardi.»

Le aveva preparato il pane tostato e le uova, ma lei non toccò niente. Erano ormai diversi giorni che non aveva il minimo appetito. Lui la guardò per un po' bere il caffè, giocherellare con la tazza tra le mani, poi disse: «Chiamerò il tuo ufficio, a meno che non voglia farlo tu, e dirò che sei ammalata».

«Fallo pure tu e chiedi di Dinah.» Tutte le sue energie, tutte le sue ambizioni erano scomparse, ciononostante Jennie doveva mostrarsi forte. «Di' che andrò domani mattina.»

«Non sono sicuro che potrai farlo. Devi riposarti.»

«Io non devo fare niente.»

«Sei sempre così dura con te stessa? Hai avuto uno choc. Come se fosse morto qualcuno.»

Era uno strano modo di descrivere la sua condizione e tuttavia era proprio così. Non sono sicura di sapere come andrò avanti da questo momento in poi, pensò. Non ha senso che tutto possa finire così. Tutto sparito in un paio di minuti.

«Ha detto qualcosa sulla porta», cominciò. «Non riesco a ricordare esattamente che cosa. E tu?»

Peter parve sorpreso e lei continuò: «La notte scorsa, mentre se ne andava. Lo chiamerò Joe, ma quello non è il suo nome. Sto cercando di pensare. Ha detto qualcosa sul fatto di non credere...»

«Oh. Vuoi davvero saperlo? Devi tornarci proprio sopra?»

«Sì.»

«Ha detto: 'Non crederò mai più in niente e nessuno'.»

Le parole, anche se udite indirettamente, avevano un suono triste, un terribile senso di definitivo. Jennie le ascoltò per un po' dentro la testa, poi chiese a Peter se ritenesse che 'Joe' potesse averle veramente pensate.

«Mai, significa tanto tempo, Jennie.»

«Hai ragione. La mia è stata una domanda stupida.»

E così, prima o poi, ci sarebbe stata un'altra donna. E, chiudendo gli occhi, Jennie immaginò fin nei minimi dettagli la donna che lui avrebbe accolto a letto a braccia aperte. Quali parole avrebbe detto? Quelle che si erano dette l'un l'altra nel loro speciale linguaggio?

Oh, si possono scrivere migliaia di pagine di psicologia e affermare che la gelosia è un sentimento infantile e degradante ma, nonostante tutto, è vero che la gelosia è una tortura e che la gente uccide e si uccide per questo motivo. È perdita, perdita definitiva e ancora peggio.

Perciò ora sai, Jennie, sai, come se fossi Jay, come dev'essersi sentito lui quando ti ha vista qui la notte scorsa.

Il campanello squillò così bruscamente che Peter fece un balzo.

«È Shirley che abita qui di fronte. Di solito suona per chiedermi se voglio andare in ufficio con lei.»

«D'accordo. Dirò che hai l'influenza.»

Quando tornò, Peter sembrava divertito. «Se avessi visto la sorpresa che aveva sul viso! Le sopracciglia le arrivavano ai capelli!»

Jennie commentò con amarezza: «Posso immaginarlo. Non assomigli affatto all'uomo che è abituata a vedere qui, il mattino».

«Voleva entrare, ma ho detto che mi prendevo cura io di te, che sono un vecchio amico e anche un medico.»

«Grazie. Non mi andava di farmi vedere in questo stato.» Era strano che non si vergognasse di farsi vedere da Peter. «Shirley è una brava ragazza, ma parla troppo. Sa tutto di tutti.»

«Avrai pure altri amici. Credo che dovresti parlare con un'amica, oggi.»

«Non voglio nessuno.»

«Ma hai bisogno di un po' d'aiuto finché non riesci a chiarire le cose», insistette lui.

«Forse non si chiariranno mai, non credi? Probabilmente dovrò cavarmela da sola, perciò tanto vale che mi ci abitui subito.»

Erano parole coraggiose e piene di buonsenso; Jennie, tuttavia, ci credeva soltanto in parte. Certo, Jay sarebbe tornato e avrebbe voluto delle spiegazioni... Poi rifletté che, comunque, la domanda di Jay sarebbe stata sempre la stessa e lei sarebbe tornata al punto iniziale.

«Scusami. Posso chiederti perché dici 'mai'?»

«È una lunga storia.»

«Forse potresti abbreviarla.»

«Be', gli ho mentito. E lui non mi ha mai mentito. Oh, tu non capisci! Dovresti conoscere lui e la situazione che c'era prima.»

Peter parve dubbioso, ma non chiese altro. E Jennie,

guardandosi per un momento dall'esterno, com'era solita fare, si vide seduta sul letto, a fissare quello che per lungo tempo era stato un estraneo e ora cominciava a diventare nuovamente una persona familiare. Una leggera barba rossiccia gli era spuntata sulle guance durante la notte; le tornò in mente la volta in cui lui le aveva parlato della crescita della barba. Riusciva a ricordare...
E a fare un confronto: Peter non era molto più giovane di Jay, sebbene lo sembrasse, come se la vita fosse stata più facile per lui. Forse lo era stata. Si rese conto di non sapere niente di lui, al di fuori che era un professore. Ebbe per un istante la visione di Peter, in posa professionale, chino su una scrivania, mentre faceva dondolare una gamba; indossava scarpe lucide e un maglione di cashmere. Non era sicura che fumasse una pipa e decise che non la fumava, probabilmente. Le ragazze dovevano fare le sciocche con lui. I ragazzi lo rispettavano per la sua altezza e per la sua figura imponente. Ma, in realtà, non sapeva niente di lui.

«Sei sposato?» domandò.

«Io? Perché me lo domandi?»

«Non lo so. Stavo soltanto pensando.»

«Non sono sposato.»

«Una volta ho letto qualche notizia su di te. Facevo parte di una commissione per le borse di studio. Sono stata felice di sapere che avevi avuto successo. Che sei arrivato dove volevi arrivare.»

«Sei stata felice?» Peter era sorpreso. «Dopo tutto quello che è accaduto tra noi, sei riuscita a essere contenta per me?»

«Una cosa non ha niente a che vedere con l'altra», ribatté semplicemente lei.

Peter scosse la testa. «Perché sei così buona? Del resto, lo sei sempre stata.»

Lei sorrise. Era stata davvero buona con lui. E disse: «Non è quello. Ammiro una buona mente che non si getta via».

«Be', non sono certo Schliemann sulle rovine di Troia,

ma ho scritto qualcosa su certe interessanti scoperte nei nostri deserti sudoccidentali e mi piace insegnare, perciò, in fin dei conti, sono soddisfatto della mia vita. Ma raccontami di te, del tuo lavoro di avvocato.»

Peter era quasi scherzoso e lei capì che stava facendo il possibile per distoglierla dai suoi pensieri e farle cambiare umore. Ma tutto tornò improvvisamente scialbo e tetro. La luce invernale, biancastra come il latte, era impietosa con la piccola stanza che, di sera, poteva sembrare così accogliente: il cassettone era pieno di graffi; le tendine bianche erano giallognole e consumate. Il fallimento regnava lì dentro.

Vedendola taciturna, Peter parlò di nuovo, più seriamente, questa volta. «Non mi piace lasciarti sola. Vorrei non dover andare.»

«Torni a Chicago?»

«No. Passerò una settimana in questa città. Devo incontrare certe persone del dipartimento di archeologia della Columbia. C'è una conferenza. Oggi pomeriggio, e un paio di cene. Poi, la settimana prossima, dovrò andare ad Atlanta.»

Jennie non fece commenti.

«Si tratta del quarantesimo anniversario di nozze dei miei genitori. Una data importante.»

Jennie mantenne il silenzio.

«So che non vuoi sentir parlare di loro.»

Lei avrebbe potuto ribattere: Dal momento che lo sai, perché ne parli? Ma quello non era il suo modo di fare, perciò disse soltanto: «Non me ne importa, lo sai».

Peter arrossì. «Be', volevo soltanto dire che devo andare ad Atlanta. Altrimenti mi fermerei e cercherei di aiutarti. Di aiutare te e Jill... Oh, sai che cosa tento di dire, Jennie. Vorrei tanto esserti di aiuto, anche se non so come.»

«Neppure io. Perciò, farai bene ad andare all'anniversario, ad Atlanta», affermò lei, abbastanza fredda.

Era come se Peter avesse bisogno di continuare con quell'argomento. «Sarà una festa in piccolo. La famiglia si è assottigliata. Molti parenti sono morti da quando tu... voglio dire che non saremo in tanti. Sally June non ha figli...»

A Jennie parve di vederli attorno al tavolo con la tovaglia bianca e le candele accese. In inverno, la vista che si godeva dalle alte finestre sarebbe stata meno bella: sempreverdi scuri e prati secchi. Sua sorella non ha figli, loro perciò non hanno nipoti. Doveva essere un dolore, soprattutto per gente come loro che ci teneva tanto alla continuità della stirpe.

E non poté trattenersi dal chiedere: «Non hanno mai domandato, mai accennato?...»

«No.» Jennie lo vide incapace di guardarla negli occhi. Peter, tuttavia, aggiunse: «Mi chiedo spesso se ci pensino o se ne parlino, tra di loro».

«Hai intenzione di parlargliene, ora che sai?»

«Non ne sono sicuro. Non so che cosa sia meglio. E tu?»

«Io? Non ci penso proprio», rispose lei, piena di amarezza.

Rimasero entrambi in silenzio finché Peter disse: «Mi dispiace lasciarti qui, sola e nei guai, ma devo farlo».

«Certo. Va', ti prego. Non fare tardi a causa mia.»

«Ti telefonerò. O forse verrò di nuovo a trovarti.»

«Non è necessario.»

«Lo so, ma lo farò ugualmente. E chiudi la porta a chiave quando esco.»

Un'altra ondata di disperazione la sommerse quando rimase sola. Era come se la gioia di vivere, la speranza, la luce del sole e tutta la dolce e selvaggia felicità di prima fossero state spazzate via. E mai si era sentita così stanca.

Pregò inutilmente di riuscire a dormire. Ma dopo un po', i rumori distinti dei clacson e dei motori cominciarono a formare un unico suono monotono, come quello delle onde dell'oceano, e il sonno l'avvolse di nuovo. Pur sapendo che quella era soltanto una fuga momentanea, Jennie la benedisse.

Dormì per tutto il giorno e tutta la notte. Il mattino dopo, trovò la forza fisica sufficiente per alzarsi, vestirsi e mangiare qualcosa. Un altro giorno lontano dall'ufficio non sarebbe poi stato la fine del mondo, decise. La speranza, alla quale non credeva, anche se la sentiva rinascere, la incoraggiava a farlo. Forse era saggio aspettare a casa. Forse Jay sarebbe passato... Avrebbe telefonato in ufficio, avrebbe saputo che era ammalata e allora...

Stava considerando quella possibilità, quando il campanello squillò. Andò ad aprire.

Shirley la passò in rassegna. «Stai meglio?»

«Molto meglio. Un po' di influenza o qualcosa del genere.»

«Bene. È stata una fortuna che il tuo amico fosse qui. Ha detto che sei quasi svenuta.»

«Stavo molto male.»

«Mi prenderò il pomeriggio di libertà. Probabilmente tornerò a casa presto, perciò, se vuoi qualcosa, sai dove trovarmi.»

«Mille grazie, Shirley, ma sto bene. Veramente.»

Quando Shirley se ne andò, Jennie si versò una seconda tazza di caffè e tornò a sedersi. Le cose in cucina erano state riposte nei luoghi sbagliati. Il vassoio nero si trovava in alto, invece che in basso. Stava meglio là, però, accanto alla teiera cinese nera. Era stato Peter a spostarlo, a notare quei particolari. Era un uomo meticoloso e la perfezione era importante per lui: dopotutto, era il figlio della casa con le alte colonne bianche. La casa in cui lei non era stata desiderata. E aveva messo al mondo una nipote per quella gente! Si nascose il viso tra le mani e, sebbene qualche minuto prima tremasse, sentì un'ondata di calore avvolgerla: era il sangue che le ribolliva nelle vene.

Peter, tuttavia, era stato così gentile con lei! E anche Shirley! Desideravano aiutarla e lei doveva essere loro grata. Lo era. Ma la sola persona che potesse veramente farlo era Jay.

La mattina passò.

Nel primo pomeriggio, si rese conto che, persa com'era in se stessa, non aveva rivolto il minimo pensiero a George Cromwell. Sotto la gelida terra, quell'uomo gentile e buono giaceva nella sua tomba. Il senso di colpa la fece arrossire. Doveva almeno mandare dei fiori alla vedova e andare a farle una visita. Nella sua disperazione, aveva quasi dimenticato quella dell'altra donna e, aggrottando la fronte, ora, confrontò il dolore di quella poveretta con il suo. Ma erano troppo diversi per poter fare un paragone: erano alle estremità opposte della vita.

Andrò a mandarle subito dei fiori, pensò. Mi ci vorranno solo pochi minuti e, se Jay viene e non mi trova in casa, aspetterà.

Ma lui non verrà.

Quando aprì la porta sulla strada, vide con stupore che Peter si stava avvicinando al palazzo. Questo era troppo!

Non aveva alcun bisogno di lui e non desiderava parlare di loro o di Jill.

«E così stai uscendo!» esclamò lui. «Be', hai un aspetto migliore di ieri, comunque. Come ti senti?»

«Sto bene, come vedi.»

Lui la scrutò. «Non mi sembra proprio 'bene', diciamo che sei migliorata. Vai in qualche posto in particolare?»

«Dal fiorista, sul viale.»

«Ti dispiace se ti accompagno?»

«No. So che ho detto di star bene, ma mi sento molto stanca. Perciò, scusa se non sono loquace.»

Peter non ribatté. Poche persone erano uscite in quel tetro pomeriggio, per cui il nervoso e rapido ticchettio dei tacchi di Jennie risuonava forte. Il silenzio di Peter appariva così ancora più pesante e triste. Lei si sentì oppressa da una strana sensazione di distacco, come se fosse stata via per un lungo periodo. Al drugstore, sul viale, vicino al fiorista, si fermò come se volesse riposarsi e guardò un ragazzo che sistemava una piccola piramide di bottiglie di profumo. Nuit de Noël, Calèche, Shalimar, tutti nomi ritmati. Shalimar era dolce, come le rose, lo zucchero e la vaniglia. Canditi dolci, diceva sempre Jay mentre le baciava il collo. E distogliendo lo sguardo dalla vetrina, era così accecata dalle lacrime che sarebbe finita contro un passante se Peter non l'avesse fermata, prendendola per un braccio.

Dal fiorista ordinò delle rose per Martha Cromwell e uscì di nuovo nella giornata buia e opprimente.

Fu Peter a rompere il silenzio. «Posso chiederti soltanto una cosa? Non ti voglio tormentare, Jennie, ma hai parlato con lui?»

«No.»

Lui fece una smorfia. «Oh, Dio, è colpa mia.»

«Sarebbe finita comunque, date le circostanze.»

«Ti riferisci a Jill. È a causa sua, vuoi dire.»

«Oh, Peter, non sto dicendo niente. Per amor del cielo, non farmi più pensare! Voglio essere vuota per sempre.»

«Strano, è ciò che ha detto Jill di se stessa, ieri.»

«L'hai rivista?»

«Sì, dovevo andare alla Columbia, te l'ho detto. Così abbiamo pranzato insieme. Le ho raccontato di te, le ho detto tutto. Ti dispiace che l'abbia fatto?»

«Se anche mi dispiacesse, è troppo tardi, no? Ma non credo che mi dispiaccia.»

«Ha pianto, Jennie. È convinta di averti trattata male. Non sarebbe stata tanto insistente, se avesse saputo della tua situazione.»

«Non intendeva essere dura. Dille che lo capisco. Non voglio che si senta in colpa per me.»

«Sarebbe meglio se glielo dicessi tu, Jennie.»

Lei sollevò le braccia al cielo. «Non capisci che sarebbe sempre lo stesso? Che non approderemmo a niente?»

«Non puoi esserne sicura. Non vale la pena di tentare?»

Scuse, spiegazioni e, probabilmente, altre lacrime, pensò Jennie e ripeté: «Non approderemmo a niente».

«Non sto tentando di costringerti a fare qualcosa, ma lei è così giovane. Soltanto ieri era una bambina. Ti prego, pensaci sopra.»

Jennie sospirò. «Va bene. Ci sto pensando ed è questo ciò che penso.»

«Rifletti un altro po', ti prego.»

La voce di Peter era calma. La stava spingendo, Jennie lo sapeva, ma probabilmente lui aveva ragione. No, aveva sicuramente ragione. L'infanzia di Jill... che cosa ne so? Ma so quanto faccia male a non essere compresi. Come Jay fa con me, io faccio con Jill. Tutto collegato, intrecciato come un nodo.

Ma non posso districarlo adesso. Non posso.

E, abbassando la testa contro il vento, si affrettò verso casa. A metà strada, si fermò e allungò una mano.

«Peter, voglio salutarti qui.»

«Non vuoi che torni a casa tua? Va bene, Jennie, lo capisco. Ma tu farai una cosa? Ripenserai al fatto di parlare con Jill?»

«Farò del mio meglio, Peter.»

Jennie stava infilando la chiave nella serratura quando Shirley aprì la porta.

«Ehi, dove sei stata? Pensavo che non saresti mai tornata.»

«Che cosa vuoi dire? Sono rimasta fuori soltanto una mezz'ora. Quarantacinque minuti, al massimo.»

«Jay è stato qui.»

Jennie avvertì un tuffo al cuore. «E? Gli hai parlato?»

«Visto che tu non rispondevi, ha suonato il mio campanello. Gli ho detto che ti avevo vista uscire, proprio mentre stavo per rientrare, con il tuo amico, quel dottore di Chicago.»

«Gli hai detto così?»
«Certo. Non dovevo?»
È sorprendente come il cuore possa cedere mentre la voce rimane decisa!
«Che cosa ha detto?»
«Niente. Mi ha ringraziata e se n'è andato. È un tale gentiluomo! Oh, gli ho riferito che ti sentivi meglio, questa mattina, e che il tuo amico medico doveva averti detto che stavi abbastanza bene da poter fare un giretto.»
Jennie posò lo sguardo desolato sull'amica. La sua ricercatezza poteva essere una maschera, un gusto per certi vestiti e una collezione di manierismi; sotto tutte quelle cose, Shirley era soltanto una ragazza buona, spensierata e allegra. La sua lingua sciolta, senza saperlo, aveva appena messo il sigillo finale sul destino di Jennie. Con quel secondo avvenimento, il ritorno del suo «amico di Chicago», non c'era speranza che Jay potesse di nuovo fidarsi di lei.
«Vado a riposarmi un po'», disse, debolmente.
«Non saresti dovuta uscire con questo tempo. Sei molto pallida. Non mi interessa che cosa dicano gli altri, secondo me non ha senso rischiare una polmonite...»
Ma Jennie era già entrata e aveva chiuso la porta.
Ora era confusa. Si sedette su una sedia dura, nel corridoio, e fissò il pavimento. Il piccolo tappeto era diviso in quadri, quattro in larghezza, sette in lunghezza. Sette per quattro fa ventotto... Il tempo passava e la sua mente cominciava a farle degli scherzi. Peter, quello giovane e quello di adesso, si confondeva con Jay, la luce si confondeva con il buio e la paura cancellava tutti. Che cosa avrebbe fatto della sua vita? Che cosa poteva fare? E di colpo, come in un freddo mattino dopo lunghi rinvii uno balza all'improvviso fuori dal letto, Jennie andò al telefono e compose il numero dell'ufficio di Jay.
La voce familiare della segretaria non era mai stata così insicura, imbarazzata, o fredda: comunque fosse, Jennie comprese subito che la risposta non era vera.

No, il signor Wolfe non era arrivato. Anzi, forse non sarebbe venuto per tutto il giorno. No, non sapeva quando sarebbe tornato né dove fosse. Tutto questo da quell'amichevole donna con i capelli grigi che aveva sempre avuto parole gentili per Jennie e che era stata persino invitata alle nozze!

Erano le tre del pomeriggio. Il numero tre le fece ricordare una cosa: i bambini erano tornati da scuola. Certo, pensò, ecco che cosa devo fare. Emily e Sue mi diranno se è a casa. Posò la mano sul telefono. Se era là, che cosa doveva dirgli? Come cominciare? Oh, caro, tesoro, ascoltami. Ascoltare che cosa? Le sue dita, tuttavia, stavano già facendo il numero.

«Sei tu, Sue?»

«No, sono Emily.»

«Come stai, cara? Sono Jennie.»

«Lo so», disse la bambina.

«Dimmi, papà è in casa?»

«Non lo so.»

«Che cosa vuoi dire con quel 'non lo so'?»

La bambina mormorò qualcosa di incomprensibile.

«Non riesco a sentirti, Emily. Che cosa hai detto?»

«Ho detto che la tata non vuole che parli al telefono, adesso.»

«La tata lo sa che stai parlando con me?»

«Credo di sì. Sì.»

E Jennie comprese che cos'era accaduto. Mai e poi mai, Jay avrebbe detto qualcosa di spiacevole su di lei alle bambine. Certo non avrebbe mai detto loro di essere scortesi con lei. Doveva aver semplicemente detto alla bambinaia che non voleva parlare con lei e la donna aveva detto qualcosa in proposito alle piccole.

Vide Jay in biblioteca, dove era spesso solito prendere le telefonate. L'apparecchio era sulla scrivania, accanto alla statua di Lincoln seduto. La sedia girevole era di pelle verde scuro con le borchie d'ottone. Probabilmente era seduto lì, ora, solo con le sue delusioni.

Vide Emily che rispondeva al telefono, in corridoio.

A Emily piaceva sempre correre al telefono, il che faceva arrabbiare la bambinaia. La donna era così rigida e Jennie aveva pensato che, dopo il matrimonio, avrebbe usato tutto il tatto che possedeva per convincere Jay a trovarne un'altra.

«Mi sei mancata, cara», disse.

«Anche tu, ma la tata dice che non devo più parlare.»

«Ciao, Emily», concluse Jennie e riattaccò.

Di colpo si mise a piangere. Era un pianto terribile, uno scoppio di angoscia e di disperazione. Quando ti tagli con un coltello o un bambino muore, si sentono grida del genere. Si posò una mano sulla bocca per frenare i singhiozzi che la scuotevano per tutto il corpo, tanto da costringerla a piegarsi in due per il dolore.

E dopo un po', quei singulti scomparvero per lasciare il posto a un profondo sospiro di sfinimento. Si alzò, cercò nel mobile di cucina ed estrasse la scatola dei cereali in cui si trovava l'astuccio di Cartier con l'anello. Poi andò in camera e da sotto una pila di maglioni prese la scatola di velluto con le perle. L'anello non era mai appartenuto al suo dito. Il diamante era freddo e distaccato. Le perle, lisce come seta, le scivolarono tra le dita. Restituiscile, perché tornino ad adornare il genere di collo cui erano abituate. Andò in cucina e ripose i due astucci in una scatola di cartone, la incartò e la legò con della corda resistente. Fece il tutto stringendo i denti e se ne accorse quando dovette telefonare all'ufficio postale per chiedere il codice.

Mentre scriveva J. Wolfe, pensò: Questa è l'ultima volta che ho bisogno di scrivere il suo nome.

All'ufficio postale dovette dare tutto il denaro che teneva in casa per i casi di emergenza per pagare l'assicurazione sul pacco. Mentre lo porgeva all'uomo dietro il bancone, le parve di provare la sensazione che si prova dopo un'operazione: dolore e sollievo perché è finita.

Ora doveva pensare al futuro, si disse con decisione. Tuttavia, assieme all'ombra del dubbio, le sorse una domanda: Quando ho già detto questo? E arrivò anche la risposta. L'hai detto dopo che è nata tua figlia. Non te ne ricordi?

Forse dovrei traslocare, pensò mentre tornava a casa. Questa zona, anche se non è la sua, mi ricorda troppo lui. Quel negozio in cui guardava i gattini d'angora e quasi ne comperava uno, le nostre cene italiane, il negozio dei dischi dove abbiamo comperato i compact... Queste cose mi torneranno in mente ogni volta che passerò di qui?

Il giorno si stava trasformando in sera e il vento era tagliente. Le cartacce svolazzavano sulle strade sporche della città grigia.

Devo riprendermi, ribadì a se stessa. Non posso continuare così. Era troppo facile sprofondare nella depressione. Si ricordò delle tristi settimane che avevano preceduto la nascita di Jill, quando rimaneva seduta a fissare fuori della finestra pomeriggi come quello, polverosi, ventosi e gelidi.

Di fronte alla porta del suo palazzo, passò accanto a un uomo che scendeva di corsa le scale.

Pensò che lui avesse indugiato un po' troppo con lo sguardo mentre la scrutava. Pensò anche che forse lo conosceva e poi le venne in mente che fosse un tizio con il quale si era scontrata, qualche ora prima davanti al drugstore. Sì, era sicuramente lui. Sciocchezze. Nello stato mentale in cui si trovava ora, poteva immaginare tutto. Ma forse era proprio lui. Il nastro, pensò. Oh, certo che no!

Una volta di sopra, scoprì che non aveva chiuso la porta a chiave. «I nervi», disse, ad alta voce. «Non l'hai mai fatto prima. Hai la testa via.» Cominciò a tremare. La temperatura doveva essere calata. No, non era quello. Erano di nuovo i nervi. Si rimproverò. «Preparati una tazza di tè e mangia. Non hai toccato cibo da questa mattina.»

Riscaldandosi le mani con la tazza, si sedette a fissare il cielo freddo. Nubi sottili oscuravano il pallido sole al tramonto. Il pesante ticchettio dell'orologio della cucina sottolineava il silenzio e il senso di vuoto.

Dopo aver bevuto il tè, si alzò e cominciò a camminare per il soggiorno. Ripensò alla giornata trascorsa. C'era qualcosa... non c'era qualcosa?... alla quale avrebbe dovuto pensare.

Sì. Avrebbe dovuto pensare a Jill. «È così giovane», aveva affermato Peter. «Soltanto ieri era una bambina.»

Era vero. E ora soffre a causa mia. Perché dovrebbe soffrire, giovane com'è? Avrà abbastanza tempo per soffrire quando sarà più vecchia. Molto tempo... Ora non c'è più motivo per cui non possa venire qui. Nessun motivo.

Molto lentamente, cominciò a rendersi conto che stava per avvenire uno scambio: un amante, un marito perso e una figlia ritrovata.

Progetti annullati e sostituiti da un qualche gigantesco dito in cielo, come se la propria volontà non contasse niente. Be', non aveva contato, vero, Jennie? Ogni speranza era persa, tutta l'energia scomparsa! Ci si fa un'immagine di un'altra persona, come ho fatto io con Jay, ma quell'immagine corrisponde alla verità? E quella che ci si fa di se stessi è vera?

Dopo un po', prese una decisione. Andò al telefono e chiamò Peter in albergo.

«Ho pensato, come mi hai detto di fare», esordì. «Di' a Jill di venire a cena domani sera.»

«Oh!» esclamò Peter. «Non a casa tua, vero?»

«Sì, qui, non in un ristorante. Noi tre, alle sei.»

«Jennie, allora è tutto finito... con lui?»

Con calma e decisione, lei rispose: «Sì e non voglio parlarne».

«Mi dispiace per te, Jennie. Mi dispiace per te, credimi. Ma non posso anche fare a meno di essere felice. Per Jill. E sarà così felice lei, quando glielo dirò.» Peter le era sinceramente grato ed era persino commosso. Jennie immaginò il sorriso che dalla bocca doveva arrivargli agli occhi e alle rughe che li circondavano. «Dio ti benedica, Jennie. Qualcosa mi diceva che, alla fine, avremmo potuto contare su di te.»

Lei posò la cornetta sulla scrivania dove giacevano, dimenticate, diverse cartellette portate a casa dall'ufficio.

Faresti meglio a guardarle, si disse. Torna al lavoro. Abituati alla situazione. Non hai altra scelta.

Ma il dolore era là come una pietra.

12

Grazie agli sforzi di Peter, la piccola cena, cominciata in un'atmosfera di cautela, alla fine si animò. Lui aggiunse una bottiglia di vino al menu molto semplice di Jennie, a base di insalata, pollo e frutta, e portò un mazzolino di fiori. Il gesto affettuoso, così tipico da parte sua, la irritò. Peter agiva come aveva sempre fatto, si ricordò, come se i fiori rappresentassero una cura per ogni umore, una specie di balsamo. Cionondimeno, abbellirono la tavola.

Jill portò una di quelle torte molto costose, di noci e cioccolato amaro, comprata in uno dei panifici europei dell'Upper East Side. In contrasto con l'atteggiamento gioviale di Peter, sembrava abbattuta, con l'espressione ansiosa di chi stesse portando un piccolo dono in una casa in lutto e l'offrisse con un mormorio quasi di scusa. Peter doveva averle tracciato un quadro disastroso, doveva averle parlato del crollo di Jennie.

Fu lui che condusse dapprima la conversazione, attento a non farla scivolare sul piano personale. Aveva apparentemente deciso che il cibo fosse l'argomento più sicuro e quindi cominciò a intrattenerle con aneddoti di picnic in riva al mare, nel Maine, di carne di serpente, a Hong Kong, della torta Sacher, all'*Hotel Sacher* di Vienna. Quest'ultima, disse, veniva decantata più del necessario.

«Troppo asciutta...»

Jill aveva parlato molto poco, così poco che Jennie aveva cominciato a pensare che fosse ancora piena di risentimento, nonostante ciò che le aveva riferito Peter. O forse era soltanto tesa? All'improvviso, si mise a parlare.

«La mia non è affatto asciutta. Ho una ricetta migliore. E, comunque, di qualsiasi torta si tratti, la tiro sempre fuori dal forno cinque o sei minuti prima del dovuto.»

Eppure, quell'elegante signorina con quella corta gonna nera, gli stivaletti neri e le lunghe unghie scarlatte mal si adattava all'immagine di chi stesse sempre davanti al forno, a tirar fuori torte.

«Dunque sai cucinare?» domandò Jennie, incuriosita.

Questa volta, Jill la guardò dritto negli occhi. «Sono una buona cuoca. La mamma e io seguiamo dei corsi insieme.»

«Penso che sia meraviglioso. Non mi farebbe male una cosa del genere. Non sono molto brava in cucina», disse Jennie, pensando: Si schiude. È come voltare le pagine di un libro, tutto uno scaffale di libri.

La risposta fu educata, convenzionale, da ospite a padrona di casa. «Ma tu non puoi essere in tribunale e in cucina nello stesso tempo.»

E Jennie, intuendo che quell'implicito complimento fosse un'offerta di pace, sorrise. «Niente scuse. Potrei trovare tutto il tempo, se ci provassi seriamente.»

Vedendo che la conversazione stava decollando e desiderando tenerla in volo, Peter aggiunse: «Tutte quelle cartellette sulla scrivania... Non mi hai detto nulla del tuo lavoro. Sei specializzata in qualcosa?»

«Jennie è un avvocato delle donne, non lo sapevi? Donne povere, donne sopraffatte, donne che lavorano», si affrettò a spiegare Jill.

Parve a Jennie che ci fosse dell'ammirazione nel suo

tono e la cosa la eccitò. Poi, ricordandosi improvvisamente delle osservazioni di Jill, durante la loro sfortunata colazione, sulla salvaguardia della natura in Nuovo Messico, volle precisare: «È certamente la maggior parte del mio lavoro, ma mi occupo anche di ambiente. In questo momento, infatti, sono nel bel mezzo di una grossa battaglia».

E fu anche presa dall'ansia. Se era nel bel mezzo di una battaglia, come aveva detto, allora avrebbe dovuto anche occuparsene. Erano trascorsi quattro giorni dalla morte di George. Di certo Martin doveva aver già messo al sicuro il nastro e forse era già arrivato a una qualche conclusione su quell'incidente. Perché non aveva sentito più nulla da parte sua? Pensò con un senso di sgomento che avrebbe dovuto parlare con Arthur Wolfe o con chiunque altro avesse preso il posto di George, ma, date le circostanze, come avrebbe potuto?

«George è stato sepolto ieri», proseguì con voce incolore, involontariamente.

Stupito, Peter volle sapere chi fosse George.

«No, non sono impazzita», chiarì lei. «Stavo solo pensando ad alta voce.»

A quel punto, trovò naturale spiegare di George. Così, senza rivelare nomi o luoghi, cominciò a raccontare la storia di Green Marsh.

Gli altri due erano affascinati. E alle orecchie di Jennie parve che un certo fervore si intrufolasse nelle proprie parole. Era come se stesse raccontando o perorando il caso di un bambino o di una donna che fossero stati trattati ingiustamente. Senza dir nulla, Peter e Jill finirono di mangiare, diedero una mano a sparecchiare e si portarono il caffè nel soggiorno intanto che Jennie continuava a parlare.

«Sono molto combattuta. Trovo che questo lavoro sulla protezione dell'ambiente sia importante quanto quello sui diritti delle donne. Se non fermiamo la distruzione di laghi e colline a scopo di profitto, allora non ci saranno neppure diritti per le donne, o per gli uomini, no? Oh, se fossi ricca, comprerei tutta la terra e la darei allo stato perché se ne occupi! Il posto è così bello! Fa male al cuore il solo pensare a ciò che vogliono farne.»

«So che cosa vuoi dire», fece Jill, indignata. «Dalle mie parti, i giornali sono sempre pieni dello stesso genere di notizie: grandi discussioni su lottizzazioni e diritti sulle acque. E le sequoie che vogliono tagliare in California? Quegli alberi crescono da un migliaio d'anni! Mi fanno ribollire il sangue!»

Peter si illuminò come se fosse stato colto da una nuova idea. «Sto pensando: non sarebbe bello se andassimo all'Ovest, un'estate, nel paese delle sequoie, in California, o dalle parti di Santa Fe? Potremmo affittare una jeep e girare un po' in esplorazione...» Guardò le due donne. «Forse è impossibile... Non lo so. Pensavo soltanto...» concluse, con una certa nostalgia.

E Jennie pensò: Stai andando troppo in fretta. Era tipico di Peter, ma lo scopo era pregevole. E poi era meraviglioso che adesso fossero tutti e tre capaci di parlarsi.

Non erano discorsi di circostanza, quelli, ma di sostanza. E Jennie cominciò a sentirsi più libera dalla tensione. Le sue spalle erano più rilassate, mentre se ne stava appoggiata allo schienale del divano. La mano di Jill era vicino alla sua; le sue belle dita affusolate, e le unghie lucenti erano in qualche modo commoventi per il contrasto che facevano con le semplici parole della ragazza.

«Ci pensi? Qualcuno vuole costruire un'area commerciale su un campo di battaglia della guerra civile! Stanno sconvolgendo il deserto dell'Arizona. Non rimarrà niente! Senti, Jennie, devi andare avanti in questa tua battaglia. Devi condurla a termine.» Gli occhi di Jill lampeggiarono di coraggio.

Qualcosa si agitò in Jennie, un pizzico d'orgoglio e di rispetto per se stessa. I fatti dei giorni precedenti, il suo comportamento, il suo fallimento, tutto aveva contribuito a sminuirla. Era stato così doloroso sentirsi inadegua-

«No», ribadì Jill. Esitò brevemente prima di aggiungere quietamente: «Mi dispiace che tu abbia avuto tanti problemi, Jennie. E so che è a causa mia».

Era quasi un'invocazione. Il suo viso, giovane e orgoglioso, parve ritornare a come doveva essere stato nella fanciullezza, quando Jennie non l'aveva mai conosciuto: malinconico, un po' imbronciato e capriccioso, con occhi cerchiati di scuro e labbra mutevoli, pronte istantaneamente ad atteggiarsi alla rabbia, al dolore o al riso. Chi fra i suoi antenati aveva posseduto quel carattere così volubile?

«Oh», fece Jennie, volutamente vaga, «le cause risalgono a molto tempo fa. Non c'è mai una sola causa.»

«Ma ho rovinato le cose per te. Lo so. L'ho detto anche a Peter.»

«Ho anch'io la mia parte di responsabilità», aggiunse lui, accigliato.

L'unica reazione possibile era una confessione reciproca. Non c'era da guadagnare nulla recriminando. Tutti avevano la loro parte di colpa, chi in un modo, chi nell'altro. Perciò Jennie fece un piccolo gesto di rigetto. Voleva dire soltanto una cosa e la disse: «Guardiamo avanti, se possiamo, non indietro».

«Vorrei non andarmene quando ci sarebbe tanto di cui parlare», fece Jill.

«Potreste vedervi un pomeriggio, presto», suggerì Peter.

Jill si affrettò a dire: «Potrei domani. La mia ultima ora è all'una». Era ansiosa. Desiderava cementare in fretta la nuova amicizia. «Potremmo andare da qualche parte. Al museo, al Metropolitan. Potremmo semplicemente andarcene in giro, prenderci un tè.»

Jennie aveva progettato di tornare in ufficio. Si era rintanata in casa anche troppo a lungo, a leccarsi le ferite. Dinah l'aveva messa al corrente delle telefonate ricevute. Inoltre, doveva farsi viva con il procuratore distrettuale. La incuriosiva il fatto che non ci fossero stati altri sviluppi sul caso.

Ma davanti alla richiesta di Jill, quale differenza poteva fare un giorno in più o in meno?

«D'accordo. Ci troviamo sulla gradinata. O appena dentro, se il tempo è brutto.»

Li sentì scendere e, d'impulso, corse alla finestra per vederli uscire dall'edificio e incamminarsi per la strada. E di nuovo provò quella strana sensazione. Siamo legati, uniti, ci apparteniamo. La sensazione colpì, le scavò un piccolo buco nella testa e fuggì via. Ma Jennie continuò a guardare, allungando il collo, fino a quando non scomparvero.

La notte scura correva sopra la città. Grosse nuvole spinte dal vento nascondevano le stelle. Affascinata dal movimento del cielo, rifletté: dovremmo vederci più spesso. Aggiusterebbe le cose e le rimetterebbe nella loro giusta dimensione. E stava per abbassare le tende quando qualcosa attirò la sua attenzione. C'era un uomo, sotto un lampione, e osservava la casa. Era assurdo pensare che stesse guardando la sua finestra? Ma certo che era assurdo! Si era soltanto fermato per tirarsi su il bavero del cappotto. Adesso, infatti, se ne stava andando verso il fiume.

Mio Dio, di nuovo i miei nervi. Sono a pezzi, pensò, che io voglia ammetterlo o meno.

Avrebbe voluto tenere la mente impegnata su Jill, ma non ci riusciva. Stavano guardando una statuetta egiziana, vecchia di quattromila anni. L'uomo e sua moglie erano vicini: lei gli teneva il braccio attorno alla vita, lui le teneva il braccio sulle spalle. Amore umano senza tempo e senza fine! Un terribile risentimento sorse in Jennie, le fece salire il sangue alle guance e pulsare le tempie, tanto che dovette fare uno sforzo per parlare con voce normale.

«Be', ci fermiamo? Potrei sedermi e bere un tè?»

«Sei stanca? Ti ho fatta camminare troppo?» La ragazza era in ansia. Ansia genuina. Proprio come quella prima sera, quando aveva pensato che Jennie stesse per svenire.

«No, no, certo che no. Non sono un'invalida.» Poi, come se si fosse resa conto di essersi espressa con una certa impazienza, Jennie si affrettò ad aggiungere: «Sei una persona così gentile, Jill».

«Anche tu.»

«Cerco di esserlo», disse Jennie, seria.

«Be', lo sei. Adesso che capisco di più, lo so. Davvero. E voglio che tu sappia che lo so», replicò Jill con la stessa serietà.

Jennie ordinò il tè e sedette per un po' a guardare i tavoli e le persone intorno. Se ci fosse una finestra, pensò, Jill ora starebbe guardando fuori. Sto davvero imparando a conoscerla. Le piacciono le collane lunghe per giocarci; oggi ne porta due file arancioni, forse di Burma o indiane, lisce da toccare e da fare risuonare l'una contro l'altra.

Tutt'a un tratto, Jill la sorprese dicendo: «Sono felice che ti piaccia di nuovo Peter».

«Che cosa te lo fa pensare?»

«Non sei più arrabbiata con lui, e lo eri, terribilmente, quando ti ha telefonato la prima volta.»

«C'è una grossa differenza tra il non essere arrabbiati con qualcuno e dire che quel qualcuno ti piace.»

«Ma lui ti piace, l'ho visto, ieri sera.»

«Era solo che stavamo trascorrendo una piacevole serata.»

«Più che piacevole. È stata meravigliosa. Non pensi che sia stata meravigliosa?» insistette Jill.

L'ardore della ragazza la turbò. Jennie mescolò lentamente il suo tè al latte e rifletté su una risposta moderata da dare.

Infine, ammise: «È bello che l'abbiamo fatto».

«Ma non è stato stupefacente? Voglio dire, pensaci! Eravamo come una famiglia. Eravamo una famiglia.»

Quando, la sera prima, lo stesso pensiero le aveva sfiorato la mente, Jennie lo aveva allontanato come un'esagerazione. Adesso la allarmava.

«Tu hai già una famiglia, Jill», osservò con tono deciso, come volendolo far apparire un avvertimento.

«So che sono stata molto fortunata. Ho avuto una meravigliosa fanciullezza, e ne sento ancora tutto il calore. Non sono stata obbligata a diventare adulta nel giro di una notte, come è capitato a te, e di questo devo essere molto grata.»

«E io sono molto, molto grata ai tuoi genitori per averti dato quella meravigliosa fanciullezza», aggiunse Jennie.

Adesso esitava tra l'istinto di esprimere se stessa, lasciando che le acque scorressero, e il modo di controllarsi che aveva imparato per proteggere la propria privacy, arginando quelle stesse acque.

«Voglio dire cose che mi sono costretta a dimenticare», proseguì corrugando la fronte per la tensione che vi avvertiva. «Ero così preoccupata! Mi chiedevo se fossi ancora viva. Forse una malattia infantile... o un incidente. E pensavo a che cosa ne sarebbe stato di te, se loro fossero morti. Può succedere. Il giorno della tua nascita fu un così brutto giorno per me! Non guardavo più il calendario quando arrivò il mese di novembre.» Lanciò un'occhiata a Jill la quale distolse lo sguardo come per evitare la vista del dolore.

«Jennie... no. Non c'è mai stato niente di simile.»

«Ti dicono che dimenticherai quando dai via un bambino», mormorò Jennie. «Ma non è vero. Non dimentichi mai.»

«Così dice Peter. Non si dimentica.»

Peter. Che cosa aveva dovuto dimenticare lui, per amor del cielo? Ma, naturalmente, molte cose: di essere la persona che era, di aver vissuto ore tristi e tormentate. Sono di umore strano, oggi, pensò Jennie. Mi sembra di provare compassione per tutto il mondo, perfino per questi perfetti sconosciuti che se ne stanno qui seduti, a pranzo, in questo bellissimo posto. Come può uno sapere che cosa può aver passato o passerà l'altro?

Sì. Peter.

«Stavo pensando...» cominciò Jill e si fermò. «Non ti arrabbierai, se ti dico una cosa?»

Jennie sorrise. «No, no mi arrabbierò.»

«D'accordo, allora. Stavo pensando se, forse, non ci sarebbe una qualche probabilità che tu e Peter possiate mai... tornare insieme così felici come ieri sera. Non adesso, non subito, naturalmente. Ma con il tempo?»

«Non fantasticare, Jill. Ti prego.»

«Oh, ma è davvero una mia fantasia? Non penso! Ho la sensazione che Peter...»

Jennie la interruppe. «Perché? Che cosa ha detto?»

«In realtà, non ha detto niente. Ho solo avuto una sensazione.» Jill rise e mosse le mani dalle unghie scintillanti. «Quadratura del cerchio. Sarebbe così tutto ordinato. Io sono una persona molto ordinata. Quasi fanatica.»

«Io no», disse bruscamente Jennie, guardandosi le proprie unghie non laccate.

Ci fu un momento di silenzio, poi Jill parlò, rossa in viso come capitava spesso a Peter. «Oh, ho detto la cosa sbagliata! Volevo solo dire che... Be', adesso che l'uomo che stavi per sposare...» Si fermò. «Oh, anche peggio! Ho perso l'occasione per starmene zitta, vero? Me lo dicono sempre di pensare prima di aprire la bocca. Scusami tanto, Jennie.»

Parve per un momento così estremamente giovane e così dispiaciuta che Jennie riuscì a replicare soltanto: «Va tutto bene. Davvero. È solo una differenza d'opinione».

Più sollevata, Jill continuò: «È ciò che fa correre i cavalli, come dice sempre il nonno».

«Sì, lo dice anche mia madre.»

«Conoscerò un giorno tua madre?»

Oh, la mamma avrebbe voluto tanto un nipote! Non si sarebbe mai trasferita in Florida se ce ne fosse stato uno.

«Non lo so, Jill. Non so se per lei sarebbe la cosa migliore sapere di te adesso. Devo pensarci.»

Jill annuì. «Capisco. Capisco molto di più di quanto non abbia fatto la settimana scorsa, sai?»

Jennie le sfiorò la mano. «Me l'hai detto, e te ne sono grata. E se prendessimo un pezzo di torta per mandare giù un'altra tazza di tè?»

«Il peso. Devo stare attenta.»

«Oh, un pezzo piccolo piccolo. Non mangi dolci tutti i giorni. E poi, più magra di così!»

«Agli uomini piacciono le ragazze magre.»

«Non a tutti.»

«Ai miei amici, sì.»

«Plurale o singolare?»

«Plurale. Ne ebbi uno speciale, l'anno scorso, ma decisi che era sciocco legarsi a una persona, specie quando non ne ero innamorata. Era molto intelligente, quasi laureato in medicina, e anche molto carino, ma non erano buone ragioni per dedicargli tutto il mio tempo. Non sei d'accordo?»

«Completamente.»

«Un giorno», proseguì Jill con ardore, «voglio amare tanto qualcuno da non poter immaginare di vivere senza di lui. E voglio essere amata allo stesso modo. Pensi che sia troppo romantico e troppo poco realistico per gli anni Ottanta?»

«No», rispose in tono sommesso Jennie. «Penso anzi che sia l'unico modo.»

«Così, nel frattempo, potrò scegliere. In questo momento ce ne sono tre che mi piacciono molto. Uno è un musicista e ha sempre i biglietti per tutto, perfino quando sono esauriti. Andiamo all'opera il pomeriggio del sabato. Ho imparato ad apprezzare l'opera a Santa Fe. Ci sarai senza dubbio andata, qui.»

Mangiando la torta e bevendo il tè, Jill continuò a parlare di uomini, di amici, di scuola e di libri.

«Poi c'è questo gruppo con cui esco. Siamo in otto e aperti a tutto, rock e disco-music, mi piace ballare, e adesso qualcuno sta cimentandosi con Proust in francese per il nostro seminario. È una sfida, lascia che te lo dica.»

Tutto quel vivace chiacchierare, Jennie lo sapeva, era in parte a suo beneficio, per creare un'atmosfera ottimistica, ma in parte anche perché Jill si sentiva a suo agio con lei. E Jennie, con l'orecchio più al tono che alle parole, si ripeté di nuovo: Com'è giovane! Com'è innocente e saggia, fiduciosa e scusabile. E quanto è cara! Nessuna ferita vera, tranne quella che io le ho inferto, e penso che anche quella stia guarendo. La sto guarendo io per lei, adesso, grazie a Peter che me l'ha fatto fare. Forse andrà avanti negli anni senza altre ferite più terribili di questa. Lo spero. Devo sperare.

Quando si divisero, si baciarono.

«Spero per te», mormorò Jill, «che tu abbia tutto quello che desideri.»

È ciò che spero io stessa, pensò Jennie, mentre si allontanava. A questo punto e dopo tutto quello che è accaduto, proprio non lo so. Sto solo andando alla deriva.

«Già a letto?» domandò Peter quando lei rispose al telefono.

«Sì, devo alzarmi presto e tornare in ufficio.»

«Ti senti pronta a riprendere la tua corsa al successo?»

«Pronta come sempre.»

«Non hai saputo niente? Ti dispiace se te lo chiedo?»

Jennie fece finta di non aver capito. «Saputo che cosa?»

«Da... lui.»

«È finita, Peter», fece lei, un po' aspra. «Te l'ho già detto.»

«Dio, che vergogna! Proprio non capisco la gente.»

«Non voglio parlarne, Peter.»

«D'accordo, d'accordo. Voglio solo che tu sappia che hai me.»

Jennie non disse nulla.

«Non sei sola al mondo.»
Ci fu un click.
«Jennie? Sei lì?»
«Sono qui.»
Altro click.
«Questo rumore. Pensavo che avessi riattaccato.»
«Sai che non lo farei.»
«Stavo pensando. Quella cosa alla quale ho accennato per la prossima estate. Ti piacerebbe? Una settimana soltanto, nella riserva indiana, tu, Jill e io?»
Nonostante tutto, Jennie rimase colpita. E rispose con voce dolce: «Non posso pensare a qualcosa con tanto anticipo, Peter».
«D'accordo. Un'altra volta, allora. In realtà, ti ho telefonato per sapere com'era andata oggi.»
«Oh, benissimo! Abbiamo visto delle cose meravigliose. Lei ha voluto vedere dei quadri del diciottesimo secolo per la sua lezione di storia, poi siamo andate nell'ala egiziana. Sa molte cose.»
«È un tesoro, Jennie. Abbiamo messo al mondo un tesoro, tu e io. A volte, quando penso a lei mi metto a ridere. È come te.»
«Come me? Ma se è la copia carbone di te.»
«Assomiglia a me, sì, ma quello che voglio dire è che ha il tuo atteggiamento, quell'estrema indignazione per l'ingiustizia. E che temperamento. Che temperamento!»
«Pensi che io abbia temperamento?»
«Me lo chiedi? Altroché! E ostinata! Una volta che hai preso una decisione... quando decidesti di liberarti di me prima della nascita di Jill.» Peter tacque per qualche momento. Poi continuò tristemente: «Ho consumato un cilicio da allora. Credimi, Jennie».
«No, no», bisbigliò Jennie. «Non è il momento di parlarne.»
«Suppongo di no. Be', vacci piano, d'accordo? Non affaticarti, domani.»
Quando Jennie riattaccò, spinse da parte il documento che stava rivedendo. Da qualche parte, nell'edificio,

ta e piccola, rifiutata, davanti a quei due. Adesso aveva parlato loro con autorità e loro erano stati ad ascoltarla.

«Ma certo che voglio continuare a combattere», replicò. Poi aggiunse: «Sebbene potrebbe anche risultare impossibile in questo caso, in particolare. Ma ci saranno altre occasioni».

«Perché non questa?» domandò Peter.

«Ci sono ragioni troppo complicate da spiegare.»

«Rispondi solo a questo: correresti qualche pericolo se continuassi?»

«Oh, non penso.»

«È spaventoso quello che è accaduto a quel poveretto nell'auto. Fa' attenzione», l'avvertì Jill.

La ragazza mi piace, pensò Jennie. La sua voce è sincera. Intende davvero dirmi di stare attenta.

«Lo farò.» Sorrise a Jill, riflettendo: Soltanto qualche giorno fa volevo morire. Adesso non voglio. La mamma ha perso tutti durante gli anni di Hitler e tuttavia è sopravvissuta, no?

Jill le sorrise di rimando. Peter aveva un'espressione tranquilla e soddisfatta. Per un momento, passò per la mente a Jennie che tutti e tre sembrassero una famiglia che trascorresse una tranquilla serata in casa dopo una buona cena.

Quanti ripensamenti! C'erano stati dei momenti in cui si era sentita oltraggiata e aveva provato rabbia. Adesso stava pensando a quanto fosse gentile Peter e affettuosa Jill.

Jill guardò l'orologio. «Ho un test di storia domani e dovrei studiare. Ho davvero del lavoro da fare, questa notte.»

Jennie si alzò subito. «Naturalmente. Chiamale un taxi, Peter.»

«Farò di meglio. La riaccompagnerò.» Peter mise le mani sulle spalle di Jennie, voltandola verso di sé. «Voglio che tu sappia che questa serata è stata meravigliosa. Meravigliosa.» Era un po' scosso dall'emozione. «Nessuno di noi la dimenticherà mai.»

arrivava della musica. Qualcuno teneva il giradischi troppo alto. Ma era piacevole, un concerto di pianoforte, melodioso e nostalgico. Vino e rose, pensò, e rovesciò la testa all'indietro, chiudendo gli occhi. Il letto era morbido e la coperta così meravigliosamente calda. Dormire sembrava possibile, questa volta...

Peter, in un completo bianco estivo, danzava sotto delle lanterne di carta. Lei era preoccupata perché sapeva molto poco di lui. In realtà avevano parlato soltanto di Jill. Adesso arrivava anche Jay, il viso scuro, triste. Poi, sulla porta, si materializzava qualcuno che non era né Peter, né Jay, ma tutti e due, e si fermava davanti a lei in una dolorosa luce. E lei era terribilmente triste perché non sapeva chi fosse.

Svegliandosi, vide la lampada accesa. La spense, ma ormai aveva gli occhi di nuovo spalancati. Adesso sarebbe rimasta a lungo a fissare nell'oscurità.

13

La sua camicetta color pesca frusciava, i braccialetti d'oro di sua madre le tintinnavano al polso, e i piedi erano comodi nelle scarpe scollate di lucertola che aveva sempre tenuto per «dopo». Dal momento che non ci sarebbe stato un «dopo», tanto valeva mettersele subito. Meglio presentarsi bene. Era dentro che stava male.

Lungo il percorso fino all'autobus, analizzò se stessa. Hai paura di ritornare alla vecchia vita, quella che ti piaceva perché era così stimolante, così piena di colore. Hai paura di tornare indietro perché adesso sai che si trattava di un vuoto trantran, nonostante i discorsi importanti, i teatri, le gallerie e i giovanotti brillanti. L'autobus sobbalzava. Ogni fermata e successiva partenza la riportavano più lontana dalla città e, all'indietro, più lontana nel tempo. Aveva gli occhi fissi davanti a sé. La tristezza le ghiacciava l'anima. Si strinse nel cappotto.

Salì una donna e le si sedette accanto. Spostandosi per farle più posto sul sedile, Jennie sussultò. La donna aveva un viso ostile; duro e spigoloso. Sembrava tagliato con un apriscatole. Jennie si addossò al finestrino e si strinse ancora di più nel cappotto.

All'improvviso, la donna parlò. «Mi scusi, ma mi piacciono le sue scarpe. Vorrei portarle scarpe come quelle, ma i miei piedi mi danno qualche problema.»

Sorrise e gli occhi che le erano sembrati aspri s'addolcirono.

«Grazie», rispose Jennie e, sembrandole giusto dire qualcosa di gentile, aggiunse: «Sono molto comode». E con la stessa intensità con la quale aveva sentito inizialmente un moto di antipatia provò un senso di gratitudine verso la sconosciuta. Pensare che si poteva trovare conforto e calore umano nella casuale osservazione su un paio di scarpe! Arrivò in ufficio stranamente più calma.

«L'influenza ti ha buttata davvero giù», osservò Dinah. «Hai perso peso.»

«Un po'. Non mi aspettavo di trovarti qui di sabato.»

«Rimarrò mezza giornata. Ho rimandato tutti gli appuntamenti tranne quelli importanti perché tu possa rimetterti in forze.» Dinah seguì Jennie nell'altro ufficio. «Guarda quelle. Sono arrivate qualche minuto fa.»

Sulla scrivania di Jennie, in un vaso alto e sottile, c'erano delle rose il cui profumo molto dolce riempiva l'aria della stanza. Per un secondo, Jennie pensò che fossero di Jay. Stupida! Toccò un petalo. Non c'era bisogno di leggere il biglietto, ma lo fece ugualmente, sorpresa che riuscisse ancora a ricordare quella scrittura insolita, un po' in corsivo, un po' in stampatello.

«Buona fortuna per il tuo primo giorno di rientro al lavoro. Con affetto, Peter», diceva. Poi, come tracciato dopo un ripensamento: «E Jill».

Peter e i suoi fiori! Li sfiorò, pensierosa.

«Una dozzina. Le ho contate. Non sono splendide?» Dinah era impressionata e curiosa. E vedendo che Jennie non rispondeva, aggiunse: «C'è un mucchio di posta. L'ho divisa e ho messo quella importante sulla scrivania. C'era una raccomandata che ho aperto. Ho pensato che me l'avresti permesso».

«Naturalmente. Di che cosa si tratta?»

«È di quella gente in campagna. Quel caso di terreni.»

Era una breve nota su carta intestata di Arthur Wolfe, da lui stesso scritta nella sua nuova funzione di capo del comitato per la protezione dell'ambiente. Si informava Jennie che erano state trovate «altre soluzioni» dal punto di vista legale e la si invitava a presentare la parcella per i servizi prestati. Ed era tutto.

Jennie rimase immobile con in mano quello che, in pratica, era un rifiuto di tutta lei stessa. Un brivido di vergogna le corse lungo la schiena. Era stata messa a nudo. Come avevano potuto farle questo? Tutto il suo lavoro, così accuratamente costruito, era stato per niente. E tuttavia, date le circostanze, come avrebbero potuto fare diversamente? Quanto a lei, se la sarebbe sentita di lavorare ancora con Arthur Wolfe? No, sarebbe stato impossibile, e Arthur Wolfe aveva pensato la stessa cosa.

Ma aveva il cuore a pezzi.

«Scrivi una risposta, Dinah», ordinò. «Di' che accuso ricevuta della lettera e che non manderò la parcella per le mie prestazioni. Quello che ho fatto, l'ho fatto perché ci credevo, e non mi aspettavo di essere pagata. Dillo. E fallo adesso, ti prego, Dinah. Desidero che sia impostata questo pomeriggio.»

Continuò a starsene lì, con la lettera di Arthur Wolfe in mano. Poi, all'improvviso, pensò che doveva essere accaduto qualcosa. Aveva ogni diritto di non essere esclusa dalla conoscenza di avvenimenti che lei stessa aveva messo in moto! Aveva ogni diritto di sapere almeno che cosa ne fosse di Martha Cromwell. Quell'uomo o quegli uomini potevano essere andati a casa di George per cercare il nastro... Sarebbe stato logico andarci, specialmente adesso che ci viveva una donna sola e malata. Un brivido di paura la percorse al pensiero di quella prospettiva: la casa nascosta dietro gli abeti canadesi alla fine della strada, l'ingresso semicoperto dai rampicanti del portico... Un uomo poteva entrare e uscire senza essere visto o sentito... Doveva sapere.

Senza pensarci una seconda volta, prese il telefono e compose il numero.

«Sono Jennie Rakowsky. Sono un'amica di Martha e chiamo per avere notizie di lei», disse.

Una giovane voce di donna si levò al di sopra di un confuso ronzio di sottofondo. «Oh, so chi è lei! È l'avvocato che ha parlato tanto bene alla riunione, quella volta.»

Quelle parole le sollevarono un po' il morale, cosa di cui Jennie aveva bisogno. La ringraziò.

«Come sta Martha? Mi sono giunte molte voci. Sono felice che non sia sola in casa. Temevo proprio che lo fosse.»

«Sola? Buon Dio, no. I vicini fanno a turno per stare con lei. Non siamo mai meno di due, giorno e notte. In questo momento, per esempio, siamo anche troppi.»

«Oh, è meraviglioso! Ero così preoccupata.»

«Può parlarle lei stessa, se vuole. È a letto, naturalmente, pover'anima, ma c'è un telefono, di sopra.»

«Sto bene», rispose debolmente Martha a Jennie. «Resisto meglio di quanto avessi pensato.»

«Lei è come George. Ha coraggio. Mi dica, Martha, è venuto qualcuno a cercare il nastro? È sempre lì nascosto, vero?»

Martha sospirò, cominciò a parlare, poi sospirò di nuovo. «Non so come dirglielo, Jennie. Questa storia è stata un fiasco fin dall'inizio.»

«Che cosa vuole dire?»

«Be', il giorno del funerale, mia nipote venne a riordinare la stanza. George aveva messo il nastro in un sacchetto del supermercato, sotto il letto. Non pensavo al nastro, quel giorno. Mi sentivo poco bene. Cosicché mia nipote lo ha buttato nella spazzatura. È stato incenerito, Jennie. Non c'è più.»

Jennie avvertì l'impulso irresistibile di mettersi a ridere. Un sacchetto del supermercato sotto il letto! Tipico di George!

«Mi dispiace, Jennie. L'arma principale è sparita, non è vero?»

«Temo di sì. Be', il comitato per la protezione dell'ambiente è al punto di partenza, ecco tutto.»

«Ho sentito dire che lei non è più l'avvocato. Che cos'è accaduto?»

«È una lunga storia. Troppo lunga.»

«Senza di lei, perderanno.»

«Oh, lei mi dà troppa fiducia. Non ho influenza sul consiglio. Voteranno come vogliono votare.»

«No, ci sono un paio di voti in ballottaggio che possono andare da tutte e due le parti. E lei è una oratrice affascinante, Jennie.»

«Grazie per le belle parole, ma adesso ne sono fuori. Abbia cura di sé, Martha. Mi terrò in contatto.»

Mi è scappato tutto di mano, pensò. Adesso la Barker vincerà, la terra sarà distrutta e Martha, io e tutti gli altri saremo al sicuro. Un sacchetto buttato via per errore, dopo tutti gli sforzi, la rabbia e la confusione. Quando si dice l'ironia!

In meno di una settimana, un sacco di lavoro le si era accumulato sulla scrivania. Documenti e appuntamenti riempivano la mattina. Come sempre, quasi tutte le donne che venivano avevano un bambino con sé, o l'avevano lasciato dalla vicina, o erano incinte e già avanti con la gravidanza. Tante di loro non avevano un uomo fisso, per esserne state abbandonate o per non averne mai avuto uno. Vite difficili certamente, e tuttavia Jennie non poteva fare a meno di pensare, con una certa amarezza, che quelle donne avevano anche una certa libertà; non c'era segretezza nel modo in cui vivevano. Non erano necessarie spiegazioni.

Ne vennero e se ne andarono per tutta la mattina. Non essendoci il tempo di andare fuori per qualcosa di meglio, Jennie pranzò alla scrivania con un cattivo sandwich tutta maionese e una bibita. Il telefono squillò. Arrivò la posta e altra corrispondenza s'aggiunse. All'una, quando Dinah se ne andò, Jennie era di nuovo immersa nel lavoro.

«Devi essere molto stanca», osservò Dinah, preoccupata. «Perché non te ne vai a casa?»

«Sto bene. Rimarrò per un'altra oretta.»

Jennie voleva essere stanca. Sarebbe stato un tale conforto andare a casa esausta, mangiare qualcosa, andare a dormire e non pensare ad Arthur Wolfe... o a chiunque altro.

Qualcuno bussava alla porta esterna. Il suo primo impulso fu quello di ignorarlo, fino a quando, chiunque fosse, non se ne andasse. Il bussare divenne insistente. Le venne in mente che poteva trattarsi della ragazza terrorizzata che era venuta da lei qualche giorno prima con lividi e graffi sul collo e sulle braccia. Il suo amante poteva aver avuto un'altra esplosione di rabbia. Si alzò e andò ad aprire.

Un uomo di mezz'età ben vestito, con un soprabito grigio, stava davanti a lei.

«Mi chiamo Robinson. So che è tardi, ma ho visto la luce. Posso entrare?»

Lo fece e seguì Jennie nel suo ufficio dove, a testimonianza della giornata intensa di lavoro, c'erano fogli dappertutto.

L'uomo depose la valigetta sul pavimento, accanto a una sedia, vi tolse un fascio di documenti e li porse a Jennie.

«Le dispiace se mi siedo?»

Jennie prese i documenti pensando: È freddo, maledettamente freddo. Chi può essere?

«Ha un bel posticino, qui», fece lui, guardandosi attorno. «E i fiori. Coltivo rose io stesso. È uno dei miei hobby.»

«Che cosa posso fare per lei?» domandò Jennie, molto cauta.

«C'è qualcuno che pensa molto a lei per mandarle queste. Costano parecchio quelle a stelo lungo. Molto.»

Chi era? A Jennie venne la pelle d'oca. Un animale assediato nella sua tana sapeva riconoscere il pericolo. Ma dov'era una via di salvezza? Dove nascondersi?

«Le ho chiesto se posso fare qualcosa per lei», ribadì, con voce piatta. «Di che cosa si occupa?»

«Be', di questo e di quello.» Quando l'uomo sorrise, scoprì dei denti storti, grossi, un po' ingialliti.

«Grossi denti», aveva detto George. «I più grossi che abbia mai visto.»

Ma il nome non era stato Robinson, Jennie ne era sicura, sebbene, in preda a un principio di panico, sola nell'ufficio e nessun altro nei dintorni, non avrebbe potuto pensare a quale fosse stato. Non che avrebbe fatto molta differenza. Cercò di tenere a freno i propri pensieri.

«Sì, questo e quello», riprese l'uomo. Dita ben curate giocherellarono con la manica dell'altro braccio.

«Questo e quello non mi dicono niente. Ha un problema legale? Sono avvocato.»

«Questo lo so. E so anche che ha una certa pratica della legge in materia di adozione. So anche quello.»

Perplessa, Jennie lo guardò negli occhi, occhi neri e stretti, occhi di un roditore che spiavano da un angolo nascosto.

«Adozione?» ribatté. «Non particolarmente.»

«No? Ho sentito dire di sì.»

«Niente affatto.»

«Oh, andiamo, sono al corrente. Lei è sorpresa.» Lui sorrise di nuovo e i denti scintillarono. «La gente sente le cose. Si ascoltano telefonate. I modi ci sono.»

I click nel telefono, l'uomo sui gradini sotto il lampione. Il giorno in cui aveva dimenticato di chiudere la porta...

Le fu tutto chiaro. Non avevano smesso di cercare il nastro. Non erano potuti entrare nella casa di George a causa delle molte persone che vi stazionavano quasi in permanenza. Inoltre, non aveva dichiarato George che il nastro ce l'aveva «qualcun altro»? E, logicamente, quel qualcun altro non poteva essere che Arthur Wolfe, o Jay, o lei stessa. Tutto questo passò nella mente di Jennie in pochi secondi, sotto l'esame minuzioso di quei freddi occhi da basilisco.

Una fitta dolorosa le attraversò il petto. Anche una

giovane come lei poteva avere un attacco di cuore. Ciononostante, mantenne il silenzio.

«Sì, sì. C'è certa gente, una certa persona, che sarebbe interessata a sapere che cosa sa lei di adozioni. Specialmente di una avvenuta molto tempo fa.»

Com'era curioso, stava pensando Jennie. Le piste più strane si congiungevano. Peter, Jill e Green Marsh si incontravano e si univano ai piedi di Jay. O lo avrebbero fatto, se i piedi di Jay fossero stati ancora dove erano prima.

«Sono certo che farebbe di tutto perché lui non sapesse. Basta con la bella vita, basta con le scarrozzate in campagna sulla sua bella Mercedes due posti.»

Quello era l'uomo, dunque. L'auto apparteneva ai Wolfe ed era tenuta in campagna. C'era stata con Jay.

«Che cosa vuole?» domandò, costringendosi a parlare.

«Lo sa quello che voglio.»

«Se lo sapessi non glielo chiederei», ribatté Jennie, stupita non solo di essere in grado di parlare, ma di farlo anche con un certo tono di sfida.

«Senta, abbiamo tutti e due qualcosa. Perciò, se è furba, non deve giocare con me. Voglio il nastro.» E quando Jennie non rispose, l'uomo si sporse in avanti come se avesse voluto fare un balzo dalla sedia. «E non dica 'Quale nastro'! Questo non è il momento di giocare.» E la sua voce era nello stesso tempo bassa e controllata.

Jennie aveva le mani umide del sudore della paura. «Non ho alcun nastro.» Gli occhi neri la guardarono senza espressione. «È la verità. Non ne ho mai avuti.»

L'uomo girò sulla sedia e guardò verso la finestra. Al di là della strada, il palazzo di uffici era quasi completamente buio, adesso. C'erano ancora delle luci, ma venivano via via spente dal personale delle pulizie. Jennie cercò di ricordare a che ora quella gente cominciasse a lavorare sul suo piano, ma non ci riuscì. Non riusciva a pensare ad altro che alla sua paura. Avrebbe dovuto avere più buonsenso e non rimanere sola in un edificio deserto.

«Peccato per il vecchio, vero?» attaccò l'uomo, ancora di spalle.

«Quale vecchio?» domandò lei.

L'uomo balzò dalla sedia e la sovrastò. Jennie arretrò, proteggendosi istintivamente il viso da un possibile colpo.

«Jennie, Jennie, mi sta facendo perdere tempo.» L'uomo stava sorridendo. «Proprio non vorrei farle saltare i denti. Lei è un tipo in gamba, un avvocato, perciò non dovrebbe esserle difficile capire. Le faccio un'offerta finale: i nastri e io tengo la bocca chiusa sulla ragazza e l'altro tipo. Più ragionevole di così!»

«Quanto alla ragazza», sbottò Jennie, «può dirlo al mondo intero, per quello che importa. Quanto ai nastri, le dico che non so niente. Non ho più niente a che fare con tutta la faccenda.»

«Che cosa diavolo intende dire?»

«Ciò che ho detto. Non sono più l'avvocato. Sono stata licenziata.»

«Non le credo.»

«Se mi fa alzare da questa sedia, le faccio vedere la lettera.»

Jennie stava ricominciando a pensare. L'animale nella sua tana lotta per la vita.

«Non la fermerò», fece lui, e mostrò il suo sogghigno bestiale.

«Mi sta troppo addosso. Voglio proteggere i miei denti.»

Lui rise leggermente e si tirò indietro. «Ha temperamento. Mi piace in una donna.»

Con mani tremanti, Jennie frugò tra le carte che aveva sulla scrivania, mentre lui aspettava, così vicino, che Jennie ne poteva sentire il respiro. Per la fretta, rovesciò una pila di documenti.

«Ho l'impressione che non ce l'abbia, che abbia voluto prendermi in giro.»

«Si sbaglia. È qui. Deve esserci.» A meno che non

l'abbia buttata via, pensò Jennie. È così? Dio mi aiuti, se l'ho fatto.

«Ho pensato che mi avrebbe fracassato la faccia», aveva detto George. L'uomo aveva fatto di peggio.

«Non lo so. Mi dia un minuto.»

«Non ho intenzione di rimanere qui tutta la notte.»

Jennie poteva sentire il silenzio nel corridoio al di là della porta. Il silenzio urla, si dice. Come il suono delle onde, quando ti avvicini una conchiglia all'orecchio. Come il rumore del sangue nella testa.

Si chinò. Il cestino della cartaccia non era stato ancora vuotato. Doveva essere lì. Oh, doveva!

Lui l'afferrò per un braccio, stringendola dolorosamente. «Ehi! Che cosa pensa di fare?»

Jennie rovesciò il contenuto del cestino sul pavimento, si inginocchiò e cominciò a cercare febbrilmente tra i pezzi di carta, i dépliant pubblicitari accartocciati, le buste strappate, il giornale del mattino. Ti prego, ti prego, fa' che la trovi...

«Eccola!» La lettera era stata parzialmente strappata, ma era ancora chiaramente leggibile. Jennie gliela porse.

«Eccola, gliel'avevo detto. Sono stata licenziata.»

Lui studiò dapprima la lettera, poi Jennie che si era rialzata e seduta nuovamente perché le ginocchia minacciavano di non sostenerla più.

«Dunque», ringhiò l'uomo, «a lei non importa più niente di quello che accade adesso, vero?»

Jennie rifletté. Adesso andrà dai Wolfe. Ma non posso farci niente. E non c'è niente che loro non sappiano affrontare meglio di me.

«No», rispose, «esatto. Non me ne importa più niente.»

«E non gliene importa neppure se lui scopre della ragazza.»

L'uomo le era così vicino, adesso, che le sue ginocchia sfioravano quelle di Jennie. «Perciò adesso è di nuovo sul mercato.»

«Non capisco di che cosa stia parlando.»

«Ma certo che capisce. Il padre della ragazza.» Lui sembrava divertito. «Una settimana nella vecchia casa, eh?»

Jennie cominciò a battere i denti. L'aveva letto, ma non l'aveva mai sperimentato. Era strano il modo in cui sbattevano.

Lui allungò una mano e le toccò il seno. «Lei è una bella donna.»

Jennie si protesse con le sue. Lui gliele tolse.

Jennie lo guardò, cercando di apparire severa e ragionevole. «Perché vuole farmi questo? Non vale i fastidi che ne ricaverà.»

«Le darò sei buoni motivi sui quali riflettere. Credeva di farmi fesso, vero? Mettendo un registratore addosso al vecchio.» L'uomo le stringeva i polsi. «Mi chiedo che aspetto avrebbe con il naso rotto. O con qualche taglio sulla sua bella faccia.»

«Mi metterò a gridare...»

«Avanti, strilli. Chi vuole che la senta?»

Il pugno dell'uomo, sul quale brillava un anello d'oro, solido e curvo, saettò verso il suo viso. Jennie si lasciò cadere e batté la testa contro lo spigolo della scrivania. Avvertì una fitta salirle dalla bocca dello stomaco. Sentì il vomito in gola. Lui si abbassò, l'afferrò per il davanti della camicetta e la sollevò. Il tessuto produsse un suono di lacerazione. Rivide i suoi orribili denti grossi. Il viso dell'uomo era distorto dalla rabbia, il suo respiro sapeva di tabacco. Il pugno si levò nuovamente...

In quel momento, dall'estremità del corridoio provenne il rumore delle porte dell'ascensore che si aprivano, un brusio di voci, un calpestio di scarpe pesanti. «Il personale delle pulizie! Sta venendo!» gridò Jennie, singhiozzando.

L'uomo si eresse istantaneamente. «Merda!» Afferrando la valigetta e il soprabito, fu fuori della stanza ancora prima che Jennie avesse potuto sollevarsi dal pavimento.

Incerta sulle gambe, si aggrappò allo schienale di una sedia. Ed era ancora lì, con una mano che si teneva la camicetta strappata, quando la porta si aprì ed entrò un ragazzo con tutti gli attrezzi del suo lavoro: secchi, stracci, scope... Si fermò e la guardò.

«Quell'uomo!» ansimò Jennie. «Guarda nel corridoio! Se ne è andato?»

Il ragazzo scosse la testa. «No inglese.»

Jennie avrebbe voluto ringraziarlo all'infinito, inginocchiarsi davanti a lui. Ma lui avrebbe pensato che fosse pazza. Forse lo pensava già.

Tremante e pregando che le ginocchia la sostenessero, si mise la giacca e prese cappotto, borsetta e guanti. Ma poi, terrorizzata al pensiero di dover scendere, si sedette di nuovo. E se la stava aspettando di sotto? Ma no, doveva essere razionale. Non avrebbe mai rischiato di affrontarla in strada dove lei avrebbe potuto gridare e chiedere aiuto. Ma se fosse andato a casa sua?

Il telefono era a portata di mano, ma Jennie tremava così violentemente che non sarebbe riuscita a prenderlo. Si disse a voce alta: «Devo pensare. Chiamo la polizia? Perché cerchino un uomo con un soprabito scuro tra le migliaia di uomini con i soprabiti scuri sparsi per le strade di New York? Assurdo! Chiamare Martin?» Fece una smorfia di dolore. Era debole. Aveva bisogno di qualcuno che le dicesse che cosa fare. Com'era sola senza Jay! Poi, un terrore improvviso si impadronì di lei. E se quel... quel mostro fosse andato a casa di Jay? La stupida tata lo avrebbe fatto entrare semplicemente perché indossava un vestito costoso e aveva l'aria per bene. Lei e i bambini potevano essere soli. Ma anche se Jay fosse stato con loro e quel mostro avesse avuto un coltello...

Le mani di Jennie smisero di tremare mentre componeva il numero. Quella era una semplice chiamata d'avvertimento, nient'altro, non di preghiera o di intrusione là dove non era più desiderata. Una chiamata d'avvertimento. L'avrebbe messo bene in chiaro.

Non ottenne nessuna risposta. Quando provò allo studio, la segreteria telefonica informò che l'ufficio era chiuso fino a lunedì mattina. Voleva lasciare un messaggio? No. Non si poteva lasciar detto di guardarsi da un uomo con dei grossi denti gialli.

Allora telefonò a Martin, lo rintracciò a casa sua e gli raccontò piangendo tutta la storia. «Sono sicura che fosse l'uomo di George», concluse. «George aveva ragione, ha dei denti orrendi.»

«Se non è il killer, ovviamente lo conosce, però.»

«Be', l'ha praticamente detto. Mi chiedo se sia stato Fisher a fare fuori George.»

«Non lo so. Lo stiamo sorvegliando da vicino. E ci sono altri sviluppi in città di cui non posso parlarle per telefono. A proposito, faccia attenzione con il suo apparecchio finché non ci sbarazziamo del microfono. Vedrò che lo facciano lunedì.» Ci fu una pausa. «Ho saputo che non segue più il caso.»

«È vero. Me l'hanno tolto.» Una specie di orgoglio difensivo si fece sentire in lei. «Per nessuna ragione professionale, ma solo per un motivo strettamente personale.»

«Immaginavo che dovesse essere così. E mi dispiace. Lei è un vanto per la categoria.»

Il complimento le provocò un'altra ondata di lacrime e Jennie lo ringraziò.

«Be', è una fortuna che non sia stata ferita. Questa è la cosa più importante. Ha passato un brutto momento e io le consiglio di andare a casa, di bere un bicchierino di scotch e di riposare.»

Quando riattaccò, Jennie fu di nuovo colta dalla paura. Ho bisogno di qualcuno, di chiunque, pensò. Ma non di amici che non sanno nulla di tutti questi problemi. Non di Jill. Non ci si può appoggiare a una ragazza né la si può spaventare a morte.

Ma c'era Peter... E Jennie compose il numero del *Waldorf Astoria*.

Lui parve sorpreso e compiaciuto. «Mi hai trovato

per un pelo. Stavo per uscire a cena con delle persone che sono arrivate oggi in aereo da Chicago.»

«Oh.» Quelle parole la abbatterono. «Oh», ripeté lei, sospirando.

«Che succede? Stai piangendo?»

«No. Sì.» E, di nuovo, Jennie raccontò singhiozzando la sua storia.

«Mio Dio! Hai chiamato la polizia?»

«No. In sostanza, non mi ha fatto niente. Che cosa posso provare?»

«È ridicolo. A che serve la polizia? Chiamala subito.»

«Non capisci! Tratto ogni giorno cose del genere. La polizia riceve un migliaio di telefonate al minuto in questa città. Tu non lo sai. Non si scomodano per qualcosa che è quasi accaduto, ma non è accaduto. E l'uomo è... scomparso, comunque.» La voce le venne meno. «E poi, sono sfinita.»

«Arrivo immediatamente», disse subito Peter. «Chiudi a chiave la porta dell'ufficio, finché non arrivo. Dirò al tassista di aspettare e ti accompagnerò a casa.»

«Ma hai un appuntamento a cena.»

«Al diavolo l'appuntamento! Aspettami lì.»

«Il mio telefono era controllato. Te lo immagini? Lui sapeva di Jill.» Jennie si era tolta non solo la camicetta strappata, ma anche la giacca e la gonna e tutto ciò che aveva addosso, come se fosse roba contaminata. Non l'avrebbe più indossata. Ora sedeva, tremante e gelata, nonostante si fosse infilata la vestaglia da casa pesante.

«Mio Dio, se non avessi trovato quella lettera! Era talmente arrabbiato, talmente cattivo e arrabbiato. Non ha mai alzato la voce, ma faceva venire i brividi. Grazie al cielo l'ho trovata e, grazie al cielo, lui ci ha creduto.» Non aveva smesso di parlare in tono stridulo e nervoso neppure quando Peter l'aveva portata a casa. «Non riesco a togliermelo dalla mente. La terra è così innocente, Peter; è là da sempre solo per generare alberi, così tranquilla, con quelle piccole creature selvatiche e le oche che arrivano dal Canada. Così innocente!» gridò. «E poi vengono gli animali a due zampe e lottano, litigano per dividersela o si uccidono per essa. Sì, animali! Ne ho visti molti, sai. Nel mio lavoro non si ha esattamente a che fare con la gentilezza, tuttavia, finché non ti ci trovi in mezzo di persona, non puoi credere che cosa la gente arrivi a fare per denaro. La violenza di cui si legge è niente, finché non ne diventi una vittima, un oggetto... Oh, sento ancora il suo profumo, lo capisci, Peter? Aveva una colonia o una schiuma da barba... qualcosa alla cannella. Se quelli delle pulizie non fossero arrivati... oh, Dio, pensa... pensa forse mi avrebbe uccisa. O forse mi avrebbe sfregiato il viso. Ha detto qualcosa in proposito. C'è stato un caso simile, ricordi? Non posso crederre che sia accaduto a me! Sono cose che si leggono soltanto sui giornali.»

Con le braccia strette attorno alle ginocchia, si dondolava, facendosi piccola sulla sedia. Un raffica di vento e di pioggia batté sui vetri. Trasalirono entrambi e si guardarono attorno.

«Non è niente», la tranquillizzò Peter. «Solo una brutta sera d'inverno e la casa è rivolta a nord.» Sembrava perfettamente calmo. «Non può entrare nessuno, Jennie. La porta è chiusa a chiave. E ho messo anche la catena.»

Jennie sorrise. «Grazie per avermi letto nel pensiero.» Con lui si sentiva al sicuro. Era la seconda volta che le capitava. «Sei molto buono con me», aggiunse.

Peter aggrottò la fronte. «Non avrei mai pensato che sarei vissuto per sentirti dire che sono stato buono con te.»

«Non mi riferivo ad allora. Parlo di adesso. Degli ultimi giorni e di questo momento. Mi stai aiutando a superare questa situazione.»

«Resterò qui questa notte. Non ti lascerò.»

Lei sollevò lo sguardo per incontrare quello di Peter, addolorato e turbato. Lui parve sul punto di dire qualcosa, poi chiuse le labbra, distolse gli occhi e finalmente parlò.

«Non ti ho ancora confessato quanto mi sono sentito in colpa.»

«Sì che l'hai fatto, Peter. Non tormentarti più. Non è necessario.»

Ma lui insistette. «Avrei dovuto correrti dietro, quando lei nacque, che tu mi volessi o meno.»

Quando Jennie sollevò una mano per protestare, si oppose. «Non fermarmi. Sì, avrei dovuto farlo. E voglio che tu lo sappia che ho pensato al bambino. Ma tu mi facesti sapere così chiaramente che non volevi avere più niente a che vedere con me...»

«È vero», lo interruppe lei che non desiderava udire altro, «è stato così. Perciò a che serve ora..»

«Solo a togliermi un peso dal cuore. Ecco a che serve. Forse è egoistico da parte mia, non so, ma è stato chiuso dentro, è stato accantonato nel tentativo di dimenticarlo o di negarlo e io voglio... ne ho bisogno, Jennie... ho bisogno di dire tutto.»

Le cose venivano accantonate per dimenticarle o negarle. «Suppongo di averti ferito anch'io», ammise lei, sommessamente.

Peter girò la mano, il palmo rivolto verso l'alto, in un gesto di pietosa assoluzione. «Un graffio, al confronto di un colpo di mazza da fabbro. Non è sufficiente come scusa quella che mi sono dato, che ero molto giovane. Non è sufficiente.»

La luce della lampada colpì la sua testa china e le mani giunte, accentuando la sua tristezza e il suo pentimento. Jennie vide qualcosa di familiare in quella posizione. Le ci volle qualche minuto per ricordare quando l'aveva già visto così. Tra le tante fugaci immagini sbiadite, ora una le apparve di colpo con scioccante chiarezza: l'ultima sera, prima che lei prendesse l'aereo per il Nebraska, Peter si era seduto proprio in quella posizione in fondo al letto, in quello squallido motel, a guardare la televisione.

«Jennie? Non sembrano passati diciannove anni, vero? Voglio dire, non sento l'estraneità che immaginavo che avrei sentito. E tu?»

Lei raggirò la domanda diretta, rispondendo: «Credo di no».

«Siamo stati bene insieme finché è durata, no?» C'era una certa speranza nella sua voce, una richiesta di conferma.

«È vero.»

Jennie fu sommersa da un'ondata di tristezza al ricordo di quella perdita. Era dunque quella la vita? Una serie di perdite? L'ottimismo che c'era in lei rifiutava quella supposizione. La vita doveva essere molto di più. Era molto di più. Ciononostante, la tristezza rimase.

«Vuoi un sonnifero?» domandò Peter.

«Non ne prendo mai.» Le parole risuonarono coraggiose.

«Pensavo che, dopo questa giornata, avessi bisogno di un qualche aiuto.»

«No. Ma credo che ora andrò a letto. Sei sicuro di voler rimanere qui?»

«Sicurissimo.»

La decisione la tranquillizzò. Esternamente, poteva mostrarsi coraggiosa, tuttavia preferiva non restare sola. Non era naturale dormire soli; persino a un cane piace avere accanto qualcuno, sentire una presenza di notte.

«Ti darò delle coperte. Mi dispiace, c'è soltanto il divano.»

«Il divano va bene.» Quando si distese sul fianco per dimostrarglielo, Peter fu costretto a piegare le ginocchia che gli arrivarono quasi al petto.

«Shorty», commentò lei, guardandolo, e rise. «Papà mi chiese perché ti chiamavano Shorty e io gli dissi che era perché eri alto un metro e ottantatré. Starai scomodo su quel divano. Faresti meglio a tornare in albergo.»

«Non tornerò in albergo. Non dopo quello che ti è capitato un paio di ore fa.»

Jennie pensò per un momento. Il suo letto, che aveva

arredato la camera degli ospiti nella casa dei suoi genitori a Baltimora, era enorme. Vi si poteva dormire in tre, senza neppure toccarsi l'un l'altro. E fece la sua offerta con voce esitante.

«Se vuoi, puoi dormire all'altra estremità del mio letto. Mi sembra ridicolo che tu debba stare scomodo su quel divano. Non riusciresti a riposarti.»

«Se lo pensi veramente, accetto l'offerta.» Peter si sedette e fece una smorfia. «Qui sto davvero scomodo.»

«Allora è deciso. Spegnerò la luce e tu potrai entrare quando sarai pronto.»

«Nessun problema.»

Jennie rimase sveglia a lungo. Lottava contro il ricordo del disgusto per quell'individuo e le sue mani violente, per ciò che era accaduto, che era quasi accaduto e che sarebbe potuto accadere dopo, se... se...

Il chiarore del cielo notturno sopra la città penetrava attraverso le tende, tanto che Jennie riusciva a vedere il contorno della schiena immobile di Peter che giaceva sul fianco. Sono stata accusata di aver dormito con lui quando non l'ho fatto, pensò, e ora sono veramente a letto con lui. L'ultima volta era accaduto al motel, tanti anni prima. Anche allora dormimmo separati, ma per un motivo diverso. Lui aveva paura di toccarmi, era spaventato perché ero incinta, credo, o forse gli ripugnava ciò che avevo nel ventre. Quanta amarezza, quella notte!

Ma un tempo eravamo soliti consumarci a vicenda, contando le ore di desiderio da un weekend all'altro. Da un venerdì sera al successivo c'erano centosessantotto ore. Quando, durante la settimana, ci incontravamo, i nostri occhi esprimevano ciò che ricordavano e pregustavano.

Com'era stato bello l'inizio del loro amore! Fresco come la primavera e caldo come la sua luce. Quante risate selvagge e giovani c'erano state. E Jennie si chiedeva ora se il loro rapporto sarebbe durato, se altre persone non avessero impedito loro di sposarsi; se sarebbe durato con tutta quella tenerezza e quella allegria.

Non ci sarebbe stato Jay, dunque. Strano pensiero. Lei non avrebbe mai conosciuto la sua tenerezza, la sua sottile saggezza o la grazia speciale. Non l'avrebbe conosciuto né perso. Strano.

Le lenzuola frusciarono quando Peter si girò.

«Allunga il braccio.»

Sull'ampio letto, le loro dita riuscirono a stento a toccarsi.

«Volevo soltanto augurarti la buonanotte. Sogni d'oro, Jennie. Cerca di non pensare a oggi, se puoi.»

La voce e il breve contatto le furono di conforto. Il suono del respiro di Peter la calmò. Sei al sicuro, si disse Jennie. Non sei sola. Il traffico sul viale era un rumore lontano, come quello della risacca. Si sentì scivolare...

E sognò. Sognò di essere abbracciata, che delle braccia la circondassero, braccia tenere; e, nello stesso tempo, lei diceva: «Sì, stai facendo questo sogno salutare, così non penserai a come il sesso può essere un'arma terrificante. Continua, sogna, non svegliarti, non fermarti, è delizioso, è meraviglioso».

Era nel dormiveglia. Qualcuno la baciava e lei rispondeva.

«Cara», mormorava Jay.

E «Sì, sì, non fermarti», udì Jennie e si svegliò completamente.

«Peter, per amor del cielo, che cosa fai?» gridò, sorpresa, e si sedette per scendere dal letto.

«Ti ho tenuta stretta per una decina di minuti. Tu desideravi che lo facessi», rispose semplicemente lui.

«Sognavo! Non capisci», ribatté Jennie, coprendosi il viso con le mani.

«Lo so. E sognavo anch'io. Sognavo che tu volessi essere amata.»

Le labbra di Jennie tremarono. «È stata un'idea stupida. Sarei dovuta andare a dormire io sul divano. Per me è abbastanza lungo.»

Accese la lampada sul comodino. Gli occhi di Peter del colore dell'opale con una punta di lavanda erano spaventati e vergognosi.

«Sogno o meno, volevi essere amata.»

«Sì», ammise miseramente lei.

«Ma non da me.»

Jennie non se la sentì di rispondere e Peter insistette: «Ancora da lui?»

«Fai troppe domande. Non posso risponderti. Non lo so.»

Ma lo sapeva. Nel suo sogno era a letto con Jay. Era il suo viso che aveva visto e il suo nome che aveva invocato. E capì, improvvisamente e bruscamente, che non era pronta per nessun altro. Lo sarebbe mai stata?

La luce illuminò il tappeto, la coperta sgualcita e il viso mortificato e rosso di Peter.

«Ancora una domanda», fece lui. «Sei arrabbiata con me?»

Jennie era dolorosamente confusa. Peter non aveva alcun diritto di pensare che lei avrebbe... E tuttavia, addormentata o no, era stata tra le sue braccia. E capì che lui sentiva di essere stato respinto nella sua virilità e le dispiacque per questo.

«Sei ancora uno degli uomini più affascinanti che abbia mai conosciuto», disse, con gentilezza.

«Ti ringrazio, ma non sei obbligata a dirlo. Lo fai soltanto perché pensi di avermi ferito.»

«Il che non rende le mie parole meno vere. Sei ancora un uomo molto affascinante.» Jennie si mise una mano attorno alla gola e fece una smorfia. L'improvvisa consapevolezza dell'assurdità della situazione, la scena, l'immagine che formavano, l'avevano sopraffatta.

«Vado sul divano», annunciò d'un tratto Peter. «Tu torna a letto.»

«Sono completamente sveglia. Non riesco a dormire.»

Jennie lo seguì nell'altra stanza. Faceva più freddo perché la temperatura si era abbassata, di notte. Il vento faceva ancora tremare i vetri. Peter, avvolto in una coperta, e Jennie, in vestaglia, si sedettero di nuovo l'uno di fronte all'altra. Dopo un minuto, lui ruppe il silenzio con un'altra domanda.

«È stato lui ad affidarti quel caso del terreno, vero?»

«Lui?»

«Tom, se ti va di chiamarlo così. È un nome come un altro. Ecco perché te l'hanno tolto.»

«Sì. Come mai ti è venuto in mente?»

«Stavo soltanto pensando. Comunque sia, è un bene che tu ne sia fuori. Quella gente è rozza e pericolosa.»

«Ma io volevo vincere. Ci avevo messo il cuore.»

«Ci saranno altri casi. Anche altre persone», aggiunse Peter, dopo una pausa.

«Non so.»

«Ma ne avrai avuti altri in tutti questi anni, no?»

«Altri casi o altre persone?»

«Altre persone. Uomini.»

«Sì, ma questa volta era diverso.»

«Non è questo che la gente pensa sempre?»

Jennie sorrise. «Ma a volte si pensa e lo è veramente. Una persona muore o... o se ne va e l'altra è cambiata per sempre.»

Peter le lanciò un'occhiata seria e lei gliela restituì. I loro sguardi si incrociarono. E lui disse, lentamente: «Sì, credo che tu sia una donna che può essere così, ammesso che qualcuno lo possa». E sospirò.

Jennie capì che c'erano cose che aspettavano di essere dette. Forse lui aveva veramente sperato che insieme avrebbero potuto formare una famiglia. Non l'aveva detto anche Jill? La ragazza non aveva detto che aveva una «sensazione»?

E in quel momento Peter continuò: «E posso anche dirti che ho avuto qualche inaspettato pensiero in questi ultimi giorni. Avrei dovuto capire che non erano realistici. Vuoi sapere quali fossero?»

«Certo.»

«Bene. Naturalmente non mi aspettavo un miracolo improvviso, ma credevo che potesse esserci una specie di destino, qualcosa che, con il tempo, con molto tempo, ci avrebbe riportati insieme. Non sono superstizioso, lo sai, ma pensavo veramente di aver visto un qualche disegno nel modo in cui si sono evolute le cose con Jill e nel modo in cui tu e io siamo stati insieme senza rabbia. Ma tu non vuoi.» Peter si lasciò sfuggire un sospiro profondo.

«Peter... è come se fossi morta, dentro, non lo vedi?»

«No, non lo sei. Sei viva e in preda a un grandissimo dolore. E non te lo meriti.»

Jennie non rispose. Lui attese per un momento, poi chiese sommessamente, quasi in un sussurro: «Non vuoi parlarmi di lui?»

«No. Ho ricevuto il messaggio. Quello che è finito, è finito.»

«Mi ha colpito una cosa: è strano che, tutte e due le volte, sia stata Jill a provocare una rottura. Prima con me e ora con lui.»

«In modi molto diversi, Peter.»

«Vero. Ma tu dovresti sposarti», sbottò lui. «È ora.»

Lei sorrise davanti a tanta veemenza. «Lo pensi davvero? E tu, allora?»

«Io sono stato sposato. Tre volte.» Peter distolse lo sguardo, come se stesse facendo uno sforzo per vincere l'imbarazzo. «La cosa ti sorprende, vero?»

«Un po'.»

«Non è il caso che ti faccia un riassunto. Non c'è niente di cui essere fiero o che sia facile a dirsi.»

«Allora non parlarne», fece lei, provando pietà per lui e la sua confessione.

«Non lo faccio mai. Ma, per un qualche motivo, voglio che tu sappia.» Peter trasse un respiro profondo. «La prima fu un'amica di mia sorella, quella che era in visita durante quel weekend.»

La ragazzina che sedeva sul letto mentre provavo quel ridicolo vestito, ricordò Jennie.

«Ci sposammo il giorno dopo l'inizio del mio college. Lei aveva diciassette anni e mezzo. Non avevamo mai niente di cui parlare. Mi stancai di lei quando mi iscrissi alla specializzazione.»

«Perché diavolo l'hai sposata?»

«Crescendo, diventò molto bella. E le famiglie... non so. Ci trovavamo sempre insieme.»

«Capisco.» Le famiglie impiccione... gomitate, strizzatine d'occhio, battutine, cenette e picnic organizzati ad arte. «Capisco.»

«Il matrimonio è durato due anni scarsi.»

«Niente bambini?»

«Buon Dio, no. La successiva fu una studentessa dell'Alabama, una ragazza di campagna con una borsa di studio alla Emory. Lei e mia madre non andavano d'accordo. Lei odiava la mia famiglia e non faceva niente per nasconderlo. E mia madre non era esattamente gentile con lei, lo ammetto.»

Posso immaginarlo, pensò Jennie. Si sentì invadere dal gelo, come se fosse di nuovo seduta in quella vasta sala sotto i ritratti di famiglia appesi al muro.

«La situazione era insopportabile.»

Jennie poteva immaginare anche quello: Peter diviso tra moglie e madre, quando, da ragazzo generoso qual era stato, non desiderava altro che pace.

«Non poteva durare. Provo ancora un forte senso di lealtà verso la mia famiglia, vedi, anche se non sono sempre d'accordo con loro.»

Jennie lo sapeva. Perché prendere una posizione sul Vietnam? Va' avanti e fingi di essere d'accordo. È un modo di fare comune, persino piacevole.

«Lei non voleva vivere ad Atlanta dopo la specializzazione, io sì. Quella fu la fine. La cosa ridicola è che partii per Chicago qualche mese dopo. Be', lei fu la numero due.» Peter si fermò. «Sei scioccata? Disgustata?»

«Né l'una né l'altra cosa.»

Jennie era commossa da quel racconto di sconfitte, come pure dal suo candore. Peter possedeva ancora la sua franca ingenuità. Nello stesso momento e per contrasto, le venne in mente il comportamento riflessivo di

Jay e, a dispetto dei suoi intensi sentimenti, la sua abitudine alla prudenza.

«Che cosa accadde con la numero tre?»

Come un improvviso colpo di vento chiude una porta aperta, così si chiuse il viso di Peter. Jennie dovette aspettare qualche momento la sua risposta.

«Alice», fece lui. «Morì.» Poi, come se la porta si fosse di nuovo spalancata, si mise quasi a piangere. «Era meravigliosa, Jennie, davvero meravigliosa. Avemmo un bambino. Ci divertivamo insieme, noi tre. I suoi genitori mi portarono via il piccolo dopo... dopo la sua morte. Mi manca lui e mi manca lei... Be', bisogna superarle certe cose, no? O tentare di farlo, comunque.»

Jennie si limitò a dire: «Mi dispiace, Peter».

Lui le lanciò un'occhiata interrogativa, una strana occhiata, triste, ferita, e tuttavia con una punta di umorismo.

«Ti voglio dire una cosa. Alice ti assomiglia molto. Piena di ideali e di energia. Anche fisicamente aveva qualcosa di te.»

Di nuovo Jennie non riuscì a dire altro che: «Ti ringrazio, Peter».

Era immensamente commossa dal suo complimento e dalla tristezza della storia. Chissà, forse con Alice sarebbe durata. D'altra parte, dopo due fallimenti e se lui era ancora il cocco di mamma, forse non sarebbe andata bene neppure lei. Erano così complicati i modi in cui le persone si legavano l'una all'altra. Era necessaria una conoscenza più approfondita di quella che aveva Jennie per comprenderli. Lei sapeva soltanto due cose, ora: che Peter era un brav'uomo e che non era fatto per lei, nonostante ciò che Jill o lui stesso potessero pensare.

«Mi sembri triste», osservò Peter, ansioso. «Non avrei dovuto scaricarti addosso i miei problemi.»

«Figurati!» protestò Jennie. «Dopo tutto quello che ti è stato scaricato addosso questa settimana! Penso, spero che ti accada qualcosa di molto bello.»

«Oh, mi sono già accadute tante cose belle. Non devi

credere che mi lamenti della mia vita. Mi piace vivere laggiù. Ho molti amici e faccio il lavoro che ho sempre desiderato fare. Del resto, sebbene abbia il sospetto di apparire borioso, devo ammettere di essermi fatto un certo nome.»

«Lo so. Jill mi ha detto che sei piuttosto famoso. Suo padre è un archeologo dilettante e ti guarda con rispetto da quando lei gli ha parlato di te.»

«Sembrano delle persone molto per bene.»

«Lo so. Basta guardare Jill per capire che devono esserlo.»

Peter si mise a ridere. «Tu e io non abbiamo alcun merito per quello che lei è? Via, non siamo troppo modesti.»

«Sì, sì, certo che ce l'abbiamo.»

Jennie si sentì improvvisamente sfinita. Quel giorno incredibile, iniziato con un'amara delusione, continuato con una violenza scioccante e finito con una confusione di sogni, era troppo per lei.

Si alzò. «È tardi. Questa volta tu andrai a letto e io dormirò qui. Il divano mi va benissimo.»

«Hai paura di tentarmi di nuovo, eh? Non ti fidi di me?»

«Non è quello. È che penso che sia meglio così.» Jennie lo baciò su una guancia. «Buonanotte.»

Il mattino dopo, si svegliò tardi e scoprì che Peter se n'era andato e che aveva rifatto il grande letto. Aveva lasciato un biglietto: «Fa' attenzione all'ufficio, d'ora in poi. E controlla anche la porta di casa. Ti chiamerò prima di tornare a Chicago.»

Dopo un po', si mise in moto e seguì la routine quotidiana, pulì la cucina e si lavò i capelli. Poi arrivò il momento di guardare le cartellette dello studio, che richiedevano un'intera giornata di lavoro.

Verso mezzogiorno, Shirley suonò alla porta.

«Ehi! Ci sei?»

Con il cappotto e gli orecchini ad anelli multicolori, era vestita per un giorno di vacanza e Jennie lo capì subito. Notò anche lo sguardo indagatore che l'amica lanciò all'appartamento.

«Te la senti di pranzare e di andare al cinema, nel pomeriggio? Mi vedo con qualche ragazza.»

«Grazie, ma non posso. Ho un sacco di lavoro da sbrigare.»

Seduta sul bordo della sedia, Shirley si lamentò: «Sei diventata così misteriosa. In tutta franchezza, sono in ansia per te».

«Non intendevo essere misteriosa.» Jennie mosse le carte e desiderò che l'altra se ne andasse.

«Buon Dio, che cosa è accaduto al tuo viso?»

Il livido sulla guancia stava diventando nero.

«Ho dovuto alzarmi, la notte scorsa, e ho urtato contro la porta del bagno.»

Shirley inarcò le sopracciglia, con aria scettica, poi attese qualche istante, come se stesse decidendo se era il caso di lanciarsi o meno.

«Jennie... che cosa è accaduto tra te e Jay? Forse sto facendo la ficcanaso ma, dopotutto, ci conosciamo da più di qualche anno e non posso fare a meno di preoccuparmi. Sì, ficco il naso, me ne rendo conto.»

Infatti gli occhi di Jennie, nonostante la sua determinazione a trattenerle, si stavano riempiendo di lacrime. Lei chinò la testa sui fogli, senza rispondere.

«Oh», fece Shirley. «Mi dispiace. Non volevo...»

«Non essere gentile. E non dispiacerti per me. È peggio.»

Shirley si alzò di scatto. «Lo so e non lo farò. Ma, ti prego, ricorda che di qualunque cosa tu voglia parlare, se mai desiderassi farlo, io sono qui.»

«Te lo saprò dire, ma devo imparare a convivere con questa situazione, prima di tutto.»

Per lunghi minuti, dopo che la porta si fu chiusa, Jennie rimase seduta con la testa appoggiata alla scrivania. Come fai a superare un tale dolore? Ti richiudi in te stessa a causa sua, ecco che cosa fai. Perciò, stringendo i denti e i pugni, lo vinse, almeno per il momento, e tornò alle sue carte. Le passò in rassegna a una a una, con decisione, prendendo appunti. Fece una breve interruzione soltanto per prepararsi del pane tostato e delle uova come cena, poi tornò al lavoro ed era ancora lì quando, poco dopo le nove, il telefono squillò.

«Come stai?» domandò Jill.

Jennie avvertì un debolissimo piacere. «Bene. E tu? Come mai mi telefoni di domenica sera? Dovresti essere fuori a divertirti.»

«Il padre del mio amico è stato ricoverato in ospedale oggi pomeriggio. Perciò sono qui, al dormitorio.» Jill abbassò il tono della voce. «Peter mi ha chiamato e mi ha detto che cosa ti è accaduto ieri. Che orrore! Si dovrebbero uccidere uomini del genere!»

«Sfortunatamente, non è così che funziona la legge. Comunque, non sono rimasta ferita.»

«Te la senti di parlare?»

«Oh, certo. Di che cosa si tratta?»

«Be', ho avuto in anticipo una copia del giornale di domani e c'è un articolo su un caso di salvaguardia dell'ambiente, un territorio a nord, chiamato Green Marsh. È il tuo caso, vero? Mi sembrava di averlo riconosciuto.»

Non c'era più motivo di mantenere la segretezza, Jennie perciò rispose direttamente: «Lo era, vuoi dire. Sono stata licenziata».

«Me l'ha detto Peter. Dev'esserti dispiaciuto molto, visto che ci avevi lavorato tanto.»

«Ciò che più mi fa male è che temo che i costruttori l'avranno vinta.»

«Non puoi fare niente?»

«Niente. Non sono una residente e non pago tasse in quella cittadina.»

«Non sono d'accordo. Sei una cittadina americana, no? Questo genere di protesta riguarda tutto il paese. Puoi andare dove vuoi e parlare. Non c'è ragione perché tu non possa recarti a quella riunione e parlare per te stessa.»

Jill si esprimeva con molta enfasi e a Jennie parve di vederla scostarsi i capelli dalla guancia, aggrottare la fronte per concentrarsi e lanciare occhiate al fuoco. Tutto questo era in contrasto con il suo senso di debolezza.

«Ho perso le mie energie», confessò.

«Hai paura a causa di ieri? Ma saresti al sicuro in una riunione pubblica.»

L'accenno alla paura offese l'orgoglio di Jennie o il suo falso orgoglio, così si affrettò a ribattere: «Non è quello il motivo. È solo che non ho il coraggio di farlo».

«Devi trovarlo», insistette Jill. «Sei arrivata fin qui. Non vorrai perdere ora, no?»

«Non è più una mia lotta.»

«Lo è, te l'ho detto! È di tutti. I miei genitori viaggiano per tutto il Sudovest, vanno a ogni riunione, scrivono ai loro senatori, non si danno mai per vinti.»

Jennie ricordò le parole di Martha Cromwell: «Lei è un'oratrice affascinante, Jennie».

Il suo appello, quello che, come avvocato, aveva sempre lanciato, avrebbe colpito nel segno. Sarebbe andato diritto al cuore e alla coscienza di chiunque li possedesse.

«Verrò con te, se lo farai», stava proponendole Jill.

A Jennie occorse un momento per registrare quell'offerta sorprendente.

«Verrai con me?»

«Mi piacerebbe farlo. Posso permettermi di saltare un paio di lezioni.»

Lei è un'oratrice affascinante, Jennie.

Era un'idea folle. D'altra parte, forse non lo era poi del tutto. Come privata cittadina, poteva essere ancora più schietta dello stesso consiglio. Cominciò a sentire il brivido dell'eccitazione. Quell'impresa aveva un fascino incredibile.

«Jennie? Ci stai pensando?»

Lei ammise lentamente: «Potrebbe essere interessante».

«Direi di sì! Allora, andrai?»

Jennie ebbe un altro piacevole pensiero. Quella sarebbe stata un'occasione per mostrare le sue capacità a sua figlia. Per la prima volta la parola «figlia» le risuonò spontanea, naturale.

«Be', vale la pena provare. Vediamo, potrei noleggiare un'auto. Dovremmo partire al massimo alle tre. Ce la puoi fare?»

«Anche prima, se vuoi.»

«Alle tre andrà benissimo.»

Jennie si sentì di nuovo carica di spirito d'avventura. Una parte della sua mente, osservando il resto, com'era sua abitudine fare, le disse che aveva bisogno di una cosa del genere. L'avrebbe spinta a guardare avanti, verso la terra della vita.

Poi il senso della sfida infiammò quel focherello. Ascolta: c'era vita prima di Jay e ci sarà vita dopo di lui. Deve esserci. Al diavolo Jay.

«Sì, va bene. Passerò a prenderti al cancello principale, a Broadway.»

14

La domenica, Jennie revisionò e rifinì i suoi appunti. Come privata cittadina, e non più come consigliera legale, avrebbe dovuto parlare in fretta, prima che qualcuno potesse interromperla. Avrebbe dovuto esporre chiaramente i suoi punti senza per questo sacrificare la sua eloquenza. Stava lavorando, quando Peter telefonò per salutarla.

«Mi ha fatto piacere sentire della tua spedizione con Jill.»

«È stata una sua idea. Mi ha incoraggiata lei.»

«Suppongo che adesso andiate bene, voi due.»

«Spero. Penso.»

«Allora qualcosa di buono ne è venuto fuori, dopotutto, no? Spero che possa servire a sistemare tutto il resto, Jennie.» E quando, non sapendo che cosa rispondere, Jennie rimase silenziosa, Peter aggiunse: «Ritornerò. Non ti libererai tanto facilmente di me».

«Non cerco affatto di liberarmi di te», replicò Jennie, ed era sincera.

Percorsero un corridoio che odorava di disinfettante, con porte a destra e a sinistra: Dipartimento sanitario, Permessi cani, Violazioni del traffico, Ricevitoria... Entrarono nell'aula dove, dietro il banco, con la bandiera americana di fianco alla pedana, era già riunito il consiglio comunale.

Un uomo in piedi contro la parete posteriore toccò Jennie su un braccio e lei riconobbe Jerry Brian, l'uomo che aveva «attrezzato» George. Era in abiti borghesi. «È ancora interessata alla faccenda?»

«Sono qui per questo», rispose lei.

«Ci avrei giurato. D'accordo.» E, appartandosi con lei, le bisbigliò: «Non ci crederà, ma abbiamo già una pista».

«Così presto?»

«Il capo ha lavorato giorno e notte. Questa fantomatica compagnia ha una cattiva reputazione. Collegamenti con organizzazioni criminali.»

«La Barker Development, vuole dire?»

«Esatto. Il boss si è insediato in California sotto falso nome, ha avuto dei problemi, ne è uscito ed è venuto all'Est, dove si è dato un'apparenza di rispettabilità.» Jennie si lasciò sfuggire un debole fischio. «Quale genere di problemi?»

«Una bomba nell'auto di qualcuno. Qualcosa che aveva a che fare con un posto che volevano comprare e che il proprietario non voleva vendere. Un affare del genere. Martin dice che non sono stati in grado di provarlo, ma che si tratta di qualcosa che sanno tutti.»

«E adesso possono provare questo? Di George?»

«Martin pensa di sì. Attenzione, non ho il quadro completo della situazione. Sono qui soltanto per tenere gli occhi aperti, per vedere chi c'è. Non che ci aspettiamo che il signor Denti Gialli si faccia vivo.» Anche con la scarsa luce che c'era nell'angolo in cui si erano fermati a parlare, Jennie vide il sogghigno del giovane. «Ho sentito che ha avuto il dispiacere di incontrarlo.»

«Sì.» Jennie si ricordò di una cosa. «E Fisher, quel leccapiedi? Come c'entra in tutto questo?»

«Non c'entra. È, appunto, soltanto un leccapiedi. Un

pesciolino che possiede un pezzo di terra e che vuole venderlo per far ammattire l'opposizione.»

«Avrei giurato che c'entrasse», ribatté Jennie. «Ma suppongo di non essere molto pratica di queste cose.»

«Oh, lei è pratica, è pratica... Venga, l'aula sta riempiendosi di gente. Sarà meglio che prenda posto.»

Jennie vide che ne era rimasto poco. Dal fondo dell'aula, cercò due sedie vuote. Spostando lo sguardo verso la pedana, riconobbe un paio di visi. Percorrendo i lati della sala, scorse le teste grigie di Enid e Arthur Wolfe. Erano soli, com'era prevedibile. Difficile che Jay avesse rinunciato a un giorno d'ufficio per essere lì, quella sera. Le due teste si voltarono per una frazione di secondo e Jennie fu certa che l'avessero notata. Con Jill accanto, percorse la terza fila di sedie e raggiunse i due posti liberi che aveva scorto. Se vogliono avvicinarsi, pensò, qui avranno tutta l'opportunità di farlo. E se mai dovessero chiedermi della splendida ragazza che è con me, dirò loro chi è, semplicemente. Sono arrivata a questa decisione soltanto un minuto fa. Non so come, ma ci sono arrivata.

I Wolfe, comunque, non si mossero. Che cosa non doveva aver detto loro Jay! Jennie immaginò i loro occhi sgranati, il loro scandalizzato stupore. E, nitidamente, li vide nella loro cucina: tendine di percallina rossa, il cane ai piedi, che prendevano il loro tè serale. Dovevano aver scosso la testa, commiserandosi a vicenda e meravigliandosi: «Sembrava così sincera, franca e aperta!»

Ma così come le era venuta tanta sicurezza, d'un tratto, altrettanto rapidamente la lasciò. Non avrebbe dovuto essere lì, a riaprire le sue ferite. L'unica cosa sensata che avrebbe potuto fare era quella di tornarsene a casa e di lasciare che fosse qualcun altro a battersi per Green Marsh, e a vincere o a perdere. Ma sarebbe equivalso a umiliarsi davanti a Jill. Non era venuta anche per mettersi un po' in mostra davanti a lei?

Perciò, aspettando il proprio turno, si costrinse a sorbirsi le procedure di routine, il giuramento di fedeltà e tutti i rapporti tecnici. Gli avvocati discussero nuovamente. Quello giovane, che rappresentava la Barker, ripeté le sue argomentazioni per convincere gli ascoltatori dei benefici che la Barker Development era pronta a elargire alla città. Jennie si domandò se quell'impegnato e rispettabile gentiluomo dai modi aperti e sicuri conoscesse Robinson, noto anche come Harry Corrin, e decise di no, perché nelle organizzazioni delle dimensioni e della natura della Barker era non solo prudente, ma anche necessario, impedire che la mano destra sapesse che cosa facesse la sinistra.

L'avvocato che aveva sostituito Jennie, un uomo di mezza età dall'aria stanca, era povera cosa in confronto. A forza di sparare statistiche, stava perdendo l'attenzione dei consiglieri. Il sindaco sbadigliava, sprezzante.

Alla fine, la discussione coinvolse il pubblico. Jennie attese che una mezza dozzina di cittadini esprimessero la loro opinione. Pareri apertamente contrastanti. Ma anche in seno al consiglio, pensò, dovevano esserci punti di vista altrettanto opposti, come era stato qualche mese prima. Perciò la votazione avrebbe dato risultati di stretta misura. Alzò la mano, le fu data la parola e si alzò per parlare.

«Mi chiamo Jennie Rakowsky», esordì, con voce ferma. «Alcuni di voi ricorderanno che ho già parlato in questa sede. Questa volta sono qui come semplice cittadina. Voglio parlarvi della Barker Development. Come tutti coloro che perseguono l'obiettivo di incrementare lo sviluppo, sono venuti qui con belle parole, allettandovi con discorsi di lavoro, abbattimenti fiscali e tutte quelle meravigliose migliorie che intendono portare alla vostra città. Non credete a una sola parola», gridò, e sollevò un dito ammonitore. «Sono venuti per fare denaro. Ecco per che cosa sono venuti. A loro non importa altro che la voce 'profitti'. E non si tratta neppure di gente nuova. Già nel 1890, volevano tagliare in due il parco nazionale di Yosemite. Se non ci fossero stati, anche allora, dei buoni cittadini, oggi non avremmo Yosemite o il Grand Canyon o qualsiasi altro parco nazionale esistente.»

Qualcuno batté le mani, ma fu immediatamente zittito. I Wolfe fissavano al di là della testa di Jennie, verso il palco, o verso il soffitto, per quello che ne poteva sapere lei. Qualcun altro applaudì e Jennie si sentì spronata ad andare avanti. Cominciò a galoppare.

«Possiamo andare anche più indietro, fino a Isaia, più di duemila anni fa, o agli antichi greci. Platone sapeva che, quando si tagliavano delle foreste, non si tratteneva più la pioggia e il terreno scivolava via verso il mare.»

Aveva gli appunti in mano e tuttavia non li consultava. «E parte della vostra terra, qui, è alluvionale, una spugna per rallentare l'acqua che potrebbe causare inondazioni. È un habitat di vita selvatica; è bellezza, è ricreazione. È un ecosistema che ha impiegato migliaia di anni a formarsi. Una volta distrutto, è distrutto per sempre. Voi lo sapete, e lo sa anche questa gente, ma non gliene importa. Questa è la differenza.»

Le teste erano tutte voltate verso Jennie. Non c'era il minimo rumore in tutta l'aula.

«Possiamo salvare qualcos'altro, dice la gente. Ma quando non ci sarà qualcos'altro da salvare? Questo pianeta non è infinito. E in questo momento è l'unico che abbiamo.»

Jennie andò avanti a parlare. Erano già trascorsi sei minuti e si aspettava che qualcuno la interrompesse, ma nessuno dal palco lo fece. Era consapevole delle facce rivolte verso di lei, della rapita attenzione di Jill e del flusso della propria energia.

«Qui non è questione di dare una casa a chi ne è senza. Non c'è un vero bisogno di queste costruzioni. Condomini, campi da golf... Si tratta di cose superflue. E di avidità.» Fece una pausa. «Riconosciamo tutti l'avidità, quando la vediamo. Il mondo ne è pieno. La gente uccide perfino per avidità, non è vero?»

Questo è per te, Robinson, pensò, e in quel momento scorse Fisher. Era seduto nell'altro settore, al di là del corridoio centrale, nella fila davanti. Non l'aveva notato prima, ma c'era, con lo stesso giubbotto nero, lo stesso sogghigno malevolo sulla faccia. Be', mi sono sbagliata su di te, pensò. Certamente non hai ucciso George. Tu sei soltanto un tirapiedi da strapazzo. Non sei intelligente abbastanza da rientrare in un disegno come questo. E tuttavia non sei il tipo che mi piacerebbe incontrare in una sera buia!

Riprese il filo dei suoi pensieri. Aveva parlato bene ed era il momento di fermarsi. E concluse rapidamente, rivolgendosi alla fila di teste sulla pedana.

«Abbiamo bisogno di un modo nuovo di vedere il nostro mondo. Spero che abbiate cominciato a considerarlo e che sarete d'accordo sul fatto di respingere questa proposta.»

Si sedette con il cuore che le martellava furiosamente nel petto.

«Sei stata perfetta. Eloquente», bisbigliò Jill. I suoi occhi splendevano d'ammirazione.

Jennie si sentì invadere dalla gioia. Nello stesso tempo, avrebbe tanto voluto sapere che cosa si stessero dicendo i Wolfe.

Il sindaco chiese allora se ci fossero altri interventi e, dal momento che non ce n'erano, la discussione pubblica fu chiusa.

Era arrivato per il consiglio il momento di deliberare e votare. La discussione fu breve e non presentò sorprese. Al primo round, ci furono aspre osservazioni a proposito di chi si preoccupava più delle donnole e delle moffette che delle persone, osservazioni che alcuni accolsero con risate, altri con applausi. Fisher si alzò ostentatamente in piedi per mostrare la sua approvazione. Il bibliotecario parlò a favore della protezione dell'ambiente. L'ometto che lo assecondò fu Jack Fuller, il proprietario del caseificio. «Hai una fantastica memoria per i nomi», aveva detto Jay.

Poi arrivò il momento della votazione. Uno a favore. Uno contro. Due contro. Tre a favore. Jennie si sporse sulla sedia.

Un uomo massiccio con occhiali molto spessi si alzò in piedi. «Devo dire che, all'inizio di questa serata, ero incerto. Vedevo una certa utilità nel votare sia in un modo sia nell'altro. Ma dopo aver ascoltato la giovane donna che ha parlato per ultima, ho preso la mia decisione. Sì, abbiamo un obbligo verso le generazioni future. Ha certamente ragione. E così voto contro la proposta. Lasciamo Green Marsh così com'è.»

«Quattro contro quattro», mormorò Jennie. Jill le strinse la mano. Il sindaco era rosso in viso e furioso.

«Signor Garrison?»

Quello con problemi di denaro. Un tipo a posto, ricordò Jennie. Ma si diceva che potesse essere manovrato.

L'uomo si schiarì la voce, come se fosse in procinto di fare un discorso, e assunse un'espressione solenne. Sentiva ovviamente la propria importanza.

«Anch'io ero indeciso», cominciò. «C'è sempre qualcosa da dire a favore della protezione della natura. Ma c'è anche molto da dire a favore di possibili posti di lavoro, e certamente possiamo usare l'imponibile per alleggerire il peso delle tasse.»

Jennie gemette silenziosamente.

«Vanno soppesate le due cose. Da una parte...»

Oh, per amor del cielo, gridò dentro di sé Jennie. Vuoi arrivare al punto?

«Dall'altra...»

Dopo due minuti di mani che soppesavano, l'uomo arrivò al punto. «Perciò io voto contro la proposta. Lasciamo che sia lo stato a occuparsi della terra e a trasformarla in un parco.»

Jennie rise. Gli occhi le si riempirono di lacrime. Jill la baciò sulla guancia.

«Ce l'hai fatta! Ce l'hai fatta!»

La folla si mosse lentamente verso la notte e il parcheggio fiocamente illuminato. Da ogni parte, attorno a lei, Jennie udiva commenti.

«Se non fosse stato per quella giovane signora, secondo me, avrebbero votato diversamente.»

«Forse. Ha parlato bene, non c'è che dire.»

«Li ha scossi. Ho osservato le loro facce.»

«Potevi quasi sentire Garrison che decideva.»

«Però c'è un po' di maretta in giro. Non è facile vedersi sgusciare tra le dita tanto denaro senza impazzire.»

«Devi sentirti meravigliosamente bene», ripeté Jill mentre ripartivano, in auto. «Hai fatto tutto tu.»

«No, non ho fatto tutto io. Ho fatto qualcosa, e ne sono felice», replicò Jennie.

Jay avrebbe applaudito quel discorso. Era stato conciso e maledettamente efficace. C'erano tutto il mio orgoglio e il mio cuore, pensò.

Attraversarono la città e ben presto furono sull'autostrada. Jennie guardò l'orologio sul cruscotto. «Le nove e trenta e niente traffico. Saremo a casa per mezzanotte.»

I campi, divisi dal nastro nero della strada, erano un patchwork bianco e nero dove la neve si era sciolta e si era nuovamente gelata. Il cielo era bianco e calmo.

«Non pensavo che all'Est ci fosse spazio vuoto», osservò Jill.

«Be', tu sei stata soltanto a New York. Guarda lì, quella piccola strada che conduce a Green Marsh. Il lago è a solo mezzo miglio. È uno dei più bei posti che tu possa sperare di vedere, perfino in Nuovo Messico.»

«D'accordo, andiamo a vedere.»

«Adesso? Di notte?»

«Perché no? Guarda quanta luce c'è! Ed è a solo mezzo miglio, hai detto.»

Jennie fu commossa dall'entusiasmo della ragazza. «D'accordo. Arriveremo a casa quindici minuti più tardi.»

La piccola auto sobbalzò sui solchi della carreggiata e si fermò quando la stradina divenne troppo stretta. Un piccolo tratto a piedi sopra la neve friabile le condusse in cima alla collinetta sul lago che, come il terreno, era bianco e nero. Dove il ghiaccio era spezzato, l'acqua luccicava come marmo scuro. C'era una profonda quiete tutt'attorno e la notte era senza vento.

Jennie era già stata lì, sotto il sole benigno, nell'aria chiara, forse in quello stesso punto, mentre le braccia di Jay la cingevano e l'attendeva la prospettiva di una vita calda e dorata come il sole davanti.

«Oh, guarda, Jennie! Un gufo!»

Era su un ramo basso e le osservava con i suoi occhi rotondi e ambrati. Aprì le grandi ali e volò sopra le loro teste, a valle. Attraversò il lago e scomparve tra le ombre degli alberi.

«Com'è bello, qui! So quello che vuoi dire e perché hai lottato», mormorò Jill.

E Jennie capì che Jill stava diventando rispettosa di quel silenzio. Sentiva il fascino del posto. Le mani strette davanti a sé, fissava gli ampi spazi addormentati mentre Jennie fissava lei.

Poi tornarono alla macchina e ripartirono per la città. Per un po', non dissero nulla e l'unico rumore fu quello delle gomme e del motore. Poi Jill parlò per prima.

«Ho detto tutto alla mamma e a papà.»

«Tutto?»

«Sì, di te e del motivo per cui non volevi vedermi. La mamma ha detto che non avrei dovuto insistere.»

«Allora dille che è andato tutto bene.»

«Davvero?»

Se soltanto fosse stato così semplice, come dividere il bianco dal nero!

«Sì, davvero!»

«Voglio solo dirti una cosa. Il tuo segreto – io – sarebbe stato al sicuro. Non ne avrei mai parlato.»

Jennie sentì un nodo alla gola. «Non avrei potuto convivere con una bugia. Trovarmi a faccia a faccia con lui tutti i giorni, sapendo qualcosa che lui non sapeva.»

«L'hanno fatto.»

«Non io.»

Per la seconda volta quella sera, Jill mise una mano su quella di Jennie. Le due mani rimasero così, sul volante.

Che cosa sento? si domandò Jennie. Amore, gratitudine e dolore. Poi pensò, silenziosamente rimproverandosi: Oh, siamo tutti troppo assorbiti da noi stessi, questi giorni! Basta con queste analisi! Prendi le cose come vengono. Smettila di domandarti che cosa senti o perché. Non va bene.

E, ridiscesa sul pratico, disse: «Devi essere affamata dopo quel boccone mandato giù in fretta e furia. Fermiamoci da qualche parte».

«Preferirei di no. Non mi sono resa conto che ci sarebbe voluto tanto tempo per ritornare.»

«D'accordo, è un po' tardi. Troppo tardi per tornare al dormitorio. Questa notte starai a casa mia. Perché non appoggi la testa e non riposi? Hai avuto una giornata lunga.» Mi sto comportando come una madre, pensò Jennie, guardando Jill.

«Sembri la mamma», osservò Jill.

«Davvero? Mi fa piacere.»

La ragazza dormì. Durante il viaggio di ritorno in città, Jennie superò posti che non avrebbe desiderato rivedere: un ponte, una bancarella ai bordi della strada dove Jay comprava sempre le mele da portare a casa. Ed eccomi qui, pensò, con la mia bambina, inaspettata e non voluta, accanto a me. I suoi bellissimi capelli come una sciarpa attorno al suo viso addormentato. Stiamo viaggiando nella notte.

Fu poco prima dell'una che Jennie fermò l'auto. La strada era buia, ma le finestre del suo appartamento erano tutte illuminate.

E adesso che cosa c'è ancora? Avvertì l'istinto di fuggire, di tornare in macchina e di proseguire.

«Che cosa c'è?» domandò Jill.

«Le luci su da me sono accese. Non penso che dovremmo entrare.»

«Perché no?»

«E me lo chiedi, dopo quello che è accaduto nel mio ufficio?»

«Dammi la chiave. Salgo io e, se c'è qualcosa che non va, mi metto a gridare. Sveglierò tutta la casa.»

«Mi fai sentire una vigliacca. D'accordo, salirò, ma voglio che tu rimanga qui.»

«Starò qualche passo dietro di te.»

«Non qualche passo! Qui sotto, ho detto.»

«Sembri di nuovo la mamma.»

Jennie salì. Al terzo pianerottolo, si fermò ad ascoltare. Non c'era un suono nella casa. Dai, si disse, si tratta soltanto di un altro furto. Devono essere riusciti a entrare. Hanno preso lo stereo, la televisione e qualche vestito, perché non c'è altro da rubare. Non è la fine del mondo. In questa città accade ogni giorno.

La porta era dischiusa. Jennie esitò per farsi coraggio. Jill le passò davanti e spalancò la porta.

«Entra, Jennie. Avanti.»

Nel soggiorno, due uomini si alzarono. Peter stava ridendo e Jay, a braccia tese, stava correndo verso Jennie.

«Oh, Jennie!» gridò.

Incapace di assorbire la realtà di ciò che stava vedendo, Jennie balbettò: «C-che succede? Che cosa ci fate, qui?»

«Oh, Jennie!», gridò di nuovo Jay. La circondò con le braccia. «Dovresti darmi un pugno! Picchiarmi! Scaraventarmi giù dalle scale! Che cosa ti ho fatto! Che cosa ho fatto!»

Attraverso le lacrime che cominciavano a riempirle gli occhi, Jennie ripeté: «Che cosa fate qui? Non capisco».

«Peter è venuto a trovarmi in ufficio e mi ha detto tutto. Perché... Oh, per amor del cielo, perché non me lo hai detto tu stessa?»

Jennie nascose la testa nella sua spalla.

«Avresti potuto dirmelo», protestò lui, quando lei non rispose.

«No, non avrebbe potuto», ribadì Peter.

Jay sollevò la testa di Jennie e la costrinse a guardarlo.

«Perché non tu?» ripeté.

Jennie non era ancora in grado di rispondere. Si mise una mano sul cuore come per frenarne il battito impazzito.

E Peter, che adesso non rideva più e aveva occhi severi, disse: «Ho spiegato come la vedo io, come stanno le cose... Aveva troppa paura».

«Di me?» Jay era sbalordito. «Non di me? Non posso crederci.»

«Ti prego», mormorò Jennie.

«Tesoro, avresti dovuto dirmi tutto fin dal principio, quando lo hai saputo.»

Peter ritenne di dover nuovamente intervenire. «Risponderò io per lei. Aveva paura di perderla. E...» La sua voce si indurì. «Come le ho detto, questo porta a me. A me e alla mia famiglia. Ci ho pensato molto in questi ultimi giorni... L'abbiamo segnata. Dopo di allora, Jennie non ha più pensato di essere all'altezza. E questa sembrava la ripetizione di quella situazione.»

«È così che ti senti, Jennie?» chiese Jay dispiaciuto.

«Suppongo di sì. Qualcosa del genere», sussurrò lei.

«Avremmo perso tutto, se Peter non fosse venuto da me. Da come sembrava, ho pensato... ho dovuto pensare... impazzivo... mi sentivo come ci si sentirebbe nello scoprire che la propria madre fa la spia per il nemico...» Jay si interruppe. «E questa è tua figlia?»

Jill era in attesa e osservava la scena con curiosità e tenerezza.

Jennie riuscì infine a pronunciare una frase coerente. «Sì, questa è Jill. Victoria Jill», disse con orgoglio.

«Dunque, tu sei la causa di tutto!» Jay prese Jill per le spalle e la baciò su tutt'e due le guance. Spostò poi lo sguardo ripetutamente da Jill a Jennie. «Se questo è quanto puoi produrre, Jennie, dovresti averne una dozzina.»

Jennie sentiva come un vortice nella testa, una debolezza nelle ginocchia. Dovette sedersi.

«Che settimana», mormorò, asciugandosi gli occhi.

«La peggiore», convenne Jay. «La peggiore. Ma che cosa sto dicendo? Ho sentito quello che ti è accaduto in ufficio. Sono impazzito nuovamente quando Peter me ne ha parlato.»

Jennie chiuse gli occhi per allontanare il senso di vertigine che provava. Jay si sedette accanto a lei, le fece appoggiare la testa sulla spalla e l'accarezzò sui capelli.

«Mi sembra di aver vissuto tutta una vita da questo pomeriggio», cominciò lentamente. «Quando Peter è entrato nel mio ufficio, non riuscivo a credere ai miei occhi.»

Peter ridacchiò. «Mi ha riconosciuto per il colore dei miei capelli. È difficile scomparire nella folla quando ti ritrovi con dei capelli come i miei.»

«È entrato e ha cominciato a farmi una predica. Mi ha attaccato e mi ha detto che non avevo alcun diritto di trattarti come ti avevo trattata, che ero stato brutale e...»

«Devo essere sembrato molto più coraggioso di quello che sono. In realtà, mi aspettavo di essere scaraventato fuori dall'ufficio. Ma dovevo farlo. Non sarei potuto salire sull'aereo per Chicago, lasciando Jennie in quelle condizioni, quando tutta la colpa era mia.»

«In realtà, non proprio colpa tua», obiettò Jennie.

«Be', guardala come vuoi. A ogni modo, mi sono ricordato della tua vicina, Shirley. Mi avevi detto che sapeva tutto di tutti. Perciò sono venuto qui e le ho fatto qualche domanda... come tuo amico dottore, naturalmente. È così che sono riuscito ad avere il nome di Jay. È stato facile.» Peter era compiaciuto con se stesso.

Jay rise. «Non è mai difficile far parlare Shirley, Dio la benedica. Il problema è fermarla.»

«Ho sempre saputo ciò che Peter aveva in mente», intervenne Jill. «E quando siamo arrivate e ho visto le luci accese, ho capito che il piano aveva funzionato. Sono stata sulle spine tutto il giorno.»

«Non mi meraviglio che avessi tanta fretta di tornare e che non abbia voluto fermarti a mangiare», osservò Jennie.

«Oh!» esclamò Jay. «Mi sono dimenticato di oggi. Ero in condizioni tali che non me ne importava un accidente di Green Marsh o di qualsiasi altra cosa. Ma Jennie non se ne è dimenticata. Jennie, sei andata...»

«È stata Jill a farmi decidere.»

«Sì, e non sei contenta di averlo fatto? Ha vinto», annunciò Jill ai due uomini. «Ha fatto il più meraviglioso dei discorsi, ed è stato quello che ha capovolto l'esito della votazione. Ha lottato e ha vinto.»

«Sì, la mia Jennie è una lottatrice.»

«Per buone cause, sì», intervenne Peter. «Per gli altri.»

Nessuno per qualche momento disse altro. Poi Jay domandò con qualche incertezza nella voce se i suoi genitori avessero partecipato alla riunione.

«C'erano. Ma non ci siamo parlati», rispose Jennie. C'era qualcosa che doveva sapere. «Che cosa hai detto loro di me?»

«Solo che pensavo, avevo ragione di supporre, che ti fossi trovato qualcun altro. Sono stato vago. Non avrei saputo dire altro e loro non mi hanno chiesto di più.»

«Sono brave persone», mormorò Jennie.

«Be', a loro piaci molto. Ma, naturalmente, quando hanno pensato che avessi ferito il loro figliolo, puoi capire perché papà abbia preso un altro avvocato. Gli ho chiesto di non farlo, ma lui non mi ha dato ascolto. Si sentiva ferito lui stesso.»

«Sistemerò le cose con loro, Jay.»

«Non devi sistemare nulla con nessuno! Ascolta, la prima cosa, che faremo domani mattina, sarà quella di ottenere una licenza di matrimonio. Scordati tutti quegli strani preparativi. Non voglio aspettare più di tre giorni.» Jay prese le mani di Jill. «E ci voglio anche te. Tu sei la figlia di Jennie e sarai anche la mia.» E in tono così sommesso che Jennie a malapena lo udì, concluse:

«Amo molto tua madre, Jill. E a momenti la perdevo. Tutta colpa mia».

«A proposito di colpa, direi che è cominciato tutto da me. È mia la colpa», disse Jill. «Non posso pensare di aver quasi rovinato tutto.»

«Direi che è il momento di smetterla di parlare di colpe e di dispiaceri», protestò Peter. «Guardiamo al futuro.» Sbadigliò e si stirò. «È tardi e devo prendere l'aereo, domani mattina presto. Perciò vi do la buonanotte.» Prese il cappotto. «Ti rivedrò qualche volta a Chicago, Jill?»

«Sicuro. Posso cambiare aereo quando torno a casa per le vacanze di Natale e pranzare con te. Però non vedo l'ora di tornare a casa e rivedere papà, la mamma e i ragazzi.»

Jay la stava guardando.

«Mi sembri perplesso», osservò Jill, con un sorriso.

«Non esattamente. È solo che non so niente di te e vorrei conoscerti meglio.»

«A suo tempo. Verrò a trovarvi tutte le volte che me lo chiederete. Lo farò con piacere.»

«A 'trovarci'?»

«Oh, stavi forse pensando che dovrei trasferirmi con Jennie? Non l'ho mai voluto! Ho una meravigliosa famiglia tutta mia! Quello che volevo», disse Jill e Jennie riconobbe il lampo adesso familiare dei suoi occhi e il movimento dei suoi capelli, «era soltanto sapere chi fossi. E adesso che lo so, mi piace», aggiunse, toccando il braccio di Jennie. «Sono in pace. Sì, davvero in pace.»

«Be', puoi sempre avere due famiglie», propose Jay.

Peter lo corresse. «Tre. Io sono una famiglia.»

«Non può rimanere per le nozze?» domandò Jay mentre Peter si metteva il cappotto. «Ancora tre giorni...»

Peter scosse la testa. «Grazie, ma non posso. Sono una pietra rotolante, ecco che cosa sono.» Gli strinse la mano, baciò Jill e fu sul punto di stringere la mano a Jennie quando lei si sollevò sulla punta dei piedi e lo baciò.

Rise. «Non ti dispiace, Jay?»

«No, vorrei baciarlo anch'io.»

«Oh, no! Per favore!» esclamò Peter. Tutti e quattro scoppiarono a ridere, spazzando via definitivamente ogni traccia di tensione.

Poi, dopo che fu uscito, quasi per un accordo, si misero insieme alla finestra e lo seguirono con lo sguardo mentre attraversava la strada sotto i lampioni e si allontanava a lunghi passi.

All'improvviso Jay disse: «Mi è simpatico».

«Io pensavo di odiarlo», confessò Jennie.

«Ma ora non più», soggiunse Jill.

«Come potrei? Mi ha restituito voi due.» Prese la mano di Jill e con l'altra quella di Jay, che era calda e forte.

«È stata una settimana lunghissima. Un cammino molto faticoso», concluse.

Si sentì invadere da un senso di pace, da una dolce calma, come quando si torna a casa dopo un viaggio. Quella piccola stanza racchiudeva un mondo, un mondo intero, nuovo e splendente.

Poi le venne in mente una cosa.

«Jill! Non eri tu che dicevi che avresti mantenuto il segreto, che non avresti mai detto niente?»

«Be', ho mentito», rispose Jill allegramente.

FINE

Finito di stampare nel gennaio 2007
presso la Mondadori Printing S.p.A.
Stabilimento N.S.M. di Cles (TN)
Printed in Italy

Gentile lettore,

la ringraziamo per aver scelto uno dei romanzi della ricca collana Superbestseller.

Per poter soddisfare sempre meglio le sue esigenze e i suoi gusti, le chiediamo di voler gentilmente compilare il seguente questionario. Se ci fornirà anche il suo indirizzo, le invieremo le informazioni relative alle nuove pubblicazioni del gruppo Sperling & Kupfer e alle iniziative speciali rivolte ai nostri lettori. Se invece preferisce registrarsi sul nostro sito www.sperling.it, riceverà nella sua casella e-mail la nostra newsletter informativa.

Ho trovato questo questionario nel volume dal titolo

....

Ho acquistato questo volume

☐ in libreria ☐ in edicola ☐ al supermercato

Numero libri acquistati in un anno: ....

Il mio autore preferito è: ....

Il mio genere preferito è

☐ Narrativa ☐ Narrativa per ragazzi
☐ Thriller ☐ Saggistica
☐ Narrativa al femminile ☐ Business

INFORMAZIONI ANAGRAFICHE

Età: Sesso: ☐ M ☐ F

Professione: ....

FACOLTATIVO

Nome ....
Cognome ....
Via .... n. ....
Città .... Provincia .... CAP ....
E-mail ....

Informativa ai sensi dell'art. 13 D. Lgs n. 196/2003
I suoi dati saranno trattati da Sperling & Kupfer Editori S.p.A. e dalle società con essa in rapporto di controllo e collegamento ai sensi dell'art. 2359 cod. civ. – titolari del trattamento – per evadere la sua richiesta di invio di materiale d'informazione libraria delle titolari e più in generale per finalità di marketing, attività promozionali, offerte commerciali e per indagini di mercato da parte delle stesse titolari.
Nome, cognome, indirizzo sono indispensabili per il suddetto fine. Il suo indirizzo di posta elettronica è necessario solo se desidera ricevere via mail i suddetti materiali.
Inoltre, previo suo consenso, i suoi dati potranno, altresì, essere comunicati a soggetti operanti nei settori editoriale, largo consumo e distribuzione, vendita a distanza, arredamento, telecomunicazioni, farmaceutico, finanziario, assicurativo, automobilistico, e a enti pubblici e Onlus, per propri utilizzi aventi le suddette medesime finalità.
Responsabile del trattamento è il Responsabile Dati presso Sperling & Kupfer Editori S.p.A. L'elenco completo e aggiornato delle società in rapporto di controllo e collegamento ai sensi dell'art. 2359 cod. civ. con Sperling & Kupfer Editori S.p.A., delle aziende terze a cui i dati possono essere comunicati e dei responsabili è disponibile al seguente indirizzo e-mail: privacy@mondadori.com.
I suoi dati saranno resi disponibili agli incaricati preposti alle operazioni di trattamento finalizzate all'elaborazione e gestione dei dati.
Ai sensi dell'art. 7 D. Lgs. n. 196/2003, potrà esercitare i relativi diritti, fra cui consultare, modificare e cancellare i suoi dati o opporsi al loro trattamento scrivendo a Sperling & Kupfer Editori S.p.A. Ufficio Promozione - Via Marco d'Aviano 2 - 20131 Milano.
Acconsente che i suoi dati siano comunicati ai suddetti soggetti terzi e da questi utilizzati per le finalità e secondo le modalità illustrate nell'informativa? sì ☐ no ☐

La preghiamo di tagliare lungo la linea tratteggiata e di inviare in busta chiusa e affrancata a:

Sperling & Kupfer Editori S.p.A. Ufficio Promozione
Via Marco d'Aviano 2 - 20131 Milano

Prova d'acquisto
978-88-8274-315
2007